U0565163

十八度灰

娜力 著

上海三联书店

1

生活是场睡眠。爱情是一场梦。

——法国电影台词

秋意浓至老去。

圣诞节,九九满 3 岁了。

麦海伦打算重归她的"衣橱生活"。

九九——她最自信时髦的"定制单品",看吧,她要成为自己心目中的辣妈。每当麦海伦得意起来,就会对着穿衣镜狠命抬高右侧的肩膀,顺势扬起下巴,单单眼皮耷拉着,有点不可一世的女王意味。偏偏这身体不争气,老觉得疲倦不堪。这股意气风发的得意劲儿总支撑不了多久。

腹部酸胀感越来越明显,沉甸甸的,"卸货"都快三年了,怎么还觉得里面满满的,难道这个抓周抓了金币的九九偷偷藏了她前世的金子在妈妈身体里吗?

起初,她以为抱孩子累的,但是睡过几个囫囵觉都不见轻松,稍微吃点儿东西,肚子就会胀胀地痛,有时候,腰际的酸麻蔓延到大腿……好像月经前的严重生理反应。

不就是生过一个孩子么,这身子骨怎么像老年妇女一样了? 于是,大美女麦海伦时常去照照镜子确认一下自己的模样,恐忧这美丽的身体要在浑然不觉中变得老态龙钟。就像富家翁要经常核对自己的银行账户余额,深恐某一天账户显示出一个大大的零蛋。

麦海伦对自己身体的各类不适和疼痛习惯到不以为然,譬如每个身经百战的拳手都应该有一个被打断无数次的塌鼻梁一样。前些年减肥,身体上也有过类似的不适,喝醉次数多了,各种拧巴的感觉也会时不时来袭击身体,人醉了还有知觉是天底下最难受的感觉之一,就如凌迟酷刑。

她本以为自己身体的感觉就是寻常的"累大发了"。

她说给姐姐麦牧心听,姐姐捏捏自己的大腿,说感觉上她的这种累不太对劲儿。

册那,瞎担心。

她觉得姐姐对身体反应老爱大惊小怪,好像她是中南海保健医生,专门负责国家领导人的健康,从某一方面来说系国家安危于一身,于是超级懂得保养似的。

事实上,麦海伦的脸色确实很糟糕,就像夜夜笙歌从未卸妆,沉积着洗不净的疲倦和粗糙的黯淡。

麦牧心对此忧虑许久了,她下决心拽妹妹去医院好好检查一下。

寻常日子里,这个姐姐总自觉地扮演着她妈妈的角色。

有时候入戏太深,演过了头,海伦冲她嚷"你不是妈,你知道吗?"

麦牧心觉得好心成了驴肝肺,撅着嘴嚷回去:"真倒霉我先被生出来!谁跟我商量过要我当你姐姐?你以为我就那么愿意当老大啊!"有时候演砸了,麦牧心反倒成了妹妹,使劲翻麦海伦的衣橱,找好看的衣服拿去作死地穿,撒撒气。

妹妹做了多年的时装编辑,存着不少好衣服,款式经典,耐得住年华似水,花钱打扮,妹妹乃行家里手,每一分花在衣服上的钱都经得起时间和空间的严苛考验。如果说花钱要花在刀刃上,那么麦海伦在时尚方面就是一把绝世之疾风之刃。

麦海伦做 B 超发现自己肚子里是个女孩儿的时候,沮丧得一塌糊涂,心情像烤着火的冰淇淋一样塌陷下来,她一直认为自己应当生个酷酷的小男生。于是做好 B 超回来逢人就要出气,像取经路上的悟空一样,鼻孔里的气粗得像西班牙斗牛,蹄子还在黄沙上不断刨动助力。姐姐麦牧心原本跟她像连体婴儿一样成日介黏在一起,当然是个天然大出气筒。麦牧心委屈极了,她想她如此支持这个妹妹选择"小众"生活,还换来这样不知好歹的倒行逆施。

一气之下,将妹妹因为怀孕而不能穿的珍藏衣服卷了个精光,打算一件件穿出去臭美。

当然,这段小故事的结尾就是麦牧心不得不花上一笔不菲的干洗费,好东西保养起来也得花好价钱。一块上好的草饲牛排,还得法国勃艮第的美酒才能门当户对,成本通常就是这样蹭蹭地窜上去的。

"一件中意的衣服,要在心仪的人面前穿,保养不仅仅是穿着它的时候小心呵护,清洗也要不惜成本,晾晒更要讲究,是叠着是挂着还是平铺放置,不同面料的衣服需要不同的湿度……衣橱置放的保养剂随季节更换……这样对待一件好衣服,它才会陪伴你更久一些。"麦海伦谆谆教导,时尚话题总是让她充满自信,就像超模吉娘娘①在维密舞台上咔咔咔地走台步一样。

每次这样教育牧心,海伦后面都要加上一句,"我说的一件值得这样花心思的好衣服,至少都出自山本耀司之手,懂吗?"

麦牧心不以为然——Yohji Yamamoto,不是要把每一个人都打扮成隐者或者刺客了吗?山本耀司这人,一定不喜欢人类的表情。穿他的衣服最好永远板着一张忍者似的面孔,僵尸脸有什么好看的呢?在姐姐心里,女人不就该生如夏花,穿得像花一样绚烂嘛。而海伦恨不得天天都待在一个黑漆漆的屋子里,她的床单被套窗帘地毯……不是黑色就是藏青,或者,她叫什么灰,高级灰?什么什么呀。

麦牧心心想,妹妹对山本耀司的迷恋出于情绪而不是设计。那些衣服能穿吗?看看都觉得气闷。当然,这话,她不敢说给麦海伦听,不然,妹妹就要给她上课了,没日没夜地见面说短信说以及各种说……简直不让睡觉,直到你答应她,攒足能买下 10 件 EQ:IQ② 皮衣的钱去买半件 Yohji Yamamoto 的连帽斗篷。

---

① "吉娘娘"为吉赛尔·邦辰的外号。
② 法国时装品牌。

2

这个事伤我的心比伤你的心还严重。
　　　　——二战期间,保加利亚人残酷对待美国军
　　　　官战俘,斯大林写信给丘吉尔说了这句

　　检查身体之前,麦海伦已经在家宅出了青苔。

　　作为一本时尚杂志曾经的时装编辑,她的生活本身就是
一本时尚杂志,一页页绚烂得令很多女人眼热心跳。想想看,
这姑娘有一副衣架子的好身材,有穿不完的新衣服任她挑选,
往往没等穿厌,又一批新衣服来了——当然不是免费送——
杂志拍大片,各类大牌的衣服随便借(不过时装编辑可以随
意借穿大牌衣服这件事也是内部秘密,好比臭豆腐闻起来臭
吃起来香,而且永远上不了台面,所以不要宣传,舒舒坦坦地
吃到肚子里面就好),商人笑脸慷慨的时候,其实他们的手已
经伸到你的口袋里了。

　　比如杂志的美容编辑,几乎天天坐在一堆瓶瓶罐罐里编
写教你如何选个好粉底,自己也一遍遍地左擦右抹,左脸颊右
脸颊恨不得多长几张脸,左手背右手背恨不得自己是千手观
音,自己裸肤不够用了,同事们的皮肤也要拿来借用一下,用
完女同事的脸,再瞄上男同事的手背,不试验出个子丑寅卯

来,如何去叫人分辨哪一款粉底遮瑕足够厚,哪一款粉底轻薄可以不用海绵块直接手指涂均匀? 由此,美好又实用的粉底多半是在男人的手背上试出来的。怪不得杂志社的男人也个个冰肌玉肤得妖娆,跟别处男人大大不同。

女人翻时尚杂志,眼睛留给文字信息只有三秒钟,没错,你只有三秒钟时间,让她作出一个你想让她作出的选择。

护肤中的精华素一靠背景二靠价格,就一个字"贵",什么圈子的经济规律都一样。"贵"族不就是用贵的东西堆出来的一族嘛。

美容编辑的瓶瓶罐罐动辄几千元一瓶,随便用用无妨的,只要把空瓶子还给品牌公司就行,这是现代版的借珠还椟。只要他们的品牌出现在你的栏目上,美容编辑全身泡在粉底液里面他们也乐意。麦海伦这个时装编辑,弄些衣服来穿穿,也是题中应有之义,就如以前裁缝铺家女儿总是穿得最标致,因为是活广告嘛。于是,人家女孩把钱花在衣服包包上,她则把省下的钱用来买醉。

小 Ca。

这是什么意思呢? 小钙? 小肝 Ca?

CT 报告单下方诊断一栏简单地写着这几个字,触目但并不惊心,最多是一些疑心而已。

难道我被怀疑是小肝钙?

这是什么病?

麦海伦拿着那张刚刚打印出来的 CT 报告单,一头雾水。

她想起自己曾经得过乙肝,可能时间久了,那部分肝区就钙化了吧……据说得过肺炎的人,肺里就有钙化点,她真希望自己猜对了。

那时候,麦海伦的生活就像堆满新衣服的换衣间,好东西一股脑在身边,再好的衣服也比不上一件新衣服的诱惑,最好的衣服永远是下一件。

衣不如新。

麦海伦从来不缺"一件新衣服"。

不断换各类新衣服,然后指点不知道在哪里看过她杂志的女人们如何去更新她们的衣橱。当然,她的文章里从来没提到过,她去重要场合穿的这些昂贵衣服是从来不花钱的。她最喜欢给的建议几乎每个换季时候都要重复一遍:

"Clear out the clutter in your wardrobe."①

"Be brutal!"②

是的。她对自己异常 brutal!

她是妈妈眼里的"败家女"。如果扔得不及时,妈妈来了,这些旧货不要说出家门,连衣橱门都出不去。妈妈拦截所谓的"旧货"出门的本领就像意大利传奇门将佐夫把守球门一般,宛如铜墙铁壁。

后来,她怀孕了。

---

① 丢掉你衣柜里所有的衣服。
② 狠心一点!

她要这个孩子。

花5分钟作这个决定。

花1分钟决定只要孩子不要孩子爸爸。

麦海伦还是个小女孩的时候,喜欢布娃娃,在她跟姐姐们的过家家游戏里,她的"家庭成员"就是她和一个自己的孩子,没有孩子爸爸的编制。

这个女孩发育成一个性感女人之后,她渴望的未来从来不包含丈夫,而只有一个自己的孩子。说给人家听,没人信她。说给她身边的男人听,男人们哈哈大笑指摘她太花心的同时,自己也顺便春心荡漾一番。说给女人们听,女人们撇着嘴像个瓢似地说,你有那个胆量吗?即便你是梁洛施,但遇得上那个李老二吗?

麦海伦的确不曾梦想自己穿婚纱的模样,她从来不觉得穿着婚纱挽着一个男人的手在那首叮叮当当了千百年的旋律里走一遍,就可以从此浪漫下去,尤其在经历过 Rene 给的爱情之后……她还能牵谁的手呢?

麦海伦笑起来脸颊上两个又深又大的酒窝,男人看一眼便容易迷醉其中不能自拔。

这两个酒窝跟随她三十年,有关酒窝的美丽传说她却才听说没多久。

"相传人死后,过了鬼门关便上了黄泉路,路上盛开着只见花,不见叶的彼岸花。花叶生生两不见,相念相惜永相失,路尽头有一条河叫忘川河,河上有一座奈何桥。有个叫孟婆的女人守候在那里,给每个经过的路人递上一碗孟婆汤,凡是喝过孟婆汤的人就会忘却今生今世所有的牵绊,了无牵挂地进入六道,或为仙,或为人,或为畜。孟婆汤又称忘情水,一喝便忘了前世今生。一生爱恨情仇,一世浮沉得失,都随这碗孟婆汤遗忘得干干净净。今生牵挂之人,今生痛恨之人,来生都相见不识。可是有那么一部分人因为种种原因,不愿意喝下孟婆汤,孟婆没办法只好答应他们。但在这些人身上做了记号,这个记号就是在脸上留下的酒窝。这样的人,必须跳入忘川河,受水淹火炙的折磨等上千年才能轮回,转世之后会带着前世的记忆,带着那个酒窝寻找前世的恋人。"

在麦海伦的女儿3岁这年,她才听说这个酒窝的传说,找到了一首无限伤感的歌,歌名叫《孟婆汤》,为自己选择的生活方式找到了远古的支持。

"蓦然回首,原来前生前世就注定是单身妈妈。"

她只是没搞明白,自己这身体里面的各个器官怎么也如此的一意孤行?难道她的身体在忘川河忍受的煎熬还不够吗?或者,她偷偷地溜走了,没有跳进忘川河去经受折磨,于是转世来到人间清还欠着孟婆的债?

在她远离自己的衣橱生活以后,她仍旧继续购买孩子的新衣服,让孩子延续自己的习惯和爱好。

她不喜欢问,也问不出口。

递给她报告单的检验科的那个男人,冷冷地深深地看她的那一眼,冰得她起了一身鸡皮疙瘩,闪都闪不开,抖一抖能掉一地的碎屑。

麦海伦走出好远还在打冷颤。

回到家,妈妈拿过报告单看,看了很久。

摇了摇头。好像她习惯性的摇头。问麦海伦:"医生怎么说?"

"我拿了报告直接回家了,后天医生门诊,我再去拿给医生看吧。"麦海伦无心讨论这张报告单。

妈妈继续看,又是好一阵。没再多说,递还报告单给海伦:"收收好,跟病历本放一起吧。"

转身到厨房去,侧着头补了一句:"快去躺会,我在煮菜,要看着锅。"

妈妈慢慢关上厨房门,开始流泪,她抿着嘴,用手背按在唇上,泪水不间断地滑落,用手背都摁进了嘴里,多余的不知道是泪水还是鼻涕抹到了围裙上。为了少流泪,她不断吞咽口水,膝关节发软,瘫坐在厨房择菜凳子上。

麦海伦的妈妈干了几十年的护士,虽然早已退休,她怎么会不明白这个报告单意味着什么?因为旁边还有一个词汇:十字占位。

这是恶性肿瘤的意思。五年前,她自己不就是因为这个"十字占位"被告知得了肾癌,简写为 Ca。

麦海伦慢慢从餐桌边站起来,顺手把病历本甩在餐桌上,吧嗒一声,把九九的小水杯碰倒了。海伦赶紧把病历本拾起来,亏得塑料皮还没浸湿,扯出几张面巾纸,铺在流淌出来的水上面,不够,再扯出几张,再铺上去,面巾纸变得沉甸甸的黏在桌面上……继续铺了一些在上面,海伦看着已经被控制住的水,再次抽出报告单下意识地看看是不是湿了。

"这是 Ca……这不是钙元素符号的缩写吗?"

她折回卧室,关上门。换上暖棉家居睡衣,走到床边坐下,望着窗帘外灰色的天空。

妈妈忽然这么平静,一点儿都没啰里八嗦,这种反常让麦海伦忽然有点醒悟,这可能不是什么化学符号,这可能是那个,那个人人都怕的英文单词的简称,巨蟹座的人喜欢说自己是 crab①,也想回避的那个字眼吗?

Cancer!

不会吧? 啊?!

医生们可真含蓄啊。麦海伦感觉那个递给她报告单的男人冰冷的眼神继续紧盯着她,降温降温……衣服随便怎么捂紧都不暖和,因为那寒气是从心底里面透散出来的。

冬天什么时候能来得痛快些,春天已经被挤得只剩下几天,秋天也变得又湿又暖,潮气越来越重,好像多出一个黄梅天,她几件上好的皮衣很难打理,原本想趁女儿午睡,再重新拿出来,看看哪几件适合她复出职场闪亮登场。

产后复出最好在冬天,遮肉的衣服多。

麦海伦无论如何也不会把"Cancer"跟自己的诊断书联系到一起,她倒是爱过一个巨蟹座的男人。她对那男人的思念曾经像癌细胞一样吞噬着她。

女儿胖胖的小脸,扬着下巴侧睡,浓密乌黑的睫毛蜿蜒在

---

① 巨蟹座的英文为 Cancer,与"癌症"的拼写一样。

饱满雪白的额头下,令人联想睁开的将会是一双如何闪亮的大眼睛,可惜是一对蒙猪眼。

睡觉时候一只手习惯伸到枕头下面,跟她爸爸的睡姿一模一样,看着这个女孩,想到那个不爱笑却唯独看到这个女儿才乐呵呵的孩子他爸,不晓得他是乐观还是客观,对女儿这双蒙猪眼,居然说:"看上去眼线蛮长的,眼睛的开合角度还可以期待一下。"

麦海伦忽然笑了。

3

在一块光滑的空木头上,有一个较深的孔,也许曾经是一个幼虫的洞穴,肯定不是蛀虫,因为蛀虫生下来就会不停地挖洞,这应该是一只毛毛虫……它还吃树叶。

——卡尔维诺 《看不见的城市》

最坏的消息往往不是第一个敲门。

早上7点20分,麦牧心的手机剧烈地振动,在床头柜上引起的共振,比单纯的铃声更惊心。

是表哥阿福。

"起床了? 现在可以说两句吧?"难得听到他语速这么快。

阿福说起话来呀,习惯性地吸溜鼻子,好像总是闻到什么异味,不断地吸鼻子辨别……所以说话的语速一直低于常人,偶尔着急话说快了,吸鼻子的节奏也跟着快,好像氧气不够用似的,让人听着恨不得给他套上一个氧气瓶。

"嗯嗯……"听到阿福的话,牧心好像忽然闻到医院刺鼻的酒精味儿,醒了。

妹妹拿回腹部CT报告单,麦牧心接到妈妈的电话,妈妈的声音低沉沙哑得让她不敢出声问,等着,等着妈妈说:"牧心,海伦很不好……"

那个电话之后,牧心再没睡过一个囫囵觉,睡觉的情绪没了,就像厌食症病人看到满桌美食一样加倍地意兴阑珊。当晚,她立刻联系了当医生的表哥阿福。妈妈说不要等下周医生门诊再看海伦的 CT 报告单,赶紧找表哥问问。这不,一大早,阿福电话回复来了。

"电脑里调出 CT 报告给医生看了,不太好……问题还不在肝脏上。"

"啊? 那就不是什么……小肝癌啦?"

"还不能排除,怀疑肝上的小阴影可能不是原发……今天有空吗? 带海伦来做个肠镜!"

"什么? 肠镜? 为什么要做肠镜啊?"麦牧心跌坐在床边,顿觉胸口闷闷的,好像空腹连抽了两根香烟的感觉,烧灼,反胃。

"我拿调出的 CT 影像单,找了我们院里最棒的读片专家仔细读了片子的分镜,他发现肝区后侧有块阴影,那里应当是结肠部位,但是影像学不够精准,肝上的阴影也可能是淋巴瘤,不一定就是恶性的……所以需要做个肠镜,进一步检查才能确诊。"

麦牧心拿着电话,听着阿福一串术语,条件反射地冒出一句,听上去也挺"术语":"肝不是原发,就是有可能是转移过去的?"

"现在还很难判断,全部检查好再说。"阿福说这些话的时候,很笃定。"总有办法的,先别急。"这句,纯正阿福风格,说给自己也是说给牧心的。

当麦牧心讲电话时,安德鲁也已经起床,静静地靠在浴室的门框上,看着她。牧心拿着手机,忽然深深地叹了一口气,双肩耷拉下来,她的眼神下意识同安德鲁的对视着,但是牧心的眼神像夜游神似的空荡荡,"阿福……怎么会这么复杂啊!"麦牧心很无助,仿佛这个医疗诊断是她自己身上的。

"不复杂,需要多一些检查手段,让海伦上午就过来,做肠镜要预约,清肠也需要一天的时间,今天还做不了……"

安德鲁看过来的眼神坚定而宁静。

他总是这样,用眼神就能帮她稳住情绪。

安德鲁是德国人。

大学时期在中国学习中文,他们有共同的爱好——话剧。他们俩一起生活,确切地说,同居生活,因为他们俩都相信,他们的爱情不需要通过婚姻来求证。

麦牧心是自由撰稿人。

最近,一本剧本杂志的主编要她去采访一位话剧导演。据说,导演都蛮会讲的,可是麦牧心最怕那种很会讲的采访对象,她会傻傻地听着,脑子常常短暂地短路,经常不知道对方滔滔不绝到哪里了,让她去打断人家的夸夸其谈就像从一个饿肚子的婴儿嘴里拔出奶嘴那么难。

麦牧心握着手机,呆呆地坐着。

坐了多久,她已经没有时间概念了,甚至都搞不清窗外的暗,是这个冬天的黄昏还是黎明。

她依稀记得安德鲁过来搂她的肩膀,下颚抵在她的头顶,依偎了一会,然后说他去煮咖啡。

安德鲁少言寡语,有一双异常深邃的眼睛,那双眼睛很奇特,有时凉凉的,有时又满含羞涩,他们俩的默契似乎来自前生前世。

羞涩的人常有一颗岩石般的心。

然而,某些时候,麦牧心有一种强烈的感觉,他们之间诸多来来往往沟通的车道里,有一根车道似乎是 one way,来生来世都无法走通,这让她抓狂,却又无法发作,因为不知道哪里堵住了。

堵在哪里了呢?

安德鲁从来不承认他们之间有沟通不了的事,他向来认为他们俩"什么都可以谈"。

可是麦牧心会想到头胀,她的脑容量不够用,朋友经常笑她因为是九头身美女,所以脑袋本体太小了,至少在同安德鲁交心这件事上,她想,"理论上"无论如何默契,如何是否身有彩翼,也无法替代心有灵犀那种吧。

安德鲁在楼下喊她,问咖啡是否需要端上来……她必须给海伦打个电话,哎!非要在一早打这个电话,她们需要继续"逛"医院。这是多么糟糕的叫醒服务啊!

4

所以,你们祷告要这样说:我们在天上的父,愿人都尊你的名为圣。

——《圣经·马太福音》

未来日子,她和妹妹"逛"医院将堪比早前逛超市。

姐妹俩自称"超女",上海的大小、中外超市概不遗漏。

一个月至少去一趟大型生活超市,诸如宜家、特力屋、麦德龙,甚至好美家、石头剪刀布,家居超市当然更不会放过,每周总要跑一趟家乐福大小规模的超市,其余小到城市超市、日本超市、红酒超市、5元超市以及各种路边便利店,只要购物货架敞开的,可以随意摸摸坐坐挑挑拣拣评头论足的购物场所,她们姐妹俩都不会放过。

至于各类主题生活馆,姐妹俩会约着朋友一家家地去转悠。后来发觉,还是充满日常生活用品的超市更有趣。但凡涉及到某个主题了,免不了用"宁静"和"品味"去粉饰一番。通常的,无非就是"空荡荡",一张质地优良的长木桌上,独放一只黑色铸铁茶壶……一面墙上,挂着一个设计感的包包,哎呀,没啥看头呢。

都比不过周末的地摊儿呢!

某个定期的街边摊儿,旧书旧杂志,首饰丝袜生活用品,黄鱼车上的杯盏碗碟儿,都载满了城市和尘世的喜悦与生机……出手的欲望倒是跟年龄成反比。海伦有句口头禅:不比货怎么有收获啊?姐妹俩在国外,也喜欢去二手店,她们俩迷恋的是二手店里藏着的陌生人的生活故事。

所以,牧心跟着练就一项大本领,猜价格。不管什么货色,一包巧克力到一块浴室里的地垫,BV、LV 到 Bvlgari,哪怕是淘宝上的趣味夜灯,她的眼睛就像价格扫描仪,"哔啵"一声,八九不离十,几乎可以直接把价格标签贴到商品上。

买东西这件事,还是要去店里,网上购物最是无趣,购物的最大乐趣是什么?

牧心说是"触摸"。

海伦说是"顾客"。

海伦喜欢看其他购物的人。就像卞之琳的诗里说的那样:你站在桥上看风景,看风景的人在楼上看你。

"有的人表情很稀罕,有的人装作很老道,有的人挑三拣四翻得乱七八糟,还有很多人绝对是强迫症,横竖要摆摆整齐,比超市营业员还卖力……"

老二麦柯怡不是,她曾经不屑姐姐和妹妹这个俗不可耐的爱好:"需要什么买什么,商场里都是俗物,浪费时间。"

如果某一天她在兜来兜去买东西,传来照片问两位哪一样好,两人会同时回她:"俗物样样不灵。"

逛医院,逛医院,海伦昨晚都没有消息,会不会一夜都没睡?牧心翻弄着手里的电话,按来按去,没有按拨出键。

不行,等等再打吧,太早了,可能还没醒。

她把脸埋在两个手掌心里,手指慢慢地抓挠头皮然后顺着头发抓,再从发根开始揉扯……对面的梳妆台里,一张憔悴的面孔,她看到的仿佛是妹妹的脸,许久没有化妆的麦海伦的脸。

"我自己下来喝。"她冲着楼下喊了一句。

与此同时,人却拉了一把靠枕,斜靠在床头,耷拉下来的手臂,碰到一块冰凉的硬邦邦的书皮,Jenny 给她的圣经。中英文对照版的圣经——世界上印刷质量永远最好的读物,似乎暗示着里面的精神食粮也是世界上最好的。

她的朋友 Jenny 自从读了哈佛,就成了虔诚的基督徒,自此每每送给她的礼物皆与"主"有关,从家中的挂画到书签,还有各种版本的 Daily Bible。

这本圣经同样是一份来自神的礼物。

"牧心,你要祷告,我在这里会和教友一起给你妹妹多做祷告,你能告诉我你妹妹的名字吗?"

周日凌晨,Jenny 的邮件都会准时到邮箱,她持续分享圣经故事给牧心看,仿佛即便远隔重洋她也能够邀牧心一起去教堂虔诚礼拜。

深蓝色的皮质书皮,用了这么久还有一股塑料味道,奇怪得很,圣经内页的纸张质地那么好,轻薄、柔韧、无声、服帖,仿佛由 60 支数的纯棉制成。

麦牧心无助的时候,喜欢翻圣经,她也搞不清楚真正的基督徒是如何祷告的,她只是觉得,翻看圣经使她平静,似乎圣经是上帝的家,去"那里坐坐"听听"他说什么"。

即便没有答案,也是一种慰藉。

要说答案,还是扑克牌给她的时候多,当然,化名保罗写的《答案之书》,也可以用来接受某种外来的潜意识,她也相信那是一种神秘的天意。

这些日子,麦牧心又开始把圣经放在床头,她拼命翻着,唯恐因为许久的冷落让上帝生气,嫌她不够心诚,嫌她对上帝太功利,不再理会她的索求,她就差抱着圣经跟他认真地道歉,后来,她果真这样做了。

她跪下来双肘支撑头部,面对那本厚厚的圣经打算念诵那句马太福音的祷告词时,忽然就蹦出一句:Sorry my LORD!①

静静地久久地,她把圣经擎抱在胸口,皱着眉头,深深地吸了口气……哦,上帝不喜欢叹气的人,她马上屏住,坐直身体,清了清喉咙,怀着"你求了,就有了"的信念,开始给麦海伦打电话。

她不能让麦海伦得知"坏消息"。

这是早晨,这是清清亮亮的早晨啊。

铃声响了两下,麦海伦懒洋洋的声音就传出来,听得出,她仍然赖在床上,却不是刚刚醒的那种。

"喂……"

"睡得好伐?"麦牧心尽量让自己的声音就像清晨第一缕阳光,宛如美国的麦片广告片中灿烂晨光的光景。

可是,妹妹哪里能睡得好呀,唉!与其是问,不如说是期

---

① 我的主啊!

待妹妹"睡得好"。

"睡一会,醒一会的。"嗅不出海伦是否哭过。

"阿福打了电话来,说还不一定是小肝癌呢,说那个小阴影或许是淋巴瘤,不一定是恶性的!"麦牧心真的也是这么想的。

"啊!是伐……那是什么病呢?"海伦突然上扬的口气让她更揪心。

"还需要进一步检查,才能确诊。"

"还要去医院?"海伦的音调霎时变了。

"嗯,你准备一下,过会儿我来接你,阿福在医院等我们。"

"该抽的血也抽了,还做什么检查?"麦海伦恹恹的,整整一个多月,几乎每隔两天就去医院,拿号,排队,等报告。

要不是有自家表哥的关系,不晓得还要多排多少队,医院怎么天天那么多人,川流不息,胜过大减价时候的ZARA。

"再做个肠镜……"

"什么检查?是不是跟胃镜一样啊?人家说做胃镜很难受的!天哪,我不去……"

"阿福说不难受的,比胃镜好些……"

"他做过吗?医生最会骗人了,这些检查真讨厌……"

"外边好像要下雨,还是蛮冷的……你穿件大衣,先别吃东西,万一再抽血呢,我给你带些点心,半小时后你家楼下见,半小时够吗?"

她们俩的住所其实很近。

"够了。"

5

紫阳花的学名当中,隐含着情妇"小宠"的名字:"otaku-sa"。花语是:冷酷无情。

——荷兰人希波尔德医师 《日本植物志》

表哥阿福在泌尿科做医生。

这亲戚关系有点远但并不虚无缥缈,没有出五服:阿福的妈妈同麦牧心妈妈是表姐妹。

母亲那辈已经不大往来走动,逢年过节唠家常的时候,老太太们喜欢唠叨她们年轻时候的风流韵事,她们叫"搞七搞八的事",哪个表姐本来应当嫁给哪个表哥,后来又被哪一个痴头怪脑的表妹抢了去……表妹这类东西最毒,如果家里姐妹多了,姐妹之间也会沾上"毒"气。

这毒气往往借着某个男人散发出来,那景象就如美剧《绝命毒师》的海报。

反正妈妈那一辈人的婚姻,好比穿着运动袜塞进夹趾拖鞋里,要凑合着走,死命地夹紧,拖鞋不掉就是美满。爱恨情仇里间杂着亲人之间亲昵的抱怨和撕不开的不满,就像热热的比萨里的芝士。

阿福是个十足的亲美派,说英文打网球,酷爱日本文学,大概也是因为美国在日本有最大的军事基地。自己在没有成为父亲之前,是一个不知道乐观是何方神圣的人,总是眷恋着樱花的朝花夕拾。

他一个人在美国读书那几年,辛苦得喘口气的时间都要用来打盹儿,分配到的宿舍,地毯都是洞,看多了以为是刻意的图案,宣示着美利坚的审美。他记得上官医生从第一强国回来后说那里真是棒极了,到处是花园,只是少了处处的牛羊,多了牛羊排,还从 A1 标号到了 A5。研究所环境好设备好手术室的咖啡好喝,等他也过去在同一所做访问学者,发现窗外看不见花园,楼下转角没有咖啡店,地毯倒还是上官诺兰眼里的地毯,只是画满了各种可疑的图案。

之前,妈妈的肾癌手术就是阿福做的。不过,妈妈坚信自己的肾是著名专家给摘除的,阿福只不过一直在手术室里"监督"来着。对此,表哥像卖油翁似的但微颔之,只是脸上总是挂着一丝微笑。

的确,阿福的导师是有名的外科手术专家。导师能在手术室里"看着"的手术,已经是病人了不起的优待了。

"病人的心理非常复杂,他们最会读医生的表情。他们需要心理暗示。"说这话的阿福,已经当了爸爸。很多年前阿福还是主治医师,需要轮值夜班。经常累得万念俱灰,有时候在长途飞机上,他会想飞机要是掉下去就好了,一了百了……不过自从做了父亲以后,阿福觉得飞机的平稳飞行是世界上最优雅美妙的事情之一。

"在女儿的婚礼上得有个英俊的父亲牵着手送她出嫁

呀。"说这句话的时候,他眼睛亮亮的,或许那里面已经蕴藏着一位舍不得女儿出嫁的老父亲的泪水。阿福这样一个清清爽爽的斯文男人,在女儿生下来以后,天天亲自给女儿洗澡。大冬天里,穿着单薄的背心先走进浴室,体感室温,觉得满意之后再把女儿抱进浴室。俗话说女儿是爸爸的小棉袄,但首先爸爸是女儿的温度计。女儿睡觉的房间,不允许大人进去,尤其保姆,不可以同她女儿睡一个房间,阿福说"大人有浊气"。

早上八点以后,医院院子里和地下车库都早已没有车位。麦牧心一边开车一边对妹妹说:"先送你到大门口,你去挂号,我到附近停好车再过来找你。"

"不要!跟你一起去停车。"麦海伦偏不同意,她才不想一个人走进医院。医院就如人生的另一座监狱,多一个人陪绑,心里多少也轻松一些,不至于有天涯零落我独行的凄凉和惶惑。

大雪已过,临近冬至。然而这城市的气温,仿佛还停留在寒露时节。冬天的模样展现在路人的身上、脸上,时髦客们迫不及待地秀出新款冬装,睡不醒的家伙们缩头缩脑,也有人依然按照温度穿着夏末的衣服。各人体质不同,对于温度的感受截然不同,让这座城市的这个冬天有点阴阳怪气。

"你说,是跟着节气穿,还是跟着温度穿?"从停车场走到医院,需要十来分钟的路程。姐俩像往常一样,妹妹双手插在大衣口袋里,姐姐勾进妹妹的臂弯。平常,要是这样勾着手臂,牧心都要用力拽着海伦的胳膊,因为海伦走路很慢,拧来拧去,牧心则习惯大步流星,所以都是她勾着妹妹,好拽着她快点儿,很像黄浦江里面的拖轮,只是少了时不时的那几声长笛而已。不过两人的肩膀时常会撞来撞去,牧心喜欢那样,因为讲话时,遇到有感叹号的句式,她的手臂要习惯性地怼妹妹一下。海伦说,这跟卢女士一模一样,蛮烦人的。

卢女士是姐妹们对妈妈的昵称。妈妈姓卢,卢家是河北唐山大族,卢女士幼时家境富裕,父亲有卢半城的称号。卢半城豁达大方,乐善好施,人缘顶呱呱,所以革命来了损失虽大,不至灭顶。1976 年唐山大地震,家里的大床还能从正门口震出,端端正正地晃悠到了大街上。卢小姐的后妈惶然四顾,整明白已经在大街上以后,笃悠悠地套上小脚袜套,下床要进屋去抢救一些米出来,被已经塌了半城的卢半城一把揪住。卢半城事后总结说,抢救大米干啥,应该抢救照片才对,米可以再种,照片可是过了光景再也照不回来了。

卢小姐是老幺,尤其受宠,幼时进出的工具都是"长工牌小轿车",真所谓含嘴里怕化了,顶头上怕摔了。在卢小姐变成卢女士以后,小姐脾气演化成了对女儿们无微不至的絮叨,事事都要插一杠,总体效果成事如涓涓细流败事如排山倒海,用海伦的话来说:凡事都要"怼"一下,这一下多半就像推倒多米诺骨牌的第一张牌。

现在,牧心勾着妹妹的胳膊,像是最大号 NEVERFULL①

---

① 路易威登(LV)的一只有名的购物手袋。

包包当中那个勾,象征性缩小口袋的范围,不好当真的。

只要走在路上,麦海伦就会不断地对路上女人的穿着评头论足:看,居然全身都是穗穗,还背着穗穗包包……喏!看那个,看那个居然把毛线帽当军帽戴,头发里藏着鸟吗……

"卢女士不是常说什么季节就穿什么衣服才最好看,其实这话里说的是面料。"海伦扫了一眼路人。中国医院门口是世界上最拥挤的地方,物理上如此,人心也是如此。医院门前这段路,照例拥挤不堪。汽车自行车公交车电瓶车,车车难行……来去一共四条车道而已,却像把整个世界都堵在那儿了。

行人用走路的匆忙和莽撞来诠释这座超级大城市的畸形繁忙,如巴黎和伦敦这般的淡定和从容需要时间的沉淀,更需要这座城市人心的安宁淡定,麦牧心下意识地用另外一只手帮妹妹挡着不断的碰撞。已经确诊的有重度肝硬化,脾脏巨大。阿福一再嘱咐:"脾脏是人体最脆弱的器官,随时可能会破裂,要特别注意不要受外力碰撞。"自从知道这个,每当麦牧心同妹妹走在稠密人群中,就恨不得手里举一块防暴盾牌,把全世界的碰撞都挡在她身体外面,可惜妹妹的问题主要出在身体里面。她把这个念头说给海伦听,海伦说姐姐干不了这个,那是只有她梦中情人之一的美国队长才可以胜任的。姐姐的梦中情人却只有一个,孙悟空,手里只有棍棒,没有盾牌,大概最好的防守就是进攻。

阿福已经等在门诊口,倒背着手,这两年忽然有点儿驼背了,站在玻璃门里面,特别笃定的神态,尤其在早晨来医院看病的芸芸众生里,阿福俨然主人翁气派。

哎,这个皮肤白皙的表哥啥时候已经有点儿"爸爸腔"了。话说"背着手"也是查房时主治医生们最常有的身体姿势,或者,双手抱胸,或者,一只手臂托着另外一只手臂,被托起的手臂抚摸自己的下巴,典型的大男子主义姿势,宣示着对事态的全然把控,收获着病人们的期盼。回到办公室,拍拍白大褂,能抖落一地病人热切的眼神,颓然倒在办公椅上,无奈满溢。只有医生才知道一个真理:没有一种病是能真正治好的。每一个优秀的医生都是堂吉诃德。

他看到姐妹俩,先在玻璃门里扬起手,跟着展开一个亲切的笑脸,等姐妹俩挤进去,阿福依然倒背着手上下打量海伦,然后伸出右手,轻轻拍拍海伦的手臂:"海伦衣品素来一流。"

"还是福哥懂我……"麦海伦仰起下巴,接着盯着阿福看,问道:"你到这里来等,我这是多大的病啊,卢女士都没这个待遇。"

"呵呵,别瞎想,人太多,我怕你们找来找去浪费时间,马上有台手术等着我。"他从白大褂口袋里掏出一张纸,展开来,转头对着牧心,继续说:"这是肠镜检查单,海伦需要再补个挂号,然后去一楼验血常规,就斜对面,大概需要等一下,拿到血常规的报告单,再去四楼,就是我的门诊那层,给我信儿,我就过来。"

后来,在阿福的"招呼"下,肠镜预约的医工直接开了来日早上做检查的单子。看着详细说明,需要在检查前一天晚上就禁食,还要喝一种清肠冲剂,需要先到药房去领药。阿福叮嘱:"拿到药赶紧回家休息吧,今天晚饭不要吃,明天做好就给我电话,明天早上我也有台手术,不能陪你,但可以随时给我电话。"阿福说完,再次拍拍海伦的肩膀,说,"在美国学习时,医生有时候安慰病人常说一句话'你在好手手里!'海伦,不必多想,接下来的日子会比较艰难,但是,你不是一座孤岛。"

表哥的背影在大厅里晃来晃去,白大褂下摆飘起来,这是他的主场,她们俩,是主场球队家属。

如果医院里没有熟人,要绕多少弯撞多少墙才可以拿到一个正确的诊断?至少这个肠镜就要约到两周之后。如果病人来自外地,还要找地方住宿……麦牧心想着这些,同情起那些拥挤的"客场家属"。

走路时,她开始让着那些手里拿着一摞单子,半张着嘴巴,皱着眉头,仰着脸儿寻找各个诊室上方指示牌的病人,或者和她一样,焦急的病人家属们。这些陌生的形形色色的人们,心里都揣着同样沉甸甸的铅块儿。就像卢女士的口头禅:这里堵得慌(此处必须有拍着胸口的动作配合)。

等待拿药的时候,找不到座位,到处都是人,整个医院大厅就像一个有色金属仓库,堆满了铅块。

两人在药房大厅窗口旁站着,因为窗开着,有凉风,少有人靠近那里,外面不知何时飘起小雨,冬雨的冰冷如针刺点点。

忽然,牧心心里一阵一阵地难过。冬雨浑然没有水的柔软,即便是小雨,也宛如细细的鞭子,甩进窗口,似有若无地抽打在脸上。

牧心眼睛酸胀，她把眼镜推到头顶上，代替发卡固定住没有打理过的头发，用指腹按住双眼，按住，手指交替在眉间眼上拍打。她上前两步，更靠近窗，迎上冷冷的冰雨，眼泪仍旧没能忍住。

海伦沉默着。

牧心转过身面对着大厅里的人群。

麦海伦紧紧地抿着嘴角，表情有点愤愤然："我喝酒多吗？那么多吗？为男人伤的是我的心，又不是伤肝。这没良心的肝儿难道就没救了吗?"

"10年前你那次蛮严重的肝炎，估计没好齐。"

"这是卢女士的判断吧。"

"妈一直说花了那么多钱，你却总是不按时吃药。"

"哎，要是我真的怎么样了，姐，九九就靠你了。"

麦牧心没忍住的眼泪稀里哗啦地流。

麦海伦望着窗外，脸上的表情比外面的冬雨还冷。她下巴翘翘的好像向全世界 say no，鼻梁笔直吸气轻出气重，耳朵大大却从不履行听话的职责，在三姐妹里面她长得最像父亲。有一次去算命，瞎子说麦海伦命如铁石，不是军人就该是尼姑。海伦倒很想参军，女将军英姿飒爽，蛮帅的，可惜家里不让。因为卢女士最不喜欢丘八，日本人来了把家里的鸡鸭全抓走了，卢半城连声说，只要不动我的六个闺女就好。中国军队来了，连大门的老榆木门杠都抽走了，卢半城依旧是那句话，铿锵有力护女心切的话。

至于尼姑庵的事情,海伦想,要做也得做当家住持才行。她倒没有想过,天底下哪座尼姑庵敢收一个头发像鹦鹉的女子。就连当年武则天进寺庙的时候也被收拾得服服帖帖的。

"喂,你能不能别对着人群哭啊,难看伐?生怕别人不知道你家有人得绝症啊……"麦海伦一边说,一边把姐姐拉转了身,让她继续迎着窗外的冷雨,递给她一包面巾纸。

姐姐的失控,是因为她说九九。

奇怪,她自己为啥一点感觉都没有?完全没有要——死了的感觉……她在包里掏出太阳眼镜递给牧心。麦海伦眼睛略小,她视为平生最大遗憾,因此太阳眼镜是标配,连飘雨的冬日也随身携带,比其他女人的唇膏还重要。

6

"因不安而收赐福（blessed unrest）"，是的，我正在经历不安者的幸福。

——美国现代舞之母 玛莎·葛兰姆

"'和爽'？这是什么药啊？名字怪怪的，兴奋剂啊，还爽歪歪呢！包装像面膜。"麦海伦领到清肠药，在手里捏着端详，叨叨着。翻过来看背面的说明："复方聚乙二醇电解质散……说明看上去好复杂！"

"你当真是面膜撕开来就用那么简单，是药啊！"

"哇，这爽歪歪好，以后拉不出让阿福给我开这个喝！"海伦继续看说明，然后读给牧心听："……氯化钠，氯化钾，碳酸氢钠……怎么跟酱油瓶子标贴上写的成分内容很像——喏，听，听这句，'清肠效果好且不会破坏体内水、电解质平衡，也不会令肠内菌群失调'，啧啧啧，真是相见恨晚。"牧心拿起另外一包，也翻过来看锡纸袋的反面。

"你要看看如何使用，这才重要啊，'一大包内三小袋药品溶解于2000ml温开水中，搅拌均匀。分3到4次口服，每次间隔时间为15到20分钟，以不要过饱为度，以免引起呕吐……'哎呀，估计不太好喝。"说话的口气似乎药本该是好吃的。大概姐妹俩看多了美剧,里面的男主人公经常很帅地拧开药瓶,倒出一把止疼片,在嘴里嚼得嘎嘣响,不像吃药倒像在吃炒黄豆。

姐妹两人站在刚才落泪的窗口边,凑在一起仔细阅读说明书。海伦继续捏着"爽歪歪"感叹:"之前要是知道有这药来清肠,就用不着吃更娇丽了。"

麦牧心用胳膊肘怼妹妹:"还想着减肥药?!没准这身病就跟你瞎吃减肥药有关呢。"

"卢女士的女儿!你!又!怼!我!别怼到我的玻璃脾!"

手机铃声"哒哒哒哒哒哒……"乱响,牧心知道是柯怡来电,因为她把这个急性子妹妹的铃声设为"急板"。

麦家三姐妹,这位二小姐嫁到北京去了,所以她的来电已经被牧心戏称为"中央来电"。当然,这个戏称还来源于二小姐一贯的颐指气使,说起话来像刚从中南海串门出来。卢女士觉得老二才是老大,这加倍助长了老二的气焰。虽然妈妈嘴上不会承认,她最得意二女儿,但说话间随时会跟上一句:还是柯怡好,做事麻利。二女儿嫁到了离开自己家乡更近的地方,更平添了卢女士的一份亲近。她鸾驾省亲唐山的时候,北京二女儿家总是妥妥的第二站。

"诊断报告出来没?"柯怡张口直截了当,就像大姐是她的大秘一样。牧心能想象她一定在家里走来走去,说投入了,一只手在空中打拍子一样跟随话语的节奏挥舞。像希特勒面对他的纳粹党人发表讲话,指挥德国部队迫近了莫斯科,又像没有捉到 Jerry 的 Tom①，有一种狂躁的嚣张。

"明天要做肠镜。"说着，麦牧心示意妹妹走在前面，她没有跟海伦说是谁打来的电话。

"状况不太好……"

麦柯怡在那边已经开始开哭腔："真的是癌症啊！天呢，姐，怎么会啊!?"

"不说了，我陪海伦先回家。"

"姐，爸妈知道多少了?"柯怡在想什么呢?

"基本都知道，妈妈是瞒不住的……"

"他们什么反应？承受得了吗？我给爸妈打电话？要不，我等下给海伦打个电话？哎呀，都不知道说什么，天呢!"

"你自己定吧。"

"姐，我们家可怎么办啊?"

"先别担心，阿福在帮着找好医生一起想办法。"

"对对，幸亏有他在。"

第二天一早，在医院内窥镜候诊区，已经坐满了候诊的人。刚刚到候诊区，海伦又要去厕所。

"哎呀，帮我拿着包，肚子痛得嘞……"，人有三急，肚子痛大概可以排第一。那种感觉来的时候，天地失色，风云惨淡。

"爽歪歪"并没有让海伦享受到一泻千里的痛快，反而一

---

① 经典动画片《猫和老鼠》里猫叫 Tom，老鼠叫 Jerry。

点不爽,人倒是被折腾得歪七歪八了。

来医院的路上,海伦抱怨前一晚苦不堪言,几乎就睡在马桶上了,"这爽歪歪比更娇丽难喝一万倍,其实不用拉出来,我直接就可以把吃的都呕出来"。她被折腾一整夜,便意不断来袭,但光打雷不下雨,便便迟迟不出。

"爽歪歪又咸又苦又涩,太恶心了,第一口下去,我就开始呕,接下去就是干呕。"因为没有吃晚饭,什么也呕不出来,这种干呕令麦海伦鼻涕眼泪一起流……

"说出来不怕你笑,我觉得就是尿调个味道换个地方出来了。"海伦说好憋着笑不看姐姐。

牧心一向喉咙浅,忍住恶心说:"拜托路上不要堵车!"她既怕妹妹肚子痛忍不住,又怕自己会一口吐在方向盘上。这一路车子开得惊心动魄,堵车从来没有像今天这样可恶。

后来,在化疗时,那种撕心裂肺的呕吐,才让麦海伦明白,什么才是真正的干呕,心肝肺全部都要翻出来,就像反复翻出来抖两抖的大衣口袋,又像菜场上阿姨处理猪肺,每个肺泡都要剪开,翻开,清水洗净。

难道孟婆汤就这么难喝? 她才拒绝喝?

"昨晚拉了几次啊?"

麦牧心看到妹妹脸色蜡黄,她自己也顶着一副隔夜面孔,揉着眼睛哈欠连天,像她的偶像齐天大圣刚从老君炉里面出来。

"十来趟吧,这和爽比更娇丽药力猛多了,拉出来的简直都是水,你绝对要再次听错的……"

姐妹俩相视呵呵苦笑。

这是她们姐妹俩早前的笑话。

海伦一直大便不好,老便秘,多年来,她一直吃各种减肥药,一是为了减肥,另外也是为了便便爽快些,她常挂嘴边上就是"不吃更娇丽我都不会拉了。"

一次,麦海伦在洗手间,麦牧心隔着厕所门跟她聊天,她们俩总会这样,如果一个话题没有讲完,不管对方要做什么,另一个总是会跟着在一旁继续叨叨。麦牧心坐在厕所门口说着说着,忽然问里面的那位:

"你那声音是前面出来的还是后面出来的?"

"是后面……"

"天呢,需要止泻药吗?"

麦海伦现在的意思就是,吃了和爽以后,后面出来的貌似和前面出来的一样质地。

近半年来,便秘变本加厉地折磨她,吃一点东西就腹胀,便意一直有,却又便不出……反正她多年便秘,也从来不当回事,从怀孕到生好孩子这段日子,她为了孩子已经戒掉了减肥药。

可是,就在检查身体头两天,她刚下单了一大箱的更娇丽……现在就在家门口的鞋柜旁,但打开的心情已经没有了。

内窥镜等待区,灰色水门汀,蓝色座位,安装在已经固定在地面上的钢架子上,就像天堂车站,但也许下一个航班去的却是地狱。牧心拉着妹妹坐到门口最靠边,这里去厕所更近,对现在的海伦来说,厕所即天堂。

冬日早上7点,十来个灰秃秃的人挂着灰蒙蒙的脸,泥塑一样瞪着对面墙壁上挂着的液晶电视机,里面播放着 Mr. Bean(《憨豆先生》)。

憨豆在教堂里,马上就要被女王接见,女王一一握手,可憨豆的手却不得不从裤子前门襟里掏出来……姐妹俩忍不住笑出声。

只有她们俩在笑。

姐妹俩互相看了一眼,海伦居然笑得比她还起劲儿……嘴巴大得收不回来。

有人在侧目瞅她俩,面无表情。

是的,这里不该笑。

牧心忽然觉得很抱歉。

电视机屏幕下方,循环显示候诊号码和就诊病人名字,病人的姓用"×"代替了,文明已经无处不在。

此时×海伦的名字出现了,她们姐俩正笑着憨豆前门襟里伸出张牙舞爪的手……忽然看到"患者×海伦"出现在憨豆下面,姐妹俩互相看了一眼,表情和女王看到憨豆伸出裤裆的手差不多。

"姐,不会痛吧? 护士,痛不痛啊?"海伦捏着姐姐的大衣袖子,跟着护士转进里面的走廊,她紧张的可不是诊断结果,就想着肠镜痛不痛……

麦牧心则万般祈祷在心头。

她忽然恨自己为什么没有带本圣经过来,如果结果不是好消息……她会悔死的。

7

海水的蓝色有一种奇妙的酸性感,索尔蒂指挥的铜管乐《女武神的骑行》金属的质感与海水交相辉映,如果你用莱因斯多夫版指挥的洛杉矶爱乐那版,海水就变成死的了。

——剪辑师 沃尔特·默奇

"家属在走廊上等,不要再进去了啊!听到没啊,不要再往里走啦!"

一个年纪大一点儿的护士,戴着口罩一次次地喊,含糊不清,语调里不客气的成分就像她白大褂上的医院名字红得明明白白。

麦海伦不得不一个人走进去。

一张窄窄的小床,床头有个老式电脑模样的屏幕,一个女医生戴着口罩,手里拿着一个画板——难道她要画下来?海伦控制不住遐想。

"是麦海伦?"口罩女医生问。

另外一个男医生,没有戴口罩,手里拿着一根长长的黑色管子,一根更长的黑皮线连着那台老式电脑。

直播?海伦又闪过这个词。

不会让这个男医生做吧?天呢,是要把那根粗粗的管子从那里……进去吗？天呢！

麦海伦已经手脚冰凉,嘴唇发干,舌头在嘴巴里变成了橡皮泥。

这时候,从另外一扇小门进来那个喊话的老护士:"过来,一只脚踏在小凳子上,转过去,裤子褪下来一点儿。"给她打了一针,说:"这是松弛肌肉,缓解疼痛的药!"

不是麻药吗?

"不四(是)的不四的,是缓解疼痛。"

海伦无心再问,她已经是砧板上的鱼了。

然后,老护士又递给她一条裤子,摸上去很粗糙的条纹布。"到那块帘子后面换上,下身全脱掉,反穿裤子啊,开叉大的穿在后面,把自己衣服叠好放在旁边的圆凳子上。"

听不出任何关心,话里话外"不要让我再说一遍"的冰冷,比外面的气温还要低上一两度。

即便是严冬凛冽,麦海伦都是一条单裤,何况是初冷的十二月。脱下黑色铅笔裤,费了点时间,裤脚太小,不得不坐在那个圆凳子上拽,麦海伦紧张极了,隔着帘子,她忍不住问:"医生,在吗?请问疼不疼啊?"听到的是男医生的回答:"只要你配合,没什么的,可以忍受的……"回答得多巧妙呀,难道我还敢不配合?简直是国民党特务刑讯逼供时候的套路。

这条裤子……这,就是一条,开裆裤啊!

整个臀部袒露无遗。

帘子外面那个男医生在等她。

麦海伦站在帘子里面,左拉右掖。

这是哪个蹩脚裁缝做的裤子？开衩居然一直开到膝窝处，即便紧紧合拢双腿，还是遮不住半点儿屁股，面料居然被抠掉一块？

"换好了伐？"

她决定把大衣穿出去，这样可以遮住已经起满鸡皮疙瘩的屁股……

女医生又问了一遍："请问麦海伦换好了吗？"

麦海伦夹着两条大腿挪步出了帘子，步态像企鹅一样，表情尴尬极了，"砧板上的鱼"唯一的愿望就是操作那根管子的是那位女医生……

鱼的祈祷，人类从来听不见，何况是一条砧板上的鱼，这里也不是水世界。

"大衣要脱掉的，躺到床上来，侧躺，脸朝里。"

"啊，我躺好拉上来可以吗？"

"要脱掉的。"这回是女医生的斩钉截铁，她走到治疗床旁，扯走了海伦身上的大衣，递给外面的打针护士。

"对，背对着我，侧躺，下面的手臂枕在头下面，对了，不要紧张，越放松越不痛的。"男医生的声音笃悠悠的。

"你的奇妙旅行开始了！"声音居然让海伦想起给《动物世界》配音的赵忠祥！天呢！那声音轻柔，轻描淡写，像电影《阿甘正传》开头那根不断飘浮的羽毛一样，一瞬间，海伦忘记了那根黑色管子，被眼前的小屏幕吸引住了。

一个热乎乎的东西从 PP 缓缓地进去……

"不痛吧，很好，我们的旅行现在很顺利……"小屏幕上忽然出现一片红,好反胃的红啊。

"你是做模特的吧,人蛮高挑的……"什么?现在是聊这个的时候吗?男医生居然还有空跟她闲聊,这种情况下回答一个男人关于自己身材的问题,麦海伦瞬间灵魂出离地觉得躺在这里的不过是自己的躯壳,真正的自己正在旁边不屑地笑。

"我们的旅行进展蛮顺利的……继续放松,就快到旅行的终点站了……哦,这里好像过不去了,交通堵塞……让我查查出事原因哦。"

What?他这是风趣还是计谋啊?在人家的肠子里开车兜风吗?

麦海伦在眼前的电脑屏幕上,看着自己的 PP 里面粉红色的肠腔,像戴着红外线镜头穿行在弯曲的时空隧道里,无限尴尬和稀罕令她忘记了疾病的担忧。

麦牧心等在门外,双手不断加快 cross 食指中指。

她又在后悔没有带着圣经来。需要这么长时间?别人好像进去没多久就出来的,也没听到里面有妹妹的叫喊声,说明不是很痛吧,否则她早嚷嚷了……牧心正趴着门缝朝里探头探脑,门忽然拉开来,那个老护士出来取东西,问了麦牧心一句:

"你是她什么人呀?"

"姐姐。"

"哦啊,她好像不太好……"牧心听到这句,心脏咣当一下,掉到了地下室,还是 B2。

对面坐着等待做胃镜的患者,每个人拿着一个棕色小瓶,吸溜里面的药液,痛苦的表情读得出那药液的"功能"。胃镜诊室门打开，一个中年男人捂着肚子走出来，摇着手皱着眉头一屁股坐在等候的位子上，脸上表情像撞了鬼似的，家属上来问"怎么样？疼不疼"，他埋头在胸口什么也不想说……医院的一系列检查真像进了76号魔窟，皮肉之痛算不得什么，心里的煎熬才滚油烫心。

就这样走走神，既不敢看表，又不敢去问。门"哗啦"一下，被打开，一张小床撞来撞去推出来，麦海伦躺在上面，牧心立刻起身，低头看到海伦的表情似乎还蛮轻松。

"痛不痛啊？"

"还可以……好像说我结肠里有块息肉，取了一个样本，要做切片检验。"

妹妹被推到外间换衣裤。

牧心转身走进去，蹲在正在电脑上打印上各种数据的男医生身边，问："有问题吗？"

"很糟糕，八成是坏东西，"他指着彩色显示屏，"你看这里，结肠部位，都长满了，快把整个肠腔给堵住了，切片先送去化验，两天后来拿报告……到时就基本知道是良性还是恶性了，我告诉她可能是息肉。"

麦牧心不知道自己是怎么走出来的，她深深地责怪自己，为什么没有带着圣经来呢？

彩色打印纸上，粉红色肠腔里那块有点儿黄兮兮的——她从来就不喜欢菊花——那可恶的东西长得真像菊花。其实病理上长成像菊花状的东西从来就是魔鬼的笑脸。

她掏出手机，按拨出键，list里出现阿福的电话号码……

8

真正忙碌的人是从不知道自己体重的。

——美国政治家　豪厄尔·科布

麦柯怡站在落地窗前,艳阳透过大玻璃窗照进室内,一条斜斜的尘柱若有若无载着一丝暖洋洋的气氛横穿客厅。

"该死的骗人的阳光。"麦柯怡在心里默默地咒骂着这阳光。

钟点工阿姨在拖地板,妇人身躯肥大,50 平方米的客厅似乎都不够她转圈,像大号的悍马车在马路上很难掉头一样。一转身,胳膊肘碰落音响上的照片框,再回头看,屁股又蹭歪了落地花瓶。

"马路牙子都结冰了,还是屋子里舒服,外面可冷了。"

这位编号 06 – 11 – 23 的阿姨姓什么?麦柯怡搞不清楚。

北京钟点工市场忽然被大一统了,或许是哪位领导人同志家的钟点工搞大了做了个钟点工"托拉斯"。跟这家钟点工"托拉斯"签约以后,他们负责给你安排派遣阿姨,钱付给"托拉斯"。"托拉斯"包办一切,有着计划经济时代粮食统购统销的气势。

柯怡家不需要钟点工天天来,选择一周服务两天的方式。

如此一来,每周派遣来的钟点工阿姨都不一样,这真让麦柯怡头大。

新人报到,都要她像领班一样从头到尾介绍一遍:这是地板液,厨房不要用拖把,家具蜡在这里,皮沙发用那块抹布擦……最后把阿姨带到她的画室,叮嘱一句:这个房间我不带你不要进来。

半年下来,她已经分别同来自十五个省市不同民族的阿姨打过交道了,交际之广快赶上我们统战部的副部长了。今天这个胖胖的大妈据说来自云南,裹着头巾,或许是少数民族。想起谁跟她说过一句,云南那边有一个少数民族的女人以黑为贵以胖为美……若是以这个审美标准,这位阿姨要算是那个民族里的美人儿。

穿着长长的裙子,灯芯绒面料?里面是一条毛裤,她一边拖地,裙摆扫来扫去,硕大的身躯在阳光里同尘柱捉迷藏。

"她多久洗一次头呢?"麦柯怡看着美妇人油腻腻的头巾,颜色不蓝不紫不灰,想着绝对不能让她进卧室铺叠床铺。

"能不能让她先洗个澡再干活呢?"哈,我是不是洁癖啊,想到这,柯怡双臂使劲儿抱了抱自己,赶快清除自己脑子里这个疯狂的想法。

"哎呀,她的裙摆一定沾上过公共厕所的……"这样想着,麦柯怡就差吼住她,让她停下,赶紧走人。

她压抑着心中的各种疑虑,讨厌自己总是有各种不满的情绪。早前,她会说给府听,府宽慰她的同时,也会委婉地点出她这样的不容人的性格越来越像她妈妈。她很不爱听这话。这方面她很像中国古代的皇帝,下诏恳切地纳谏,臣下意见提狠了,又像被踩着尾巴一样勃然大怒。反面说明贞观之治不容易,李世民不简单。话说,后来李世民还是把爱提意见的魏征的墓碑都砸了。现在,她不想跟人抱怨了。府的墓碑要竖起来还早,没有砸的机会,但形象已经在她心里被砸了好几回。女人嘛,有些小小的挑剔和琐碎的抱怨,需要有被爱着的自信才能说出口。府这种北方粗糙男人哪里能领会呢。

"大姐,你家 zen(真)干净呀,好弄。"麦柯怡看着她,发现美妇人看上去块头大,其实还蛮年轻的,一定比她年纪小,一声声"姐啊""姐啊"地叫着。

麦柯怡决定明天就给中介打电话,结账,再也不能这样了,让全国各地的阿姨来她家里动手动脚,说三道四,踩来踩去。

不行,还是等她从上海回来再说吧。先订机票。

转身拿起角几上的小台历,女儿明天期末考试,还有不到10 天就过年,海伦已经住进医院,手术就在后天,她要赶在手术前回上海。

只有订明天最晚一个航班。

美妇人移到女儿房间了。

"啧啧,真是公主房啊!"美妇人推开女儿南芏的房间,忍不住感叹了一句。柯怡从小培养女儿的审美,从选床上用品开始,质地颜色,要让女儿用皮肤感受品质的差别。

她没有接话。看着美妇人红扑扑的脸蛋,这是多健康的身体啊,我宁愿有个这样的妹妹,生活粗糙一点儿又何妨?

她眼睛一阵发酸。

"姐,这都是你画的呀?"美妇人不知什么时候自己移动到她的画室门口,并没有进去,站在房门处,探头探脑朝里望,柯怡因为心乱如麻,差点儿忘记这件事。

"不要进去! 那里今天不需要清扫的!"被她突然的大声吓了一跳,美妇人赶紧侧移了两步,一下靠在门口的墙壁上,险些一个趔趄。

"我没进去没进去,好的好的。"

"不好意思,那个房间都是我自己打扫的,刚才忘了跟你说。"

"没事儿没事儿,姐长得漂亮还那么有本事。"麦柯怡想这美妇人怕是出来做了一阵子了,说话浑圆不辜负她的身材。

"你是哪里人?"

"云南过来的,家在丽江。"

"那么美丽的地方为啥来这北方的城市啊?"

"儿子考到这里读大学,家里就我一个人,来陪他,顺便找点儿事做做。"

老半天,麦柯怡没说话,看着她开始拼命擦地板,把裙子打成结挂在臀部后面,可怜天下父母心。

"阿姨,餐桌上有凉白开,旁边有杯子,渴了就用好了。"

电话响,麦柯怡走到角几边接电话,顺手把小台历放在桌上,是府嘉禹。

"想好了吗,什么时候走?"

"明天晚上最后一个航班。"

"那我帮你订票啦?"

"嗯,开放票,回来时间定不下来。"

"行吧。"

"你休假办好了吗?"

"这不等你定下来什么时候走,我就把休假日期定了,这不还得跟下面交代交代么?"

"整年的年假都能一起休了吗?"

"看吧,年底了,公司特忙,反正我争取吧。"

"哦,那别忘记跟你妈说过年海南岛咱去不了。"

"知道知道……那个,南茳知道你什么时候去上海吗?"

"等她明天考好,接她回来时我会跟她说的。"

"丫头肯定特失望……"

"是啊。以后补给她。"她知道,府老太太肯定也特失望。

"女儿大提琴课怎么上啊? 你把那老师的电话号码发给我吧。"

"好,还有芭蕾课和游泳课,地址车上的 GPS 都存了,上课时间在冰箱上,南茳自己也知道。每天在家练琴半小时,老师会叮嘱怎么练。"

"啧啧,丫头真忙,回头说,我赶紧订票吧。"

府嘉禹觉得女儿课外课太多了,女孩儿么,要笃悠悠地生活,柯怡就是不断地逼迫闺女,老实讲,他觉得养女儿最重要的是得有个有钱的爸。所以只要他足够努力就行。

"现在女孩拼什么知道吗? 拼爹呢!"

麦柯怡跟他争,没结果,于是互相打冷战。后来柯怡想想自己也是可笑,拼爹拼的不就是府自己嘛,难得一个男人这么自我加压,像优秀共产党人似的,我还吹毛求疵个啥。后来,府嘉禹也不提建议了。学吧,反正女儿也没啥特别反感,毕竟柯怡在操持这个家。他宠爱这个女儿,柯怡说他跟自己女儿说话的语调都太宠溺,有吗?他不觉得,他只觉得宠爱得还不够。

"知道吗?女孩儿得读三流大学,找二流工作,才能嫁到一流老公。"

每当府嘉禹这么说,柯怡都想反问:你觉得自己是一流老公吗?但那样一问不就等于承认自己是三流女人了么。何况自己读的确实是三流大学,想起来都窝火。

云南美妇人终于移到大门口,换鞋。

"姐,到点儿了,我这也完事儿了,赶明儿还被派到你家就好了。"

麦柯怡微笑着客套,开着门等她慢慢挪出大门,等她挪进电梯,看她在电梯门即将合上的一瞬间,一甩手迅速把裙摆拽进去。叮,电梯下去了。

她轻轻关上大门,笑脸迅速消失,柯怡的脸似乎自带橡皮擦功能,转身奔到电话机旁打电话给大姐麦牧心。

9

病着了,心也弱了罢,
种种要哭的事情
都聚到心头来了。

——日本明治时期诗人　石川啄木

阿福接过牧心递过来的肠镜彩色打印报告时,在门诊室坐诊。忍不住叹了口气,一下子跌靠在椅背上,原来问题在肠子上,老汤真不愧是读片专家啊,哎,他心想,肝脏和结肠,到底哪个是病灶之源呢?但不管怎么样,得立即手术,不需要等肠镜切片报告了,他脑子迅速搜索,把海伦交到谁手里去做这个手术呢?

慢慢地,他双手抱胸,一只手移上来,捏着自己的下巴,眼睛忽然亮亮的,一阵不易察觉的表情闪过。牧心盯着对面的阿福,等他说话。

"怎么会比想象的还差……怎么会呢?!海伦呢?"

"在外面坐着。"

"先不要跟她说得太明白吧。"

"好。现在怎么办?"

"尽快手术。请谁来做呢……"阿福拿起桌面上一张医生门诊时间表,然后手指停在一个名字上。

"我们去请上官诺兰医生来帮忙做这个手术吧。"

"你上次不是说,这类手术做得最好的医生不在你们医院吗?"

"上官诺兰是我遇见过的最好的外科医生。从技术上讲,他属于保守派,上官医生心地好,在手术台上十分尊重生命。"

麦牧心一时不明白为什么外科医生"保守"就是好?

几年前某夜,妈妈的肾癌手术完,牧心在病房陪夜,阿福在医院附近应酬顺便过来看看牧心和姨妈。他口袋里揣着聚会剩下的两罐啤酒,在病房的走廊尽头,铺张报纸,席地而坐,跟牧心一起喝酒聊天。

那时候,阿福还没有当父亲。还肯说自己的心情,说他第一次面对病人死在手术台上,当时他还在实习期。

有个夜晚,阿福在急诊值夜班,一个男青年遇到车祸,血淋淋地被送进来,"你知道么,就是,我觉得人都给撞的,就是那种,里外都碎了……你知道那种感觉吗?"

好几个科室的医生都在手术室乱转,但到底没有抢救过来。事后,他和另一个同学躲在医院楼梯转角处大哭一场。他们无法接受,一个生龙活虎的同龄人,突然之间就没有了。看战争影片,千军万马倒在面前我们可以无动于衷,但寻常生活中,眼前一个人的突然逝去我们就会受不了,可见世界上最残酷的莫过于现实生活。

当时麦牧心听阿福讲这些,也就当故事听来着……素不相识的死者,不如在楼梯上哭泣的年轻医生更打动她。

麦海伦怀孕的时候,整日抱着卷筒纸眼泪汪汪柔肠百转千回地靠韩剧打发时间,有一部讲外科医生的故事:一位胸外科医生,技艺高超,心地善良,总会接收那些别人不愿意收的疑难病人,对待病人家属毫不势利。却常常因为坚持己见同上司争执,也会因为对年轻医生过分"不信任"而令下属心生畏惧。最后,他变成了一个寂寞的人,没有朋友,甚至被他医治好的病人来谢他,他也不愿再见,因为不愿看到病人对他感激涕零甚至略显卑微的那份真挚,他躲开一切真情流露的时刻。

海伦尤其被其中一句台词打动:"要做一名心里含着泪水的医生。"

阿福为医十分谨慎,他对家人常说"不要小看小毛病哦,不要自己给自己开药,不要去百度看病"。说多了,家里人碰到头疼脑热都不敢去找他开药,怕他"小题大做",一个感冒就直接开出住院单。

保守的外科医生上官诺兰,该不会更加不苟言笑难以相处吧。牧心脑子里闪过美剧里豪斯医生的形象,当然去除了那根拐棍。

寻常人觉得,把病给治好了,命救回来,才是好医生。中国人讲究,不为良相,就为良医。所谓药到病除,妙手回春,便是华佗再世,扁鹊重生。现在中国医院里面,华佗扁鹊难觅,多的只是被现实生活压成驼背,被无知患者家属痛扁的医生。

可是阿福说:"没有一种病是治得好的,命,不是被救回来的,是暂时保回来。人呢,看的不是病,来看病亮出来的是自己的'命盘'。"

"这听上去是不是有些'宿命'?"

"是,也不是。有时候,病人之所以活下来,并非完全是正确的药物和手术,总有一股神秘的力量,让他撑了下来⋯⋯"

那晚在妈妈病房的门口,喝着啤酒的阿福说,他希望自己是织田信长,"手里握着一把鬼丸刀,快意人生"。那时候年轻的阿福没想过,织田信长握的是杀人的刀,而不是救人的刀。鬼丸刀也不是柳叶刀。

织田信长?阿福的性格难道不是更像谨小慎微的德川家康吗?人们被看到的模样常常与内心深处的自我想象很不一致。博浪沙惊世一锤,令秦始皇命在呼吸之间的,便是温婉如女子的张良张子房。

外科医生,善用刀的善良人。

10

"有时你疲疲困困,你的心休息,你的生命匍匐着像是一
条假寐的狗。"

——汪曾祺 《邂逅》

上官诺兰的专家门诊要到下周一。

安德鲁说,这个周末他要去一次西北。

好。好吧。

麦牧心不想同任何人说话,电话设置自动答录机状态,即
便这时候安德鲁陪伴在她身边,他也只是安静地陪伴着她而
已,这个男人就是懂得沉默的好处。

然而此时,一个人待着更好,免得对试图宽慰你的有心人
增加一份歉疚。

如此一来,麦牧心肆无忌惮地把自己囤在厨房里。

当她心事重重的时候,她就躲在厨房里,她在厨房里抽
烟,她在厨房里研究即将采访的剧本,她在厨房里慢慢地制作
杂菜沙拉。

这厨房有她需要的所有,高靠背的吧凳,蜡烛,电磁炉灶
台,笔筒和手边的书,所有菜谱堆在微波炉旁边。

麦牧心做菜从来不用好刀,因为心中有把好刀。

她喜欢用手撕菜。胡萝卜之类的根茎类蔬菜,她才会用刀,也一定是小小的或者是窄刀面的水果刀,她切得总是很慢很小心。

用刀的时候,她的注意力最集中。但并非阿福那样敬畏自己手中的柳叶刀,她是真怕。

她怕刀刃,她不喜欢任何锋利的东西。

命格属金的女子喜火近木。

牧心爱花草。

安德鲁喜欢吃熏肉,她去买现成切好的片装,她就是不能用刀切肉,切任何肉,她都感觉到"疼",总会想象它若是切在自己手上会如何惨不忍睹,肉类的联想太近似于人类自身。

每当摸到柔软冰凉油腻腥气的生肉,她就痛恨自己为何还在吃肉。烤熟以后的脂肪一定是撒但撒上了迷魂药,令人难以拒绝。

她怕痛,钱包里永远备着创可贴,其实多数时候那些创可贴最后贴在了她的脚后跟上。或者,闲来无事贴在手背上,记一个陌生的电话号码……

海伦的手术会有多大呢?会出多少血啊……她不敢想更加不敢看刀,似乎那就是一把手术刀,一把即将划破妹妹肌肤的柳叶刀。

《等待戈多》。

厚厚一叠 A4 纸,每页稀疏的对话,简短,重复。

倒是适合当下牧心的阅读情绪,她无法把自己集中在冗长的句子和复杂的字里行间。

采访计划是写一位话剧导演,他打算重新排演这部话剧。

《圣经》。

《等待戈多》。

一遍遍读,一遍遍翻。

甚至能背诵下来部分对话。

现在剧本翻开扣放在厨房的操作台上。

她盯着篮子里的一盆荷兰芹,这种植物的花叶像小伞,疏散开,闻起来很香,芹菜的锐味全在,作为新鲜香料很难用。因为借的是它的味儿,吃到嘴里口感不适。一定要搅拌上一些米仁才好,不然口感发涩,米仁的软和糯,综合了荷兰芹的各色。她喜欢把荷兰芹在开水锅里迅速氽一下后再用。

做没有油烟的蔬菜,厅里点着一排白茶香烛,烛火最生暖意。她做的这道色拉需要烤南瓜,对南瓜要求蛮高,一定要用日本南瓜,切成10厘米见方的块状,浸在清水里浸泡半个小时。然后皮朝下置于烤盘的锡纸上,滴上橄榄油,25分钟。

从烤箱取出已经烤得有点缩小的南瓜,在70度左右时淋上肉桂粉,安德鲁居然不喜欢肉桂的味道,牧心却认为肉桂有股幸福的味道。

切黄瓜。买黄瓜的时候,会挑选那些卖相上佳的,切成小块,方寸不可超出叉子的工作范畴,一叉下去,不见底,过半,入口,舌头配合口齿,轻轻一撸,送到嘴深处。

樱桃蕃茄,对半切开后,要快,防止汁水溜了。适合入口的尺寸,不能咬两口才解决,汁乱飙太不雅了……生菜铺在下面,因为要混合着块状的蔬菜吃。生菜叶子不可太大,她喜欢用手撕大片的生菜叶子或者直接用菜心部分……总之,她可不喜欢在吃沙拉的时候,还要再次动刀。

所以,麦牧心几乎不吃用刀的西餐。

她让自己在厨房里忙碌着,唯有做复杂的沙拉,才可以集中注意力,品种多,操作动作却简单。

她没有烧饭煮菜热气腾腾的情绪。

看着慢慢淋下水的生菜,《等待戈多》刚才读到的那句跳到心里。戈戈——就是埃斯特拉贡——就是 Estragon——法文"龙蒿"的意思啊,法式菜肴中不可或缺的香料,牧心的法式菜谱里很重视这个香料,到处放,炖鸡,蒸鱼,煮海鲜,烤肉,甚至法国人喜欢浸泡在白醋或者白葡萄酒里,那个味道有点儿"呛",混合了辣椒茴香和罗勒叶的味道。

或许因为塞缪尔·贝克特用法文写等待戈多的缘故。

戈戈说:"狄狄,我个人的噩梦如果不能告诉你,叫我告诉谁去?"

"狄狄,Vladimir,佛拉狄米尔,"安德鲁说,这是一个斯拉夫语的男性名字,在俄语古老的寓意有"世界的统治者"的意思。奇怪的贝克特,他会随意为两位主角选择这两个人名吗?

杂菜沙拉就快完成了,最后剩下酱料。

她打算调制一个有点浓稠又营养丰富的酱汁。

安德鲁的妈妈教过她一种沙拉酱,老太太一生研究素食。用鹰嘴豆,拌上芝麻酱,加几颗蒜瓣、孜然、两片柠檬叶,全速搅拌搅成糊状……这位德国老太太不信基督却信奉佛教,手里一串用紫玛瑙制作的佛珠,随着老妇人的移动,发出细细碎碎的声音。得知海伦患病她给牧心打电话："牧：苦难是修行，陪伴受苦的人更是一种修行，佛教没有戏剧性，真正令人享受宁静。"

安德鲁也信奉佛教，然而他不进寺庙跪拜烧香。

牧心的心里充斥着忧虑和无可奈何。

妹妹太年轻，而且是单身妈妈，落得这个事，让她备感人世无常。

厨房窗外的院子，十分萧条，鼓起的小坡上铺满了香樟落叶，失去了水分的树叶，卷曲着随风乱飘，哗啦啦的。

这冰冷的季节还真闹心。

窗台上的兔子花耷拉着耳朵，像漫画里面挫败了的流氓兔，好久没有去花市了。

她走出后门，清空窗台，独留下雪白的花盆空置。

上海的冬天，布满常绿的灌木，那种暗沉的绿仿佛它不得不承担的责任，不情不愿地随处站着。

煮咖啡，洗杯子，再次走出后门去抽烟，她想着下周以后她们姐妹将要面对的日子。不敢想却偏偏要去想象海伦如果是没了……种种被抠了图的影像闪过脑海。

眼泪仿佛感冒时的清鼻涕，止不住，轻轻流成串儿，滴在手背上，顺着手指润湿了香烟。

11

我一生都在偏爱和偏食里度过。

——某韩剧里一位任性大妈台词

海伦蜷坐在摇椅上,摇椅在阳台上,阳台用无缝玻璃全封闭了,摇椅的视角,至少有 270 度,一个最适合仰天长叹的角度。

她喜欢住高层,34 层靠边这一套,最得她心,牧心却从来不踏足这个阳台,甚至要靠近通往阳台的拉门,她都要蹲下来,说感觉自己站在"空中飘荡的火柴盒里",很不靠谱的感觉,然而这正是妹妹给几乎所有人的感觉,包括妈妈卢女士。

住得再高,天上的星星依然遥远。

九九说:"妈妈,每个人都有自己的天堂呢,就好像每个人都有自己的小床一样啊。"

那我的天堂一定要紫色。

海伦关掉卧室里所有的灯光,为了在黑暗中看清窗外更黑的夜。

是介于靛蓝和黑色之间的紫色。我们的血液曾经是"神圣的紫色"。

紫色,想融化进去,消失在里面。英国人哀悼的颜色。彩虹光谱中最后一种颜色,已知王国的边界和未知王国的开端。

冥界的旗帜。

我要的天堂一定是紫色。海伦一向有把冥界变成天堂的勇气,最常做的事情却是把男人的热望变成冰窟,然后又加点热度,把冰融成水流一地的不可收拾。

哦,可恶的 ANNA SUI!①

那讨厌的老妖婆让紫色如此市侩。在海伦的厌恶清单里面排名第一。

小 K 说,紫色的完美伴侣是橙色,瞎讲吧,古罗马的皇帝披紫袍戴金冠,所以紫色的最佳搭档应该是金色。

小 K 是美术编辑,时尚杂志插画。小 K 同海伦特别合得来,就像小 K 嘴里的紫色和橙色——完美伴侣。

小 K 寡言少语,除非聊颜色。

"色彩是人与自然界达成和解的一个大谎言。"小 K 从来不给自己的小画上色,他说:"心里没有色彩的人看七彩都是黑白。"他喜欢与颜色有关的神秘传说,"知道吗？我从一本书看来的,说自然界里的白色花,当你用紫外线观测仪,能看见白色花瓣上覆盖着魔鬼般艳丽的纹路,可惜,人类的眼睛看不见,哈,可笑吧,我们人类！"

"爱情是紫色的。"海伦一如既往的论调。

"提尔紫还是钴紫?"

"海蜗牛的眼泪。"海伦听小 K 讲过神秘的海蜗牛与紫色

① 安娜苏,化妆品品牌。

的故事。

"很臭的……"小K说话从来手里拿着笔,不停地画,不停地说从不会令他的手停下来,画同他对话的人,画谈话的内容。那天,他开始画海蜗牛,这幅画,海伦至今收着,海蜗牛灰色的贝壳,眼泪落下一串串紫色。海伦收集他的涂鸦,他告诉海伦,他笔下画的比他嘴里讲出来的要真实。

"据说,那些染匠,有些很残忍,他们抓住海蜗牛,用一把小刀压住这可怜的小动物从它的头直至后部末端挤压,他们三番五次地挤压蜗牛,让它一次一次地自己吐出紫色,直到这些小动物精疲力尽而死亡。日本人在南美那边就这样做过。"小K说,这些故事他在一本有关颜色的书里读到,。

"听说最好的钴紫是日本人做出来的。"海伦打岔,绕开这些悲伤的故事。

"摩西接受上帝晓谕的时候,穿着紫色袍子,不过,犹太人的紫色也可能是靛蓝哦。"说着,小K手里开始画裸体亚当和夏娃。

"别打岔了,我喜欢的是紫色,英国品种的薰衣草颜色,是海蜗牛眼泪的颜色。"

"从没看到你穿戴有半点儿紫色。"小K说着抬头像扫描仪一样地扫了一遍海伦。这男孩儿扎着马尾长发甩在肩头,除了低哑的声音,小K细腻的皮肤和细溜溜的骨架真像个女生。

"紫色是我灵魂的颜色。"

"你是说你生来是紫色的。"

"谁说不是呢?"

"橙色是紫色的完美色彩伴侣。"小 K 每次总要强调这个海伦不认可的论断。同海伦在服装仓库聊天临走总会给她一幅画像,都是海伦的各种有酒窝的笑脸,海伦都收在一个文件夹里。

"橙色,不行不行,琥珀色怎么样?"

小 K 那些画,与那些她不敢翻开的影集在一起。

现实生活里的麦海伦很少笑,因为她的笑脸都已经收拢在文件夹里了。

小 K 说他笔下画的,是他用心灵看到的画面。

难道他能够看到在 Rene 镜头前面的我吗?

"我听说,自己曾经有一份传说中的爱情。"蜷在摇椅上,随口说出这句歌词,哪首歌呢……"我听说,那份传说的爱情里,有一个谜一样的男人。"

Cancer。

这是她的判决书吗?

癌症。

可笑,这不是传说中谁的家人才会得的病吗?

巨蟹座。

为什么巨蟹座的英文是 Cancer?

螃蟹。海蜗牛。

什么时候开始下雨了,雨点很轻,软绵绵的,飘在冷风中,它甚至无力在玻璃窗上扣出滴滴答答的声音,被不解风情的风硬是摁到窗上。于是在夜空下,四面八方的窗慢慢地泪流满面。

要冷了。

这座城市的 12 月份最不好过,夜冷如冰,凉雨不断。

海伦看着自己的影子在流泪的玻璃窗里,像刻在玻璃上的窗花。她和 Rene 在深夜里开车,车窗上也有这样的自己,车窗外也有不解风情的风和柔软的雨。

她把左手横着伸向侧面,那里曾经有一个胡子拉碴的下巴……

想念里昂。

想念连绵的冷雨。

想念那条柔软的白浴巾。

有多久没有这么认真地思念过他了?

那个流传在人们嘴里的情人,那个遥远的巨蟹座男人。

他叫 Rene。

12

如鹰之眼,如狮之心,如妇人之巧手。

——19世纪英国外科医师 Aseley Cooper
列出外科同僚们所需具备的条件

"前面还有15个人。"瞄了一眼诊疗室门上的显示牌,海伦看看手里的门诊号码做了一个减法。

"一个人看5分钟,需要吧?"牧心说着,环顾一下这条走廊,然后就拉着妹妹的手说:"午饭前能看上就烧高香了。"

门诊候诊区的铝合金座位上,密密麻麻坐满人。多半是中老年人,一副副黯沉的面孔架在各色冬服上,耷拉着的眼皮恨不得把自己也罩在里面。

牧心心里计算了一下,等这些老家伙们缓缓走进去慢慢坐下来就得五分钟……姐妹俩对视了一眼,到外面大厅里靠近窗口处找了两个座位,每隔上一会,麦牧心起身去看看上官诺兰候诊室的号码……

"哎,那个37号起码待在里面15分钟啦!"

"这么慢,要看到下午啊!"

"奇怪,这个上官医生看来也蛮耐心的。"牧心又想起阿福说的"上官心地善良技术保守"。

"不知道可不可以过了年再做手术?"麦海伦低语着。她想着九九怎么能一个人过年呢?难道让迪贤带着她?她不敢想九九会哭成什么奶奶样。也别说,九九的相貌像极了她奶奶,尤其是肿肿的眼泡,永远睡不醒的慵懒。动作慢得像《疯狂动物城》里面的三指树懒闪电。整日面无表情地神游八方,内心世界却丰富得像迪斯尼乐园加上一个美食广场。

"还是听听医生怎么讲……我看总是越早越好吧。"

"反正都长上了,早晚一个月差不了什么。"海伦一心想着九九。

等待的时间总很漫长,咖啡喝光了,纸杯捏得像被揍扁了的变形金刚。医院里这些走来走去的人啊,满脸严霜,像冬日里行走的温度计。

麦牧心想,她们姐俩的脸也好不到哪里去,她转头看妹妹,海伦低着头翻看手机里九九的照片,笑眯眯的。她居然笑眯眯的呢。

轮到两人坐到上官医生面前,已时近中午。

"上官医生,我们是阿福的……"

"哎呀,你们怎么才来?"话没讲完,上官马上接口,一副熟人相见的亲切感。

姐妹俩面面相觑:"我们一直等在外面,没有轮到号码。"

"阿福同我说过了,一直在等你们,今天都是老病人,复诊的多,多数没啥大事情,我还到门口找过你们,你们等在哪里呢?"

麦牧心忽然觉得上官如冬日艳阳,好温暖,她站在上官诺兰的侧面,海伦坐在患者座位上。然后,她蹲下来,这样的高度可以同坐着的两人平视讲话,一会她又站了起来,因为她鼻子有点酸,因这个陌生男人的暖意关切。

上官诺兰开始看海伦递上去的各类化验报告,分别把几张影像片子贴到读片灯箱上。抿着嘴,许久没有问海伦问题,只是在读片,低头翻看各类化验单,当他抬眼看着海伦时,海伦正在像九九那般发呆。

"哪儿不舒服啊?"他忽然这样问,海伦看了一眼姐姐,一时不知道从哪儿开始说起好。

"哪儿不舒服啊?怎么想到来检查身体呢?"上官笑着又问了句。

"首先是看脾脏的……"看到海伦呆呆的表情,麦牧心抢先回答了一句。但是,上官没有回头看她,眼睛还是看着海伦。

"生孩子以后去体检就说我脾脏大……我的肝一直是大三阳……就是觉得累……最近有些腹痛,以为是累着了……还说我是小肝癌……我现在到底是什么问题呢?"

海伦说得断断续续的,糊里糊涂的,像在说别人的病情,上官右手半握拳顶住嘴巴,耐心地听着,没有打断她,淡淡地嗯着几声……

"孩子几岁了?"

"你问我的女儿吗?"海伦想不到他忽然问了这样一句。

"是呀,你的孩子几岁啦?"

"4 岁,不过马上 5 岁了。"

上官似笑非笑的表情忽然让海伦觉得,他似乎没有给她在看病,又似乎她的病不值得担心。

"还有一张肠镜报告没有拿到,下周……"海伦想的是,或许上官还不清楚她的病况,因为肠镜报告没有拿到,那么最终答案还没出来。

上官斜过上半身,从诊疗台的右上方小隔间里拿出小本样的单子,一边写一边再次所答非所问:"明天就来办理住院吧。"

"啊?"

"啊?"

两姐妹同时轻轻地啊了一声。

上官仍然在低头写单据,没有抬头,看不到他的表情,接着说:"嗯,明天就可以办理住院手续了,你可以回家准备一下,后天住进来也可以的。"

海伦的表情忽然僵了。

"肠镜报告不用看了。"上官忽然加了一句。

顺手把一叠已经写好的单据递给海伦:"你们先出去办理一些手续吧。"

麦牧心慢了一步出门,她回头坐到海伦的位置上。

"上官医生,你看她的病严重吗?是肠子上还是肝上?"

"开了才知道。"

"就是有可能不是……是不是呀?"

"你放心,我会尽力的,她还年轻。"

坏消息总是让人不知从何说起,但即便不说已路人皆知。

上官诺兰在心里又重复了一遍这句话,在美国医院进修的那些日子,身旁医生们说得最多的就是:"Good news! 我们要说好消息。"

如果都是好消息,需要医生做什么?

所以医生还要学会沉默。

麦牧心立刻低下头,她已经满眼泪水。

她无法面对陌生的医生流泪。

屏住泪水也不是她的强项。

于是,她就这样略微失礼地低头说着"谢谢谢谢"迅速退出了上官的诊疗室。

麦海伦的病,对于上官诺兰来讲,并非什么疑难杂症,只是对于这个病来说,她实在太年轻了。但真正让他开始重视这个姑娘的病,是在手术台上,打开她的腹腔之后……

当姐妹俩出去以后,他对身边的助理病房医生说,登记下住院病人名单,安排检查。

门诊,收病人,对于治疗来讲,第一步都算不上,因为真正的确诊,手术台上才知道。

13

有很多方法可以让你停止打嗝：含着一块糖或者心里想着一朵玫瑰花。

——法·安热勒·德罗奴瓦 《打嗝放屁那些小事》

"怎么办？我以为可以先吃药治疗。"

"亏你想得出，你当自己是感冒拉肚子，当然越快手术越好。"

"比剖腹产手术要大吧？"

"嗯，这种手术一定是要全麻的。"

"剖腹产的时候脑子是清醒的，完全知道医生在我肚皮上又挤又按，但确实不疼。"

"放心，我想这个手术绝对不会让你醒着听的。"

"姐，我好怕！"

"别怕，能手术就能治好。"麦牧心真心这么想的。

多年前她有个同事，编辑部都喊她扇子姐姐，才女，一手好文字，评论也犀利老道，读者从来猜不到出自一个女子之手。

在每年的例行体检中，扇子被查出患了肺癌，医生不给她手术……说最多再活半年吧。可是扇子离开单位，回到乡下父母的家里,开始她最后的田园牧歌,就那样,她坚持了四年多。想起扇子姑娘,麦牧心不自觉地心中多了份恐惧感,转眼看了下妹妹,她硬生生把差点叹出来的那口气咽了回去。

家里书架上还藏着那个干干净净的十字架。扇子姑娘在生病后成为虔诚的基督徒,那次牧心同安德鲁去希腊,走之前去看望扇子,她请求牧心给她带一个干干净净的闻得到木质香味的十字架回来。

扇子没有等到牧心带的干干净净的十字架。追悼会上,牧心无法忘记扇子那张因为浮肿而异常饱满光滑的脸,一种无法言说的光彩照人。

"哎,九九怎么办?"海伦那声深深的叹息瞬间把牧心扯回到眼前。

"有我们呢,不要愁,真的不要愁。"

"回家我要先把她的衣服都整理出来。"

"好。"

"我会分别装在几个整理箱里,写上标签:内衣,睡衣,家居服,外套,配饰,长袜和短袜,大衣挂着,好找。"

海伦太讲究了。

她自己的衣橱整理得好像精品服装店,黑色衣服绝对不同白色衣服挂一起。

"备一份给你,万一外婆搭配错了,你负责监督老太太,事先我会把衣服一一搭配好,拍照片,然后彩色打印出来,贴在整理箱的盖子上。"

麦牧心笑了。"你这份仔细,若是用在对待自己身体上,你说,该多好啊?"

"哦?我对自己身材也管理得很好啊,肚肠的事情又看不见,这就很难管好了,我还好奇,为啥我的心脏还不错?难道我不应该得个心脏病吗?"

"你少来吧!"

"当真说的,其实我一直折腾这颗心脏来着,它居然还挺顽强。我以为自己有一颗玻璃心。"

"当然顽强,你那心,估计是防爆玻璃心。"

海伦被逗得大笑。

"防爆玻璃真是会哗啦啦碎一地呢!"

许多生肺癌的人从来不抽烟,才华横溢的扇子姑娘,生活一直像她的雅号,过得清风习习,科学讲究,但也没逃过这恶病。

记得那时候去看望扇子,她慢条斯理地讲:"我做了些调查研究,据说一颗癌细胞,在身体里开始成长到一个坏分子,捣乱造成伤害,至少需要 12 年。"

所以,谁知道自己身体里有没有这样的坏分子同样在暗自发狠地分裂再分裂……许多生活检点爱惜自己的人也会得一些令人魂飞魄散的病,谁在冥冥中做这些阴险的策划呢?

一定又是别西卜!提醒撒但,不要放过天神在混沌世界创造的新种类,处处是托身于蛇的撒但。

身体如此神秘。

谁说不是另外一个浩瀚的宇宙。《圣斗士星矢》里面经常要爆发的小宇宙是很有道理的呢。

麦牧心同妹妹就这样彼此沉默着,由着自己机械地朝前走,红灯,就停在人群里,绿灯也是看得到,跟着人群过马路。

她自己胡乱不着边际的瞎想,其实这样和妹妹沉默地勾着胳膊走路,一直有,尤其在某一个人心情不好的时候,她们会这样走在一个又一个的购物中心之间,让每个橱窗里面的塑料模特儿看着如此美丽的两个女子为何如此忧郁。生而为人大概确实还不如塑料。

打破这个沉默,唯有靠某间橱窗里一件中意款。然后迅速加快脚步,仿佛瞬间满血复活,在一间间的试衣间里,总会上演悲喜两重天的叫声。

"没有 Shopping 解决不了的悲伤,"海伦曾经叫嚣着。"如果有,那就再来一次 Shopping。"原来,可以用 Shopping 打散的悲伤不是悲伤。

抬眼看路对面,居然走到了 CROSS。

她和妹妹常常去的咖啡馆。因为靠近牧心的工作室,所以,成为她的"会客室",海伦来找姐姐,直接等在这里。

"喝杯咖啡?"姐姐用眼神询问妹妹。

此时此刻,难道不应当如往常一样,累了倦了去喝一杯吗?

"Wow! CROSS COFFEE! 好久没有见到我亲爱的 Ben 啦!"

14

和后代人相比,当代人的看法微不足道,比方说,是后代人来决定允许什么样的东西放进卢浮宫。

——杜尚 《杜尚访谈录》

《等待戈多》的剧本打印稿在麦牧心的大背包里,厚厚的一沓,难怪包这么重,她居然会带出来,她自己都要看不起自己这种不现实感了。

原本打算在候诊时看看剧本,因为一趟趟地站起来去查看候诊排队号码,顺便望望野眼,原本就困倦的脑袋瓜,被排队吵架的中年妇女给闹得嗡嗡作响,一团心事像浆糊一样粘在脑子里了。牧心想,真是搞不懂这些人,在医院还要吵架,难道把烦躁泼到别人头上会让自己轻松一些么?她们就像一群失眠而口渴的人想用咖啡来解渴。

前几天,编辑把需要采访的话剧导演的联系方式发了过来,叮嘱尽快联系约时间写文章。这个专题给她两个月时间完成。采访,构成这篇专稿的主线,但是需要对当下话剧的生存状态,导演、编剧以及各类小剧场话剧现状和未来的blabla……哦,烦透了,又是一个复杂的调查选题,让容易走神的牧心头疼。她能够想象,到头来无非是体制内的人抱怨体制限制了他们的发展空间和想象,体制外的人呢,抱怨市场竞争环境不公平,倒是那些在夹缝中求生存的草台班子最快乐。

她不由地想起川和梦夫妇,以及他们俩的草台班子剧社。川不用手机,梦骑自行车。在咖啡馆里坐着,像一对不明都市为何物的乡村小镇出来的镜中人。然而川的文字和对戏剧的阐述浩瀚深情,梦在舞台上的表演灿烂无疆。牧心不明白什么实验剧先锋剧……但川和梦走南闯北的草台班子散发的坚韧、乐观的行吟诗人气质,尤其令她敬重而羡慕。

她无心打这个约访的电话。

怎么办,要不要推掉这个任务……可是安德鲁倒是建议她完成,因为塞缪尔·贝克塔是他非常喜欢的剧作家。

安德鲁这个奇怪的德国人,一个读经济法的律师,喜欢尤利西斯和贝克特的文学,却在中国生活得津津有味。德国人的严谨跟中国生活的无序懒散混搭着,就像三明治当中夹了腐乳,怪异的好味道。

据说塞缪尔家乡的爱尔兰皇家剧院即将来上海演出。

麦牡心从来不看好中国人排演的西方古典剧,看来看去不是滋味儿。就像青花瓷盘里面装着牛排,旁边还搭配着塑料筷子。

话剧是西方人的游戏,东方人还是适合画上脸谱做戏。

"戴上金色的假发套,粘上蓝色隐形眼镜,拖着翻译腔念,哦,确切地说是配音腔,念台词,这是在扮演欧力菲雅吗?"

"你太尖刻了，舞台原本就是模仿生活。"安德鲁倒有不同的观点，生活在中国，他唯一不可接受的只是味精。"我更喜欢我们自己的本土故事，比如，我就看不惯台上那万尼亚舅舅不断的耸肩，你不觉得这个动作瞬间露怯吗？因为这位演员在生活中几乎不会用耸肩来表达什么情绪，我的意思，就是类似这些的小细节，我不该注意到这些吗？"

"当然，舞台上的细枝末节被放大而容易露怯，比如我一直觉得现场音乐会就比听制作精良的黑胶碟更精彩，因为你可以听得到错误，看得到演奏者偶尔的慌乱，甚至能看得到他们出汗……这不是更值得我们去欣赏的细节吗？"安德鲁说起这些很兴奋，他尊重一切真实的错误，像一个历史学家无限逼近真相时候的喜悦和兴奋。

牧心曾去看《十二怒汉》的排练，很惊讶本地年轻男演员的身型，他们真是花了些工夫的。

一个无声的哭泣的背影，好演吗？如果你不曾那样表达过情绪，用后背表演无声的痛哭，怎么演呢？好像九十年代初期，《等待戈多》被一位北京导演当做毕业习作拍过，风评居然不错。

麦牡心不以为然，她觉得那部"Made in China"的《等待戈多》充满了布尔什维克的味道，"戈多"被替换成了"某种主义"。

佛拉狄米尔和埃斯特拉贡是分别走向荒野的。

荒野上的那棵树，是柳树，应该是一棵枯柳，牧心心想。"枯藤老树昏鸦，断肠人在天涯"，艺术到了至高境界就相通了,无论古今中外。

上海这座城市,处处梧桐树,不少香樟树。麦牧心不喜欢梧桐树,过于茂盛,树叶又太大,一点儿不优雅。淮海路竟然因为这些高大的梧桐树而成为这个城市最优雅贵气的街道,搞什么百叶结?

在一个缺少高远蓝天灿烂阳光的城市,那些落叶在成为落叶之前,遮掉了好不容易绕过钢筋水泥穿行到身边的微风。

那些扫掉的落叶去烧掉沤肥了没?要沤出好肥料倒也值了。据说马上要执行"不扫落叶"行动,这倒是这座城市在审美上的一次进步。

到了冬天,城里那些拙劣的设计师将彩色的灯泡缠在斑驳的梧桐树杆上。夜晚,制造繁荣堂皇的街景,俗丽十分。

梧桐要在雨中才妖娆。

就不好让它干枯的树干安静地冬眠吗?它已经尽力裸着,回避自己,为冬日的阳光让出宽阔的缝隙。它们原本枯暗的树干如果不去刻意人为装点,那份雕塑感衬托在霓虹灯的暗影里,至少还有一份清风禅意。

爸爸说,悬铃木属于法国梧桐,但是品种不同,法国本土的梧桐树更笔直高大,跟法国人的个子正好成反比。阿塞拜疆人有一句谚语提到悬铃木,当他们形容一个人很可靠,可以依托的时候,就说:他像悬铃木一样可以依托。可惜,只有一个内心如悬铃木的人才值得依托,而不是外形。

梧桐叶子落下之后,如桂圆般大小的果实悬挂在枯枝上,的确像挂着的铃铛。

可那满是节节头的树干,斑驳如白化病人的皮肤,牧心更不喜欢。

她想象伏尔加河畔白杨树的树干,那真是俊美挺拔。父亲说,北方大兴安岭的白杨树笔直着插向蓝天,一大片这样的森林,壮丽得风流倜傥。

任何时候,只要你顺手摸了一把路边的梧桐树干,冬日的树干冰冷粗砺,像伏尔加河边纤夫的手掌还差不多。

依托? 有点可笑。

还是想放弃这个专题。

她没工夫"等待戈多",这段时间最讨厌的就是等待。

陪着妹妹等待检查等待诊断等待手术……

安德鲁推荐几本书给牧心作参考。听说牧心的编辑部要做这个专题,他倒很起劲儿。

"为什么你觉得中国导演不能排这个剧? 德国早就演出过无数场了!"

"上个世纪 90 年代有人排过……不怎么样。"

"经典剧要不断地重排,这是对经典剧最好的致敬。"

牧心偏执地认为,佛拉狄米尔和埃斯特拉贡依托的是一颗柳树,而且是枯柳,绝对不是一棵灌木,灌木有那么高吗? 高到他们可以用来上吊? 莫名其妙地,她对这个剧本里出现的这棵树和胡萝卜特别关心。

"即便在法文原版剧本里,贝克特也没有暗示那是一棵什么品种的树啊。"

"如果贝克特用法文写了这个剧本,或许真是一棵法国梧桐树。"

"我给你说个故事,1961 年在巴黎 Odeon 剧院,演出《等待戈多》。瑞士雕塑家贾科梅蒂为舞台亲自设计制作了一棵可以随意弯来弯去的树,它是用石膏和金属线做成的。"

"可以弯来弯去,难道不是一颗垂柳?"牧心坚持寻找这是一棵柳树的线索。但是,她知道,安德鲁对贝克特本人的研究让她无法反驳。这一点尤其让她恼火。

"随你想吧。每晚演出前,贝克特和贾科梅蒂早早来到剧院,贾科梅蒂会先去舞台上,琢磨着如何改动一根小枝桠的位置,跟着,贝克特再上台去,继续调整这棵石灰树,他们俩就像两个小孩子在搭积木,每一场新的演出之前,会花很多时间调整这棵树的姿态,哪怕再微小的一点变化,都好像是十分十分重要的事情,似乎能决定演出的成败。"

"那棵金属线石灰树上有树叶吗?"

"只有几片,我见过一张黑白照片,那棵树,其实看着很凄凉。"

"按照剧本,后来不是长出了新绿吗?"

"贝克特觉得,稀稀落落几片树叶,比起挂满茂盛叶子的一棵树,更是他要的效果。"

"他要什么效果?"

"他曾说'他希望他的舞台上是眼泪、滑稽和宁静'。"

所以,他们终究是等不到他们的戈多了吧,要是他们选择等待戈多的那个荒野上到处都是"可以依托"的悬铃木,是不是戈多一早就能等到了?

如果是一棵柳树,该不是可以烧制柳条炭的被维京妇女称为 viker 的古老柳树吧。

"烦透了!据说后来那棵树都变成灯光投影了。人们越来越懒,设计越来越潦草。"

麦牧心一路瞎想,越是靠近话剧院,越是想着自己手边的那个剧本,那个等待着的采访。

安德鲁喜欢法文版的《等待戈多》话剧。

"每个人心中都有自己的戈多。贝克特在剧本走红之初的采访中就强调,他的'Godot'绝对不是'God'。"

安德鲁的人生里,没有"等"的概念。

"人是被自己所创造的生活中等待的主角。"安德鲁不愿意谈理想,也一直说自己并没有一个真正意义上的梦想。

他看重当下正在做什么。因为他是不折不扣的金牛座。

所以他们俩不谈论婚姻,不计划未来。

他说今天在一起最重要。"花费今天在一起的时间来讨论明天是否还要在一起,是非常荒谬的。"

牧心很认同。但是也花了许久说服自己,安德鲁嘴里那件"荒谬的事"不适合她跟一个执行力很强的德国男朋友讨论。

安德鲁的生活只有当下,他的当下里有她的爱。

纯粹为等待而等待,荒凉而又绝望。就像那棵牧心想象中的荒野枯柳。

"虽然《等待戈多》就是一个关于等待的故事,但是塞缪尔终其一生不是在等待,他在寻找。他"寻找上帝"。对于上帝、信仰,他就像一个小动物不要命地着迷般尾随着它的掠夺者,怕被发现,却又不敢靠近。所以他是'God haunted'。"

安德鲁自己呢?一个矛盾体,从《可兰经》到《心经》从《新约旧约》到《金刚经》甚至《爱经》……他只是阅读,从不评论,就像他在喝一杯凉白开。

15

零是如此的真实。

——古希腊哲学家　德谟克利特

挽着妹妹的手,顺便揣在她的大衣口袋里,很温暖。

人有时候相当奇怪,当悲伤和哀痛来得猛烈而突然的时候,外表展现出的往往是内心最深处的平静。

牧心背着《等待戈多》的剧本,想着安德鲁的意见和她的这个采访任务,有点走神,忽然在妹妹口袋里的手好像被轻轻电了一下,她顿时回过神来,是海伦口袋里的手机在震动。

电话那一头是九九爸爸。

牧心打算把手从妹妹口袋里抽出来,方便她接电话。可是,海伦的手在大衣口袋里抓住了姐姐的手。牧心低着头,看着两人的脚步,发现两人的肩膀一直撞上,步伐错了,她略微慢下一步,这回好了,步子顺了,两个人又像往常那样成了这座城市最美丽的一道风景。

"应该算是确诊了,是癌症。"

……

"医生说不用等肠镜报告了,住院后再补做肺 CT,担心已经转移到肺了吧。"

牧心对着话筒插嘴："不要听她瞎讲,医生根本没提过转移到肺什么的事儿。"

海伦举着电话白了一眼姐姐。

"明后天就可以住院。"

……

"钱有的,姐姐付好了。"

……

"以后再说吧,谢谢。对了,周末不要忘记去接九九。"

……

"嗯,嗯,先这样吧。"

……

"不要不要,你按计划去见客户吧,不要换时间,我和姐姐一起……知道了——哪里都不疼——知道了,不冷,穿挺多。"

……

海伦挂断电话,面无表情。

"他在哪里?"

"没问。"

"他……怎么样?"

"好像要哭的腔调……他没事的,一杯小酒下肚,什么都想开了。还是想不开,就两杯小酒下去,包好。"

"要不你们去碰面?"

"不要。"

她们继续走,牧心低头看着两人出脚的顺序,想保证两个人肩膀一个方向协调地晃。可是,走路这东西自己一关注,反而凌乱起来,还是本能可以协调步伐,随着心走。

海伦单手查看着手机短信。

牧心的脑子里还纠结着柳树灌木还是梧桐树或者石灰树。

医院坐落在城中央。

周围几条马路窄而嘈杂,充斥着老上海的市井气。自行车汽车电瓶车如百舸争流般抢道,但是仍然蛮适合走路,因为路两边的梧桐树根深叶茂,往深里面去想,这条马路其实被梧桐树根托在手掌心了。

牧心抬头又看着四周的梧桐树,悬铃木,咦,铃铛呢?怎么看不见悬着的铃铛?

她歪着脑袋眯着眼睛找,哦,真看到了,小小的荔枝一样挂在枯瘦的树枝上。里面是什么?籽?飞絮?还是空心?据说古代埃及人崇拜这种树,说是"苍天女神的化身"。

"海伦,你喜欢这些梧桐树吗?"

"为啥要喜欢啊?"

"爸说,你的名字来源于家门口的梧桐树。"

"我怎么没听说,不是海字辈吗?"

"什么呀,爸说,古代斯巴达人把悬铃木奉为美人海伦的象征,'敬拜我吧,我是海伦的不朽之木'。他看到过这样一句话,然后你出生在春天,家门口的梧桐树可漂亮了,就给你起名海伦,说海伦象征着植物神。"

"爸怎么会信这些?我应该是酒神狄奥尼索斯,爸瞎浪漫。"

"记得吗？金庸武打小说里,那些高手点穴,然后爸去考察点穴后的症状,还在咱们身上点,唯恐力量不够,用针点……"

"哈哈,对,然后被妈劈头盖脸地数落。爸是金庸的粉丝啊,那些书藏着掖着,生怕咱们也偷着看。"

"爸藏的书都是你找到的,哈,在哪儿来着?"海伦至今好奇,为啥姐姐总是能找着。

"他藏到一套新西装的防尘套里,在大衣橱最最里面。"

"对对,你怎么找到的?"

"记得小时候妈不让出门,咱仁在家里玩儿躲猫猫,我躲进衣橱里,发现有硬邦邦的东西,哈哈。"

"切,我不爱看武打小说。"海伦收起手机。

"柯怡爱看,她还跟爸演示那些招式呢!"

"哈哈,'泰山压顶彩云拨月'吗?"说着,海伦把手举到头顶上,手臂弯曲比划成一个心形的圈,说,我现在就会这个"擦浪黑"!

"幼稚! 韩剧中毒。"

"所以生了一个孔孝真。"

想起九九的大猫脸眯眯眼肉鼻子……两人笑得不行。

转眼居然已经走到了咖啡馆门口。

正值午后,CROSS 里面空荡荡的。

海伦先一步迈进去,面对吧台张望着。

"Ben!"

看到一个背影,有点儿单薄相,要不是肩膀的硬朗轮廓暴露了性别,猜不出是男是女。

背影刷地回头望过来。

吧台里瞬间洒出一把阳光。

"咻咻!"口哨,D大调,伴着一个略显轻佻的眼神,哗啦,扔给海伦。

"又去巨蟹座找人啦?"男孩子左眉轻轻一抬,眼睛眯成一条缝,与海伦相视一笑。

海伦心里咯噔一下。

巨蟹座。

Cancer。

这是她喝酒的地方。

这是她失言又失忆的地方。

Ben像个口袋,装着她散落的记忆。

"这回找了摩羯鱼,神兽加持我麦海伦不老女神!"

"大白天这么high。老样子?"

"Normal。"

"拿铁。"牧心补一句。没有加入他们谈话的意思,转身去找座位。

咖啡师Ben,是海伦喜欢的那类男孩儿。

有一对细长的笑眼,身材挺拔皮肤白皙,斯文和轻佻在他身上调和得仿佛一杯不加糖的拿铁。无论春夏秋冬,一件紧身短袖黑T恤,小手臂内侧,有个相当含蓄的纹身,看不出是什么图案。

Ben 开始做咖啡,海伦脱下风褛,抬脚坐上吧台的高凳子,就在 Ben 对面。

"有烟吗?"

"复吸了?"Ben 略显意外,双手在黑色围裙上一阵抹来抹去。

"天冷,抽支烟暖暖。"海伦摘下围巾,长发甩开。

Ben 把咖啡粉拧到机器上,洗手,再次在黑色的围裙上蹭干净,动作麻利,海伦总说男人扎围裙,要系在胯上,平坦的小腹,背过手打个结刚好落在翘起的臀部上……在两胯上擦手的动作很性感。

他转身到后边,拿出一盒烟,在吧台上一推,烟滑到海伦手边。

"白万! 哆!"海伦似笑非笑地说了一句。

Ben 拧出刺啦刺啦冒着蒸汽的咖啡渣,好像没有听见海伦的话。

"白万曾经是我的最爱。"

"又一个曾经。"

Ben 歪着嘴角低声说,声音低得直接化在了咖啡里。

在这个寂寥的冬日午后,咖啡机像蒸汽火车进站,刺啦刺啦有节奏的刹车声,空荡荡的站台装满了动静。

抓起软壳白万香烟,海伦熟练地抖出一支烟,夹在手上,看了许久,一直没点火,若有所思的模样,Ben 瞄到了。

牧心远望着他们,她很佩服海伦这股子劲儿,看她现在这副德性,仿佛她们俩方才不是从医院出来,而是刚从电影院里看完一场悲伤的电影，人出来了，情绪还陷在情节里面。

烟，刚刚粘到唇上，Ben 变戏法一样，"吧嗒"一簇火苗捏在他手里，慢慢地移过来。海伦歪着头，握住一把长发甩到一侧，双唇抿住烟，略微扬起下巴，微微前倾上身靠近火苗，另外一只手护着火苗。她猛吸一口烟的时候，两个酒窝处的脸颊深深凹陷下去，窄而长的下巴，侧影绝美，像得了孟婆的加持。

一缕白烟，在清冷的咖啡馆里，慢慢地飘上屋顶，像一束无形的手拽着的钢丝。海伦轻轻地，在 Ben 握着火儿的手背上拍了拍，更像短暂的抚摸。

烟过两口，她转头看着姐姐，举起烟，示意牧心是否也来一支？

牧心摇摇头。

她胃不舒服。

心更不舒服。

Ben 握着做奶花的锥形管子，在大杯拿铁上打着奶花，如同一个美术工作者。

一颗心叠着一颗心，然后斜眼瞥了一下海伦。

有种男孩儿，总是那么会玩眼神，不急不缓，淡淡的，把调情玩得亲密无间。

一支烟抽完，海伦坐回窗边，在姐姐的对面。

沉默。

两人都看着窗外。

马路斜对面有一家面包店。

"听说过一句咖啡名言吗？"

麦牧心想换一个话题。

"咖啡名言? 跟治病有关吗?"

"是说只有爱尔兰咖啡能在一小杯里提供四种食物的元素:咖啡因、酒精、脂肪和糖。"

"哦,那东西叫尤利西斯吗?"

"你病出灵感了。"牧心偶尔会为海伦精灵般的反应震惊。

"不要拿咖啡污染我的酒精了,更不要拿糖来亵渎我的咖啡……哦,不要,我不要喝这些混合物质。"麦海伦的世界非黑即白,她从来不会停留在灰色地带,唯一的,她喜欢灰色调服装。

"需要那么多的香料混在咖啡里吗?'lumber caramel macchiato'什么什么呀?'citrus cinnamon cappuccino'又是什么呢?"

她永远要喝 normal。

普通才好。

故弄玄虚的名字。在国外生活那阵,到咖啡馆买咖啡,总听有人会说一句:skinny latte with wings……其实就是要打包带走一杯低脂咖啡。Take away!

No more design!

所谓荡气回肠不过就是日复一日的寻常生活中的小浪花而已。

她偏偏过不上亿万人都在过的寻常生活。

"册那,不稀罕,好吧。"

16

为什么我们的眼睛要长在前面？

是为了不停地前进。

——哆啦A梦

姜迪贤接到麦海伦电话时，在走路。

他从不开车，因为时常会喝两杯。他酷爱走路，多数时候，甩着两手，大票100元和一张信用卡分别揣在紧身裤的口袋里，随身的口袋里还有公交卡贴着一盒烟，打火机在烟盒里。

任何一种"牵挂"都令他了不得地厌烦。

他总是单肩松松垮垮地挂着一个黑色皮质双肩背包，皮已经磨损得像他老爹的旧皮鞋。

癌症？不可能！

这是绝对不可能的事啊！

海伦好好的一个姑娘！

误诊！

要提醒海伦再去查一下！这不是瞎搞么?!

对，还有，怕是病人名字搞错了？

现在医院里乱七八糟的事很多的——姜迪贤脑子里想着

这些,小菜场吵架一样,自己在自己脑子里激动得很。

他立刻举起电话,想再拨回去,提醒海伦看看是不是搞错了,他觉得海伦生孩子后变得糊里糊涂的。

国内的医生真是信不得!怎么可以随随便便就给这么年轻漂亮的女孩子诊断出癌症呢?瞎搞!

这绝对是瞎搞。

然而,他握着手机的那条手臂一阵无力,耷拉下来,手机险些滑落,他让自己立刻倚在就近的一棵梧桐树上。

方才海伦同他说了些啥?

脑子里空白一片,刚才打电话的事儿,好像是刚看过的电影片段。

他摸出烟,倒出打火机,居然点到烟屁股上,嘴里嘟囔着册那,狠狠掼在地上,踩上一脚,碾成尘土的颜色。

他之前最恨有这种行为的男人。

再点火,他靠在树干上,望着马路两边成排的梧桐树,枯树枝头挂满铃铛一样的干果子,无用的果子,不能吃不能闻,还不中看。上海的冬天,除了灰绿的灌木,就是灰蒙蒙的梧桐树干,清冷的骨感美特别适合上海。这座城市吃肉却不欣赏肥肉的丰腴和肌肉的健美。

"不可能是癌症,海伦看上去没那么羸弱啊?!"

他仍然觉得海伦当上妈妈以后,看上去比早前健康红润。他最初迷恋上的那个海伦比现在要弱很多。对,那时候她骨感美。

姜迪贤呆呆地看着冬天的梧桐树干,有斑点的树干灰得有点泛白,这种法国梧桐在法国和伦敦街头也很多。迪贤喜欢它另外一个名字,悬铃木,虽然他讨厌枝头那些自由而无用的"铃铛"。

这是海伦的父亲曾说起的。麦老头,虽然研究的是植物的生长和喜好,自己却偏爱吃肉,差不多一顿无肉,嘴里就淡出鸟来。心情要抑郁整天。在麦老头的逻辑里面,一切海鲜、河鲜、鸡蛋,甚至鸡肉都是素菜,他对肉的界定止于猪肉、牛肉和羊肉这三大件。至高无上的美味是红烧肉,油锅爆炒,然后淋上浓浓的湖南"龙牌"酱油,那香味能把和尚熏得当即还俗。麦老头除了武侠小说,还酷爱看电影,常常一个人在电影院哽咽不能自已。观看红色经典影片时候,非常敬佩那些铮铮铁骨的共产党员受得住严刑拷打,因为麦老头知道自己万万做不到,用他对女儿们的话来说:不用打,饿一顿什么都招了,来碗红烧肉,不知道的都招了。麦老头唯一看得上的素食是红烧豆腐和红烧土豆,可以列为红烧肉的左右护法,守护着他的味蕾,满足着他推土机一样的胃动力。如果哪天麦老头说没有胃口,卢女士一定大惊失色:老头这是病大发了。

女儿得病他知道了吗?

海伦一直是他的心尖儿。

哎呀,这个整日说字谜讲寓言故事的老教授,迪贤不知怎么,此时此刻居然想到的竟然都是海伦父亲吃东西时那快乐的模样。

吃瓜子,老头绝对是迪贤见过的极品,速度超快,低头,目不转睛,仿佛在参加嗑瓜子比赛,他的理由是:嘴里香味不能断掉啊。绝对可以做阿明瓜子的代言人。

他知道这个消息了吗？

迪贤不敢想那老头。

几年前，海伦妈妈查出肾脏有病，老太太还没到家，老头已经自己大哭了一场，仿佛得病的是他自己。

他哭他发脾气他笑他说笑话他就是一个活在自己世界里的老顽童。海伦说她爸爸若不喜欢电视上的广告太多，就在广告时间按住静音或在电视机上蒙上一块毛巾，说，看了生气，让电视台的广告无效。

海伦说自己的癌症怎么那么平静啊？会不会自己偷着哭了很久了？她就像在说别人的事一样。癌症啊！她的口气听上去冷静，难道是绝望？哎呀，她不会自杀吧……她不怕吗？

哎，九九，我们九九怎么是这个命呢？

迪贤揉着头发，他不自觉地蹲在梧桐树下，把脸埋在手掌上。

他忘记了遇见她时，就着迷于她清冷的性格。

迪贤突然发觉，他根本不了解麦海伦。

怎么可能遇到这样的大事还这么冷静呢？

一只手捏着烟，迪贤的另外一只手，又不自觉地伸到大衣口袋里握着手机，不断地将滑盖滑来滑去滑来滑去。他想着是不是再打给海伦，他觉得应当再说两句什么，安慰，鼓励，不不不，是塞翁失马类吧，或是宽慰她什么的……不行不行。纵有千言万语，却找不到开口的第一句话，就像黄道婆找不到捻纱的第一根线头。

　　一种全然陌生的情绪。

　　好比走夜路,忽然对面雪亮的车灯照着你,意外,恐惧,站不住。

　　好比羔羊暴露在猎人的枪口下,无处躲藏。

　　他又想起他们的九九。

　　他还想到了 Rene。

　　海伦的生活如此美特斯邦威,虽然跟她有了女儿,可是迪贤觉得自己并不在她的生活里,顶多算被一路狂飙的海伦牌跑车甩到了半路。

　　她还会继续寻找那个 Rene 吗?

17

太虚中将要产生一个新的世界，

在天上传开了个消息，

说他不久就要创造一个世界，

用以繁殖一个高贵的种类，

那就是他的选民，等于天之众子。

——约翰·弥尔顿 《失乐园》

冥冥之中，海伦觉得，Rene 在惩罚她。

惩罚她生了迪贤的孩子，惩罚她辜负了他们曾经的誓言和深情。迪贤这个男人，性格比体格性感。

他在意外合适的情况下提供了一颗意外合适的小精子。迪贤什么都不问她。他是多么骄傲的一个男人，他怎么会允许女人不爱他。海伦怀孕四个多月以后才告诉他。不，确切地说，是通知他，她怀孕了并且她要生下这个孩子的决定。

他们依然坐在那家熟悉的酒吧里，海伦悄悄地戒了酒戒了烟，开始喝苏打水，喝西柚汁番茄汁还撒上胡椒粉……一个人怎么会忽然转性了？她的饮料不是啤酒么？

姜迪贤很纳闷。

然而，自从他们相识的第一天他就不对海伦提问。他知道,如果她打定主意不说,没谁问得出答案,如果坚持要问,最后只有一种结果:她甩手而去,把你和云彩都留在原地。喝得烂醉的海伦,也只是哗啦啦地落泪安静地睡觉,好像她活着就是为了千方百计地保存自己的秘密,似乎秘密才是她最好的情人,有资格跟她一起享受生活。

他陪在她身边,也是陪伴自己。

她喝酒买醉哭泣,他就带她回家。她若不跟他联络,纵使念她万般,也不会找她,只和自己的无奈为伴。

他厌恶被拒绝和搪塞,无论是女人还是客户。

这年头的女人,能做到不去敲单身男人的门,已经算矜持的了。姜迪贤不喜欢那些在大马路上呼哧呼哧跑步、口口声声计算着卡路里点餐、健谈又主动的女人——他的酒吧里都是这样的女人,就像超市里总能找到方便面。

麦海伦对人的穿着打扮十分挑剔,甚至过了刻薄到了狭隘。

可是这正合姜迪贤的口味。有趣的是,那么爱喝酒的麦海伦,和酒吧老板的姜迪贤,居然没有相识在酒吧的吧台上。说起这事,他们都有一种《查令十字街84号》式样的惆怅。

罗伯特·卡帕摄影展,是姜迪贤大学好友 James 张罗的,有多少人知道这位战地摄影记者? James 说,即便只有一个人来看展,他也要将罗伯特的照片带来上海。

姜迪贤帮助 James 在市郊租借了一个曾经是军工厂的旧厂房,James 在法国留学期间结识了阿尔勒摄影展协会的人,卡帕曾经在阿尔勒摄影展设主题展。

姜迪贤喜爱那个金发姑娘,卡帕的伴侣格尔达·塔罗。

卡帕镜头下有 1938 年同在汉口的周恩来和蒋介石,共克时艰却各怀心思;有 1938 年寒冬里汉口学校的 13 岁男孩子们,穿着跟土地一样颜色的棉袄却展现着地中海阳光般的笑容;有台儿庄战役,穿着棉袄的中国士兵行军穿越运河。一群群沉默的背影,背负着那时候绝望中国的希望。

James 保留了厂房的油污,坑坑洼洼破败水泥的地面,角落里的工业垃圾,生锈的铁栅栏,他将珍贵的照片置放在"垃圾"之间。就像,卡帕当年跟他最喜爱的徕卡相机投身在战场最前沿阵地。

当时,麦海伦从杂志插画师小 K 那里听说了这个摄影展。

"摄影师"这三个字,仿佛是钉在她心门上的三颗钉子,封住心门而无法拔除。

但是她无法抑制自己不去卡帕的摄影展看看,仿佛罗伯特曾经是 Rene 的老朋友。

当她按照地址上写的军工路,抖霍霍着开车来到上海的这个东北角,着实吃了一惊。要知道,自她出生后,上海的这个角落,她从未踏足,还不如苏州杭州熟悉呢。但是,一踏进这个破旧的厂房,她立刻有一种故地重返的感觉。

做这个展览的人,莫不是 Rene 的朋友?但无论多想知道,她都不会去打听,她还是最乐意与自己的秘密独处。

不想被人揣度,就不要随便提问。

她独自站在那块写着卡帕名言的墙壁前面:

这场战争(指二战)就像个正在变老的女演员,越来越不上相,也越来越危险。

——罗伯特·卡帕,1944《生活》杂志

想到那些我们熟知的已经被害的美好的人,而我们却还活着,就会觉得有些荒谬和不公。

——格尔达·塔罗,1937 年 7 月 9 日

主办者挑选了这对情侣的一人一句,用粉笔写在一块黑板上,黑板用铁丝钩在水泥墙壁上,倾斜着。英文板书有些歪歪扭扭,但是笔画吃劲,或许就像卡帕硬邦邦的英文吧。

Rene 第一次同她提到卡帕那句名言,在里昂他自己隔出来的冲印房里。海伦记得,Rene 举着一张火山的照片,斑驳的烟灰在空中飞舞……

麦海伦去看展的这天,姜迪贤在。

他靠在一扇有铁栏杆的窗外抽烟,来看展览的人谈不上拥挤但也络绎不绝,大多奇形怪状的人。世界各地的展览馆,里面看展览的人总是比展览本身更有趣——这是后来麦海伦的观点。午后,姜迪贤在展厅的角落里弹吉他。

"那句名言,'如果你的照片不够好,那是因为你离得不够近。'他对塔罗说的。"

"我知道。"麦海伦没有回头,但是回了一句话。接着又像是喃喃自语:"塔罗,世界上最优秀的女战地摄影记者。"

"卡帕深爱的小金发女郎。"

对话就这样在陌生的两人之间来来回回两趟，像一个被无意中击发的球在斯诺克桌上撞来撞去。

姜迪贤慢慢转过身，走回他放着吉他的角落，一张巨大的照片，矗在那儿。

"知道他们的人不多。"跟着姜迪贤这句话，麦海伦回过头，看到了角落里的姜迪贤和那张照片。

照片上，一个女人坐在地上，抱着一块石碑，石碑上刻着 P.C①。她戴着一顶黑色贝雷帽，蜷缩着，倚靠着，一个手臂像是横在石碑上端，像是单手搂抱着这块石碑，她的头斜靠在那条搂抱着石碑的胳膊上，另外一只手臂的袖口一直卷到肘关节上方，轻轻地搭在搂着石碑的手臂上。她闭着眼睛，嘴巴被遮住了，弯曲的双腿错落叠摞在一起，照片上远近尽是被战争犁过的泥地……

麦海伦被慑住了魂魄。

照片上的女人像一只受伤的天鹅，忧伤地半睡着，等待着谁。

姜迪贤站到她身边，麦海伦慢慢蹲下来，抱着膝盖，好像想去触摸这个女人。她就这样蹲着许久，痴痴地盯着这张照片。

姜迪贤记得她那个姿势那个模样，她蹲着，把胳膊肘支撑在膝盖上，看着照片上的女人——1936 年 7 月在卡帕眼里的塔罗。

----

① P.C 是 parti communiste（法语）的缩写，意为"共产党"，但在此处卡帕和塔罗的用意可能指"社会党"。

2005年4月,麦海伦蹲在那里看照片的模样,烙在迪贤的眼底。

女人若是对自己的故事守口如瓶,就会拥有扑朔迷离的气质。

姜迪贤知道麦海伦有很多秘密。但他从来不问,他比她更希望她能把那些秘密藏在心里,恨不得自己帮她拧紧记忆的瓶盖,再上一把锁,钥匙咕咚一下吞到自己肚子里。

"不要告诉我,海伦,不要告诉我,无论如何不要告诉我,在你遇到我之前,你的故事,我不想听。"某次喝醉了,迪贤不断地对海伦重复这句话。

清醒后他知道自己说过什么。

"我怀孕了。"海伦看着他的眼睛,深深地看着迪贤的眼睛。他记得那个眼神,海伦说这句话时候的眼神洋溢着难得一见的喜悦,像从海洋深处浮出来的。这种跳跃着色彩的喜悦眼神,同麦海伦并不搭调。

"嗯?"姜迪贤被海伦脸上乍现的充满正能量的眼神迷住,一时没有反应过来。

"我们的孩子。迪贤,我有了我们的孩子。"麦海伦说完这句,躲开了姜迪贤的眼睛,低下头。

"哦!啊?!"

"我要这个孩子。"

"好!我不反对。我也要!"迪贤眼前忽然蹦出一个小海伦。

"已经4个月了。"

"你！你居然才告诉我！麦海伦！"姜迪贤惊讶得不知所措。"需要我做什么？"姜迪贤兴奋得语无伦次，他高兴更是为了麦海伦说起这孩子时候的喜悦神情。

"做以前你做的。"

"好。好！"

好的。他心里重复着，像一台高速的佳能复印机。

好的。即便这样，他还是不敢相信麦海伦居然想生下她和他的孩子！是孩子，不是一起对着嘴喝干一瓶啤酒，不是一起创作一首歌。而是个孩子！

他们甚至没有想到互相亲吻一下表示祝贺。

他们更没有提到，结婚。

这个时候，如果谁提结婚，谁就是外星人。

在接下去的六个月里，麦海伦几乎没有出过门，她让自己从她的圈子里消失了。于是传说纷纭，有说她出国了，有说她出家了，等等。一个普通人的消失最多惊动公安，一个名人的消失则通常会惊动圈子。

姜迪贤每周去看她，既不对她说外面的传闻，也不问她是否想知道外面的传说，他现在主要负责灌她鸡汤，包括心灵鸡汤。

有一阵子姜迪贤仿佛在梦中，走路在云端，一直不相信麦海伦会真的要把这个孩子生下来。麦海伦的性格，八个月的孩子说不要都可能不要了……他是这样想海伦的。

看着海伦因为怀孕，一天一天变得臃肿，他深深地被感动了，即使他知道这个女人不是因为爱他才肯牺牲自己的美貌生孩子。

　　海伦怀孕可不是为了爱情，她只是要完成自己"想要一个孩子的梦想"。

　　她想要个孩子改变自己的人生轨迹。

　　她想要个孩子来陪她度日。

　　她早就不再相信爱情，更不相信男人。

18

啊！我正背着什么呢？

这个包袱是什么？

是谁滚落于红尘外

昏睡在广袤大地上？

——加里·斯奈德 《山河无尽》

去住院的前夜,海伦整理住院行李,整理女儿的衣服,手指干燥起皮,摸哪里都有静电。毛糙的手指刮到女儿柔软的毛衣大衣,怎么也叠不好,她越发焦躁不安,又担心妈妈搞不定九九和家里的阿姨,担心妈妈的身体是否吃得消……计算着日子,多久可以搞定这个肿瘤回家过正常日子。

拿哪个包合适呢？有轮子的拉杆箱？不合适不合适,又不需要上飞机。翻了一会,海伦挑中一个黑色中型圆桶包,还是黑色的吧,去住院啊,难道还拿彩色包包去。

怀孕至今,整整四年,她没有离开过这座城市。原先,行李箱就竖在床头移来移去,随时走。现在移来移去的是女儿的小床。

以前,行李箱就是她的家乡。现在,她的梦装点着女儿的梦乡。

　　她首先拿了两套内衣,内裤选了两条全棉本白色没有花边,内衣呢?住院多半是躺着吧,带运动款,全白色。

　　再塞进去桶包里两套全棉家居服,不用带睡衣吧,反正要换病号服的。去做检查时候穿什么呀?牛仔裤太紧,裙子,还要带袜子搭配鞋⋯⋯哎,是不是不该再想这些了,谁会在意一个病人,不对,我就要当那个别人不得不看一眼的美女病人。想到这里她又得意地看了一眼穿衣镜里的自己,好像镜子里的自己正要去参加一场盛装舞会。

　　她琢磨,是不是应该带一张女儿的照片,于是又去翻影集,海伦喜欢把照片冲印成册,做成影集,这是 Rene 给她的习惯。在 Rene 的冲印房里,海伦学会了自己冲印照片,把照片像衣服一样晾晒。

　　这个夜晚仿佛断层的时空,海伦被影集送回记忆深处。

　　这次,她不再挣扎,窝在沙发上,抱住自己。影集像一扇阁楼的门,你爬上楼梯,推开头顶上吱吱呀呀乱响的小门,探头进去,搁置的记忆一一堆放在上面,别人或许觉得杂乱无章,可是你明白,你的记忆别人无法整理。

　　记忆也从来不会成为碎片。

　　里昂的春天跟上海挺像,总有湿漉漉的感觉。Rene 的房子在老城区,靠街边的老房子,房顶很高,白色木板做的折页窗,对开,狭窄的窗,仅够 Rene 一个人的肩膀探出去。楼下是同样狭窄的街道,铺着被踩踏了百年的鹅卵石,走路要慢慢地看着石头,不然鞋跟会嵌进石头缝,拐角有个小广场,散布着石凳子。

他们俩喜欢肩靠着肩坐在石凳上,吃着楼下买的冰淇淋,Rene 爱吃薄荷味儿,海伦说他不如直接吃牙膏。

他们以陌生的眼神看陌生的游客。

再多走 10 分钟的路,就到了索恩河边。住在老城的人,或者短暂在这里住过的,都曾听过那个故事,有个女人为了留住爱情,在爱得最炽烈的时候投河自杀了。索恩河上总能看到一只孤独的黑天鹅游来游去,人们说它在寻找逝去的爱人。

海伦记得,当她和 Rene 一起听到这个故事的时候,Rene 望向远方教堂,他似笑非笑的表情,海伦至今记得。她当时猜不透,Rene 不信这故事?还是不信这世间有这样的女子。也许,他住在里昂这许多年,听够了法国人讲凄美的故事,他说几乎每个法国人都有一位拥有凄美故事的祖母。

用"祖母说"来起头说故事,比用"很久很久以前"……来得可信多了。

房间冰冷,床上就像撒满了钉子,不敢上床。

她挪着身体坐到床头,影集散落,从床上掉到地板上,哗啦啦,她被这动静弄醒了,难倒刚才是睡着了吗?分明还在看照片想心事……麦海伦侧耳倾听,生怕惊动了隔壁的妈妈和女儿。

这一下她彻底清醒了。

已经凌晨五点钟了。

赫然想起昨晚以及昨天的昨天都发生了什么。她起身,顺手拉起压在被子上的毯子裹住身体,窗帘开一个缝隙,打开窗户,她要透口气,胸口闷闷的,想大叫。黎明与吵闹的车声同时扑进房间,浑身一激灵。奇怪,为什么自己没有掉过眼泪呢。

她转身看到梳妆台上的风车八音盒,慢慢地拧动小纽扣,上弦,音乐悄悄流出小房子,淡蓝的风车耐心旋转,风从何起。

哎!

她听见自己这声叹气,她看见随着这声叹息吐出来的压抑愁绪。全身骨头酸痛,好像落枕了,一侧肩头挂着沉甸甸的倦意,那不是睡眠可以恢复的疲倦和硬邦邦的脖颈儿。

然后,她走出自己卧室,悄无声息地推开九九的房门,小女孩还在熟睡,她浑然不知这世间她最近的亲人正在经历什么。

九九马上就要过 5 岁生日了。

她忽然想到自己可能活不到跟女儿一起挑选婚纱……她第一次来月经如果没有妈妈在身边,她可怎么办? 她捂住嘴巴,弯着身体慢慢挪出女儿房间,

麦海伦捂着毛毯啜泣,不可遏制。就近跌坐在沙发上,崩溃的情绪一发不可收拾。一直无处宣泄的情绪仿佛被冰冷的黎明冻裂了。

麦海伦的妈妈一夜都没有睡,她知道海伦推门进来,可是她不能回头,她装睡,因为她已经哭湿了枕头,哭肿了眼睛。

她唯有假装不知道,才可以不在女儿面前显露出她的悲伤。

她的女儿还需要她的安慰呢。

麦海伦心下决定,决不能带女儿的照片去医院。

转而带上了一个黑色封面的笔记本,她想写点儿什么给女儿。

盐里一定有某种神奇之物,它同时在我们的眼泪与大海里。

19

有些人临终前,会想起被人爱过,有些人临终前,会想起曾经爱过,亲爱的,你会想起什么?

——一句电影台词

一起办好住院手续,海伦让姐姐先回去,剩下的就是住进病房。这事儿不急。倒是担心家里,妈妈住进她家,同蒋阿姨是否已经顶上了,所以她让牧心赶紧去交代安排一下。

更重要的是,她想一个人待待。

一叠乱七八糟的纸头握在手里,海伦找了一个安静的角落,坐下来,一张张整理好,放在自己带来的透明文件夹里。

办好酒店入住手续,只有一把钥匙或者一张房卡。

"病人又跑不掉,为什么要收这么多押金呢?"她心里搞不明白,站在门诊大楼看着对面病房大楼。

不想入住。

如果现在是入住一个陌生城市的酒店,她一定忙不迭地要进去房间洗个澡。上海的酒店她仔细想想,还真没有住过呢。在家门口第一次离开自己家,入住的居然是病房。

"Choo Choo,"手机的提醒。

屏幕上显示:取肠镜报告。

噢？是今天吗？好吧，看看有没有好消息。

内窥镜 3 号楼，在住院大楼的隔壁，两幢大楼相连，一条开放的通道，楼下有便利店牛奶棚和辅助医疗器械店。

递上医疗卡，接过报告单，老护士的眼神，那一瞥眼神。

"册那，临终关怀的眼神啊！"麦海伦迎着那眼神，面无表情地堵回去，这回，她可不想躲开。第一次拿 CT 报告单检验男的眼神，把她吓得寒毛凛凛。

这回轮到老护士低下头，海伦分明听到了她含在嘴里的"啧啧……哎！"她的怜悯再次让海伦寒毛直竖，似乎她身上得病的是寒毛似的。

走到大楼下面，她才打开报告单，两手捏住这张 A4 纸的下半部分，脚步都没有停下来，瞄一眼立刻又对折再对折塞进大衣口袋里。过道里好大的风。她把双手插到大衣口袋里，捂着那张纸，搂紧自己。

"他妈的，真得了癌症。"

一滴眼泪都没。

一个人回病房。

病房，牢房。

被收进病房，病人的床号从此比名字响亮。

每张床头上方大大的一个床号，就是你在病房里的身份。

病人的名字被电脑仿宋体打印在一张卡片上，插在一个固定的夹格里。病人的名字在这里，往往被病友之间忽略。仿佛是个禁忌，生怕说出自己的真实姓名，就被隐藏在这病房里的撒但记住，牢牢记在死神的花名册上。其实人人都在生死簿上,只是倒计时的长度不一样而已。

当护士和医生开始喊某个病人的名字,哇哦,资深病人,必曾九死一生几进几出,那名字闪亮的就像长坂坡的一声断喝:常山赵子龙在此!

护士来更换输液药水,面无表情地大声念名字,病人不管多么虚弱,或者是不是正在难得小眯一会,都要响亮地回答一声:我是。就差立即翻身下床双脚一碰后跟地站直报数。

若回答含含糊糊,小护士就变身虎妈,仿佛在喊贪睡的儿子起床上学。仿佛一手已经拧到了你耳朵上。

上海三甲医院,一间大病房要住上 10 个病人,小病房也要装进四五个病人。那些设在顶楼的高级病房——也叫外宾病房,往往异常安静,像大宅子,仆人不可以到处晃悠的。

那里的病人更加觉得自己被这个世界遗忘了,仿佛提早进入了天堂——明亮,寂静,冰冷——天堂里的温度难道不该是中产阶级最爱的恒温 25 摄氏度吗?

没人知道,这个城市里的人,或多或少接触过病房的有多少? 但有一点很清楚,人们听到病房总会敬而远之。偶尔不得不去探视某位亲人或者朋友,内心会有淡淡的"嫌弃"感。除非你去探望某位可以派得上用场的大老板 or 贵宾。

健康人是傲慢的,承不承认无所谓,大病一场试试。

托尔斯泰自传里曾经有句话,令人印象深刻:没有生过病的女人,像下山的老虎一样难对付,她不懂体贴。老托晚年跟妻子激烈争吵后离家出走,七天以后死在一个冰冷而荒凉的小车站里。他的名言是用自己的生命来检验的。

当人健康的时候，会觉得自己是洁净的。

拥有健康的时候我们觉得自己无所不能。

我们生来是猎人。

但越强悍的猎人越不堪一击。

阶段性地生活在某间病房里，人的信心和意念很容易被摧垮。在那张病床上，没有隐私可言，统一色调，面料粗硬的病号服。腰围、胸围、罩杯……嘿，还是祈祷静脉不要萎缩吧，让年轻甜美的小护士容易找到你的血管儿，少被扎几针。

清晨，护工领来一套干净的病号服，扔在床脚，只有 size，没有男式女式之分。浆洗过变得僵硬的条纹衣服，裤腰有一根可以抽拉的绳子，就像北方老太太穿的老棉裤，这算是最尊重人性的设计了，至少不会让人掉裤子或者勒得太紧。

"我的囚服。"海伦摸着自己这套条纹装，淡蓝色条纹装，她曾经的绰号叫什么来着？

"'条纹控'果真穿上了她最爱的'条纹衫'。"

这身条纹病号服，让她瞬间开始厌恶条纹，厌恶自己曾经的绰号。

病床四周，一圈米黄色的帘子，拉来扯去，就是唯一可以谈得上"回避"的隔断了。

病房没有门牌号，病人按照床号被安放在一字排开的一间间病房里。

19 床。

海伦在病房里的名字。

19 这个数字,在此之前,从未与她有过任何关系。在她的记忆里,19 这个数字,甚至不是任何一个人的生日,不是任何一个伤心或开心的日子,她甚至觉得她从不曾留意过 19 这个数字。

"19 床,禁食。"

护士进来,人未靠近,声音已经扔了进来,哐啷一下砸进嘈杂的病房。至少五秒钟后,才飞进麦海伦的耳朵。她正整理自己的小方桌,这也太小了,她带来的袖珍旅行包竖着进不去,横着,半个包在小橱柜外面。海伦蹲在狭窄的两张病床中间,气不打一处来,"牢房、牢房就是牢房!"

"19 床,听见没?"

旁边有人戳了她一下。

"19 床,喊你呢。"

"啊,谁喊我了?"

"19 床是你伐,讲你要禁食。"隔壁一个家属看着她,提醒了一句。

"水能喝吗?"麦海伦索性不塞那个包了,一脚把包踹到床底下。

护士已经站在她的床侧,拿出写着"禁食"的黄色小卡片,插到她床头上方连接氧气的长条硬塑料夹里。

"可以,但是果汁和牛奶什么的不可以啊,就白开水。"

"那水果呢?"

"不是说了吗? 喝清水。"

"哎呀,19 床你要做手术了啊?"护士一阵风一样刮出去,隔壁的家属唠叨了一句,像被小护士的风带出来的一样。

海伦躺下,拼命克制住自己没有一把拽上帘子,而是微笑着慢慢拉上了。

住进病房的第三天。麦海伦早上接到护士的通知,她的手术被安排在明天早上,第一台。又是一晚的禁食。

一阵口干舌燥。她想回家。

看到小桌上的蛋糕,一阵饥饿感袭来。人就是奇怪,不让禁食的时候,不觉得饿。

除了有些腰酸,海伦到现在都没有觉得身体有什么大的不适,果真有病历本上说的那么严重吗?

怕不是这些医生们搞错了吧?

海伦很怀疑,或许迪贤的猜测有点儿道理,她怎么会生这么大的、可怕的、陌生的病呢?

这不合理。

她还生龙活虎呢。

她想起做肠镜时那台小电视上她看到的自己肠子里那朵菊花一样的烂肉,真恶心,就是那个东西,不是吗?

那个可恶的肿瘤长成那个模样,就是人们俗称的都"开花"了。菊花向来都是她最不喜欢的花,她不喜欢那些琐碎花瓣的花朵,太不优雅了。

现在,她躺在病床上,抚摸着自己的肚子,那个"烂菊花"就在她身体里,悄悄地开在她的肠子内壁上,哎,真讨厌!

"小姑娘,你得的什么病呀?"旁边 20 床的一个老太太忽然问她。

"不是什么好病。"

"住在这里谁得的是好病? 病都是不好的呀。"

"您呢?"海伦看着老太太问到。

"我呀,胃里头有个坏东西。"

"哦,那什么时候手术呢?"

"他们说要再做个胃镜看看,说不定手术都不用做了。你可以做手术?"

"明天一早。"

"能手术就还可以救命啊。"

"阿婆您是什么意思啊?"

"反正,医生给你做手术,说明你的病还有得治。"

海伦一时不知道怎么回答,她忽然意识到她果真是病了。老太太慢悠悠地下了床,捂着肚子,端着一杯水往厕所去了,嘴里叨叨着:"现在这病也是不看年龄了。"

海伦不忍看她背影,转头望窗外,沉闷的灰色天空,好颜色,之前她最喜欢穿灰色衣服,标准的牛眼灰。

Rene 给她讲到"牛眼灰"的时候,他们俩在暗房里,她记得她伏在他的背上,双手从后面一直在拽他的两个耳垂……她喜欢伏在他的胸脯上,或者当他挑选照片时候,趴在他的背上,在他结实的身体上取暖。

她想起自己曾经有一条这种灰蒙蒙颜色的高领弹力裙,垂至脚踝。有时候,她可以从夏天穿到冬天,夏天她把领子卷下来,秋天她外加一件深蓝色开衫毛衣,冬天她也会穿,外加黑色大衣……

20

大调是主动的,男性的,小调是被动的,女性的。

——作曲家　罗伯特·舒曼

姜迪贤走进病房,看到海伦仰面躺在病床上,头侧歪着,闭着眼睛,脸红扑扑的,好像面色不错……修长的双腿弯曲拱起来,脚上穿着一双彩色条纹袜子。

病房里好闹,这医院怎么不限制陪护家属的人数呢?迪贤下意识地蹑手蹑脚靠近海伦床边,轻轻把包放在床脚。

他把双手交叉着,握成半开放式的拳头,垂靠在小腹上,他静静地站着,侧头看着海伦。

海伦仍然闭着眼睛,他想她是睡着了。

忽然想到了什么。

他立刻换个姿势,走到床脚,扶着床尾的护栏,下腹部轻轻靠床架上,他盯着海伦彩色的双脚,拱着双膝,踩在床垫上的双脚,内八字。

海伦还是闭着眼睛,他想这么吵闹她也睡得着。

然后,他又一阵惊悸,觉得不对。

他慢慢地围着床转悠,一只手插在裤袋里,另外一只手像调皮男孩拿树枝边走边划墙壁,迪贤的食指划过病床床套。

隔壁床老人说了句什么,她床边坐着一个年轻女孩,原本一直低头沉默地坐着掰手指,忽然站起来,指了一下自己坐着的方凳,然后轻轻拿起来,递给迪贤。

他本想谦让下,可下意识地接过了凳子,轻轻地放在海伦病床对面窄窄过道上,靠着墙壁,坐了下来。这个角度好,可以看着海伦好看的下巴。

他实在找不到最合适的站位了,他忽然想起那个姿势很像瞻仰遗容。他被自己的想法吓了一跳,赶紧用手撸着头发,一下一下地越来越快,然后顺着脸颊摩挲下来,胡子扎到自己手掌,自己都不习惯。

他又看着海伦,发现她的右侧锁骨下面有一根细细的塑料管引出来,引到上面一个输液的瓶子,透明的滴液有节奏地滴着。他站起来,凑近去看输液袋子上的字:葡萄糖……还有一个袋子写着什么字母。

已经开始用药了?手术前就开始治疗吗?他对医疗知识仅仅限于芬必得、泰诺、黄连素和创可贴。

这个病房好吵啊,海伦怎么会睡得着?

她一直对睡觉环境要求很高,现在在这样四面敞开的床上躺着,一条白色的被子横在她腹部。

怎么这么多的家属,病房不限制陪护人数吗?他上楼的时候,甚至都没有人问过他去哪里。迪贤不知道,到了周末,病房几乎没有管理人员,进进出出像商场一样。

一个护士进来,手里端着不锈钢盘子,里面放着两个塑料小盒,大声叫了一声:

"19床,吃药!"

海伦顿然睁开眼睛,手臂遮住双眼,像是被强光照到。

"19床叫什么名字?"

"麦海伦。"

海伦微弱的声音,说着自己的名字。然后,她看到了站在床尾的迪贤,眼睛滑过他,看着护士的托盘。"退烧药啊,19床。"麦海伦另外一只手去摸床头柜上的水杯,一个一次性水杯,结果碰倒了,里面的水顺着小桌面流到地上。

迪贤这才缓过神来,一步冲到床头柜那,收拾好桌上的残局,又帮着从矿泉水瓶里倒出半杯水,放到海伦的手上。麦海伦打算起身喝水。

"啊,啊,疼死我了。"

然后又倒在枕头上,迪贤想去扶起她,海伦皱眉说了句:"帮我把床摇起来一点!"迪贤还是愣在那里,看着她:"怎么摇?"

这时候,护士看他一眼说:"这里,床下面。"

迪贤又回到床尾,低头寻找,发现两根曲柄,居然不是按钮。他不敢再问,试着握住其中一根,铁制的曲柄已经被无数只手磨得亮光光的发黑。他开始转动曲柄,发现他眼前的被子在升高,海伦瞟了他一眼……他立刻反方向摇,被子低下来了,旁边还有一根曲柄,换了一根曲柄继续摇,发觉越来越看不到海伦的脸了,床头位置在下降,海伦眉头皱得更紧,闭上眼睛。

迪贤的额头开始冒汗,再立刻调转方向摇,缓慢地,他蹲在床尾,渐渐看到了海伦的脸,不高兴的脸。

"行了。"海伦低声说,眼睛甚至都没有瞟他一下。

小护士忍着笑,看着海伦吞下药,走到床尾,低头拿起挂在栏杆上的一块硬板,硬板大夹子夹着几张纸,好像会计夹账本的大铁夹子,她在上面写了些什么。低头走出去,小护士脸上憋着的笑估计走不到护士台就会噗嗤出声音。

迪贤走到床头,一边拉扯自己的指关节。

"我看你睡着了。"

"没睡着。"

"我来了一会了。"

"你怎么没有去接女儿?"

"外婆去了,带回去跟外公一起吃饭,让我过来陪陪你。"

"你该去陪女儿,我不要你陪。"

"跟你妈讲好了,明天我会过去,带她出去玩。"

"去哪里呀? 这么冷的天。"

"……还没想好,小孩子体热,不怕冷的。"

"每天都在幼儿园,周末回家,她一般不愿意出去,你就在家里陪陪她吧。"

"好好,别操心了,不是周四手术吗?"

"发烧了,推迟到下周一。"

"哦。啊?"

迪贤伸手摸摸海伦的额头,似乎有点烫,怪不得他看海伦红扑扑的脸,还想面色怎会如此好。

海伦眼睛低垂着:"你还是帮我把床摇下去些吧,这么坐着腰酸。"这回迪贤没搞错方向。

迪贤把凳子拉到床头柜边上,蹭着两条腿坐下来。

"你把帘子拉上点儿,吵得嘞。"

海伦再次皱着眉头说,很厌烦的表情,这表情迪贤好熟悉。

她在人群中总是这样的表情,海伦不喜欢人多,不喜欢任何人多的地方,甚至电影院她都不去。

迪贤又站起来,慢慢拉上与隔壁病床之间的帘子,顺便用眼神跟那个给他凳子的小姑娘"交代"了一下歉意,仿佛邻居在你家门口聊天,你却嘭地关上了门,他总觉得有点不好意思。

每张病床之间,都挂着通天彻地的帘子,圆形轨道装在房顶,上部 1/4 部分用网状面料,透气吧。拉上后,他再次坐下,像大学里的蚊帐,隔成一个小世界,虽说隔不开噪音,但是,感觉舒服多了。

"你锁骨下面是什么?"

"穿了个深静脉。"

"我看药水是从这里的管子进到身体里。"

"你不知道,扎这里的那根针好粗! 疼死我了,那个男医生手真狠,不管不顾地扎。"

"真的呀? 没给用麻药什么的?"

"就是皮肤上擦了那么点儿,那个男医生怎么那么下手狠!"

"什么时候打进去的呀?"

"今天早上,搞不清楚为什么要穿这个,好像说手术后也要一直扎着。"

"扎在这个位置,好像也不能洗澡了。"

"还洗澡呢,洗脸手都抬不起来。"

迪贤沉默着,他不知道说什么好,他就是想着海伦得多无法忍受这病房。

"头痛得嘞!"

迪贤还是沉默不语地看着她。

"你还是不要带九九出去了,外面吃东西不干净,公共厕所很恶心,你又是爸爸,难道带她去男厕所……反正我受不了。万一伤风感冒,我妈又要抱怨……"说着,海伦闭上眼睛,深深叹口气,接着又"哎哟"一声,估计又扯到伤口了。

"好吧好吧,放心放心,不出去,我给她买了新乐高,怎么样?"

"你帮我擦擦这个台子上的水,没看见还在滴嘛。"

"哦,哦,没注意到,你说,囡囡会喜欢吧?"

"你买了什么主题的乐高?"

"火车,可以装上电池在轨道上跑呢。"

"哦,她一直拼时装屋啊宠物狗那种女孩子的。"

"我买这个囡囡一定喜欢,还会ChooChoo呢。"

两人沉默了一会儿。

帘子外面,传来邻床老太太的声音:"他们让我自己去外面的一个什么地方检查,说不给我手术了,怎么能这样对我?"

"你不要发火,我们要听医生的安排。"

"什么听话,有病不给治,嫌我老啦?"

"你不要瞎讲。"一个老头的声音,文绉绉,慢悠悠的。

"你还是回家吧。我懒得听你讲,反正病的不是你。"老太太的声音越发地赌气。

病房里忽然安静了许久。

迪贤觉得自己该说点什么安慰海伦。

"放心吧,手术好了就都好了。"

海伦半闭着眼睛不说话。

"周一一早几点手术?"

"第一台。"

"那我几点过来?"

"随你。不来也行。"

"我肯定来。"

"柯怡今天到上海,她会来。"

"你怎么想的,我怎么会不过来?"

迪贤的心一阵阵紧缩。

到现在,他仍然不信海伦病了。

看着躺在这个病床上的她,他真希望自己在做梦。

他就是不知道说什么才好安慰她,好比刚才他找不到一个合适的站姿一样。

他想抽支烟。

于是,他站起来,对海伦说:"我出去问问护士,手术一般几点开始。"

海伦睁开眼睛,看了他一眼。

"顺便打个电话给我妈妈,问问九九吃得好吗,哭了吗?找我了吗?"

"好。"

他逃一般地走出病房,直接来到走廊尽头的窗户那里,掏出一根白色万宝路,粘在唇上……呆呆地许久没有点火。

21

凡是补救不了的事,必须逆来顺受。

——《等待戈多》里波卓尔的台词

手术那天,麦牧心没有去,这可不在她的计划内。

因为前一晚半夜三更的,九九发烧,第二天没法送幼儿园。又不能让妈妈一个人带去儿科看医生。

路上,妈妈又抹泪。

"咱们家怎么了……"

"九九没关系的,别担心了。"

"哎,她们娘俩真是的,我们家这是怎么了!"

九九一路迷糊着,一直喊着找妈妈。

开着车,麦牧心泪眼婆娑,视野模糊,可惜眼睛里面没有自动雨刮器,只好不断地用手边的纸巾抹泪。

她看着码表盘上的时间,八点四十五,海伦现在或许已经进手术室了。早上五点多,牧心发了短信给海伦,说有急事,柯怡在去医院的路上,祝她一切顺利。

海伦没有回复姐姐。因为她一早没有看手机就被推进了手术室。

不然她一定奇怪,为什么大姐没有来,这么特殊的日子。

当然没有人告诉她,九九病了。

九九还在哭闹。

麦牧心尽量镇定自己,她必须好好开车,不能走错路。

她是路盲。有时候,转弯会转到逆行车道上,看着地面的箭头指向自己,她首先怀疑:"是不是画错了"。

她常常怪爸爸:都是你生了我这个左撇子,看路也反着看。去了一次英国,惊奇地发现汽车都是右舵靠左行驶,难道英国人都是左撇子?

柯怡去了,迪贤也在。

柯怡的短信像鸡毛信似的不时传来,就像电视台在不断滚动播出 Breaking News。

海伦在手术室的那三个小时,牧心和她妈妈带着九九在儿科医院里排队,拥挤着,焦心着。

妈妈眼睛红肿,抱着九九的时候,用裹着九九的毯子擦眼泪。不然就把手里擦眼泪的餐巾纸搓来搓去,搓成一条细细长长的白色麻线。九九一下下哭闹着找妈妈,哭累了再睡一下下。

换到麦牧心抱着九九,无声的泪水滴在九九白净的小脸蛋上,混合着她的泪痕,小脸上画了一圈又一圈灰白的痕迹……两个小时过去了,麦柯怡还没有来电话。

麦牧心不敢看手机。她把手机铃声调到震动,放在贴身口袋里,她觉得这样比铃声更能提醒她来电了。

儿科特需门诊,挂号费 300 元人民币,仍然需要排队候诊。有十来个人,一个孩子看病,往往大人要跟两三个。洁净的特需门诊大厅安静不少,隔着一扇玻璃门,那边就是普通门诊大厅,人山人海,仿佛折扣大甩卖的大卖场。厚重的玻璃门,把吵闹的人群隔到几步之外,可是那份闹心依然透过玻璃漫过来。

10块钱挂号费和300元挂号费,商务舱和经济舱的区别。

麦牧心抱着九九坐在柔软的凳子上,妈妈去看看还有几个人排到,她望着隔窗无声的人群如默片时代,想着海伦那边是什么情景呢。

手术怎么这么长时间?殊不知焦躁的人心如擀面杖,把时间这块面团擀得越来越长。

昨天,阿福说,这个手术至少要3个小时,因为肠子方面和肝脏方面都要打开腹腔看了才能定下来怎么做这个手术……听上去好复杂,难道他们现在让妹妹的肚皮开着在研究怎么做这个手术吗?

她想起上官诺兰那句话:"我会尽早给她手术,因为她年轻。"

这话令人好不忧伤。

距离海伦被推进手术室,已经过去了3个多小时。

九九在外婆的怀里睡着了。

麦牧心和妈妈就这样坐在诊室的凳子上,各自发呆。

喂药了以后,九九睡着了,腮腺炎。

她们不想动她,如果这会抱出去,唯恐再着凉,唯恐她醒了再找妈妈。她们俩像候车室里的乘客,等着那列永远不会来的火车。

麦牧心握着手机,不时机械地翻着屏幕,生怕错过了来电或者短信,她一会设置成震动,一会又设置成响铃状态,又把铃声翻成更大。又担心听不到,再次调成震动。

一个小时前,麦柯怡电话说,她和迪贤拖着海伦在病房的所有行李等在病房一楼。

怎么会将病房的东西都拿了出来?手术出来不是还要继续住院吗?搬到哪里去啊?

麦牧心一头雾水。

22

在一个晴朗的日子,我一觉醒来,发现自己瞎得像命运之神一样。

——贝克特 《等待戈多》

麦海伦睁开眼睛。她觉得刺骨地冷,全身不停地打颤,抖到几乎无法呼吸!

她听到九九在哭,是那种撕心裂肺的哭……

她努力环顾四周,找九九。完全不知道自己身处何地,她看到了超市的玻璃门、走廊以及楼梯……

"我这是在哪里?"

起初,她以为自己在一条船上,颠簸得让她头晕恶心,狂风劲吹在她头顶上脸上,吹得她要张大嘴巴拼命呼吸,风好像吹走了一切可以让她搞清楚状态的味道,甚至把氧气都吹走了。船愈加颠簸起来,咯哒哒咯哒哒哒好大的动静,难道是一条汽艇吗?她最讨厌坐船,谁带她上船了?过分!太冷了,开这么快!九九也在船上吗?她在哭,我要去找女儿!

可是,她动弹不了,好像被绑住了。

她试图用胳膊肘支起身体看看四周,手臂仿佛被冻住了,一动就痛彻心扉!然后,她看到那家24小时便利店的绿色招牌"可的"……接着又看到蓝白两色的"医疗辅助器材"。

啊！海伦赫然清醒了,这是病房大楼一楼超市,她在医院底楼的院子里做什么？她记得独自站在这超市门前看了肠镜报告单。

A4纸偏下一点儿的位置写着:恶性肿瘤。

竟然是失恋的感觉,心肝肺全部被洗劫一空,神经系统却敏感到了可以听到飞花落叶的声音。

"亲爱的,我哪里做得不好？我们重新开始,换个结局吧。"

恶性肿瘤,真想跟身体里这家伙谈谈:重新开始怎样？

夹杂着粉红色屎黄色的肠腔截屏图真恶心。

"刚才就是听到九九的哭声？"

她用眼睛继续四处寻找,她的船进了电梯,很快又出了电梯,再进电梯,再出去,船还在颠簸。哦,不是船,不是汽艇,是推床,早上推她去手术室的推床,谁在推她？她就要掉下去了,没看见吗？

姐姐在哪里？

医生呢？

迪贤在推我吗？

难道女儿在后边跟着哭吗？

手术做完了？

这是要去哪里？

我死了吗？

推我去太平间吗……啊,死了也有感觉啊？

不对,我看到超市了,这是医院底楼那家超市……为什么会被推到院子里?

没有任何人给她解释。

她隐约听出推床的是个男人,还在叽叽咕咕地说着什么,好像在发牢骚,在找路……把她的床推得像驾校的实习生,一顿猛开猛刹,把教练都能整到晕车。

她发现自己再次回到人群里,格拉格拉,哒哒哒……灰暗的天空。大楼的屋顶。玻璃门。有个陌生脸出现在海伦脸上面,飞鸟般一晃而过。她听到"啧啧……刚做好手术推出来的,啧啧,看上去年纪蛮轻呢……"

我在外边吗?

我不是在手术室里吗?

这分明是室外,是阴天。好冷啊!

我这是活着呢!

有人又在她面孔上方闪过,像毕加索的人物画像,交错变形。

海伦不知道自己的打颤,是被颠的还是被冻的。

她觉得自己的身体,离她越来越远,只剩下一个脑袋在那里徒劳地打转。

现在,她异常清醒,清醒地相信自己的身体,不见了。

不知道这样过了多久。

再次睁开眼睛时,到处是白色,晃眼的白。

"哎呀,你怎么还吃大排骨呀!"

"那吃什么? 那个炸鱼排难吃得要死。"

"可是排骨好像也不新鲜的。"

"算了算了，要不就吃泡面吧。"

谁在说话呢？

好香啊！午餐来了吗？

海伦发觉自己再次，异常清醒。

她下意识想吞咽……想动嘴唇，舌头……舌头怎么了？好像被胶水黏在嘴巴里了，变成了一摊稀泥。嘴唇？我的嘴唇呢？她觉得自己没有嘴唇了，被缝上了？变成木雕了吗？

一会，她开始觉得自己的嘴唇重得仿佛被订书机钉住了，干裂得生疼，好不容易，伸出拖把一样的舌头在干燥的嘴唇上完成了一个舔的动作……啊！啊哟！一股血腥味儿直冲进喉咙口，一个干巴巴的吞咽艰难地完成了。

口水，口水呢？

身上到处都痛，动不了，仍然被绑着，是五花大绑押赴刑场那种！

手呢？

稍微移动一丁点，啊呀，胳膊差点掉下去，两手慢慢触摸到床的边缘，抓住，这是什么床？她在刺眼的灯光下闭着眼睛用手在床两边摸索着。

好窄的床！她又担心自己随时掉下去，两条胳膊一丝都不敢动了，她用手牢牢地捏着被角，一使劲，又是一阵不知道哪里开始的痛楚，传遍全身。

她渴极了。慢慢睁开眼睛，雪亮的灯，雪白的各种物件，身边是什么声音？像一只沉睡的老虎在打鼾！很重很重的喘息，这是什么声音？

她慢慢侧过头,看到隔壁床上一个戴着呼吸机的老人。声音是从他那里传出来的。

她发现自己不在以前的病房。

她渴极了。

只听到有人在说话,或许是护工和家属?

她渴极了。

可是她喊不出话,她想叫人给她点水喝。于是,她慢慢抬起一只手,伸长,挥,再挥……又是一阵痛!

"什么事呀,你醒了?"

应声走过来一个男人,他穿着淡绿色的护士服!

"这是哪里?我想喝水。"声音微弱得像从十丈深的井底发出的。

"这是 ICU,重症监护室,你三天之内不能喝水。"

"我在哪里?"海伦没概念。

"重症监护室。"

"重症?在抢救我吗?手术失败了吗?为什么送我来这里?"

"大手术完的病人一般都要先送到 ICU 观察,你这是大手术啊!"

"可是我快渴死了!"

"拿棉签蘸水给你擦擦嘴唇吧。"

一会儿,男护士手里拿着三支湿润的棉签过来了,他在海伦的唇上轻柔地擦拭,海伦的舌头迫不及待地伸出来,试图舔点水进去。可是,棉签上的水分渗透进她的木头嘴唇上,冰凉,刺痛,远远轮不到她的舌头来分享。

哎呀,这男人这么帅!

这张脸,好熟悉。皮肤真白。像李宁?比李宁高!不!像基努里维斯!穿着短袖护士服,肩膀还蛮结实的。

"你也是护士吗?"海伦知道自己没死,还活着,还能分辨男女,还能看到男人小山头一样隆起的肩膀。心思也重新活络起来。

"嗯,重症监护室的护士,你不要舔了,忍忍吧,绝对不能给你水喝的。"

"那个……我还想尿尿。"

"插着导尿管呢!"

"就是很想尿尿,憋不住了一样。"

"不会呀,导尿管还在……""基努里维斯"没有掀开被子去看,只是微微瞄了一眼急救床下面挂着的尿袋子。

"是不是……导尿管掉出来了呀!"海伦实在难受,她无法忍受导尿管这种东西。

"基努里维斯"淡淡地一笑,顺手掖好海伦的被子,轻轻地拍了两下,安慰她:"因为麻醉过去了,开始有疼痛感觉,慢慢适应就会好一些!"

他再次检查了输液的调节装置,又低头看了看她腰下面的血球,重新拧开小盖,压扁,增加了血球的压力。海伦看着他转身走开,这鬼地方,居然有这么英俊的男护士。地狱配了一个天使模样的守护,真有点荒诞的感觉。

她继续望着雪亮的天花板。窗户很高很小,无法看到外面的天空。重症监护室也就是重刑犯的牢房,海伦在美剧《越狱》里面看到过类似的场景。

导尿管一定有问题!

海伦抬起没有扎针的手摇啊摇,嘴巴竭力喊着"师傅!师傅! 再过来一下好吗?"

"来了,小姐点什么菜?""基努里维斯"笑眯眯地走过来,俯身看着她,海伦的心笑出了声。可是她到处疼,"基努里维斯"只看到她撕裂般的"惨笑"吧。

"我的,我的导尿管一定掉了,麻烦你请个……其他的护士来看看,好不好?"

"哦,你想要一位女师傅来点菜是吧?"

海伦心里服了自己:居然叫人家师傅! 真是叫得出啊! 这都要怪麦牧心! 她就爱叫人师傅,不管男女老少,见着斯文些的叫老师,其他人统统都是师傅! 看来牧心吃多了康师傅方便面。

"我靠,麦牧心! 手术前她怎么没来?"

有一把锯,持续不断地锯过腰身。

海伦确定自己被扔到了一部恐怖电影里,电锯狂人在追杀她,而且她被追上了,杀人狂正在动手,电锯就在她耳边狰狞地晃来晃去。她忽然睁开眼睛,雪亮雪亮的,到处晃眼的白色。地狱不该有天堂的颜色。

这是什么地方?

噩梦连着噩梦,噩梦醒来,她还在重症监护室。

噩梦醒来还是噩梦。

度秒如年。

她发现自己沉睡的时间越来越短,清醒的时间越来越长,难道 ICU 用的特殊时间? 一分钟有 3600 秒吗?

时间越来越漫长,像沙漏被堵住了通路,一粒一粒的沙子往下掉。

眼睛瞪着,盯住天花板,如果眼神有温度,天花板大概已经被烤焦了。

翻江倒海的心,被永不言弃的疼痛搅拌着。

"今天走了几个?"

进来 ICU 查房的医生,每天必问护士的第一句话。

冷冰冰的像这病房里永远不关掉的日光灯。明晃晃的,像手术室里锋利的柳叶刀。

"我还在,我没走。"海伦在心里默默地回答。

隔壁床那位上着呼吸机的老人,海伦歪着头,可以看到老人的一双脚,苍白泛着蜡黄的瘦骨嶙峋的脚,她不明白为什么要把脚露在被子外面呢? 呼吸机抽动声重复着单调的节奏,好像不把身边的人都吸进怪兽的大嘴巴不会罢休。

海伦的身体慢慢恢复知觉,痛觉占了 99%。

ICU 的床好窄,她可以动弹的幅度仅仅限于脖子。于是,她不得不总是看着旁边老人蜡黄的双脚。

蜡像,对,就是蜡像。

痛来自身体当中部位,肚子,腰,以及整个后背,到处都在痛,而且向全身漫开!

她慢慢回忆起,自己在进来 ICU 之前,被推到楼下超市来着,她怎么会来到重症监护室? 姐姐呢? 家里人在哪里呀?

朝右边微微转头,不远处的护士台,一个护士据着桌子大声谈笑,就像在弄堂口等班车,她们练就了一身绝缘功夫,可以把 ICU 当成太平间,于是重症患者们都是毫无知觉的尸体。

"我婆婆又要来住了。"

"从青岛来过年? 也早了点吧。"

"什么呀,帮我带儿子,又放寒假了,我哪里有空带他。"

"哎呀,有人带孩子知足吧。"

"你不知道有多麻烦!"

"你将就点吧,总好过我请阿姨带孩子。"

"好过给婆婆带! 阿姨做不好骂她好了! 婆婆呢,说不得,碰不得。我要有钱,绝对请阿姨带小人!"

"搞不好了,现在的阿姨也说不得! 我们家阿姨已经涨价到 4000 了,我一个月的工资啊。哎,没办法,带了 6、7 年了,孩子认她是娘呢,就等着被她宰。真是恨得要死又毫无办法。"

"你娘呢?"

"帮我妹妹领老二!"

"啊,伊又养了? 儿子?"

"女儿! 她自己乐意非嫁给宁波人,宁波婆婆你晓得的啊,结棍着呢,不养到孙子就一直养下去好了,阿拉妹妹也是没啥讲的了。"

"你妹夫有钞票怕啥啦,养呗! 反正小孩儿是自己的,家产还多分呢。"

"对了,梅梅,你儿子他爸爸还定期过来看孩子伐?"

"他? 一个一个换女朋友,不要讲他不要讲他! 烦透了!"

海伦听得细,一字不想漏掉,就是对不上号,谁是单亲妈妈? 谁家来了山东婆婆,离婚的梅梅是谁? 因为有个帘子正好遮住护士台,把真人秀变成了恋爱电台。

她的"基努里维斯"从来不参与闲谈,他是 ICU 里最勤快的护士。

偷听这些对话,可以让海伦短暂忘记疼痛。

"基努里维斯"有空就过来陪陪她,除了护士,在这些沉默的重症患者里,海伦这个病人算是"健康人"。

睡睡醒醒,完全不知道外面是白天还是黑夜,海伦觉得自己被世界遗忘了,没有家人来看她,没有认识的医生来给她治病。

心里一阵阵的恐慌:"莫不是大家都在骗我? 我正在一点儿一点儿地等死?"

"师傅,师……傅! 小伙子!"她试图大声疾呼,她要问个明白。

"来了! 小姐,很乐意为你效劳。"

"基努里维斯"戴着一副手套过来,探头笑。

"我是不是要死掉了,你们都不告诉我? 我家里人从来没有人过来看我吗?"

"他们进不来的,不过他们一定已经得到通知,你手术挺成功,你在 ICU 恢复,所以,小姐,不要忧虑哦! 况且,目前看各项指标,你恢复很不错!""基努里维斯"围着海伦的小窄床查看了一圈。

"确实恢复得不错!"

"那我什么时候可以出去?"

"要等医生指示,不过明天你就可以练翻身,一般能自己翻身了,医生就会下医嘱过来准许离开 ICU。"

"我真的想尿尿。"

"导尿管在的??"

"嘴唇好痛呀!"

"我通知你家人下次来的时候,让他们帮你带一支润唇膏。"

"能麻烦你再帮我用棉签擦点水吗?"

"好的。"

这时候,忽然一阵急促的脚步声,又有病人推进来了,"基努里维斯"被叫过去。海伦歪着头,只能看到一堆护士的头,簇拥着一张跟她一样的急救床,还有一堆吊着的管子袋子和仪器。

痛是个虫子,你越怕,它越不会离开你。她曾经这样告诉女儿,现在,她说服不了自己。她养的这条不是虫子,是一条蟒蛇,死死地缠着她。这条蟒蛇还不时地收紧它的身躯……即便如此最令她难以忍受的却是想尿尿的感觉和渴。

又过了多久呢?海伦好像迷迷糊糊地睡着了。

忽然觉得嘴巴一凉。

"不好意思,病人出了麻烦,忘记给你湿棉签。"海伦睁开眼睛,恍恍惚惚的,这是谁呢?

渴。

"这里是监狱,难怪窗户那么高。这里谁又能爬得出去呢?"

"看你倒是想爬出去呢!"

"也看不到外面的天气……"

"哦,这些日子都是雨天,湿漉漉的,阴沉得很……你最想念病房外什么?"

"病房外吗? 不敢想,啥都不敢想。"

想念外面的美好生活,并不能给海伦带来动力,反而是绝望。不如看着蜡像老人,庆幸自己没有插着呼吸机。

"不要擦了,越擦我越渴。你为什么当护士?"

"我喜欢这个行业。"听口音,"基努里维斯"是南方人。

"很多男人不喜欢当护士,觉得是女人活儿。"

海伦悄悄看着那张英俊的脸,在这个不分昼夜无菌的监狱里,这张酷似基努里维斯的脸,让她从疼痛饥渴中分神不少。

"今天是术后第二天,你可以练翻身,越早翻身,越早离开重症监护。"他给海伦拿过来一个枕头,教她练习翻身,靠着枕头可以侧身躺躺。

翻身,成了海伦脱离"蜡像馆"的希望。

"蜡像脚"老人是什么病呢? 老人一直上着呼吸机,昏迷不醒。

手术后第二天下午,终于盼来家属探视时间。

迪贤和柯怡,全副武装,全身上下裹着医用一次性帽子口罩外套甚至鞋子也套上鞋套。两人赛跑似地冲进来,柯怡像个无头苍蝇,直接冲到蜡像老人旁边,看到呼吸机,不知所措地大声喊海伦呀……

海伦在她背后忍不住笑。

估计二姐以为送到 ICU 的她一定在抢救状态。

柯怡哭得稀里哗啦,口罩被泪水打湿,近视镜歪到鼻梁一边。海伦太渴了,一滴眼泪水都流不出。她羡慕地看着喷泉一样的二姐。

迪贤啥也没说,捏着海伦的手,俯下身体,隔着口罩想亲吻海伦。海伦头一歪让开他,淡淡地说:"不要……我脏兮兮的。"迪贤口罩上面的眼睛露出笑意,口罩上的唇位轻轻烙在海伦的额头上,停留了了几秒钟。

看到二姐和迪贤,从未那么亲。送她进手术室,到现在见到他们,也就 36 小时之前,在海伦的心里,长过 360 天。

"九九好吗?她是不是一直在哭?这两天,只要睁开眼睛,我总能听到女儿在哭。"海伦看着迪贤的眼睛问。

"蛮好……都蛮好的,跟外婆一起!不要担心女儿!"

"可我怎么总听到她在哭?"

说着,海伦让迪贤帮她翻个身,柯怡吓得要叫护士,她看着海伦这张小床四周吊着挂着各种瓶瓶罐罐,身体上插满各种管子,流进流出各种颜色的药水血水……柯怡吓傻了。

她呵斥一声:"迪贤,勿要碰她!"

"没事,我必须翻身!"

海伦口气那么坚决,眼神里有柯怡从未见过的明亮,那种在士兵眼睛里才应该有的尖锐的明亮。她命令迪贤托着她后腰部,她用一只手尽量去拉床护栏来借力。

"一定要翻身! 你们快帮我呀,只要能自己翻身,我就可以出去了!"

柯怡还是怕,怕得不得了,她怕海伦用力过头,把伤口都崩开。

"海伦,别急,才第二天呀。"

柯怡又哭,头上的一次性护士帽歪着,像伪军一样狼狈的样子,海伦又想笑。

需要家属全副武装吗? 真是多此一举! 海伦在心里嘀咕着,武装什么呀,那些痰! 那些盒饭! 难道就不会有细菌吗?

柯怡给妹妹涂抹唇膏。

"二姐,你这两天看到九九了吗? 她是不是总是找我,总是在哭?"

"一直看到的,都好都好,睡觉前找妈妈,其他时候没怎么哭……别担心!"

柯怡假装说得漫不经心,一边用棉签蘸着瓶装水,慢慢在妹妹干裂的嘴唇上滚动,海伦又忍不住伸出舌头去舔棉签上的水……迪贤看不下去。

他不想让自己哭。

他也不想讲话,内心正泣不成声。

"牧心呢?"海伦忽然又问。

"ICU 一次只能进来一个家属,我们现在进来两个人,还是阿福帮忙讲话打过招呼,牧心说等你回到病房来看你。"

海伦没说话。

家属探视时间只给 10 分钟。哭哭啼啼的二姐和沉默无语的迪贤离开后,就剩下护士在静静的重症患者之间来去匆匆。

海伦唯有听她们聊天,才知道,这个没有窗户看不到门的永远亮着晃眼白光的房间里,不仅仅有她和"蜡像脚"以及沉重的呼吸机。

每秒钟都想尿尿。

"基努里维斯"又出现了。

"你能告诉医生,我能翻身了吗?"

"好!"他笑着拍拍海伦的手臂,帮她拉好被子,安慰她什么似的,离开了。

第三天,柯怡一个人进来了,依然全副武装,看她急步走过来的样子,似乎有好消息要说给海论听。

柯怡贴着海伦的耳朵说:"下午你就可以出 ICU 了。"

海伦吓了一跳:"是吗?"

"阿福帮了忙。"

"难道不是因为我可以翻身了吗?"

"也有关系,但还是阿福帮了忙。"

"哥哥找了主治医生?"

"其实是哥哥帮忙找到了病床,"

"啊? 我不是有 19 床吗?"

"你进了手术室,那床位就新收了病人。"

"什么? 那我的东西呢?"

"我都帮你拿回家了,不过,这回我又帮你都带来了,因为阿福一早通知了牧心。"

"那我现在回哪个床?"

"先去一个男病房住一晚,然后明天就可以再回到19床了。"

"什么?男病房?"

"嗯,因为床位实在紧张,这已经是阿福求了人才得到的呢。"

"你的意思,现在的19床这么快就出院了?"

"不是,她明天要进手术室。"

"哎呀,那病人出来该不会再抢回我的19床?"

"不会吧,不会的!"柯怡也愣了一下。

姐俩忽然明白了什么,"她会住到重症监护室!"然后,姐俩一起摇摇头。阿福进来了。

医生,可以不用戴口罩,但是阿福还是手举着无菌口罩遮住嘴巴,穿上鞋套,匆忙进来。

"气色不错,恢复得比想象中快!我们这就出去!"

蛮着急的语调,然后转头走向护士台。

"护工马上过来,推你回病房。"柯怡看着阿福,说:"不是说下午吗?"

"海伦蛮稳定,早一点出去是好事。"阿福说着,若有所思地笑笑,拍拍海伦的手臂。

穿着绛红色大棉袄的护工来了,推海伦进手术室的也是穿绛红色棉袄的人。

这个颜色古怪极了,绛红色。

衣摆长到坠地,对襟棉袄,用绛红色因为耐脏?

这颜色让人联想到凝固在手术室地面上厚厚的血迹……海伦呆呆地看着绛红色棉袄的瘦脸男护工围着她的轮子床整理。纸巾毛巾从床侧拿到床上,床下掏出一个大包,置放到海伦脚部,那是海伦为自己整理的住院行李的一部分。原来,这些行李早已不在 19 床的小橱柜里了。

护士像一个千手观音,很快把所有的管子、瓶瓶罐罐都转移到窄床的两侧挂着,丁零当啷的,像街边打糖人的小推车。

抬高两侧的护栏,床终于启动了。像泰坦尼克离开码头,就差一声长笛。

海伦忽然不渴了,蟒蛇也溜走了!

三天 ICU,从未见蜡像脚老人有家人来探视他。

没有看到蜡像脚的面孔,那该是一位什么样长相的老人呢?

被推出去的瞬间,她在 ICU 移动玻璃门镜面里,看到"基努里维斯"安静地站在里面,目送海伦的床推出门。

外面阳光普照。

"雨停了!"海伦感叹。

"这几天都是大晴天,没下过雨!"

23

天使都是说德语的,这是习俗。

——据说是荣格说的

九九依然在发烧,昼夜离不开人,麦牧心住在海伦家里,同保姆蒋阿姨和妈妈,三个大人围着孩子团团转。牧心扮演着九九妈妈的角色,烧得糊里糊涂的九九,完全把姨妈当成了妈妈,哭闹得也温柔许多。

从海伦进手术室,到离开 ICU,整整有四五天时间,牧心没有去过医院,她知道,海伦被麻药和疼痛折腾得再糊涂,也该猜到牧心为什么没有去看她。

牧心真正着急的,并不是海伦在 ICU 有多疼痛。她从表哥那里早已得知手术很顺利,她心里真正惦记的是手术一周之后才能出来的病理报告,肠子里的东西是恶性肿瘤还是仅仅需要放疗的淋巴瘤……表哥说,这个区别可大了。

除了哄九九睡,不断给她身上擦酒精棉球物理降温,牧心尽量避开跟妈妈聊天,因为妈妈不是在默默流泪就是一边流泪一边絮叨着担忧,抱怨着命。她担心自己在妈妈面前克制不住要发火,现在的卢女士可是一个浑身插满导火索的火药包。蒋阿姨这几天都惦着脚尖走路,饭每顿少吃一碗,当然她每次盛饭都狠狠地压结实了,有着乡下泥瓦匠老公的水平,筷子都差点扎不进去。

安德鲁会在傍晚过来,陪她坐在九九床边。他比她还沉默,偶尔搂过牧心脑袋,靠在他的肩膀处,把嘴唇埋在她的耳际,用温热的呼吸无声地久久地吻她。

九九躺在牧心的臂弯里,身体压在牧心腿上。安德鲁一边搂着牧心,另一只手轻轻地抚摸着九九的头发,乌黑,蓬松的头发被泪水和汗水粘在小胖脸上,散发着淡淡的酒精味儿。

房间角落里亮着一盏睡灯,窗外万家灯火,衬得暗黄的房间倒有一股暖意,尾随黑暗到来的寒冷被隔在窗外。

"手术比较成功?"

"嗯,病理报告还没有出来。"

"什么时候可以看到?"

"柯怡问过医生,说要四、五天后。"

"手术时间长,说明做得很仔细。"

"嗯……病理报告还没出来,还是好担心。"

"我明天去看海伦。"

"她已经离开 ICU,好像还是 19 床。"

"知道了。她问起你,还有九九,要怎么说?"

牧心顿时叹了一口气。两人再次陷入沉默中。

牧心猜到,此时此刻安德鲁在想什么。他不需要婚姻的契约绑架爱情,他更不需要用孩子来考验男人与女人的关系。在他看来,任何关系和感情都经不起考验。

"我不敢当妈妈。"牧心抬头看着安德鲁,她满眼的忧虑。

"看看九九,其实你已经是一个最棒的妈妈。"安德鲁紧紧搂了一下牧心。

许久,牧心低头看九九,发觉小囡什么时候已经睁开了眼睛,静静地听着他们的对话,脸上挂着几滴——泪水?

牧心发现九九脸上的是自己的眼泪。她一早醒了?还是被泪水滴答醒的?九九还是那么安静地看着她,眼泪落到她脸上,她就眨巴下眼睛,牧心赶紧去亲她的小脸。

房间暗,安德鲁没有发现牧心在流泪。

九九那么平静的眼神,没有哭,看着牧心,牧心忽然心里安稳起来。她发现,九九在好转。

安德鲁抱过九九,九九不哭不闹,搂着安德鲁的脖子,揪着他淡黄色的卷发。

"我想喝水。"

牧心从床边跳起来。

"好好,马上来哦!"

这些天,这是头一次九九醒来没有哭着找妈妈。

外婆进来,蒋阿姨也听到声音快步跟进来,头一次,大家的脸上开始有些笑容。

"Lulu 好香啊"九九趴在安德鲁的肩膀上,说了一句。她总是叫安德鲁"Lulu",又像是"叔叔",又像他的名字。

大家顿时笑了。

牧心想起妈妈总是说的那句:孩子的病好了,妈妈的心仿佛打开了一扇窗户。

她心头有扇窗户被推开了。

"安德鲁,明天你跟海伦说,九九很好。"

"当然!"

"跟她说,我就去看她。"

安德鲁继续跟九九说话:

"说说 Lulu 是什么香味?"

"爸爸的香味。"

"啊哈,你爸爸是什么香味呢?"

"嗯……就是 Lulu 的香味呀!"

"哇哦,Jojo 的病好了吗!"安德鲁"九九"的音节永远发不好。于是,Jojo 成了九九的英文名。

牧心趁机走进厨房,打开脱排油烟机,从冰箱顶上取下一包香烟,点上,掏出手机,给柯怡发短信。

这是海伦术后第五天,肿瘤切片报告应当就要出来,她要去见见海伦的主治医生,上官诺兰。

24

多少要感受一点儿疼痛，才叫人啊！

——日剧《无痛》里的爷爷说

"37床！叫什么名字啊？"护士很大声地叫。

"麦－海－伦。"

回到病房，海伦发觉来自腹部的疼痛才真正开始。不用盯着那双蜡黄的老人的双脚，不用听呼吸机的声音，海伦所有的感官都被痛占据。

痛，更加集中和剧烈，排山倒海且连绵不断。就像这病房里乱糟糟的吵闹，无处可躲，直到满耳朵灌满"闹"。

"最后一袋了！"

"能再帮我打一针吗啡吗？"来换药的护士像百灵鸟，她喜欢说话，喜欢打趣，喜欢逗海伦笑。

"不可以呀，需要医生开医嘱，已经第五天了，痛应该好些了吧？"

"没有！还是很痛啊！"

"痛也要起来，走！"

"我知道，可我现在痛得在床边站一会就全身冒汗。"

"放屁了吧？"

"哦,那个,闷屁算吗?"海伦下意识地转头看看两边的人,低声嘟哝了一句。

"当然算!闷屁也是屁。"百灵鸟自己先咯咯笑。

"人家饿得哪有力气放响屁啊。"

"嗯,放屁后就可以吃流质啦!再忍忍喽海伦,你马上就可以打响屁了。"百灵鸟今年 27 岁,却是十病区的老护士,海伦很喜欢她,胖乎乎的脸上总是挂着微笑,就是说话喉咙有点响。熟悉后,知道了她的心病,有时候她也挂在嘴边儿:"朝我走来的那个死男人怎么走这么慢啊!"她好想结婚,满嘴广播着"征婚启事"和对那个"死男人"的抱怨。她没有想过,也许是她自己走得太着急,已经跟死男人擦肩而过。

海伦从 ICU 出来回到病房的第一个晚上,柯怡陪夜。

"九九是不是病了?"

柯怡迷迷糊糊的,她趴在海伦床边上,并没有觉得自己睡着了,但是忽然听到海伦的声音,她还是惊了一下,才确认自己似乎睡着了。

"啊?你醒了,还疼吗?"

"疼。"

"喝点水吧?"

"不用。"

"我帮你翻翻身,动一下吧。"

"好。"

海伦从来不哼哼,多疼,她都不哼唧,她就要吗啡,见着护士来要,见着来查房的医生也要:"再给我打一针吗啡吧?"像个瘾君子一样直奔主题。

"九九是不是病了？"

海伦追问，柯怡看看逃不掉，轻描淡写地说了句："有点感冒，不严重，你放心吧。"

海伦默默地闭上眼睛，她没有继续问了，把手臂慢慢压放到额头上，遮住了眼睛，让眼泪顺着耳后面流到脖子上，又顺着脖子后面，流到枕头上。

她不敢想，不敢想那张小脸。

柯怡很困，她检查那个流血的负压球，检查导尿管下面尿袋子里的尿量。夜班护士过来，同样看了一遍，然后拿起病床脚处的硬纸板做记录。

一张张病床看下来后，护士轻手轻脚地出去。

刚刚半夜两点。

柯怡拿出手机，屏幕上有两条未读短信。一条是牧心发来的：

"九九笑了，快好了。海伦又打吗啡了？明天上午我过来，医生查房你就回家来休息。我先去问医生拿病理报告。"

另外一条是府的：

"女儿挺好。你陪夜睡着盖着点儿，别着凉。"这条发自半夜11点。

柯怡回了牧心的短信："没给她打。她还是疼得厉害。"

然后，她在幽暗的病房里，把府嘉禹的短信又看了几条，点开回复的空页面，写了两个字"好的"，然后又删掉，她担心太晚了，短信声音把他吵醒，他不喜欢睡觉的时候被打扰。柯怡把手机塞回口袋里，又抬起身体看了看海伦，看到她皱着眉，闭着眼睛，一定是没有睡着，一定还是很痛。

柯怡也不知道该说什么，她忽然眼泪又差点掉下来。下意识地帮海伦把脚盖上，轻轻坐到躺椅上，该死的躺椅吱嘎乱响，在深夜的病房里就像汽车喇叭一样响得惊心动魄。

柯怡心里一阵急躁。

她把手机重新从口袋里掏出来，点开府的短信。

回复："明天给南茎穿羽绒服，不许她穿黑色大衣，要她穿那双紫色雪地靴，不要同意她穿带穗的皮靴。记得出门给她涂润唇霜……你们爷俩好梦哦！"

柯怡还是写上了后面这句，显示她的轻松心情，说不清，她不想把正在流泪的状态传递过去，为了掩饰当下的伤悲，她不得不用了"哦"这种语态。

海伦轻轻地叹气，用左手去慢慢移动右侧锁骨下深静脉的那根管子，以及连接在上面的两三根塑料管。她想动一下，压着的身体皮都麻了，她渴，她痛，却又不知道痛的起点在哪里，全身都参与了疼痛。

吗啡。

吗啡是她现在唯一想要的。

已经打了三针了。

不会再同意给她打。

手术台上多舒服呀，为什么要醒过来呢？把我就那么麻翻了直达天堂该多美妙呀，海伦想念着麻药，瞄着柯怡在吱嘎嘎吱嘎嘎的躺椅上，一定也很不舒服。

"姐,你冷吗?"

"你醒着啊? 不冷!"

"刚才睡着会儿吗?"

"似乎迷糊了一会,你呢?"

"不知道是睡着了还是疼晕了……几点了?"

"哦……快四点了。"其实,那时候晚上两点刚过,柯怡为了让海伦觉得时间过得快点儿,随口就谎报了时间。

海伦从重症监护室出来被临时安排在这间男病房的37床,最靠近窗户的病床,病房的窗户被窗外冷风吹得直愣愣地响,单薄的窗帘完全敌不住窜进来的冷风。海伦不能动,靠近窗户那边的身体不知是被冷风吹麻了,还是因为躺得太久失去了知觉。

另外两张床上的男病人呼噜震天,还带着声声变奏的哨音,此起彼伏,争奇斗艳。他们尚在等待手术,身体没有动刀子,所以元气未泄,打呼噜还都很带劲。海伦在想,这两个臭男人,明天应该动刀把他们喉结先切了。

那夜,吗啡的有效时间如白驹过隙,疼痛从四面八方袭击着海伦,人却异常清醒,她觉得自己要是只剩下这一个脑袋,似乎还好过些,脖子以下的身体,令她厌恶。

听说,上官医生不主张他的病人用止痛泵,理由是腹外科手术,容易造成各种肠粘连。

"痛? 忍过三天,最多五天就安全了,不然面对肠粘连更要遭罪,这点痛算什么?"这就是上官医生的理论。

"安全,安全第一重要。"

有些医生极其关注病人的疼痛,但上官显然不属于这类医生。

他说:"解除疼痛不是外科医生的工作重点。"

25

我们孤单地出生,孤单地活着,孤单地离世。唯有爱与友谊能营造一时的幻觉,觉得自己并不孤单。

——某句旁白

21诊室挂着绿色的牌子:专家门诊　上官诺兰。

门不时被挤开一条缝,里面的病人用胳膊肘抵着门,不让外面的人进去,尽量延长自己同医生在一起的时间。其情绪之急切唯有热恋中的男女可以比拟。

门外的病人,抱怨连声,使劲儿推,门上电子叫号的号码一直停留在18不动。"哎呀喂,医生顾不上揿号了,实际上已经到42号了!"好心人在门口嚷嚷着解释,他手里捏着44号的候诊条。

快轮到他了,推门的是43号以及家属。

牧心不时站起来到过道里站一会儿,让座给年纪大的病人。因为起得早,穿得厚,她昏沉沉的。

诊室门打开,几乎看不见医生。有时可以通过人群的缝隙窥见"白大褂"一直坐在凳子上,凳子有时候被拥挤的人群挤得歪一下,在涂着地漆的地面上蹭出刺耳的摩擦声。"白大褂"头不时低着翻阅什么,偶尔抬头读片子,用笔顶开或者关上读片子的背灯。在或坐或站、高高低低地问诊人群包夹下,"白大褂"反倒成了最不起眼的沉默者。

半个月前,她和海伦也在这个门口守候。只有半月吗?好像是半生前的事,模糊又异常刻骨铭心。

上官诺兰不知道她在外面等他。

候诊号62,牧心手里捏着挂号单据。无论如何,她要等到最后进去。

已经11点43分,人渐渐少了,有几位老人手里拿着报告拎着大包小包急匆匆赶过来,直接推门进去,就站在看诊人和医生凳子后面,手里的报告单几乎就盖在上官头上。

原来他身边还坐着一位助手,一直低头抄写病历,手不时伸到拥挤的人群里,传送着各种单据和病历本。

12点33分,门半开着,终于不再有人把守了。上官站起来,转身对着里面的门,另一位穿着白大褂的同僚在拍他肩膀,然后递过一张报告给他看。

他一只手拿着报告,凝视着,另外一手握拳用手背顶着自己的人中部位,皱眉。

然后他隔着仍然在小台子上抄写的助手,探身跟那位同僚低语。

麦牧心站起来,她犹豫着要不要站到门口去,她把背包夹在胳膊下,一只手伸到包里,她犹豫着要不要拿出来抱在怀里,助手还坐在小桌子边抄写。

她站在距离诊室门不到一米的地方,望着里面。

上官还在同那位同僚医生一起分析那份报告,这时候,他的助手歪着头要起身,上官侧身让她走出去。一会儿,那位同僚,口里说着感谢,然后他们两人互相拍了拍彼此的上臂。此时,上官转身走出来,麦牧心下意识地后退了几步。

他到门口,张望着四周,应该是在看还有没有患者,牧心迎上去。

"上官医生?"

"哦,你是?那位姐姐。"

"嗯。"

"进来进来。"

此时小小的诊疗室已经空荡荡,牧心坐在患者椅子上,她随手关上诊疗室的门,另外一面朝里的拉门开着,对面的诊疗室也都空了。

"过年,我妹妹可以出院么?"

"哎呀,我想想,还有四天过年了……手术是两周不到吧?这手术蛮大的,还是多住两天,主要担心有粘连。"

"她就是急着回家看女儿。"

"她想回家过年啊,她女儿多大了?"

"刚满五岁。"

"那过年请假回去一天一起过过吧。"

"好。"

"她现在感觉怎么样啊?昨天查房时候看上去气色恢复了。"

"就是总叫疼,不过比前一阵子好多了,现在就说想女儿。是肠癌,是吧?"

"肝脏上那个小结节切掉了,病理报告刚出来,肝脏上的小结节不是恶性的。肠子上的不太好,手术时候看上去像淋巴瘤,做了病理检测,还是恶性。"

"就是说,肝脏上也不是转移过去的?"

"不是,结肠癌是原发,但是肝上那个也不是好东西,只是还没形成恶性瘤。"

牧心的心收缩着收缩着……

"那她……我妹妹她……"牧心眼圈忽然一阵子酸楚。她问不出口,她想问她妹妹还能活多久。这话,像横穿心脏的一根钢筋,小心翼翼不敢扯动丝毫。

上官微微笑了下,把眼神移开。

"一般结肠癌存活率 5 年 70%,然后 7 年 30%,不过这要看的,每个人都不一样,手术还是蛮成功的,看化疗进展如何。"

空荡荡的诊疗室异常安静。

"啊?化疗?"

"出院以后一个月再过来定治疗方案吧。"

牧心一直点头,把手伸进包里掏出礼物,头也不敢抬,说:"上官医生,亏得您了。"这是她们的妈妈硬要她过来感谢医生,准备的一点小礼物。做文字工作的,此时却口齿不清手忙脚乱。

上官显得十分意外,双手互抱着胳膊肘,很快就双手推回给牧心,扶着牧心的胳膊,缓慢地说了句:"别这样,乖。"

这个"乖"字,让牧心的眼泪彻底蹦出眼眶。

她半低着头说："这是我父母的心意，您收下吧，他们心里会踏实。"

听到这句，上官忽然不推了。

牧心把妈妈准备的礼物放在诊疗室的桌子上，匆忙告别，眼泪让她觉得很尴尬，她觉得流泪是一件很私人的事情，不该在外人前放肆悲伤。

同上官诺兰见面这件事，她没跟表哥提起。

离开上官的诊室，牧心没有立刻去病房。她掏出太阳眼镜慌慌张张地扣在脸上，任泪水在大镜片后一汩汩地涌出眼眶。她把大围巾拉到嘴巴处，遮住半张脸，接收泪水和鼻涕。她在医院院子里漫无目的地走，一圈圈地走。

乖！别这样。

上官脱口而出的这句话，瞬间拧开牧心的泪闸。

这不过是她第二次见到上官诺兰。

即便隔着大镜片，泪水也已经被风吹干了，走得双腿沉甸甸的，外面的安保已经在注意她，以为她找不到自己的车子。她走到医院东北角落的一个小花园，这清冷的冬日，花园里处处凋零。她看到中央喷水池，过去坐在一圈水泥台上，早已沉默的喷水景观装置，池子里仅剩下蓄水，脏兮兮的。至少，坐在这里，安安静静的，她知道，在花园几个角落里藏着几幢旧楼，医院用来做档案库和实验室。

呆呆地坐着。眼镜滑落到鼻梁下面，她找出餐巾纸，擦了脸，又用反面擦了擦太阳镜，这淡淡茉莉香味的餐巾纸还是海伦买的。

海伦……肠癌啊!

哎!

这一声叹息大得惊动了牧心自己,她不禁回头看看,只有一个生锈的喷水嘴无奈地对着苍穹。

她等着这阵悲伤过去,避免带着这样的哀伤去病房。这个冬日少见暖阳,冷风乱窜。

等到牧心转身走到病房大门口,眼见人群熙熙攘攘,安保已经撤走,这个钟点可以随意进出。没有人脸上有笑容,即便是外卖小哥也不禁肃容快步。

她掏出手机,短信问海伦:

"需要我带点什么上来?"

接着,她走进病房大楼旁边的小超市,她进去也是想暖和一下,靠边掏出化妆盒,眼镜推到头顶,看自己的眼睛,还好还好,只有被冷风吹红的鼻头仿佛刚刚经历过一场风流泪。

"想喝西瓜汁。"海伦回。

正好,她也想要一杯咖啡,走出超市,走出医院,朝着话剧中心的方向走,朝着她和海伦最喜欢的那家咖啡馆 CROSS 走去。"病人得到的视觉刺激太少了,所以进病房之前,请把头发梳理好,最好抹上唇膏。"

不记得在哪一部小说里看到过这样一句话。她不至于抹唇膏,更不至于像 21 床女儿那样来探病也打扮得像出席晚宴般摩登隆重,似乎聚光灯已经追了她乱转,闪光灯满场咔咔乱闪。

两样心情她都没有。

进病房之前,她首先要做的是先到护士台,同熟悉的护士,或者值班医生聊一会儿。

"哎呀,海伦姐姐你怎么才来呀!"

"有你们在我不来都放心!"

"哈哈,你真贴心。"

"海伦怎么样啊?"

"好着呢,就是总要吗啡……小屁都放过了!"

"她床位医生是?"

"我看看,是闵一……刚好他今晚值班。"

"指标都还好?"

"哎呀,医生查房啊,哈哈,我来给你看看,早上的报告都送回来了……不错的。再过几天可以吃点儿流食了。"

"百灵鸟"麻利地翻着护士台电脑,嘻嘻哈哈的,病房的走廊里,尤其需要这种轻松的笑声。

"这杯咖啡给你的。"牧心多买了两杯咖啡,顺手递给百灵鸟。

"哎呀,老贴心的么,谢谢啦,对啦,记得让海伦多下床走动啊,这对她恢复很有好处的!"

"啊,那伤口不要疼死了?"

"疼也要走啊,越早走,恢复得越快,万一肠粘连,有得苦了!"

"好,遵命! 大小姐。"

了解海伦的各种情况,谁换药,换药时候疼得叫唤了没,每日的尿量,血球出血量还多吗……跟主治医生查房一样,牧心做事一丝不苟。不爱一点儿小事就去找医生,她宁愿自己在护士台多转悠一会儿,问护士打听一下,等到医生查房,她会珍惜这个机会,仔细听医生们的医嘱。

仿佛一个刚要上场的好演员,她调整好自己的表情,施施然走进病房。

她决定,一定要在傍晚来临前走进病房,海伦说:在病房里最难熬的就是黄昏。

26

病人："我需要的只是能唤起我好斗激情的药品,你能在处方里帮我开这种药吗?"

医生："我们没有那种药,但是你会在药费通知单上获得激情的。"

——一则印度笑话

"什么? 要三十多万?"

"嗯,靶向化疗,进口药。"

"可以进医保吗?"

"没可能进医保,何况,你知道,海伦现在也没单位可以报销。"

"这三十多万是全部药费吗? 化疗需要做多久?"

"医生说最好做满 12 个疗程,一个月一次吧。嗯,目前算下来的化疗药费是这么多,可是我觉得,起码还要多算五六万进去……"

"哎,是呀,药费怎么算得准。12 个疗程? 那不是要做一年了,海伦自己知道了吗?"

"嗯,上官医生讲化疗方案的时候,她一起在的。"

"她自己有积蓄吗?"

"没问⋯⋯"牧心忽然有点儿心酸。

平常日子过过,还觉得自己蛮富裕的,吃喝不愁,从没想过钱不够用。海伦这一病,家里人开始谈钱了。以前,她们姐妹仨何时聊过钱啊,虽然都是各自过日子,但是一道吃饭逛街啥的,彼此为对方买啥,眼睛也不眨一下的。

谁有多少积蓄? 好像从前就是妈妈会问问,现在,这句话从柯怡嘴里以这种口气问出来,虽然隔着话筒,牧心依然觉得冷气扑面而来。

"你和爸妈什么意思?"

"当然是全力接受化疗。"

"九九爸爸知道这个方案吗?"

"你说迪贤吗?"

"对呀! 他可是九九爸爸呀,不管怎样,他们俩也算是事实婚姻吧?"

"⋯⋯不清楚,这是海伦自己的事情吧。"在内心里面,牧心觉得这是她们家事,而迪贤,是外人。

迪贤吗? 天呢,她打赌海伦没跟他谈过这件事。

"也是,需要我过来上海吗?"

"你的意思是?"

"我是说,我的意思是,如果你,或者海伦,不方便同迪贤谈,我可以出面。"柯怡的口气像基辛格一样。

"哦,你是这个意思啊,那晚点再说吧⋯⋯好像没到那个地步。"

"要早点考虑,说实在的,治病花钱可是无底洞。"柯怡说得似乎自己已经坠入深渊。

牧心不爱听这话,至少她不爱谈。"慢点再说吧……"她打断了柯怡。

柯怡立刻换了话题。

"南芏这几天就要参加大提琴考级,时间上有点儿紧张,我再看吧。"挂了姐姐的电话,柯怡一个人在车上呆呆地坐了很久。

北方的这座城,头两天开始下雪,雪后的晴天异常冷。城市里的雪,也是辛苦,下得再大再急,也赶不上行人脚步的践踏,更追不上飞转的车轮。"银装素裹"也只是雪花在乡村的梦想。

路上匆忙的行人裹着各种灰色,无论如何,她都喜欢不上这座北方的城市,即便这是中国的首善之区。

没有腰身的白杨树以及缺少想象力的平房顶,满眼的土灰色,仿佛一部黑白片,无趣。

在这里,她发现自己的画布都不由自主地布满灰色。

头几天她跟老同学聊天,有个建议倒是不错:当自己无法创作时,不如花一年两年的时间选一幅名作来临摹,可以学到些东西,据说买卖市场也不错。

海伦有没有这笔钱呢?

她也了解这个小妹妹花钱没节制,自作主张地生下私生女后也不再上班,自己叹了口气。

哎!

柯怡这声叹息,把车里的自己吓了一跳。以前,她是个自信到不知叹气为何物的女人。最近她总是叹气,女儿听到她叹气就说:你干嘛老叹气啊?人家说叹气会长皱纹。正想着,车子后门被猛地拉开,"哐哐""砰砰"两声,后座被扔满了,书包里的水壶大概又撞到了车门上,另外一个包是什么?

"妈,你等我一下,跟同学说句话!"南荃直接在后门冲着驾驶座上的柯怡嚷了一句,嘭地关上车门朝后跑。

柯怡赶紧下车,把后面座位上的"行李"弄到后备箱,原来那个大包裹装着蓄了一个礼拜的运动服和球鞋,看上去陪着主人已经参加完一届奥运会似的风尘仆仆。

这丫头,八成又要闹着坐前面,自己先把后座填满。

海伦胆子到底有多大呀!

就这样自信一个人可以把一个孩子养大?

她哪里来的这份自信呢?

柯怡一直不认可妹妹的这个选择,现如今,偏是再得了这个花钱的病。不过哪一样病是不花钱的呢,病是世界上最贵的奢侈品了,而且一人一个"款",几乎不撞衫。

得了普通毛病,穷人雪上加霜,中产者小康返贫,有钱人风花雪月添了许诗情画意。

得了绝症,黛玉可以葬花,寻常人只好想着自己能够葬哪里了。

如今这花钱的日子可能才开始,糟心的事儿恐怕还在后面。

麦柯怡自认为是家里最冷静最务实的那个,姐姐看似成熟稳重,可有时候过于天真和理想化,貌似什么都可以一个人扛,扛着扛着就乱发脾气了,就像她的偶像孙悟空动不动就要回花果山,所以柯怡一直希望姐姐能够学会说"No"。妹妹就不谈了,爸爸的感情用事和不懂事一股脑地全部遗传给了这个老三。妈妈像沙和尚与猪八戒合体,任劳不任怨。

柯怡在后视镜里看着女儿跟一个女同学手舞足蹈,她懒得下车,来接孩子的妈妈们,扯闲话的功夫都比车技好,她常常自己坐在车里闷着,等着女儿来找她。

难道不该冷静做个计划吗? 这病是个持久战,难道不该一家人商量一个持久战的作战计划吗? 柯怡心下不禁像一个临战的将军那样暗暗地激动,她最关心治病的这些费用,海伦有多少? 要不要跟政府也商量一下这事情呢?

好多好多的问号堆积在柯怡胸口,像舍不得丢弃的红酒软木瓶塞,每一个塞子都被深深地扎过洞。

要不打个电话给迪贤? 问问他是否知道海伦接下来的治病计划……

尽管他们没有结婚,可是,他毕竟是九九的父亲,想着海伦在病床上吃尽苦头,她想知道迪贤怎么想。但凡是有点良心的男人,都该有所付出吧? 但是玩儿音乐开酒吧的男人,谁知道呢? 柯怡一向认为小妹看男人的眼光停留在 12 岁。

南芏蹦着回到了车旁,小脸儿贴在副驾驶那边的玻璃窗上,柯怡冷眼朝后面甩一下头,那小脸儿上的嘴巴立刻撅起来,两手相握,手指比划成一把手枪对着玻璃窗里的柯怡"啪啪"。

柯怡怒目,瞪出去。

"你最近不像女孩子,哪里学的比划这个啊,野孩子一样。"

"野孩子是什么意思?"

"就是没有教养的那种女孩子。"

"比划手枪……就没有教养啦?"

"不是女孩儿该有的动作。"

"那爸爸为啥教我吹口哨!哼,妈你真挑剔。"

说着,南茞撅起小嘴"咻——"

"怎么样妈妈?我要跟爸爸一起吹口哨合奏。"

"你爸爸?"柯怡诧异,从后视镜里看着得意洋洋的女儿。

她的车停在一部绛红色卡宴后面,开车的女人探出头,张牙舞爪地同对面车上的男司机用贱兮兮的语调喊着聊。讨厌极了,不知道后面都堵住了吗?男人的车是一部轿车,福特蒙迪欧,因为车身比保时捷越野车矮,仰脸儿努嘴的谄媚德行,柯怡心里想着"贫嘴的男人惹人厌,开美国车的北方男人更惹人烦"。

"对呀,我现在很喜欢跟着爸爸看枪战片,过瘾!"

"什么时候的事儿啊?"

"就是你在上海那些日子照顾小姨的时候,我和爸爸的幸福事儿呀……"

她没有吭声。

12岁女儿嘴里的爸爸,让她想起她们姐仨小时候跟着父亲一起看苏联电影《这里的黎明静悄悄》,父亲在她们身后,眼泪静悄悄地流。那时候她们仨蒙着毯子不敢看女兵深陷沼泽地的危险情节,到了爱情场面,父亲就把毯子给她们又蒙上了眼睛。所以这部电影始终看得支离破碎的,像挨过中国审片部门的剪刀似的。

不是爸爸不让看,而是妈妈如果看到父亲跟她们姐仨一起看接吻镜头就会骂他,而且会连续骂一个星期。

想到这里,柯怡笑了,她现在想想当时爸爸一定舍不得蒙自己的眼睛啊。柯怡突然发现,自己也变成了她妈妈当年的模样。

27

那时候,夜晚是夜晚。

——电影《历劫佳人》台词

海伦和迪贤在家附近的咖啡馆里坐着。

自从生病之后,海伦再也喝不进清咖,她开始喝拿铁,她才发现,原来消化一杯清咖需要不少体力。

他们这样坐着,许久两人都没有讲话。

海伦双手捧着一杯热拿铁,歪着头看着窗外,眼神十分专注而神往,窗外其实是一堵墙。

咖啡店老板为了不让墙壁破坏视觉,紧靠着墙壁种上一排竹子。

细长的竹竿歪歪斜斜却错落有致,遮住了大部分斑驳的墙壁,虚虚实实,自有一番味道。

上海老城区里,这种老房子常被用来开咖啡馆,已经赚到点儿钱小有名气的手艺人开 workshop,也有做私人会所,包办某种美容分享会,开"如何成为女王"的讲座,生日 party 私人聚会……赚的都是小众人手里的体面钱,背后多半有位自视甚高的女老板,绞尽脑汁费劲巴拉地推销自己对生活的理解和解读,就像她曾经服务过的时尚杂志。

毛竹的叶子蔫蔫的,绿的叶子也泛着黄,本该凋零的黄叶子还赖着不肯飘走。

迪贤静静地看着海伦的侧面,她胖了。

出院两个多月,一直被伤口折磨着,因为自身蛋白低,那冗长的伤口在靠近胸口的位置,总是愈合不好。

她穿着之前鄙视的有钢衬的胸衣,这种老女人才穿的胸衣,让她看上去像臃肿的欧洲老奶奶,完全没有胸型,横向连绵成山型。

海伦曾经有维秘超模的胸,穿白背心,不需要穿文胸就挺拔浑圆的胸,能傲视群"胸"。

刚认识海伦那会儿,迪贤还以为海伦的胸是假的,因为她的胳膊很细。后来见过海伦的两位姐姐和她们的妈妈,他知道原来大胸是她们麦家女人的遗传。麦老头经常得意地提醒卢女士,饭粒又掉到阳台上啦。麦老头管大胸脯叫阳台。

因为胸大,稍微胖一点,上半身看上去就会很臃肿,她说只有深 V 的纯色毛衣适合现在的她。

但其实,鸡心领羊绒衫对胸型的要求更高,海伦那条从胸口蔓延到肚脐上方的刀疤,恰恰在胸口处还没有愈合好。

于是,她不得不穿上妈妈从"古今"买来的老婆婆文胸。

伤口的疼痛,没有让她抱怨,倒是文胸的不如意让她十分沮丧。

捧着那杯咖啡,宽大的连帽运动衫,罩着一件羽绒背心,完全看不出身材,唯一巧心思就是头上那顶与连帽衫同色系的贴头线帽。

　　帽子凸显出她尖尖的下巴,海伦不开心的时候,总是紧闭双唇,眼神冰冷……奶白色的咖啡杯衬得她的双手依然修长。

　　迪贤不敢想未来,他至今无法接受海伦得了绝症,她这么年轻,她那么想当一个妈妈,他们的女儿还那么小……他又想抽烟了,想到这里,他给自己的思绪踩了刹车,迪贤弹簧一样猛站起来。

　　"我出去抽根烟。"

　　海伦被他突然的动作吓了一跳,转头看向大门口,她以为有迪贤认识的人突然进来。等回过神来,迪贤已经一脚迈出玻璃门。

　　"那我们坐外面去吧。"

　　"不要,冷,你当心感冒。"

　　"我哪儿那么娇气。"

　　"不行,伤口还没好。"

　　"得了吧,我穿得不少。"

　　"那好,我不去抽了。"说着迪贤把脚抽了回来。

　　"好,我不出去了。"

　　迪贤手指夹着烟,一只手扶着玻璃门,歪着脑袋笑,看着海伦,好像看着女儿时候的笑。

　　"哎呀,生病变乖了嘛。"迪贤说着,探身过来,用香烟刮了下海伦好看的鼻子。

　　海伦隔着玻璃看迪贤掏出香烟,微微侧头点上,深吸一口,那小片轻薄的烟雾,在冷空气里迅速飘散消失在灰暗中。

　　这个男人永远不会穿错衣服,黑色短大衣,剪裁一流,深棕色高领衫,人消瘦,肩膀却宽阔硬朗。

海伦曾经被他手肘到手腕这一节小臂的形状吸引,尤其是他撸起袖子,那小臂仿佛一节质地上乘的钢轴。

迪贤活得很自我。

早前,海伦以为他是同性恋,因为没见他带过什么女伴儿一起出来。其实直到现在,海伦也怀疑着迪贤真正喜欢的或许是男人。他一丝不苟的气质里,透着一股子拒人千里之外的冷淡。

Rene 不是这样。

Rene 的沉默里都铺满暖意。

海伦总要 Rene 帮她手卷烟。

Rene 灵巧的手指可以卷出十分紧致的卷烟,还可以置入过滤嘴,完全不会弄皱薄如蝉翼的烟纸。卷烟到最后一个程序,海伦最爱,看他把即将封口的卷烟送到唇边,用舌尖润泽烟纸边的胶水,然后,微笑着为烟收口,递给海伦。

他笑起来紧闭着双唇,嘴角被扯成好看的弧线。

全部笑意都凝结在眼睛里。他吸烟时,表情偶尔露出忧郁,或者疲倦? 海伦一直没有弄清楚,总是骗他跟着一起抽烟。然而他不喜欢抽烟,也从不喝酒。

海伦弄不清楚的还有,Rene 到底喜欢什么?

他更不喝咖啡,吃的饭也不多,睡眠更少。也许单身久了,活得浑身散出阵阵仙气。

海伦好酒,他陪着她,看她独饮至醉,背她回家。

海伦曾对 Rene 说:烟是寂寞情人嘴唇的恋人。

这时，迪贤掐灭烟头，回过头来，看到海伦出神地看着他，他笑了，顺便撸了下头发，有点儿小得意。

她觉得她和迪贤之间拥抱的只是他们之间彼此无法克服的孤独，而非彼此。

迪贤进来，搓着冰凉的手，"来，给我暖暖……"他转到海伦身后，把双手伸到海伦腋下，脑袋顺势埋在连帽衫的兜帽里。海伦放下咖啡杯，双手交叉伸到自己胳膊下面，暖着迪贤冰冷的双手。

"我想跟你商量一件事。"

"嗯？什么事。"

"我想帮九九换一家幼儿园。"

"嗯？现在这家怎么了？"

"我想送她去寄宿幼儿园。"

"啊？这么小送寄宿？"

"这家寄宿幼儿园很好，离家不远。进去也蛮难的，不过我可以托到关系。"

"寄宿的孩子还蛮多的……寄多久？我的意思是多久接回家啊？"

"三岁孩子就收，每周一早上送去，周五下午接回家。"

"……"

"据说这家寄宿幼儿园的伙食很好，大云吞都是幼儿园厨师自己包的，不会给孩子吃速冻食品。"海伦继续说，听得出她仔细打听过。

"嗯，算下来，做四休三。"迪贤掰着手指，掐算了一下说。

两人忽然大笑起来。

迪贤其实不清楚海伦为什么忽然做这个决定,她怎么会舍得呢?

海伦没有告诉迪贤,将近一年十二个化疗疗程,她不得已才做这个决定。

"我现在的体力带不动她,要是一直跟着保姆,学不到什么,我妈妈毕竟老了,力不从心。"海伦只要说到九九就会流泪。

迪贤拿起桌上的纸巾塞到海伦的手里。

"过两天托的朋友会给我消息,运气好的话,可以尽快插班进去。九九现在 5 岁,可以直接进中班,要不我们一起去那个幼儿园看看,环境什么的,你跟我一起去好不好?"

"你看过觉得好就行,我放心的。"

"陪我去吧。"

迪贤忽然觉得,生病之后,不,确切地说,是这次手术之后,海伦变得脆弱了。早前,她甚至都不会跟他商量这些事。

28

宙斯把一切都封闭在一只缸里,来到一个人那里。

那好奇的人想知道里面是什么东西,揭开盖子来,一切又都飞到众神那里去了。

这样的与人留在一起的,就只是答应给与那些逃去的众善的那希望罢了。

——周作人希腊文译作 《伊索寓言》

化疗进行到第五次,海伦对姐姐说,她无论如何也不做了,她宁愿少活几年,也不想继续活受罪。

白血球最低降到 1.3。

脸上开始有褐色的斑点。

手指和指甲时常呈乌青色。

每月两次去住院,化疗药两周一次,用药第二天持续呕吐一整天,一口水都喝不进去。呕吐可以翻江倒海,可是干呕呢? 江海都枯竭了,连苦胆水都吐完了。

持续一周吃不下几粒米。

近三个月没来月经。

牧心都看在眼里,九九亏得送去寄宿,虚弱的海伦才能每周拿出三天,调用自己最好的精神最美的笑脸陪伴女儿。

"你看,我还是女人吗?绝经了!竟然!"

"你不会又怀……孕了吧,会吗?"牧心说出这句,忽然觉得离谱了,斜眼瞥海伦。

"现在要是怀孕,我生下的就是圣子。"

"不要瞎讲。"

牧心在心里悄悄地念了一句"上帝保佑哦",然后嘴巴里居然又叨叨一句阿弥陀佛……哎,最近她总是混淆她信仰的主子的名字,这可是大罪过啊。名字都念错,谁还来理你呀。譬如上门作客,把主人叫作冤家的名字,人家留你吃饭才怪呢?不轰出门算是客气的。

呸呸……不行!

"菩萨啊上帝啊……无论是谁你们听到啥,请原谅这个女人的口不择言,她不是故意冒犯,请继续保佑她哦。"牧心一会儿画十字一会儿双手合十,一顿忙。

牧心絮絮叨叨的样子,轮到海伦惊讶了,她摸摸姐姐的脑门:"脑膜炎吗?"

牧心说:"是病人家属后遗症。"海伦撇嘴,接电话。

"下周一上午来办住院手续。"

床位医生闵一来电话,张口就通知,这是闵一风格,任何时候的对话,无论在电话里还是当面,开头没有问候,结尾不说再见。怪不得他最喜欢吃上海名菜:红烧肚裆,正宗的没头没尾。

"正好有个床位,周末出院。"他接着说,也不管对方是否在听。

"喂！一早先去验血常规。到急诊找我,给你开单子,我周末在急诊值夜班,周一八点前都在急诊。"

"喂?"

"不去了。"海伦半天才说话。

"不可以！"

"为什么不可以？我觉得再做下去我活不到疗程结束。"

"疗程就过半了！要加油啊,海伦！你可以的！Yeah！"隔着电话都能看到闵一的鬼子样。

"少来！还'夜'呢,'日'也没用！真的做不下去了,你们这是给我治病还是在杀我呀。"

"是杀死你身体里的坏细胞,好细胞被连累了……"

"得了吧,你就饶过我那仅存的几个好细胞吧,吐得五脏六腑都出来了,头像被刀劈了,而且用的是刀背,孙猴子被如来佛念紧箍咒也不过如此了。"

"你的药……就是奥沙利铂让你难受,要呕吐,其他两种药还可以。"

"能不能给我把'奥沙利文'换掉！这样吐,早知道不要手术,我那节烂肠子你们也不要劳烦动手,开膛破肚地切还要给缝上,对了,还没给缝好,针线活老差的……我是说,我可以直接把这截坏场子吐出来的。"

"你居然知道奥沙利文,不错！"

"那小子那么屌我怎么会不知道?"

"不是没缝好,是你身体素质问题,蛋白低,伤口愈合难,出现切口疝……"

"哎,所以不要再给我下毒了,我这身体已经七八十岁了。"

"不说废话,我忙着,就是提醒你办住院手续前,老规矩,先去验血,看看白细胞数量。"

"不用验了,肯定没白细胞了,你没看我越来越黑?"

"你本来就够黑的。"

"难道你没听到过那句话吗?如果你把我当情人看,可以在埃及人的黑脸上看到我的美貌!"

"哈哈,我不会爱上黑脸的埃及人。"

"可你之前还说我皮肤好?"

"我说你肚皮黑,你身上皮肤比脸上黑好伐?"

"坦白吧,你还看了我什么地方了?"

"就看到肚皮,其他地方都被无菌布遮盖着的。"

"你真的没有偷偷掀开来看其他地方?"

"喂喂,无聊了吧?"

"算了,不逗你,看就看吧,姑娘我身材好看着呢。老实跟你讲,闵一,我真得撑不住了!对了,好奇怪,我倒是没有掉头发么,人家做化疗不都是光头吗?"

"你的病治疗药物里没有紫杉醇类,所以你不掉头发。"

"我还想趁机弄个光头扮个酷呢,真是样样不随心啊。"

"明天上午,白细胞超过2就办住院手续,不到2就到急诊找我,给你开生白针,打完,后天上午再来验血……如果升上去了,无论如何我都给你弄张病床。上官医生指示了,你必须坚持做完12个疗程!"

"我会死在你们手里的。"

"海伦,我们这是一场战斗,我们就是一支军队,知道吧?"

闵一这个年纪的外科医生,是看着日剧《白色巨塔》萌生了做医生的念头而从医的。他们当医生,并不仅仅为了满足父母的愿望,多数是想成就自己的梦想。

他们目标明确,一些男生还在操场上追逐的时候,闵一早已经研究好将要报考哪一所医科大学。

对着希波克拉底宣誓的时候,心潮澎湃,并能大声背诵。闵一就是朋友嘴里常挂着的"牛人",超级聪明,一路开挂……这代人只崇拜自己,累乏了就照镜子。

无论面对什么样的病人,他们一律拳打脚踢地鼓励加油不要泄气,他们要求自己,要全力以赴帮病人"去除病灶",同时,要 push 自己的病人全力以赴克服对疾病的恐惧,要活下去……要让自己的病人充满斗志地活下去。

尤其像海伦这样年轻美貌的女病人,怎么能允许她说半句泄气的话呢? 他怎能让海伦在自己手上离开尘世呢?

当晚,海伦收到闵一的一封邮件。

点开来有一首歌的链接。《Bridge Over Troubled Water》(《忧愁河上的金桥》),保罗·西蒙和阿特·加芬克尔的一首老歌。

海伦:

好好看歌词,每句话都是我想对你说的心里话。

一边听一边看吧。

闵一

不会吧？八零后还在听七十年代的流行曲吗？这两人的声音,这饱含岁月痕迹的旋律,让海伦想起了父亲的口哨,那首他望着窗外貌似百无聊赖时吹的毕业歌主题曲:

……

When evening falls so hard

I will comfort you

I will take you part, oh, when darkness comes

And pain is all around

Like a bridge over troubled water

I will lay me down

……①

据说闵一有一副好嗓子,很会唱歌。海伦给闵一回复:"好,完成疗程,你要来唱这首给我听。"

门诊大楼化验台附近,充斥着争吵和尿骚味儿,大概争吵的时候人也像在喷尿的缘故吧。

厕所里到处是脏纸头和需要留尿留粪的塑料器物,像到了吸毒场所似的。

排队的队伍挤成"堆状",座位少得可怜。电子叫号形同虚设,不断有人去护士台争吵。这些去论理的患者,老人和来自外乡的亲属们居多,他们不信任"电子叫号",护士的呵斥

①　歌词大意为:长夜漫漫,我会给你安慰;当黑暗到来,痛苦将你包围,我会成为你的一部分,我将为你倒下,就像跨越忧愁河的金桥,我将为你倒下……

声都要比这美妙。医生们为了加快问诊速度,进来一个就开一堆化验单,验血验屎验尿去,把患者发传单一样发到医院大楼的四面八方。

原来我们生病的秘密都在我们的体液里。

"护士啊,让我先进去抽血吧,我化验空腹血糖,再等下去我要饿到低糖了!不得了的晕啊,真是的!"

"那个,给我看看这个血常规报告粗(出)来了么?"

"医僧啊,我这个化验要等多久啊?"

"转氨酶……你这个要等一周才可以拿报告。"

人人都在问,上穷碧落下黄泉。

都想迫不及待解决自己的问题,最好化验指标答案就写在医生护士的脸上。可惜两处茫茫皆不见。

白血球2.1。

海伦拿到化验报告,她期待着自己的白血球不合格,可以逃过一次,或者拖几天再来。可是她发现自己的身体真是棒得不得了,这么多毒药进去,依然坚挺。

她给闵一发短信:"给蓝凤凰订间房吧!"

自从开始做化疗,海伦的父亲麦老头开始研究化疗对于治病的意义,他甚至想到了金庸小说,里面诸多"毒王"手法繁多,因为人体之于毒药,在某种平衡状态下,可以爆发出一种力量。

"海伦,爸爸给你起名蓝凤凰,她可是《笑傲江湖》里最厉害的毒女王呢。"麦老头的孩子气让家里人哭笑不得。

"29床!药在路上了。"

海伦刚刚晃出电梯,百灵鸟从护士值班室里风一样闪出来,只瞄一眼,就扔出这句。

"你怎么知道是我!"海伦跟在她后面,质疑。

"你遮住我头上的阳光了,不是你是谁啊?"

"干脆你们发给我一件白大褂,免了我每次等病床办住院,直接在你们护士休息室给个角落,再给一个盆儿,让我一个人快乐地吸毒。"海伦说着,回娘家似的走到护士台里面,找个靠边儿的凳子坐下来。

对着走廊上的护工说:"看到护士长出现叫我一声!"

护士长老拉得下脸的,海伦这个老病人也惧她几分。

每月来"吸毒",海伦必须来十病区报到一次,因为化疗病人要办理住院一天,由此她同医生、护士和护工都混熟了。可是不管多难受,全部药滴完,就是爬,海伦都要爬回家。

遇到百灵鸟当班,海伦的情绪会好不少。海伦自称自己来"吸毒",只有百灵鸟跟着她起劲儿,喊她蓝凤凰。

29床在进门口第一张,海伦穿着运动装,熟练地把蒙在床上的消毒塑料罩子扯走,护工大李在她住院时候就单独护理过她,赶紧跑进来说,"我来弄,你坐下。"

海伦推她,嘴里说:"哎呀,李医生,你赶紧去检查下病人的负压球,这等小事就不劳烦您了!"大李笑得一口龅牙显山露水好风光,瘦骨嶙峋的身体哪里扛得住胖了的海伦。

"等给医生听见了,要喊我下岗了,不得了。"正说着,百灵鸟拿着几袋药进来:"听见又哪能了,大李你可真是我们的李大医生呢!"说着,检查药袋子上的名字,挂在29床输液架子上,手脚麻利地理顺长长的绿色输液塑料管儿,依次挂好。再顺手拿起挂在病床尾部的病历本,一边写,一边说:"海伦呀,准备好享受就叫我一声,过来扎你。"

"你给我扎?"

"除了我谁敢给你下手?"

"嗯,就你心黑,扎我没商量。"

"那是,你想叫就叫好嘞,不过对我没用场的,你叫好嘞!"

"你这'一针见血'的狠心丫头,看以后谁敢娶你。"

"别提这事儿,心头恨。"

"恨谁呀?人还没看到就先恨,恨嫁为时尚早了小姐姐。你那位正朝你这儿蹭呢!"

"那个戆大一定得了白内障,走这么慢,非把我等到青光眼不可。"

"你总拿着针晃悠,谁敢近你身?"

"哼,让我扎针还真是福气呢。"

百灵鸟说得不错,护士,尤其普外科病房的护士,连外科医生都对她极其信任。

多难找的静脉血管,都难不倒她。化疗让海伦的血管瘪瘪的,非常难扎,手背,手臂,甚至脚背,都扎遍了,只有百灵鸟可以"一针见血"。

有时候碰到新手护士当班,可怜海伦要被多扎七八针。

闵一经常劝海伦埋个针头在手臂上,可以免除每次找血管被针扎之苦,海伦不愿意。因为埋这个针头,回家洗澡很不方便,尤其还不能随便抱女儿,怕她小手乱抓。她宁愿每次来扎,回家的日子图个自在。

29

勿献香花到我的坟上，

也勿要烧火，耗费都是空的。

你如有意，请在生时惠我；用酒烧我的灰

只做成一团烂泥，死者是不复饮酒了。

——周作人译，希腊无名氏诗人的小诗

麦海伦刚刚躺好，病房里前后进来两个年轻女人，其中一个身材纤细小巧玲珑，皮肤白皙，戴着一顶柔软的白色绒线帽，周身上下搭配得体。细想，这帽子好似与当下这个季节不相符。另外一个女孩儿神色凝重，背着一个大包，抢步上前进来病房，她手里捏着各种化验报告。

"29床，28床在这里。"然后，她回头对着白帽子女孩儿用方言说话。两人说的方言，海伦有点儿听不懂，估计是江浙一带口音。绍兴话吗？海伦心里猜测着，因为难懂的方言，病房里各路眼光都从各自床头斜射过来。

那顶柔软白帽子是斜线聚合的焦点。

白帽子的水平线降低了，数条斜线悄悄改变着角度。白帽子坐在铺着塑料罩的床上，显然她很疲倦。然后聚焦白帽子的斜线不得不折返回去，因为白帽子靠在了床头……跟随着的女孩儿马上从包里掏出一个保温杯递给她,貌似说了句要去找医生的话。然后两个人都急促地环顾了一下旁边病床的病人,好像在询问,现在她们要做什么。

折返回去的斜线回收到各自床头,又短暂地同白帽子的眼神啪啪地对焦了 1/10 秒。

迅速各自闪回,没有交集出语言。

海伦侧头看,因为就在她隔壁,白帽子下面那双雪亮活泼的眼睛也在看着她。

"你也是来住院的?"海伦想告诉她帽子真好看呀。

"来做化疗。"女孩儿声音真好听。

"护士马上会过来,等着吧。"

"哦,谢谢你啊。"她打量海伦,看她穿着自己的衣服,没换条纹住院服,"你……也是病人吗?"

"29 床病人是本人。"海伦不忘另一只手优雅地放在胸口。

哈哈,白帽子笑了,马上又捂住嘴巴,显然意识到这声音同这里不太合适,然后压低声音对海伦说:"你真逗!"

得知海伦也是做化疗,她接着说:"我前面在别的医院做来着,后来听说这里医院的化疗药比较先进,就托人转到这里换药继续做。"

"那,你也是上官医生给做的化疗方案吗?奇怪没有碰见过呢。"

"是!对!我听人家说他人蛮厉害的……"正说着,护士过来叫名字分药。

"咦,你带着假发套吗?"白帽子躺下来,忽然问海伦。

"没呀!"

"那,你做化疗怎么没有掉头发啊?"

"我这个药,不掉头发的。"

"你是什么病啊……不好意思,你不介意我问你吧?"白帽子女孩儿特意再次压低了声音探头过来,海伦再次确认了她有一双好大好明亮的眼睛,肤白胜雪。她应当比自己还年轻。

"不介意。"说完,海伦笑着告诉她。

"我是胃癌。"白帽子说得就像看着酒水单点酒。

这时候,陪她来的女孩子跟在护士后面走进来,仍然一脸严肃,海伦注意到她衣着很老气,皮肤也蛮黑的,猜测难道这是白帽子女孩儿请来的小阿姨?

迷迷糊糊地挨到了傍晚,换上便装的上官走进病房,径直走到30床。那位病人上午刚做完手术,上官盯着监护仪看了会儿,然后低头找负压血球。闵一也马上跟了进来,两人低声交谈,闵一把30床四周帘子拉上,看影子,海伦知道,他们在查看病人伤口。

病人是一位年轻的妈妈,据说之前谁都不愿意接手,病症复杂疑难,上官接手了。百灵鸟说手术做了8个多小时,同时四个科室的外科医生一起才完成手术。子宫里面长了三个肿瘤,百灵鸟说,手术室里出来的实习医生说手术过程惊心动魄,几乎把整个骨盆切开来做……难怪那个病人一直侧躺,连海伦都无法想象那份痛苦。

"上官医生,你看我的化疗方案什么时候开始啊?"

30床帘子刚刚拉开,31床老太太赶紧抓着上官问。

"老太太,你怎么还在这里啊? 不是转到内科去住了吗?"

"哎呀,那边闹得慌,给我一个大病房,十来个人,吵死了,我不高兴住。"

"老太太,你可以回家休养了,喏,血球摘掉了,伤口恢复还不错。"

此时,闵一接口说:"老太太说自己血糖不稳定,想多住两天,这边正好有病床就让她转回来了。"

上官笑了,很客气。

"我回家不放心的,医生啊。"

"血糖可以到内科住院,帮着调理一下。"

"那我这个化疗要做吧?"

"当然要做的,但是也要等血糖稳定后再开始,不急。"

"上官医生啊,你要给我最贵的化疗药哦,我听说全进口药管用的,复发率很低……反正钱不是问题,我女儿给我出。"

上官听到这话,脸色一变,连那份客气的笑脸都没了。

"你这话不对,根据你的病合理配置用药,好药不是治病的标准,再说,女儿的钱也是钱。"

说着,上官转身离开了病房,他没有看一眼其他病人,海伦默默地躺着,望着他的背影,觉得他很不开心,不敢叫他。

闵一跟在上官后面,朝海伦做了个鬼脸。

白帽子忽然侧头压低声音对海伦说："那老太太好过分啊。"

海伦撇撇嘴。

她记得那老太太的女儿好像嫁给了一个香港男人,听护士讲,两个人就来看过老娘一次,在病房里一直站着,哪里都不肯坐。穿着打扮就是"有钱人"模样,表情里充满了对病房的"嫌弃",好像坐下来就会传染上这些恶病。

这时候,陪伴白帽子来的女孩子又进来,在小桌子上边摆日常用品,一边用方言跟白帽子讲话,口气听上去蛮亲切的。

"这是我妹妹,她是护士,总管着我。"白帽子半躺在病床上,趁妹妹出去,转头对海伦讲。

"你们长得不像。"

"她像妈妈,我像爸爸,我们姊妹两个性格也不像,我像男孩子,她比我仔细多了。"

"你们不是本地人?"

"我们从温州过来的。她今晚陪我在医院。"

"你好年轻啊。"

"我们家自己有厂,我应酬多啊,能喝酒,不醉,真的,没醉过,我一直觉得自己身体好得可以打老虎。"

"我酒量也蛮好的,原来最喜欢喝冰啤酒,好喝啊!"说着海伦咽了口口水,砸吧了下嘴巴。

两人心领神会的,彼此挑了挑眉毛,压着嘴乱笑。

"我什么酒都喝,反正也喝不醉,大不了睡一觉,谁知道喝不醉也会生病啊。"

"我也是,10瓶啤酒没问题的!"海伦说到酒,像鲁智深附体,不喝都来劲儿。

"哎,这回好了,胃就剩下1/4了!"

"啊,切除那么多啊!"海伦把手捂在肚子上。

"嗯,保命呗,废了。说什么胃和肠子直接接上了,我现在吃点什么都拉粗(出)去……正经是酒肉穿肠过呢。"

两人再一次隔空握手,然后捂嘴,笑。

病床上的老老少少都看着这俩姑娘,刚进来的,以为这俩是病人家属。穿成花枝招展躺病床上聊得唧唧咯咯。

"你不是在这个医院做的手术?"海伦说完手指在嘴边比划了一个嘘:"我们轻声一点啦。"

"不是,肿瘤医院,但是人家推荐说这里的化疗方案好,就转过来了。"

"你头发都掉光了?"

"你看……"她摘下白帽子,海伦一惊,不是尼姑那种光头,还有稀稀拉拉的头发在,看上去好像被哪个调皮孩子用小手给胡乱拔过一样。

"原来,我可是一头长发啊!你多好,不掉头发至少别人看不粗(出)来。"

"嗯,化疗前我也以为自己会掉头发呢,假发都去看过了。"

"啊?"两人这回互相捂着自己嘴巴掉过头去大笑,然后分别对彼此竖起一根大拇指。

"我已经买了好几顶了!什么颜色都有呢!哈哈,我妹妹总讲我,死也臭美。"

"你皮肤白,戴什么颜色都会好看。"

"管它呢,现在吃也不能吃,喝也不能喝,就剩下打扮了,反正瘦了,我现在使劲儿打扮自己……"她说话语速很快,听上去多快乐的一个姑娘啊。

海伦深深地被她感染了,可是,她药劲儿上来了,想吐,头炸裂的剧痛,熟悉的恶心……她拿出手机,给姐姐发短信,让她快过来。

牧心在医院附近的剧团里,她们约好,药劲儿上来,开始要呕吐了,她就过来陪她,不断喊护士给海伦打止呕针。

30

除非我的心碎了，否则它怎能被开启？

——某本书里这样写

虽然家里的钱都在柯怡名下，可是，每一笔开销，尤其牵涉到娘家的花费，她都一一告知府嘉禹，她觉得这是尊重婚姻的规矩。

婚姻存单里的爱情存款有多少？无关紧要。

但是，是否给海伦医药费一些支持，她一直犹豫要不要跟府提出来。毕竟不是父母，是妹妹，府的观点一直是姐妹之间根据自己情况尽心意而已，不是父母，责无旁贷。

烦透了。

有些时候，夫妻间亲密无间，提出来的不合理要求，还可以撒娇装蹙。可是，如果不再亲密，自尊心就开始作祟。口气，脸色，哪怕回复短信的时间，疑问词……都变成彼此揣摩的信号。

在家里两人开始步步为营，在别人眼里却是完美的婚姻生活。

过去这几年，有时候她觉得自己都忘记了那件事。他们仍然相敬如宾举案齐眉琴瑟和谐。

麦柯怡发现,原来人和自己的心是可以分开的。

"有时候,我们明明原谅了那个人,却仍然无法真正快乐起来。那是因为,我们忘了原谅自己。"这是谁说的鸡汤文字来着? 不是张小娴就是张小娴。

心脏分心室和心房,好比旧时药铺里那些小匣子,毒药隔壁是补药,抑或,毒药也是补药,补药也可以是毒药。是药三分毒,是爱大概也是三分毒吧,抑或不止。

凡事,以量定,痛苦和欢乐,也一样吧,痛苦可以带来解脱的快乐,快乐也是一种微笑的痛苦。

笑,戴着面具的忧愁。

曾经,她一直觉得姐姐的不婚主义太悲观,妹妹的单身妈妈太不负责任,可是如今,她不得不在心里默默地想,或许她们的选择更有道理。

即便如此,她仍然不会选择离开婚姻。

所谓荡气回肠,不过就是有勇气堆积乏味的平凡午夜梦回,自怨自艾一番,最后为自己加油和感动一会儿。

好比画画,第一笔,往往被掩盖在最深处,爱情在婚姻里,就是画布上的第一笔吗? 最近电视剧《爱情公寓》改拍成电影,直接更名为《爱情公墓》,一定要去看看,受受浅薄的电影人们更浅薄的教导或教唆,流几滴廉价的眼泪也好放松一些。

婚姻是女人的终身职业,她不能轻易放弃这个饭碗。

哪怕端着这个破碗,悄悄地接泪水。

柯怡对婚姻失望透顶。

可是,她离不开婚姻。

她常常反问自己:如果没有女儿,自己会不会义无反顾地离开他?至今她都没有给出自己答案,女儿在他们婚姻这道题目里不是变量。

人生哪里可以假设。

所有假设的自问自答都是废话,连呓语都不如,直接等同于谎话。

她没有勇气当单身妈妈。

在这一点上,她十分佩服海伦,不管三七二十一,生米煮成熟饭,直接把孩子生下来,将来再做成寿司还是炒饭,就交给命运处理了。

丈夫是她高中同学,大学毕业他们俩就迫不及待地结了婚。当初想,这样才华横溢的男人再不结婚也不知道是否守得住了。其实,过了这个村就没有这家店,通常是廉价商场的促销口号。

府是建筑师。三姐妹当中她第一个步入婚姻,怀着无限美好和期待。她的婚礼是一切婚礼的样板,婚车,婚纱,酒席,啃苹果,闹洞房,热带海岛蜜月,各种纪念日礼物,不同名头的戒指,互相都会哄彼此,美满婚姻需要的每一道程序都不少。

她不想特立独行,她一直觉得天下女人都这样结婚,那就说明,这一切形式与幸福有关。

如今她才明白,获得幸福从来没有固定的形式。

"我确实外面有女人。"

在一次不得不面对的事件面前,柯怡的丈夫冷静地对她说出这句话。

"多久了？"

"三、四年了吧。"

"你爱她吗？"

"你知道，我不会跟没有感情的人上床。"

"你爱她吗？"

"我对她说过我爱她……"柯怡的心开了一个洞，漏了，刹不住。

"现在你想怎么做？"

"我从没想过离开你和女儿。"

"如果不是意外不得已，让你不得不告诉我，你们还会继续吗？"

"会吧……"

"她是谁？"

"你不必知道她是谁。这个没有意义……"

"你的合作伙伴？你的客户？"

"她是一个很好的女人，她总让我对你好一点儿，她很内疚甚至觉得很羞耻。"

柯怡在心里绝望地想"哈！那是多么了不起的一个女人啊"。

男人啊，你多么天真，你以为你这样说，说她让你对我好，说明她善良内疚……这能给我们俩带来什么呢？男人不知道此时此地的赞美就像，渗透到玫瑰花土壤里的蓝色药水，慢慢地，蓝色妖姬就这样长出来了。

"我很早就觉得你有问题，只是，当我问你，为什么我们可以三个月不在一起亲密……你记得你怎么回答我的吗?"

"这跟我们俩是否在一起……没有关系,我们不做爱,更多是因为孩子,她一直跟我们睡在一起。"

"你这是在说,我对女儿的爱把你推出去了?"

"在这件事上,你没输也没赢。"

柯怡紧紧地搂着自己,她身体在打颤。心脏里的血随着那撕开的洞全部漏光了,然后,喉咙里探下去一只钢爪,一把抓住那颗瘪掉的心脏,揪得紧紧的,生疼。

她口干舌燥,四肢冰冷,呼吸急促,不住地吞咽口水。

努力让自己说话依然慢条斯理,仿佛他们现在谈的事情是一个电影剧情,是别人的事。她想象自己歇斯底里的发狂是不是更符合现在的剧情?

可是她没有那份狂热,不,是那么热烈的狂怒,她都没有。

"我无论如何也没有想到,你外边真的,真的,有女人……我一直觉得是你累,我甚至觉得你是不是太累以至于……我尽力维护着你的自尊心,照顾生活,我都不敢对你说,有时候我躺在你身边却寂寞得想哭。"

"对不起,是我不对。"

"你还爱我吗?"这话你还问得出? 还不死心的蠢女人。柯怡看不起自己。

"你是这世界上我最爱的女人。"呵! 瞧,蠢女人最爱听的回答! 这男人没看错,聪明!

"那为什么还这样做?"这是柯怡的心里话,蠢女人还是被打动了,问出了心里话,问出一句永远得不到正确答案的真心话。

"男人么，天性如此。"

"这是理由吗？"这是理由。这真的真的是理由。柯怡心里再清楚不过，可是，蠢女人不会接受这条真理。

"你看看你身边的已婚男人，有谁在婚姻外没有女朋友？"

又一颗原子弹在腹部爆裂了。浓烟封在喉咙口，那火一路烧上来，她想站起来，抽他一个大耳光。

她动弹不了。

眼皮都抬不动。

"这是理由吗？"如果这是伍迪艾伦的电影情节，美艳的女主已经裹着大衣冲出门了。

"不，不是，当然这不是理由。"

"原来婚姻什么都不是。"柯怡说的话已经不受自己控制了，仿佛一个人喃喃自语。

"我本来就不相信婚姻，那一纸法律文件有什么意义。"府的每一句话都冷静清晰，仿佛外科医生拿着手术刀，准确、毫不犹豫地割开病人的腹、胸，柯怡想，可是，他忘记打麻药就下刀划开了我的心。

"那你信什么？"

"两个人在一起，相互扶持照顾和信任。"

柯怡在心里呐喊：你还敢提相互信任！

我曾经多么信任你！

干瘪的心脏被腹部的原子弹继续轰炸。

血泪裹挟着她粉碎的心撒满身体,四处呐喊:

你知道吗? 你彻底摧毁了我们的爱情。

无法挽回。

可是,她什么都说不出来。

她希望自己看上去平静从容,至少暂时如此。

"嗯,我知道了,女儿该睡觉了。"然后,她使尽最后一点儿力气站起来,转身离开这部选错了的电影。

她知道,她完了。

好太太就是用来背叛的。

31

我只对两种人感兴趣,一种让我高兴;一种令我进步。

——演员 英格丽·褒曼

踉跄着,海伦完成了第十次化疗。

海伦哭着告诉姐姐她已经熬到自己的极限。

她恨透了扎针。手臂,手背,脚背,到处乌青块,剧烈的头疼,翻天覆地的呕吐和注射升白针后的高烧……切口疝鼓出来,像第三个小乳房,还有乌黑的手指像永远洗不干净的煤矿工人的手指,她已经忘记自己得了什么病,那病还不曾如此折磨她。

她哪里是蓝凤凰,她觉得自己像怪物,像僵尸。这缓慢的毒疗比 ICU 还让她绝掉活下去的念头。

她去找上官,跟他说:哪怕只能再活一年,她也要高高兴兴地陪女儿。化疗让她根本无法给女儿一个笑脸儿,无法陪她去公园,无法抱着女儿站起来,就像瘫痪了一样,总是躺在床上。

上官看着海伦,无奈地笑了笑。

然后,他对海伦说:"好吧。三个月定期来复查。"

海伦眼泪一直流不停。

"不做了还哭?"上官笑着问她。

"嗯,对不起,是啊,谢谢您……对了,那,我的切口疝你还管吗?"

"管啊,这是小事儿,休息一阵子,身体恢复一下再来处理它。"

牧心却不满意。

她心里记挂着那剩下的两次化疗,就两次了,就可以全部完成了,就彻底把身体里的捣乱分子赶尽杀绝了,不是吗? 是不是应该再逼迫加鼓励妹妹做完,她十分担忧,也去问上官。

"这两次若是不完成,复发的概率会高吗?"

上官有一个似笑非笑的表情,总是会出现。当这副似笑非笑的脸谱挂出来的时候,他一般会略微垂下眼皮,看向低于平行视线30度的位置。

"牧心啊,什么是概率? 那是说大多数人,在一个人身上,就是会和不会,0和100。生活质量最重要,对吧? 开心比什么药都重要啊。"

要讲开心事,不带孩子逛超市最开心。

如果她们想恶心自己,看热闹,她们就去 IKEA。海伦在宜家唯一买的东西就是九九那块小黑板和粉笔,不料想最近姐妹俩再去为九九的粉笔补货,被告知:停货已久。

"难道我这半年没来,粉笔生意都做不下去了吗?"

"嗯,停货至少三个月了。"

"啥时进货?"

"还不清楚。"

她对牧心摊摊手:唯一花钱的理由也断了念想。

"这里的粉笔那么好?"

"对呀,其他的粉笔孩子在黑板上画画会吱嘎吱嘎地划出刺耳的声音,偏是这里的粉笔不响,很软,好擦。"

"哦? 你对粉笔也有研究了?"

"九九喜欢的我都要仔细研究。"

"那这里的长毛绒玩具呢?"

"质量不灵,也就表情还算到位。洗衣机轻轻洗一下,拎出来一看,啧啧,好像小动物都被敲断了骨头一样,看着难过。"

"哈哈,难道还有长毛绒小动物可以在你家洗衣机里前滚后翻完好无损么?"

"BEASTS TOWN!① 我们可爱的噩梦医生。"②

"什么是 BEASTS TOWN?"

"安德鲁给九九买的第一个猫头鹰! 它是个医生。"

"就是蓝眼睛猫头鹰? 好像很贵,毛一千块呢!"

"对呀! 九九可喜欢了,不掉毛不过敏,颜色搭配高级,在 BEASTS TOWN,每一个小动物都有一个名字身份和他们自己的人生故事呢。"

"哦? 那猫头鹰叫啥?"

"Doc Nightmare,据说,这是一只非常聪明的猫头鹰,也是

---

① 一个英国的长毛绒玩具品牌。
② 一只叫"噩梦医生"的猫头鹰玩偶。

一位很有实力和学术背景的医生,在动物医学界一言九鼎。九十年代初期,它就为自己创立了一个学术领域:心灵创伤动物分析师,但久而久之,他厌倦了听悲伤的故事,打算开辟一个新的职业道路,他成为幽灵车上的演员,在乡村公路上来回跑,给孩子和成年人带来恐慌,这件事让他觉得蛮有趣的。最后故事说,无论如何,Doc Nightmare 医生最想念的人都是:你!"

"啧啧,你真会编故事。"

"这都是安德鲁说给九九听,九九断断续续讲给我听的。还说,妈妈病了,Doc Nightmare 可以坐火车来给妈妈看病呢。"

"哈哈,幽灵火车来吓唬人吗?"

"听说,最近 BEASTS TOWN 有一位秘密居民,叫 Lady Hoo,她为村里各种意外情况提供心理咨询,但是传闻也说她喝咖啡成瘾,晚上不睡觉……"

"听上去 Lady Hoo 不就是你吗?"

"嗯,至少可以来陪我。"

说着,他们走到床单被套的区域。

许多人坐在上面,发短信,发呆,有些已经半靠在床头,甚至还有已经呼噜着的。

"我听一个朋友讲,他们家的宜家床垫,嘿咻的时候,咯吱咯吱伴奏一样……"海伦压低声音在姐姐耳边耳语。

两个人赶紧捂嘴大笑。

路过那些悬挂着的床单被套,海伦又走不动了。为了克制自己,她对姐姐说:"赶紧,去看你的塑料花盆儿和廉价相框。"

牧心相中的不过就是 IKEA 里面的防漏大小花盆。

有时候,姐妹俩会挤在餐饮区,各自要一杯咖啡,一份点心,坐在高脚凳子上看那些胡乱扎着蔬菜色拉表情苦不堪言的大叔们"吃西餐"。

"看,那对儿肯定不是老夫妻。"

"你怎么知道?"

"老夫老妻还跑这里来耳鬓厮磨? 以前,一个老外跟我讲:看上去真恩爱的,多半不是真夫妻。"

"你又来了……不能乐观点儿吗? 你自己不信任婚姻,别人的婚姻未必不可信。"

"你以为一起活到老是因为恩爱吗?"

"至少不会因为仇恨过一辈子。"牧心不喜欢妹妹恨恨的调调,怎么也想不起,海伦什么时候变成现在这个样子了呢?也不是因为生病,她的那位摄影师到底给了她什么呢?

"你觉得咱们父母恩爱吗?"海伦转头看着姐姐。

"还是恩爱的吧……"

"我觉得就是习惯,让两个人过一辈子。习惯了在一起,连爱不爱都不记得了。"

牧心却想,难道不是习惯了彼此的相爱吗?

32

番茄炒鸡蛋,番茄炒至断生,仍有清香,不疲软,鸡蛋成大块儿,不发死。番茄与鸡蛋相杂,颜色仍分明,不像北方的西红柿炒鸡蛋炒的一塌糊涂。

——汪曾祺

麦思无坐在餐桌旁边。

他最喜欢这个位子,虽然比较窄,每次一屁股坐下去,拉凳子的声音都要被老伴儿责怪"闹心"。

这里可以展望家里完整的客厅,并且背靠厨房,闻着老伴儿在厨房忙乎饭菜的香味,心里妥妥的,像巴依老爷数着自己的金币和毛驴。

哎,老麦心里想,也只是闻着香,吃起来味道也就对付。用老麦的话来说,又被糊弄了一顿。老麦经常觉得吃饱以后的感受痛不欲生,了无生趣。活下去的理由只有一个:下一顿!

老伴儿不好吃,尤其不爱吃肉,他觉得不好吃的人做不出好吃的饭菜。好厨师个个肥头大耳,并非浪得这一身膘啊。膘从何来?从嘴巴里来。嘴巴里的东西为何而来?便是一个馋字!

他喜欢坐在餐桌边上,远远地望着客厅窗外,吹口哨,吹《大海航行靠舵手》《红莓花儿开》,吹《花儿为什么这样红》。

不过,无论吹口哨吹笛子还是弹琴都是几年前的事了。

现在的老麦,嘴型拢不起一个标准的 O。这都怪五年前那次小中风,搞得右边半个身体不太灵光了。好在他是左撇子,没影响到他拿筷子吃饭的左手,不然筷子使不灵活,就要影响嘴里进菜的速度,香味接不上,吃饭乐趣减半,这可是最要命的事情。所以,这是老麦心中常常感叹的不幸中之万幸。

吃对老麦是头等大事体。

他们家客厅对面是两层楼的小区幼儿园。

傍晚了,又传出孩子们的笑声,他听了就叹气。

老二说全家回来过年。

门外,钥匙串哗啦啦的,他知道老伴儿从菜场回来了,他没有站起来开门。虽然从餐桌到门口不过四五步,可是,自从小中风后,腿不好使,站起来很费劲。老伴儿说,免了吧,等他开门,她也会急得中风。

"还有一个月才过年,菜价就涨,这帮菜贩子真精明。"老伴儿进门就抱怨。

"咱们晚饭吃什么?"老麦惦记的只是嘴边上这顿。

"你把肉糜拿出来解冻了吗? 不是讲过给你做肉饼子蒸蛋嘛。"

"啊,没有啊! 你跟我讲过吗?"

"出去前不是跟你讲了么,哎,我还特意推开你的门说的,真是什么也帮不上。"

"没听见嘛。"

"算了,来不及了,吃面吧。"

"行。"

老麦最近也没啥吃肉的胃口。

他继续看着窗外,落地窗可以看得见院子里的小孩子奔来跑去。海伦那么大的时候,是他的心尖尖,毛衣领子边上的扣子都要他来扣。

那时候家住在大学校园里,下课晚了,小女儿会去找他。他教选修课的教室在教学楼一楼顶头,双开门大教室,小囡直接走进去。

"面汤里要不要鸡蛋?"

"荷包蛋吧。鸡蛋还是要油里煎炸下好吃。"

"都中风了还离不开油,不长记性。"

他不理老伴儿的抱怨。吃饭不就是图个香?

有一次,海伦非要跟着他去上课,一个学生偷偷抱她进教室,坐在第一排角落,老麦讲课声音比较响,小女儿忽然站起来大声说:"爸爸,姐姐用笔在敲桌子呢,你没听见吗?"

哄堂大笑。

因为讲课时候情绪激昂,声音经常会越来越响,麦教授于是反省自己,他跟坐在第一排的女同学讲,如果不知不觉声音响起来,就请女同学拿笔敲桌子提醒他。可是讲到起劲时,笔杆敲桌子哪里"镇得住"老麦?

自从小女儿海伦那一嫩声嫩气的嚷嚷,老麦在以后的课堂上,喉咙真的小了很多。

窗外,幼稚园里的喊叫声,好像海伦那时候的声音,那声"爸爸你声音太响了"一直在老麦耳边溜达。

自那次后,每次去上课,海伦总要趴在爸爸耳边说句:"讲课声音不要太响哦!"

冬天,她还负责为爸爸扣上侧开在肩头上的毛衣扣子。

煎荷包蛋的香味,截断了老麦的思绪。

唾液已经不争气地开始分泌,被引诱得更不争气的胃以为食物要下来,踮起脚尖候着,咕噜咕噜地叫唤。

他慢慢起身,左手撑着餐桌,右手和右腿使不上劲儿。其实他的左腿因为年轻时候得过风湿病,也不够正常力气。老麦年轻时候玉树临风,能歌善舞,又是闲不住走世界的性格,却偏偏遇到这些绑住手脚的病。老麦感慨:善泳者溺于水啊。

他转身,靠在厨房的移门上,看着老伴儿忙活。

"老二一家什么时候回来?"

"说小年夜在那边陪她婆婆过了再回来。"

"回来都住家里吧?"

"说订了酒店……随便他们吧。"

老伴儿不开心。

"我听牧心讲,年夜饭订到饭店里吃?"

"嗯,随便伊拉去。"

另一桩老伴不开心的事儿。可是老麦没所谓,有得吃热热闹闹就好。老伴儿就是心疼钞票呗。

"出去吃你省心省力,也有好处。"

"在家里吃简单点儿,也可以么,出去吃听讲一桌要很多钱，又不好吃。"

老麦懂老伴儿的意思，去年过年，小女儿开刀住院，年浸在泪水里过。这会儿，眼看海伦化疗还不错，好不容易一家人团聚过年，老伴儿喜欢在家里一起忙乎。

"别忘记放酱油。"老麦心系眼前这碗面，他看着老伴儿，怕又被她毁了。

"知道了知道了。"

"酱油是吊鲜味道的，你们不要对酱油有成见。"

"反正都是黑乎乎的，有啥鲜味道。"

"烧菜么就要这个酱颜色才开胃么。"

"快吃吧，不要多讲了，我还要做点儿百叶包。"

"不是到外面吃吗？"

"那还顿顿出去吃啊？"

老麦吃完面，自己去洗碗筷，老伴儿在做百叶包。

"海伦化疗花了多少钱？"望着窗外对面一楼家的老黄狗，老麦想起那个年老的空姐也经常待在家里。

"迪贤给付了。"

"啊？不是我们给她吗？"

"是呀，海伦不要我们的钱，说自己有。后来不知道怎么就迪贤去付了。海伦说她没有跟迪贤说起过这个医疗费的事。"

"谁讲的呢？海伦这病就算好了吧？"

"你这话，癌症呀，这是癌症呀！"卢女士不开心了。

"那要是有一天海伦怎么样了……我们是不是要住过去

带着九儿过?"听了这句,卢女士忽然把勺子一丢,走出去了。过一会儿,又回来怒声道:"你这是亲爹吗,讲得出这种话。"

老麦忽然也说不出话来,默默地洗碗,收拾了厨房。

老伴儿半躺在自己房间的床上,手里捏着餐巾纸,拧来拧去。她这个小动作,老麦第一次去她家,她就这样卷着自己的长发发梢。哎,这个地主家的女儿,没想到真是难弄。无产阶级的铁拳都没能粉碎她的大小姐脾气。

老伴儿这个伤心的背影,他看了一整年了。

他自己一辈子身体不好,四十多岁就备课熬出了心脏病,老伴儿接到过他的病危通知单……"哎,你别伤心了,我就是考虑得比较远吧。海伦没有个正常的家庭,孩子还这么小。我能不多想么?"

当时,海伦自己执意要未婚生下这个孩子,老麦一个人在家里急得落泪,但偏瘫的身体让他连团团转的能力都没有。

海伦知道妈妈是妇科护士,对怀孕这类事情明察秋毫,所以她就在自己怀孕五个月的时候才回家。她一早从妈妈那里得知,五个月后不能打胎了。

私生女啊!

这个海伦怎么想的啊!

老麦愁得没话讲,老伴儿一边生气,一边马上就开始照顾五个月孕期的女儿了。妈妈就是这样,自己女儿最重要。

"你说,我们这个女儿怎么让我们这么费心呢?"

"这是命。我们上辈子欠了她。"

"难道我们还欠了九儿的?"

"那是她欠了她女儿的。你看海伦有九儿前在乎过谁吗？一个人在国外待那么久都不回来，我看倒是有了九九之后，她像点儿样子了。"

"哎，海伦小时候最胆小，最喜欢待在我们身边。"

"现在她主意顶大。"

"她这病……"老麦又转回来了。

"走一步看一步吧。"

"这个年，咱们就顺着她们姐仨吧，她们也不想你在家里忙东忙西地做事。"

"好……反正也没啥心情弄菜。"老伴儿略有让步。

忽然，麦思无拍拍老伴儿的后背说："哎呀，快起来，你的电视剧开始了。"

"哎，其实看不看都是那么回事儿，中国这些电视剧啊，看了就后悔，不看还惦记……"虽然这么说，老太太还是起身跟着老头子去了他的房间一起看。

"我这蛋饺还没做呢……南芏最爱吃外婆的蛋饺了。"

33

让自己高兴的最好办法就是先让别人高兴。

——马克·吐温

迪贤知道那段往事,却不明细节。

那是他认识海伦之前她的人生故事。听说她深爱的一个摄影师去马达加斯加拍摄一种极品兰花,就再也没有回来……杳无音信。海伦曾经为此消沉三年之久。

迪贤不信,在当今这个世界,人真的会消失。

除非他想让自己消失。

他不能跟海伦提这件事。

他从来也不问。

这些往事,他还是听多年前雇佣那位摄影师的《国家地理》杂志的一位资深编辑在酒后闲聊时提起的。

他深知,海伦的性格,问了也是白问,她不想讲的事,可以让它石沉大海。

海伦给他的感觉冰冷又遥远。即便他搂着她的时候,他亲吻她的时候。然而迪贤分明又被她这份冰冷吸引着,他万万没有想到,海伦会为他,哦不,不是为他,是为她自己,生下这个女儿。或许她心里那块冰,只有九九可以融化。不过迪贤并不确定。

现在,他正在赶往医院急诊室的路上。

海伦昨夜因为吐血被送去急诊室。

牧心一早8点才电话他,她已经独自在急诊室陪了整夜。

他在此时却想起海伦的旧恋人,不,不,不是旧恋人,是海伦的恋人,消失的恋人。

他怎么会在这个时候想起这个人呢?

他想去找那小子,替海伦去找他。

他的悲伤和惧怕呢?

这次海伦很不妙,可是他为什么这么平静?

路边的梧桐树随同那些早点小店里传出的嘈杂声,在车窗外仿佛纪录片一样,晃动着,缺少主角的故事镜头。

出租车的FM音乐频道放着一首日本老歌,那男人深沉的嗓音,在这个初春的早上,真他妈的伤感啊!

什么歌,这么熟悉……当主旋律再荡漾出来——《酒红色的心》——梅艳芳翻唱过。册那,这个时候想起这位去世的歌手真是要命。就在他即将迈出出租车的时候,歌曲结束了,DJ说出四个字:玉置浩二。

车外迎面一股早春的暖流。

迪贤一边过马路朝急诊室快步走去,一边扯下脖子上的围巾,黑色羊毛大围巾——山本耀司的围巾——海伦最爱的山本耀司。

貌似寻常的日子结束了。

34

和别人说一说你的噩梦,这是一种故意想起它的方式,会让噩梦的威慑力减弱一些。

——童话书 《What-to-Do Guides for kids》

距离第一次手术至今,甚至还不到 500 天。

跑医院的日子不曾停过。

牧心独自坐在急诊室冰凉的座位上,手心里团着一张折叠到最小的纸条。从凌晨到现在,这张小纸条她折来折去翻来覆去地卷着,卷成细长的烟卷,展开,再反过来卷,卷成一边大一边小的喇叭,再展开,就是不看正面那几行字。

她不信。

然后,她放到钱包里,没有给任何人看。

她不信。

这次,她既没有向上帝祈祷,也没有要菩萨保佑。

她只有一个信念:海伦不会有事。

这四百多天,算不上平静,一家人老老少少更像是挣扎着往平静日子的模样去过。

海伦过得相当不易,10 个疗程的化疗让她生不如死,然而真正折磨她心情的,倒是肚子上那该死的切口疝。

她那么要漂亮,怎么可以忍受肚子上一直绑着腹带,不然那位于胸部下三厘米部位鼓出来的一小节肠子,仿佛第三个乳房,她说自己就是怪物,不来月经还有三个乳房的怪物。

急诊室的门关得很紧,护士说:家属请在门口等,随时等通知。一个年轻男医生进进出出,每次他出来,牧心都起身迎上去,但这位值班医生从来没有看过她一眼。

她们的妈妈一直呆呆地坐在椅子上,她甚至都没有站起来过。

面无表情,手里抱着海伦的大衣。

半夜十点多被推进急诊室。

过了十二点后,牧心想给妈妈叫辆出租车,让她先回家。

"回家吧,跟爸爸说说情况,九九有蒋阿姨不要担心。"

"说什么呀,怎么说呀……"

妈妈的声音沙哑,断断续续,没说清一个字,喉咙就嘶哑了。牧心看着坐在一边的妈妈,一头白发像即将融化的棉花糖,东倒西歪,形状怪异。妈妈脸上的皮肤因为疲倦而干涩失去光泽。像爸爸那条穿了二十年的华达呢裤子,面料表面的绒毛磨损没了,看上去却更结实耐用。她伸出手,轻轻地笼住妈妈的"棉花糖",试图撸平整些,但就像吃棉花糖一样,办不到咬一大口便改变形状。

"就跟我爸说,现在血止住了,明天一早医生上班可以查出出血原因。"牧心第一次发现,白头发比黑头发摸上去更柔软轻飘。原来岁月流转,不仅仅改变了头发的颜色,还有头发的质地。

"你联系上那位上官医生了吗?"妈妈下意识地让开脑袋,皱眉。牧心想起小时候妈妈就不喜欢女儿弄她头发。她不是可以跟女儿建立亲密关系的妈妈。比如,她们家三个女儿从来没有跟妈妈一起洗澡过。

"还没。大半夜的,不好打扰人家的,海伦现在已经在医院里。"

"给你表哥打过电话了吗?"妈妈不依不饶。她女儿在医院里,不会让她有安全感,她女儿要在认识的牢靠的医生手里,她才放心。

"我就发了一条短信给他,他早睡早起,一早会看到的。"

"刚进来时候,医生叫你进去怎么说的呀?"只有怨气会让卢女士生机勃勃伶牙俐齿,似乎睡醒的狮子嗅到腥味露出了利爪环目四顾。

"就是问问海伦的病历,我都说了,他说会先给她止呕止血。"

"你提你表哥的名字了吧?"老太太一再地惦记着"医生家属特权",依旧保持着长工牌轿车时候的风采。

"提了提了……放心吧妈,不管是不是医生家属,人家都会认真治病的。"好不容易,她把妈妈送上出租车,给父亲发了一条短信,说了一切正常,妈妈在回家的路上。

老人不适合守候在午夜的急诊室外面,这份悲凉会让牧心更软弱。

妈妈也累得实在撑不住了,忧虑的嘴角仿佛像一直停留在七点二十分的表针。

牧心把藏进钱包夹层的那张纸条拿出来,看了一眼,上面写有值班医生的名字。

从救护车上推海伦进去,值班医生叫她也进去,给了她这张纸条。对她说:"她的出血很复杂,你赶紧联系上官医生吧,尽快住院。"

"现在就要联系吗?"

"哦不用,我可以暂时给她输止血药,明天一早进行检查。"

"现在是半夜,我想尽量不要打扰他了。"

"你们有亲戚在医院吗,最好要找找上官主任的,病床很紧张,不过主任有办法。"一边说,一边在一张10厘米见方的单子上迅速写着什么。

他转过脸,看着牧心说:"你也不用太紧张,开这张单子,只是为了护士照料的级别跟上去,当然,她的病情,也不乐观。"

这是一张病危通知单。

她怎么能给妈妈看呢?

急救病房,靠近急诊室大门口。

眼看清明将近,原本说好一家人开车出去转转踏青。听人家说,清明节老天爷不收人。

牧心坐在大门口,面对急诊病房。这里就她一个人,夜晚春寒料峭的过堂风很多人受不了,跑到候诊大厅去等候。每一次护士进出,透过瞬间打开的门缝,她可以瞄到海伦躺在略高的急诊病床上,两条长腿蜷曲着……

大约凌晨三点,护士推开半扇门,探出头。

"病人叫你进去一下。"

"啊,她清醒了吗?"

"嗯,前面好像在睡。"

进去之前,牧心在门外用双手使劲上下搓自己脸颊,她想搓掉些倦意和忧虑。她觉得自己的脸仿佛浆洗过的旧衬衫。

然后,她不断地咧开嘴巴,牙齿上下咬着嘴唇,这下意识的动作,不知道是清醒一下还是忍住眼泪。反正,牧心已经把一副微笑挂到脸上了。

一直到早上七点,牧心才分别给表哥和上官诺兰打了电话。

她知道,七点钟,是他们开车来医院的路中,她不发短信,因为她不喜欢在半夜用坏消息去扰他们难得的清梦,更不想他们在醒来第一眼就看到坏消息。

35

心碎了又碎,生命在破碎中继续。必须要向黑暗中去,更深的黑暗,一去不回头。

——美国诗人斯坦利·孔尼茨

早上七点四十分,上官和表哥阿福相继赶来急诊救护室。当海伦看到他们两位同时过来站在自己的床边,她还在想,赶巧大家上早班,顺道来看望她。

"哪里还疼吗?"表哥一边穿白大褂,一边走过来,拍拍海伦的手臂。

"好多了,不觉得恶心了,哥也早上有手术吗?"

阿福仍然在笑:"感觉好就好。"然后他很快看了一眼牧心。上官自进来后,一直在看手里的急诊病历。急诊科医生元彬站在他身边,毕恭毕敬,轻声说着什么。

然后上官把病历递给元彬,自己走出去开始打电话。

海伦看他们的模样,心里咯噔一下,原本她以为自己上午就可以回家休息了。

"海伦,你得住院。"元彬知道牧心还没有告诉海伦她这次吐血的严重性。

"啊,又要住院啊!我不住!"海伦立刻生气了。

"必须住院检查治疗,目前还不清楚哪里出血,现在不会放你回家的。"阿福的口气有点儿严肃。

"我已经很舒服了,估计是吃坏了胃。"海伦看着表哥的脸色,口气放软。

"是吃坏了,还是其他问题,查清楚了就可以出院。"

"哎呀,烦死了! 查什么呀查!"海伦开始不耐烦。

元彬拍拍她说:"别急,有我们在呢,住在医院里,你才是最安全的。"这时候,上官拿着电话走进来,用眼睛在找牧心。

"去十病区,手续你现在去补办,护士会把海伦推到病房。"

上官看着牧心。

"你一夜没睡吧,入院了,你先回去休息下。"

上官看着牧心,抿起嘴巴,好像得到了什么肯定答复一样,微微点头,继续说:"交给我们,牧心,你回去休息下休息下。"

牧心鼻子一阵酸⋯⋯好像她们第一次去看他的门诊,也好像她在妹妹第一次手术过后去门诊看望他时他说的那句:"乖,拿回去⋯⋯"

上午九点半,牧心跟着急诊护士用轮椅推海伦去十病区。

十病区开始成为麦海伦的主场。

走廊里熙熙攘攘,主任查房刚结束,家属被允许返回病房。护士忙着发药,床位医生根据查房指示,在各自负责的病人那里忙活,解释解释不断地解释⋯⋯跟病人解释,更多是向家属解释。

半透明的帘子拉来拉去,重病号的陪夜家属,一脸倦怠,哈欠连天靠在病床旁边继续打盹。护士给药换药不断地挤来挤去,陪夜人可以眼皮都不抬一下准确地把身体移来挪去地避让,他们现在的状态或许并不比床上那位更好。

"哎哟,麦海伦,真的是你呀!"

护士长杨庆熙从护士台工作区站起来,她首先看到牧心,然后侧身朝下看到了坐在轮椅上,仍然挂着输液瓶子的海伦,忽然嚷了出来。

"领导,我来办入住,我要一张 kingsize 病床。"

海伦虚弱地说:"有预定哦!"

"上官主任老清老早电话打进来,要安排一个床位,马上入院,昨晚还没交代,我想哪个病人啊这么急着收进来。"

护士长才是真正的能言善道,嘴巴不停,手上活儿也不停,立刻接过牧心递过来的一沓病历和入院手续。说着,已经贴好夹好,顺手一指。

"19 床,你的总统号床!"护士长跟海伦说完这句,压低声音跟牧心讲话,"正好今早那个病人进手术室了,等出来再另外给安排吧……"杨庆熙完全就像对自己人,"上官关照过了,你放心吧。"牧心深深领情,嘴里不停地说着感激不尽。心里琢磨着:那位怕是先要推到 ICU 了。

"大李,大李!"马上换了语调,护士长伸长脖子对着走廊深处喊。

"大咧(李)大咧(李)护士长喊你,有新指示啊!"走廊里正在拖地的尹师傅赶紧接口叫起来。

尹师傅是护工大李一个村的亲戚。他现在手里拿着拖把，看着麦海伦，有点傻傻不知所措，不知道该说什么好，差点说出，见到你真高兴。他知道这个姑娘对大李挺好的，还给大李送来好看的旧衣服穿呢。他觉得大李一定比他还吃惊。

护士长——病区车间主任——护工们的"王母娘娘"。

大李急匆匆跑回护士台报到。瘦得不能再瘦的脸，密密麻麻布满细细的皱纹。一双青筋暴露的手还在滴水，不停地在墨绿色的护工套服上擦。

"护士长找我？在给 32 床清尿袋。"

"喂，大李，你现在手里有几个病人？"

"现在剩下 4 个，29 床今天出院。"

"麦海伦又住进来了，要不还是你护理她吧？"

"啊，19 床？"

"嗯，她们姐妹俩刚去病房，你忙完去帮着把床整理好。"

"严重吗？"大李低声问护士长。

"不太好，主任大早电话进来，听说昨晚呕血救护车送到急诊的！"护士长也压低声音说，还摇摇头。

大李的嘴巴一直半张着，不，不是因为她听到海伦再次入院才惊奇地半张着，这个勤奋劳碌的女人生相就是如此。不过她长着一张八卦的脸，却有一颗善解人意的心，让布衣神相都会失算。至于那一直处于惊讶状态的嘴形，或许自从她开始换了恒牙之后就形成了。大李有一副完整的龅牙，奔放地冲出她那对干巴巴的薄嘴唇。

36

你是谁,乔治?

与你在另一重生命中相识的人,亲爱的。

——斯蒂芬·金 《11/22/63》

脑子里那片海水湛蓝,在无限延伸的海滩搁浅处,是小溪流的入海口,浅滩四周都是粗砺的岩石,赭色的大大的,坐在上面,扎皮肤,看下面的浅滩和远处的海如何成为小溪流的家。

Rene老是把她抱到岩石下面,每次央求她脱下鞋子,站到海水里去。虽说是浅滩,水下也布满了岩石,上面会缠绕着绿色的滑溜溜的海草。Rene还鼓励她朝深处走,让海水没过双膝,去体验流沙钻过脚趾缝的感觉。

海伦一直害怕赤脚走进任何大江大海小河小流。她甚至害怕穿凉鞋蹚过雨后街上的积水。

即便穿着鞋踩到一只死蟑螂,她都想剁掉那只脚一起不要了。她的脚底板分明感受到了蟑螂身体被碾碎,尸体碎屑伴着渍水一团糨糊的惨状,她的鼻腔里面似乎已经充满了昆虫特有的恶臭……

那次Rene很坏,自己跳到岩石下面,然后让海伦骑在他脖子上,就像小时候爸爸驮着她那样。沿着沙滩一直走到那些岩石当中,然后他慢慢把海伦放下,让她赤脚站在绿色的海草丛中,海伦顾不得怕和拒绝,立刻抓起裙摆,双脚被凉丝丝的海水浸没,她忍不住倒吸一口气,Rene 站在她身后,扶着她的腰,不声不响。

她知道他一定面带微笑,眯缝着眼睛,仿佛比她还欢喜。她闭上眼睛仰头靠在他的胸口,两只手松开,放下长裙的裙摆。长裙仿佛被海水拽了一把,她向上伸开双臂,然后反着搂住 Rene 的头……在这块粗糙的岩石上,在哗啦啦的海浪里,他们一次次拥吻。

那之后,Rene 每次抱她,都使她有窒息的感觉,好像要把她压进他自己的身体里……那份摇摇晃晃的感觉,海伦至今还记得,是真的在地动山摇吗?还是海浪拽着海伦的裙摆要去远方。这病,只要不总疼和恶心,身体这么躺着,心思依旧常常跑得老远老远的。

住院整整一周了。

阿福说的"吐血原因"至今没查出来。

没有人知道,她胃里的血是从哪里来的。

整整一周,每天只有 30 毫升的水可以喝,一粒米都不可以吃,全靠那袋子牛奶一样的营养液滴进血管维持生计。

没有一个夜晚可以睡踏实。

胆战心惊地等待着凌晨 5 点……

鼻孔里的胃管,限制了睡觉姿势,不留神压到,再去翻身,那根塑料软管好像已经长在了她鼻孔里,一直延伸到她身体里,被拽一下,那份抽痛,赛过不打麻醉做胃镜。

病房窗外,满满的黑夜。

病房里,检测仪滴答哔剥的声音,就像永不消失的电波。混杂着病人的呻吟,陪护家属的呼噜,躺椅的吱嘎,声声不断,却有异样的安静。

窗外的黑夜看不到星星。

想着远方的自己,海伦慢慢蜷缩起身体,一只手扶着胃管,保持它的稳定,就像她自己慢慢地抱着自己。身体空落落的,抱不住。可恨啊,她曾经花多大力气去忘却这段回忆,却偏偏在这时候重现。这病床有种魔力,让病人有想入非非的本事。

思念被浓缩到心底,结成一块褐色的痂,化不开,像滴到桌面上的念慈庵止咳糖浆。

海伦继续望着窗外,仔细地辨别这黑夜,哪怕找到一颗星星,哪怕隐约看见远处的高楼。

我是不是应当放声大哭啊?可是为自己哭,海伦哭不出。

这陌生又熟悉的情景和心情,让她十分不耐烦。真想拔掉胃管儿披上暖和的衣服,走到楼下超市,来几串关东煮,哪怕配上一杯热乎乎的罐装咖啡也美滋滋啊。

死就死吧,没什么不好,一了百了。

或许是 Rene 寂寞了,在召唤她?这一周,不知为何,她什么事都没记挂。没精力记挂,不敢记挂。

只敢想那些远在天涯海角的事和人。

Rene,他在哪里?

七年了,杳无音信。

海伦第一次,第一次这么甜蜜地回忆他们在欧洲的那些日子……就当 Rene 已经离开尘世了吧,那样的话,这场病倒是好的。

37

长号手在音乐会中问他邻座的乐师:

"我们演奏到什么地方了?"

"do 音的第四拍。"

"别那么详细了,到底哪首曲子?"

——音乐家的笑话

有人在推她! 牧心睁开眼睛,梦还在眼前,重叠在卧室的景物里,有人推醒她!

好几秒钟,她盯着卧室灰蒙蒙的窗纱,凝神静听。

谁在推她啊? 没人! 她发现自己侧卧在枕头上,

于是轻轻转头,安德鲁熟睡着,推她的人不是安德鲁,感觉在她这一侧床头推醒她的。微微侧着抬起头,让两个耳朵保持畅听,就像猎狗那样直竖着。怎么突然从梦里跳出来了? 那个推醒她的人呢?

寂静在黎明的黑暗里是唯一的动静。

听了一阵子,渐渐回过神,伸手去拿床头柜上的手机。

4 点 55 分。

眼睛被屏幕的亮光闪过后,卧室里的黎明更暗了。

她坐起来,天还黑,安德鲁睡得很安静。

她悄悄下床,轻轻走下楼梯,去厨房,打开脱排油烟机上的灯,倒了一杯温开水,心脏扑通扑通的,比下楼的脚步声还响,仿佛要替她叫醒这黎明。

抱着水杯,她坐在厨房吧凳上,再次从睡袍口袋里掏出手机,她确实在等短信。

温水流进身体,她努力放大吞咽动作,上官教过她,这可以缓解心脏因焦虑而跳动过速。

放下水杯,撸起睡袍袖子,刚刚搭到左手腕的脉搏上,手机"叮"的一声! 这一声,叮得心脏又开始扑通扑通的,差点把她的右手指震下左手腕。

5 点 11 分。海伦的短信。这点儿,有信儿就是坏消息。

海伦:出血了。

连感叹词都没有了,这短信平静得好像在报告一件寻常事,比如,我到了,开饭了,该走了。

牧心并不意外,因为大家对不出血已经没有期盼,只是希望尽快找到出血点和出血原因。

楼梯响,安德鲁也走下楼。

"我吵醒你了?"

"没。"

"哎呀,总还是我弄醒你了,对不起。"

"我就是你生物钟里的,那根'时针先生'。"

"难怪看不出你在'动'"。

"跑来跑去的是你,我的'分针小姐'又做噩梦了?"

"不清楚,好像有人把我推醒……"

"是身体的记忆,是心事。"

"梦里分明有人在推我。"安德鲁过来,搂着牧心的肩膀,下巴抵在她头顶,手臂缓慢而有力地搂紧她。然后移下手,握住牧心的手腕,牧心的手臂冰凉,他亲吻她额头,拉下睡袍袖子。

"又出血了?"

"嗯。准时五点多……"

"问题挺严重。"

"你今天早上有课吧?"

"是二三四节课。"

"再去躺会儿吧。"

"没关系,昨晚有深度睡眠。"

安德鲁拿下厚厚的镜片,慢慢揉着双眼。他疲倦之后,会显得尤其苍白,深深的眼窝,淡淡的眼珠像遥远的无名星球。反正不管如何睡不醒,他都看不出肿眼泡什么的。

"她的主治医生还没有给出诊断?"安德鲁接着问。

"说今天有一个消化道专家来会诊。"

"你去病房吗?"

"我想去听听那个会诊的结果。"

"要不要我去问问我认识的医生?"

"暂时不用吧,已经是很好的医生在帮她。"

"也好。"

"咖啡?"

"还是先来一杯水吧,我们再去躺一会儿?"

"嗯。"

安德鲁在喝水的时候,牧心给海伦回信:会诊前我过来。

牧心走进十病区的大门,看到上官在护士台低头看手里的一沓什么。他翻页时候,食指和拇指捻搓着,阅读时候,另外一只手习惯性地握拳,抵在人中处。

牧心不知道如何才好。

直接走去病房,还是站在这里等他抬头,打招呼吗?正左右为难,百灵鸟在走廊那头喊了一句:"海伦姐姐你来了,你们家海伦正闹着要大李给她洗头发呢!"

百灵鸟朝护士台走,牧心迎着百灵鸟的声音,眼睛却没有离开上官。他没有动,继续翻看着手里的各种检查资料。

"哎呀,她又作你们了,真是的。"

"还蛮乖的,不作,就是要洗头,大主任在这儿么……"

这时候,牧心与上官隔着护士的半圆工作台。

上官放下手里的病历夹子,低头去看闵一正在翻的电脑屏幕。闵一手指指着屏幕上的一排表格,一边慢慢移动着给他翻鼠标。

"他们怎么说?"牧心悄声问已经走到身边的百灵鸟。

这丫头很机灵,背对护士台,努努嘴:"你帮海伦请示喽。"

上官终于抬起头,牧心看着他。

"海伦说要洗头发,可以吗?"

"洗头发?可以啊,但是不能淋浴。"

"她有深静脉和胃管,避避开就可以了,让大李在床上给洗吧。"闵一站起来接着说。

上官笑。

"洗洗头发舒服些,不要感冒啊!"

百灵鸟已经在到处喊大李。

"喂,百灵鸟你等等,要不下午再洗吧,等下海伦有个会诊。"闵一指着手机说,会诊医生就快到了。

上官朝电梯走去,牧心转身快步跟上去。

"上官医生,有空跟你聊聊吗?"

"不急的话,"他又摸着下巴,翻起袖口看手表,"下午……四点怎么样?"

"不急。"

"好,下午咖吧见,谢谢。"

"咖吧?咖啡馆?是出了医院大门右边转角那家Costa 吗?"

"不用出医院院子,就在我们医院大楼里,急诊旁边那个咖吧。"

牧心也只好点头,心里直犯嘀咕:这医院里还真有家咖啡馆啊?

38

消化力强，伺候着健康，而健康则伺候着两者。

——莎士比亚

"你要洗头发？"

"嗯，不给吃不给喝不给手术也不给回家，就让我臭死在这里了。"

"闻不到什么异味儿啊。"闵一四周嗅嗅，五官皱在一起像条哈巴狗。

"你们医生的嗅觉底线太低……我不愿臭死，只愿臭美致死。"

"狠的！说得够狠。"

"最狠的是你们，帮我瞬间减肥成功，一周不到 5 公斤甩掉了。"

"你看，总有如你愿的事么。"

"可惜甩掉的都是不该甩掉的肉。我看你们是成心的，什么时候给我手术？"

"现在我们组意见不一致，一半人认为 19 床要尽早做手术，还有一半人建议 19 床必须进行保守治疗，继续观察，这样风险小……主要是距离你上次手术刚刚一年，手术风险很大。"

"那，上官医生的意见呢？"海伦心里觉得不妙，她知道事情并不如闵一说得那么简单。

"他至今未发表任何意见。"

"哎哟，他什么意思啊！"

海伦让大李把床摇起来，床头起来到 60 度左右的时候，海伦一阵剧烈眩晕。她闭上眼睛，双手使劲儿抓着床边铁架子。插着胃管，也只好这个角度了。每次擦身体，要直起腰坐起来，那根胃管变成一根筷子，戳在喉管下面，海伦恨自己没那个勇气，多少次想一把拔下这根恶心的管子。

能彻底放弃就好了！

"哇，晕死我了！"天旋地转伴随一阵阵的恶心。

闵一赶紧把手搭在她脚腕处。

"……你，搭脉，来摸，手腕，还没，瘦到脚腕，太粗……"

"心跳很快，大李，大李你还是帮她摇下来。"

"看到你，心跳快呀，懂了伐……"

"喂，19 床，你都这样，这样了……嘴巴不要贫了好伐？"

"要不你唱首歌，平复一下我激动的小心脏。"

"停！"

其实海伦笑的力气都没有，她觉得自己整个腹腔好像被掏空了，躺在床上的自己就是一张纸片儿。

然而，她更讨厌自己身边被将死的气氛围绕。她开始学会用说笑来掩饰自己的恐惧和想放弃的情绪。她知道，在这个医院里，这些熟悉的医生，像老朋友一样的护工，都不会允许她露出半点儿自暴自弃的心思,他们都安慰规劝鼓励……
对她,成为一种负担。所以,她宁愿自己勇敢出击,扮演那个
乐观积极的病人。

在夜深人静的时候,她放肆地想象如果到了另外一个世
界,自己会遇见谁,怎样约会,以及,她的 Rene 如何在那里等
她。白日里,面对家人,她又会反省独处时的那些想法是多么
的自私……就这样,她打发着无望而忧心的"查不出出血原
因"的日子。

"闵一,挂着的这个大袋子牛奶,以后你多给我开几袋,
减肥最好用,不用吃,还一点儿不饿。"

"那是力保肪宁,科学地说,20% 中长链脂肪乳剂,提供
热量,就像你吃饭一样。"

"我可以一直靠这'力保牌牛奶'活着吗?"

"这哪儿行,这营养剂确实是给长期禁食的病人用的,你
又不是老人,现在不是保全之策么。"

"亏得直接给我血管里喝,我最讨厌喝牛奶。"

"这叫胃肠外营养液,等下要会诊,请了消化科主任
过来。"

"你做啥那么激动? 消化科能知道我哪儿在冒血啊?"

"每一次会诊都是健全治疗方案的机会。要有信心!"闵
一又双手握拳在半空中微微地挥动两下,就像所有日系漫画
里人生积极的男主模样,就差再来一声"耶"。

闵一有一副唱歌的好嗓音,从他说话就听得出。海伦喜
欢他的声音,有时候闭着眼睛,听他在病房里给其他病人解释

病情,她会不由自主地露出微笑。

闵一的声音很像 Rene,他们的嗓音好像自备了扩音贝司。

她强打精神,跟闵一讲话,想多听听他说话。闵一不知道,他的声音对她是一种最好的安抚,比"力保牌牛奶"还管用。

闵一站到病房门口,探头探脑,看着表,走来走去。

"喂,大李,海伦的片子都在床下压着吗?"

"Bingo! 会诊的医生来了。"闵一滑步出去了。

海伦下意识地整理头发,蛮好早一天把头发洗好。不知道是为了看清消化科主任是谁,还是为了让自己好看些,她让大李找出她的近视镜戴上了。住院以来,她都没有戴过。

人被钉在了病床上,看得远有什么用场呢?

她这幅近视镜,樱桃红框架,镜片四周镶嵌着细细的红色玻璃钻,镜片成蝴蝶形,头几年菲拉格慕经典款。好几次喝醉酒,她差点把自己丢了也没有丢了这副眼镜,实在太喜欢了。为了镜脚一个小螺丝,她特意带到香港专卖店去配上。

"牧心,快给我换一双袜子。"

"啊,想得出的,病号服能换你也换掉了。"

"Bingo! 我要换上白色纯棉那双,丝袜不是我的风格。"

"你看这粒扣子,是不是会露出胸口啊?"

"牧心你还是帮我把床摇起来一点儿,平躺着四仰八叉的太难看了……"

"这披肩给你披上吗?"牧心指着自己肩上的宝蓝色羊毛

披肩。

海伦白了一眼牧心。"哼,不要,跟我眼镜颜色不匹配!"

上官先走进来,他走到海伦床边,轻轻拍拍海伦小腿,说:"还好吧?"

想不到,消化科主任这么高大帅!海伦的眼睛立刻被跟进来的一个高个子医生吸引住。

闵一解释病情概况,有点儿紧张,那么好听的声音失去了从容,带出抖音了。

牧心躲在医生们背后,靠墙站着,海伦透过医生们的间隙,可以看到她。她居然一脸严肃,皱着眉,两个手跟医生们一样,抱在胸口,歪着脑袋,听闵一说病情,她一定好想挤进来补充或者由她来讲。看着姐姐的认真劲儿,海伦哭笑不得。

海伦不知道眼睛看哪儿,她就只好这样透过上官和消化科主任两人的缝隙,看着姐姐。

她想跟姐姐交换一个眼神,想表达"没想到这个会诊医生这么帅",可是这个女人听得太认真了,完全忽略了海伦急切要跟她沟通的眼神,好像她也是会诊团队的一员,而且是很重要的一员。事实上,牧心确实是这么想的。

穿着病号服,这样仰面躺着,被一群男人盯着,研究着……海伦恨不得自己现在在熟睡中。

"什么?住院十天了……什么都没吃?"

"嗯。"居然是,上官回答。

"水呢?"

"一天就三十毫升吧。"

"一天多少力保宁?"

"三百毫升吧。"

"啊,这样不会饿——坏啊?"海伦听他分明吞下了饿后面那个"死"字。

"不敢给任何饮食,每天早上胃管都出血。"

上官依然淡淡地陈述。闵一和组里其他五六个年轻医生都围在旁边。都是年轻男子,也不好意思盯着海伦,好几个都斜视着不知道的方向。

亏得戴上近视眼镜,这些人的一举一动海伦尽收眼底。

消化科主任开始用同情的眼光看海伦,海伦推推眼镜说:"不饿,一点儿也不饿,就是渴。"

这男人帅气得可以当男模。嗯,退役的男模。

海伦心里想这些,会诊的内容,她倒一点也不关心,反正有会诊组成员麦牧心关心着。

这让海伦想起第一次手术后在 ICU 里遇见的男护士"基努里维斯"。

对了,这次,如果手术,绝对不能再进重症监护室。她已经跟闵一说了许多次了:"闵一,进手术室前,我会在肚皮上写:宁进太平间,不进 ICU!"

闵一总是笑而不答。

海伦看着这个消化科主任,心想:看来有必要跟上官讲一下绝对不进 ICU 的事。

39

听诊器的长度正好是医师与病人的距离。

——听诊器的发明者 何内·雷奈克

居然在这个角落里!

看样子这就是上官提到的咖吧了。陈旧的雕花玻璃门,样式就像商场常用的对开样式。有铸铁镂花的顶部,花体字刻着"卡西利饼屋",已褪色几乎看不清了,或许这里曾经卖过甜点。

玻璃门半开着,挂着宽塑料门帘——就像面街的商场那样。撩起进去,豁然发现别有洞天。

这其实是医院里两幢古董大楼的间隙处,一个过道改建的。四、五米见宽,有自然光从高处透下来,高低不一的两幢大楼,钢化玻璃封顶,自然倾斜的角度,望上去倒有一种阁楼的即视感,很上海风情。早前的楼都有高屋顶,看上去有三层楼高,其实也就一层半,咖啡馆像两幢大楼牵着手彼此相依。

一股烟味,霉味,以及久居火车站那种旅人的味道。

牧心踌躇着进门,就在右手边一侧,一个窄小的柜台,她看到有台咖啡机以及搁架上一排装着咖啡豆的瓶瓶罐罐。

"请问,这里是'医院里的咖吧'么?"牧心好像在问一个光头是否是和尚那般犹豫。

"对,是咖吧! 你来等谁?"

等谁? 问得好。

"等上官医生。"

"哦,上官医生,"这位中年男人看了下手表,"一般这个时候他不会过来,他通常早上会来,你们约好了吗?"

"约好的。"

"那没问题了,你找个座位坐吧。"

木地板,一般用在室外花园里的那种防腐木。

简易藤竹座椅,小小的圆台面铺着玻璃,茶馆常用的那种。最里面有一张长桌子,涂过清漆的深色竹桌,围着几位穿着白大褂的医生,桌子上摊着一沓 X 光片。

在医生身后,站着三位穿着深色衣服的人,身体向前倾,坐在医生们对面的一个女人仔细地听着其中一位医生在解释什么。

大家都面色凝重。

距离门口比较近的两个台面空着,但是一个茶几上还放着几个玻璃杯,里面有喝剩下的茶叶。烟灰缸里堆满了烟蒂,黄色过滤嘴,被用力碾在烟灰缸里挂着尼古丁的黄色烟蒂。牧心虽然抽烟,但看到这景象也一阵恶心。

牧心坐到靠墙的位子,墙上居然有面镜子,她正想着是面对大门坐还是背对大门坐的时候,赫然看到了镜子里的自己,那紧锁眉头凝重神态跟里面那女人没啥大差别。

四下看看,她坐在正对大门的位置,这样好,看到上官医生进来,可以马上站起来。先起来招呼相迎,总是礼貌。

然后她立刻掏出粉饼。

海伦说,粉饼和口红比钱包重要,她的口头禅是"盖不住忧伤,至少可以盖住憔悴"。

上官走进来时,牧心正盯着对面墙壁上布置的假花假绿藤发呆,墙角防腐木地板旁边粘着鹅卵石,小小的假山……也算是花了不少心思。

越发浓郁的霉味从四面八方窜出来,在这初春的午后,在这家没有咖啡香味的咖吧。

她看着上官走进玻璃门,在点单服务台停下来,就像他在病房门口倾身同护士台里的讲话模样。

然后他看了看牧心这桌,走过来。

"喝什么?"

"喝热水……不,咖啡,我来点吧。"在这家非比寻常的咖啡馆里,牧心搞不清顺序了,她原以为就是坐在这里见面聊聊,忘记了点咖啡的环节。

"这里咖啡还不错的。"说着,上官转头对吧台喊:

"我还是老样子。再来一杯……你要热咖啡?"他转头看了下牧心,对着吧台上那中年男人说。

"热的热的,美式。"咖啡当然喝热的。

上官刚坐下,手机响,他把眼镜推到额头上,裸眼看屏幕:"不好意思,得接这个电话。"

"老杨啊,许久没见了,哦,应该问题不大,还是周二上午门诊,你过来,我给你看看,好好……"

"是我早前的老病人,挺好的,我这儿的病人岁数都不小。"

"除了海伦。"

"是呀,是呀,她年轻些,不过去年还有比她更年轻的一个病人呢,只有 27 岁,胃癌……年轻病人会艰难些,主要在生活上做到克制,更艰难。"

"您今天没有手术吗?"

"下午就一台。"

"我妹妹,怎么办? 我想知道……她现在……"牧心命令自己不要哽咽不要没出息!

"嗯,上午会诊后,消化科认为不像胃出血,怀疑是胃底静脉出血,还需要做一个胃镜,检查下。B 超显示她脾脏肥大,到了蛮危险的地步了。说真的,现在她要是在外面走路都危险的,很可能撞得不巧脾脏就会破裂有生命危险。"

"哎呀,说到脾脏,其实两年前她就为了看脾脏肥大才去医院,谁知道查出了肠子里的坏毛病。早前她跟着一个中医名家吃了一年中药,那医生不建议她看西医,说,你这脾,到了西医手里就是切掉,中医可以让肥大部分缩小,说可以帮她保住脾脏……"牧心说得激动,她尽量、尽量淡化自己对那位老中医的不满。

上官笑了,闭着嘴,略微收着下巴,眼神看着牧心那杯咖啡,这个笑,是避开对方眼神的笑。

"现在看来,中药没能缩小她的脾啊。"牧心本来想大声地抱怨"都是被那可恨的中医给耽误了两年!"但是她猛然想到,中医也是医生,对面坐的虽说是西医,毕竟是医界同行,牧心赶紧给自己踩了刹车拉住缰绳。

"她不太适合吃中药,重度肝硬化,有些中药没有经过解毒处理,对肝脏压力比较大。"

"那,还是要手术吗?"

"等做了胃镜后再出治疗方案。"牧心觉得,上官医生欲言又止话里有话。

可不是么,人家大医生,跟家属聊什么治疗方案啊。听表哥说过,上官十分谨慎认真,阿福又说过,上官并不好打交道。脑子里掠过这些,牧心忽然觉得自己问的话不够得体,她有点不好意思地低下头,端起咖啡杯,喝了一口,哇!咖啡味道真不赖!保持了清澈的苦,不酸,至少豆子蛮新鲜。

上官面前,一杯常温美式,另外半杯冰块。他并不急着兑起来。差不多热咖啡渐渐降温,他慢慢端起那杯热咖啡,贴着冰块杯子,到达半杯高度的时候,略停顿,倾杯而下,分明有个加速度,却不露声色,滴水不漏。想来上官的刀法也是如此精准。

牧心被他的手势迷住了,真想再看一遍。

"你注意到了,这个咖啡杯不错吧?"

牧心回过神,他以为她在看自己端着的咖啡杯。

她这才留意到美式装在带有茶盘的花色茶杯里,哦,不,应该是咖啡杯,太像英式红茶茶杯,鲜艳的花色。牧心将咖啡杯放到铺着玻璃面的茶几上,叮当一声,她慢慢翻过茶盘来看,红玫瑰骨瓷。

"是骨瓷,这个牌子还不错,但是表面的釉还不够厚。"上官拿过盘子,用拇指和食指摸着盘子边缘光滑的釉。

"骨瓷里不算高档货吧。"

"你喜欢瓷器?"

"谈不上,喜欢精致的器物。"

"除了当医生,你还喜欢做什么职业。"

"不做医生的话,我想我会当厨师吧。"

40

……那时,我们便会意地看一眼,像西塞罗所说的罗马占卜师的作风一样,哈哈大笑起来,笑过以后,就分手了。①

——米哈伊尔·莱蒙托夫 《当代英雄》

"爸,是我,柯怡,我妈呢?"

"她去医院了,昨晚海伦来信说今天要拔胃管。"

"啊,不出血了?"

"说要做胃镜。"

"治疗方案出来了?"

"听牧心解释,说做了胃镜后再确诊,到底是哪里出血,哎,柯怡啊,你妹妹不好啊!"

麦思无快哭了,在电话那头唉声叹气。

麦柯怡太了解这个多愁善感的父亲。至少她觉得她是最了解父母的那个女儿,所以她的话他们最听得进去。她还觉得,她是最冷静客观的那个女儿。但是麦思无总说:我教了一辈子书,现在老二经常教育我。

---

① 占卜师之笑,用来表示骗子愚弄人时和根据特征识出同行时发出的会心微笑。

有时候电话铃响,老伴儿看到座机上显示的号码,就说:你接吧,是"咱们父母"的电话。

老麦懒得讲话的时候,也不愿意接,生怕被二女儿又教育一番。

"爸,你不要这么没有信心,这会影响全家人的斗志啊!"

"你妈妈每天哭,她觉得海伦这次可能出不来医院了……"

柯怡心里咯噔一下。

或许离得远,还不能亲身体会在病房沉重的气氛,她只是觉得住在医院里就该放心,会被治好。

爸爸这话,让她忽然想到了一年前的手术,不是被治愈了吗?她都不知道如何继续安慰父亲了。

"我想去病房看看海伦,他们都不要我去。"老麦继续在电话那头说。

"海伦也不同意你去?"

"是的,我给海伦发短信,她说,我去让她更难过。为啥我去让她更难过?父亲去病房看看女儿不应该吗?"

柯怡一阵心酸。

她理解海伦的心情。

白发苍苍的老父亲拄着拐棍去病房看望生病的女儿……

"爸,海伦不想你难受,病房很乱,你腿脚不便,她为你考虑。"

"你妈说,上病房大楼有很长的楼梯,我就不信,难道腿脚不便的都不好去医院啊?有电梯的嘛。"

柯怡想起一件事。上次海伦手术她陪夜,进出病房大楼,四部电梯都等不到,她一直走楼梯。曾经有位白发老先生因为挤不进人满为患的电梯,在病房电梯口将拐棍在水泥地上杵得咚咚直响,发飙说:"你们还是治病救人的地方吗,这不是害人害己的地方么。"哎,这个脾气不好的父亲,或许真不适合去病房。

"爸,你别急,等我来了,我带你去。"

"你还是支持爸爸去看看海伦的,是吧?"

"嗯,但是你等等我,我来了,住在家里,咱俩一起去。"

"我研究了一下地图,其实我可以骑自行车去。"

"爸,医院在市中心,交通最繁忙混乱的地方,途中还有高架路,千万别。"火气有点儿上来了!再听下去柯怡就要忍不住教育父亲了!

"我可以骑几条小路过去。"

柯怡真想说,爸你可别添乱了。可是现在这种时候她不敢这样对父亲讲话。

"嗯,也行,爸,你看海伦这几天不是就要定下治疗方案了吗,万一要准备手术呢,要不等她定下来再去?"

"可以,我这几天再研究研究骑哪一条路最好。"

"爸,叫出租车不是很快么?"

"我也是想顺便骑车子锻炼下,看能不能骑远点儿……"

柯怡在电话那头,捂住话筒,悄悄地叹口气,这就是他们的老爸,他是他们这个家里最不成熟的那个人。或许因为一直被她们四个女人围着,护着,老爸反而在这个家里最像个孩子。

"柯怡啊,你早点儿回来吧,你妹妹这次真的不好啊……"

"爸,你这一辈子都在跟疾病抗争,你的心得是什么?"

"哪有什么心得,就是越来越怕死。"

柯怡扑哧笑出来了,这是老爸真心话。

因为怕死,老爸给自己记录各种笔记,心律不齐的频率比较,血糖笔记,等等,但就不愿意管住自己的嘴巴,红烧大肉天天少不得。中风了一边身体不灵便,就每天出去骑自行车锻炼,号称打通血脉恢复健康。经常在马路上险象环生。卢女士让他不要再冒险了,当心车祸。老麦说了一句真言:谁敢撞我!大有美帝国主义谁与争锋的霸气。天晓得,他说的确实是真理,天底下哪有存心的车祸,没有一个司机敢胆大包天故意撞人,除非故意杀人。老麦还很喜欢住院,住到医院里不想出来,觉得医院是天底下最安全的地方。柯怡甚至想,是不是源自内心的这种不安全感,他才娶了做护士的妈妈?

"柯怡啊,你大姐跟你说过什么吗?"

"爸,你什么意思?"

"就是,我和你妈妈都觉得你大姐,不肯给我们讲真话。"

"啊? 关于哪方面的真话啊?"

"你妹妹的病情啊,她们的安排啊!"

"绝对不会! 生死攸关的大事啊。"

"那就好那就好,牧心也不跟我多说说,哎,应该都说出来大家一起分析解决啊!"

"别胡思乱想了,爸,你要好好照顾好自己的身体,也是让我们少担心啊！"

"哎,爸总想为你们做点儿什么。"

"你坐镇家里就是稳定全局。"

"是吗? 爸真起到这么大作用了?"

"当然,你是爸爸呀,一家之主。"

"你妈妈总责怪我,说我帮不上忙还说话不好听! 那是因为爸爸总讲真话,忠言逆耳么!"

"妈妈她是着急,你听着就行了。"

"柯怡还是你好,肯跟爸爸聊聊,爸有时候很寂寞的。"

"嗯,爸你随时给我电话,发信息。"

"柯怡,有空还是早点儿回来。"

"嗯,我给牧心打个电话,先挂了。"

"喂……柯怡,你回来,路上方便给爸带一只烤鸭,你妈妈也没心思给我做饭。"

"好,带三只给你,怎么样?"

柯怡挂老爸电话前,说再见之后,一般不会立刻就挂断掉,她知道,爸爸往往在最后,还会提出自己的要求,这个要求大多跟他肚子里的油水以及嘴里的馋虫有关。

北方城市,哪里有春天的模样?

她看着窗外,3 月暖气就断供,但没人把寒冷给掐断。她没有照着父亲的模样找丈夫,她喜欢男人有霸气,不黏糊。府嘉禹,确实不是多愁善感的人。

有时候,柯怡忍不住要跟他再谈谈,然而每一次谈话都是在她的伤口上再添一道,或深或浅,府给出的永远是硬邦邦的

"答案"。

"你还想着她吗?"

"什么是想? 什么是不想?"

"就是她还在你心里吗?"

"过往的人都在心里。"

"你这是什么意思?"

"我的意思很明白啊,你爱过的人难道不在你心里吗?"

"我嫁给你以后,清空了。"

"你这是谎言,没有人能够真正清空自己的心。"

"你就,你就不能说句,心里只有我吗?"

"我说了这句,你还会想听别的。"

"那你觉得我最想听什么?"

"不知道,你太善变,反反复复的,我真的不知道该说什么。"

"说你最真的想法啊。"

"说过很多遍了。"

"再说一遍。"

"不说。"

这种谈话,经常出现在柯怡月经之前一天,过后,她会后悔,真想倒带重新过那一天。

府嘉禹,真不是爸爸那样的男人。

爸爸那种男人,把爱和寂寞挂在嘴上,一如他把"吃顿好吃的"当做最大的理想,也是挂在嘴上。可惜卢女士糟糕的厨艺注定了老麦最大的理想永远被糊弄一顿,蒙混过关。

41

……世界上无论发生什么事,人家总要归咎于时运女神,我们总是怪她不好。对于一切妄为她都要负责。原是自己愚蠢,糊涂,是自己防范不周,说一声是命运的不是,自己便没有事了。总之,时运女神老师总是错的。

——《拉封丹寓言·时运女神和小孩》

"哎呀,海伦你的脸色怎么红扑扑的?"

"大李,我觉得好热,你把毛巾给我弄得凉一点儿。还有啊,这帘子快把我闷死了。"

"不会发烧了吧?"

凌晨,大李给海伦擦身体,病床四周的帘子拉得密不透风。百灵鸟掀开帘子进来,她把海伦的"早饭",一大袋"力保牌牛奶"和一小袋"碳水饮料"拿过来,医嘱说今天19床要拔胃管,基础输液要早点儿开始,胃镜约在上午10点45分。

大李赶紧拉开帘子,过来摸海伦的额头。

"好烫!"

大李话音未落,百灵鸟已经拿回一个体温计,一边甩一边举着看了一下。

"美女,张嘴!"

"先给我点儿水好吗？嘴巴干得舌头都卷不动了。"

大李赶紧拿来桌子上插着吸管的水杯，海伦狠吸了两口，在嘴巴里逛了一圈，才舍得吞下去，然后一副"吞咽多苦颜"的模样。她接过体温计，轻轻把胃管从嘴唇上移到一侧，含在舌头下面。

大李撤走所有的生活物品。

哗啦刺啦，帘子拉开，海伦一转头，看到妈妈正走进病房。

妈妈穿着淡蓝色的羊毛套衫，开衫里面套着小高领，同款同色，藏青裤子小裤脚，永远的偏短。她扬言：最讨厌矮个子穿长裤子，戆大一样。女人对衣着的执拗年龄越长越挑剔——而且主要是挑剔别人。

白色金属框架眼镜，与一头小羊毛卷似的银发真是般配极了。耳朵两边垂下黑色眼镜链儿，随着走路微微晃动着。你丝毫看不出她为女儿在家日日夜夜以泪洗面。从卢小姐到卢女士再到女儿们嘴里的老太太，妈妈大户人家风范一如既往历久弥新，惹得老麦一直慨叹：劳动人民当家作主了啊，怎么还……

她从来不会直接走到女儿的床边，总是先跟门边的人一一打招呼，21床帘子也开着。

"海伦妈妈你来了。"21床的老公陪夜后还没走。

"是呀，又陪夜了？辛苦啊！"

"不辛苦，只要她好，只要她没事。"

"有你这样好的爱人在她身边，她当然不会有事呢。"

"哎呀，海伦妈妈讲话老好听哦！"

老太太扶着21床的床尾栏杆，看着21床，说："今天脸色好，这是个好医院，有好医生，会好的，别急……"

21床没有讲话，仰面朝天躺着，手指使劲儿揉搓着身体一侧的被子边儿，脑袋在枕头上左右晃，是摇头的意思，下巴又做点头状。这女人备受折磨的样子，海伦妈妈不忍心多看，她走过去弯下身体拍拍21床的肩。哎，看到她稀疏灰白的短发，好像散在枕头上的一团旧毛线绳。

21床的第一次手术做坏了。

腹部纵向一条长长伤口一直开着，没有缝合，盖着无菌纱布，每天早上要来换药，有时候是闵一，有时候是洪军。有一次，上官亲自换，下面几个医生吓得围在四周，拉起的帘子被里面一圈人弓起的后背撅出好大一坨。后来听闵一说，手术没有做好，一直有脓，每天要彻底挤压干净，相当痛苦……可是从未听到21床哼过一声。

人啊，在疼痛面前分明拥有不同的肉身。

或者，肉身一样，寄寓那肉身中的宿主，是不同的。

海伦就怕疼，头发被压住，都要疼得发脾气。

海伦妈妈微笑着，来到海伦床边，看到女儿嘴里含着体温计。

"发烧了？"

海伦没法儿讲话，微微点头。

妈妈立刻用手背挨了下海伦的额头。

"发烧。"她的口气俨然老护士利落的判断。

放下包，在病床旁边坐下来。

"昨天发烧了吗?"

海伦摆摆手。

大李转到病床边,海伦从嘴里拔出体温计递给大李,大李眯缝着眼睛看,手势很老到,读出来:"38.9。"

然后一转身出去,"哎呀呀,我叫护士赶紧给你退烧药!"海伦妈妈叹了口气,她是老护士,在这儿,她不会随便嚷嚷。在医院,她知道马上就会有医生来处理这些突发病情。她这心里一直压着的大石头,压住了她所有的惊怕和希望。

她那声声叹息,连她自己都不知道就会自发地源源不断发出来,就像坏了阀门的自来水,而且这阀门坏得很早,起码可以追溯到她后妈进门那一天。显然,老麦是一个很不合格的修理工。

海伦看着妈妈问。

"九九怎么样?"

"挺好,现在大些了,还是找你,不哭了。"

"这样我才放心。"

"要不我带她出来看看你。"

"不要。"

海伦坚决拒绝妈妈带女儿来病房看她。

她受不了。

不见最好。

然后心里有一股莫名其妙的火气蹿上来,顺着胃管蹿得更快。

"还让我活吗? 老的小的都来病房,演戏一样。"

"别这么说。"

"我说的是事实。千万别让我爸爸来病房。"

"他又说要来?"

"发短信给我呢。"

"这老头子真是不省心!"卢女士在外面就是忍得住怒气,说这话的时候,还在微笑呢,谁信她恨不得现在立刻回家扶着门框去吼他两句!现在听上去却只是对老伴儿的嗔怪。

"爸只要别跟着发火跟着瞎起劲儿就是帮大忙了。"

"哎,是呢。你爸爸也是惦记你呀!"这是真心,政治立场,写到宪法里面也没问题,而且保证百年不变,老夫妇们基本不会跟儿女站在一起。

"妈,我肚子好疼,你快叫大李来!"

海伦又开始打哈欠,头晕,腹痛,想大便。

她知道,又要便血,这前兆每每让她有马上就要死去的感觉。

"啊呀,大李大李呀,快快!"海伦妈妈慌了神儿一样,顾不得那么多,蹦起来一边冲去门口一边嚷嚷起来,这反应的速度和力量,她心里那块大石头都没能压住。

"妈,你赶紧,便盆……先拉好帘子啊!"

老太太手忙脚乱地翻身回来,一弯腰,臀部被自己的凳子卡住了,差点儿栽倒,这时候卢女士已经面红耳赤急得不比床上的海伦更好。

大李冲进来,以简直一个滑步的漂亮连贯动作,钻进两床中间窄小的空档,"当啷"抽出便盆,一手"哗啦啦"地拉着帘子,那只手已经在解开海伦的裤带。卢女士被拉到帘子外面,想着赶紧要进来,只听大李一声:"床头摇下来点儿。"

老太太赶紧蹭到床尾部掀起帘子,低头到下面找摇床的把杆。

一阵腥臭。

老太太皱着眉头,一脸愁苦。

海伦一声不吭。她捂着肚子。这熟悉的苦楚。这熟悉的尴尬。原来生不如死有各种形式。一切体面和优雅,随着拉出来那深红而奇臭的血都喷到雪白冰凉的坐便器里。索性晕厥过去啊海伦!可是,每一次老天都让她清醒地面对自己惹的祸。

百灵鸟喊来闵一。

闵一站在帘子外面,手伸进去,摸海伦脚腕的脉搏。

"退烧针。"

"止血药。"

"补液。"

"准备血。"

"精氨酸加压素,生长抑素。"

百灵鸟迅速领命跑去护士台。

"大李,等下报告我便血量。"

闵一隔着帘子对里面的大李急促而清晰地讲了这句,转身离开。忽然又折回来,好像想起什么重要的事,走到海伦妈妈身边,客气地说:"阿姨,不要担心,你别急,先坐下,坐下。"

他拉过一把凳子,靠墙轻放好,顺手拍拍凳子,再点点头,接着就侧身迅速走出病房。

海伦妈妈唏嘘着,一时不知道说什么好,就"啊,嗯,好,好,谢谢你们啊谢谢你啊!"

迪贤在病房门口差点儿撞上闵一,他赶紧让开,嘴里说"哎哟,这么急,哪个病人啊?"然后他看到海伦病床四周帘子拉得那么严实,心里咯噔一下,站在门口不知如何是好。

"哎呀,九九爸来了,海伦啊九九爸来了!"海伦妈妈好像很想让海伦知道谁来了,轻轻靠近帘子对着里面讲。

"外婆,海伦怎么了?"

"又拉血……"

"我以为今天要做胃镜就过来了。"

"还发烧,胃镜推迟了。"

"人还清醒吧?"

"我活着呢!你出去吧!去!搞根烟去,别过来,烦死了。"海伦忽然从帘子里面说话,口气虚弱但很坚决,像垂帘听政的慈禧。

"海伦,怎么讲话呢!"海伦妈妈责备她,手指点着帘子。

"好好,我这就出去走走,等会儿过来,你要咖啡吗?"迪贤立刻倒退着回到病房门口,还不忘跟上一句。围巾刚扯下一半又赶紧围上去。

"给我买冰百威吧,热死了。"

"好,冰百威,小瓶。得令。"

病房里,鸦雀无声。

18床切了乳房,刚回来,昏睡,不能动,监护仪滴答滴答的。

20床等着做手术,最闲得慌,听得坐起来了。因为迪贤很少来,她对这男人的身份也好奇,这病房,瞬间就成了她的弄堂口,就差几个小板凳罗列开来了。

21床一直半梦半醒,一如既往一个姿势平躺着,海伦说她:开膛破肚的,你真是比刘胡兰还过硬。

这会儿,迪贤就站在21床老公旁边,那好男人最懂,他站起来拍拍迪贤肩膀,摇摇头,挤出一丝疲惫的笑,然后双手一起,继续拍迪贤肩膀。

满腔的话语,说不出,就像咸菜瓶子,菜塞太紧了,盐让菜发酵膨胀了,瓶口却又太小。

只有海伦妈妈,在帘子外面,坐下来,嘴巴一撇,冲着帘子里的女儿,嘟哝了一句:"不知道你想什么呢!"

要不是这十来天数次经历这种"比生孩子还难受十倍"的苦,使得她略微习惯"死神高潮"的威力,她不会有心情制止迪贤过来靠近她,便血的气味,太过分了。这,这臭味无论如何都不能让男人闻到,闻了永远都忘记不了。

香水无法掩盖的不是这臭味,是人对这气味的记忆。

海伦没有记忆,她只有记性。

42

天堂中有什么我们不清楚,但是没有什么我却十分清楚,恰恰没有婚姻。

——英国作家　乔纳森·斯威夫特

牧心在医院的咖吧等上官。

这时候是上午八点。咖啡馆里进进出出,多数是医生与大包小包来看病的"家属群"。

咖吧如此高的空间,却烟雾缭绕。玻璃桌不时传来玻璃杯起起落落叮叮当当的声音,伴随着吸溜茶水的丝丝哈哈声,细高的玻璃茶杯,漂浮着各色茶叶和各人心情。

仍然飘过来一股浓重的火车站候车厢的味道。

牧心坐在左侧大楼的楼梯上,咖吧或者说茶座,坐得满满的。如果没利用这个间隔过道做咖吧,这个楼梯处应该是这幢大楼的侧门。木地板,自带暖意,不凉。刚好楼梯两侧有屏风,对牧心来讲,这是好地方。

胜过坐在"陌生旅客"对面。

爱尔兰圣拉扎剧院马上带着《等待戈多》来沪演出,她不知道是否有心情有时间去看。虽然这是一场她期待已久的话剧。

一早出门,安德鲁告诉她这个消息时说,他查过演出时间,一共演4场,他特别提醒牧心有一场演出在下午两点半。

他有心,特别提到下午这场,因为晚上海伦需要陪夜。

佛拉基米尔有一句台词说:"一个人的心情是自己做不了主的,整整一天我的精神都很好,我晚上都没有起来过,一次也没有起来过。我很想你……同时我又很快乐,这不是怪事?"

是啊,想念一个人很像加了糖的咖啡。想念在进行时与快乐无关,哪怕想念一碗酒酿圆子。

你不觉得一碗打蛋的甜酒酿是一份完美的早餐吗?

"我很想你,同时我又很快乐,这不是怪事?"

如果这种奇怪的思念发生在夫妻之间,Make sense!

牧心觉得戈戈和迪迪,分明演绎的是夫妻。

安德鲁说"等待戈多等待的是信仰"。

佛拉基米尔呐喊着,说:"我们等待,我们腻烦,不,不,别反驳,我们腻烦的要命。这是没法否定的事实。你看,这个消遣来了,你看,我们要让它随便浪费掉吗?然后,在一刹那间,一切都会消失,我们又会变得孤独,生活在空虚之中。"

夫妻就是这样吧,不得不相守着,到底是为相守而等待?还是为了共同等待什么结果而相守在一起?牧心知道柯怡和府嘉禹一定出过什么问题,柯怡要面子,自然不肯如实相告。

然而某一天开始,她发现柯怡变了。

现在,即便府嘉禹休息在家,她也会约了朋友出门看剧。

"幸运儿"是哑巴。

"拥有权力和财富的波卓儿",后来,瞎掉了。

然而,当"幸运儿"不再"沉默",谁听得懂他在讲什么?

不过,那演员太棒了,太棒了,而且长得蛮帅呢。

敏感焦虑的弗拉基米尔,说:"别人在受苦的时候,我是不是在睡觉? 我现在是不是在睡觉? 明天,当我醒来的时候,我对今天怎么说好呢?"

牧心在笔记本上写着这些,为了继续写专题报道,她把自己随时的思考,和"提问"记下来。爸爸总说"好记性不如烂笔头",所以爸爸床头到处是写字的纸头,退休教授爸爸以前的教案厚厚的,书房两面墙壁的书架都被黑压压地塞满了,每一本每一页都不断地补充粘贴又粘贴,使得每一页都成了折叠地图一样,厚厚的。

父亲那时候的粘贴可不是 Control X 然后 Control V。

是边角料的作业本纸,剪刀加胶水。

于是,她也习惯了,总是随身带着本子和笔。

"孩子"什么都不会给你带来。

人们总以为"孩子"是"戈多的使者"。"孩子"一定可以给我们的等待带来"希望",然而"孩子"带来的希望不过就是"继续心存希望"。

"女人"佛拉基米尔说:咱们一起上吊吧。

"男人"爱斯特拉岗说:他要是来了呢?

"女人"佛拉基米尔说:那咱们就得救了。

然而现实生活里,男人和女人不会一起上吊,也不会得救。

迪迪:一起走吗?

戈戈:好吧,一起走吧。

导演是一位矮小犀利的法国女人,扮演弗拉基米尔的演员是她的作品。

安德鲁和自己也永远都会是作品吗?

婚姻不可怕,可怕的是两个人决定要孩子,孩子是无法反悔的。

牧心的观念,任何父母不可以对孩子"反悔"。

剧中"孩子"的扮演者,是"幸运儿"扮演者的儿子。

导演在演出后的"面对面时间"里说:每个人心中都有自己的戈多。

不,不,不是的,牧心觉得塞缪尔分明说的就是男人女人与生活之间的故事。

结婚了,就一定要这样相守着等点什么?

如果不结婚呢?

牧心的手指卷着自己的一缕长发,沉入思考的时候,她喜欢织辫子。卷头发,扯头发,好像好主意能够从头发里扯出来。

所以,法国女人可以导这部戏。

"就一直坐在这里等吗?"

牧心吓一跳,抬头看见上官已经站在她面前。

"哦,您来了! 这地方蛮好。"

她满脑子的"等待戈多",上官出现在眼前,她居然心里忽然闪过:这个男人的婚姻什么模样?

宽松的卡其布裤子,裤脚也宽宽的,盖住一双厚底深棕色Clarks 鞋,白大褂里面,露出淡粉色衬衫领子,他不冷吗?还只是 4 月份的天气啊。

"坐楼梯不凉吗?"

"嗯,很合适,腿上的高度正好写字。"

"来,找个座位吧。"

牧心收起本子,包夹在胳膊下面,刚一起来她一个趔趄,坐久了膝关节抗议。好在上官没有回头看到她龇牙咧嘴一瘸一拐地跟着他。

咖啡厅空了不少,九点多了。才刚坐下,隔壁两桌的男人就过来给上官递烟,寒暄……

两人还没说上两句完整的话,上官面前,已经四根不同颜色过滤嘴,不同长短,不同品牌的香烟整齐排列,像算命先生的筹签。

他起身,去点咖啡。

他记得,牧心喝热清咖。

他走路不紧不慢,背影清瘦。

"当医生,什么时候最开心啊?"牧心很讨厌自己开口就像采访发问。一般女生怎么跟男人聊天呢?

"手术室里啊。"

"你们的手术室也像美剧里面医生那样放着音乐吗?"

"不会,个人习惯。我们会聊天……"

其实牧心去过一次他们手术室楼层。表哥阿福带她进去,捂着口罩和白大褂假扮进修观摩的外院医生。

冰冷。寂静。所有的门都两面开,无声弹簧,无论是开门还是水龙头,开关都要伸伸脚。仿佛掉进了消毒水瓶子里。

她想起小时候去过父亲的解剖实验室,那福尔马林水味道至今在她鼻腔里回旋。

"最喜欢在手术室里待一天。什么开会啊,上法庭,论文答辩这些事最好都免掉,都很繁琐,但是最烦的还是应酬,推都推不掉的,烦死了……"

上官的口头禅是"烦死了"。

他说这句的时候,声音很低,也不皱眉,幽幽的,带着无奈地笑。这口头禅仿佛自小就跟着他一样。

"你也喜欢看电影?"他冷不丁抬头问牧心。

"电影,话剧,在我生活中仅次于吃饭。"

"我也喜欢看电影,话剧没怎么看过,没时间去。"

"喜欢什么电影?"

"都看,每年奥斯卡得奖片子反正都不错过,你呢? 说说你最爱看的?"

"《海上钢琴师》看了五遍。"

"哦,《The Legend of 1900》,里面不光钢琴,小号也很棒。"

牧心此刻真想站起来拥抱他,她有多爱多爱这部电影里的小号啊。可是很少有人跟她一样发现小号的妙不可言。那需要你看完最后最后一排字母 cast 走完……

"还有,几乎所有 Meryl Streep 的电影,都爱!"

"嗯,她也是我最喜欢的女演员。老片子更好看。《走出非洲》、《法国中尉的女人》。"

"还有《改编剧本》以及她现在的新片子,你都看过吧?"

"嗯,都有看!"

牧心默默低下头,内心遇到知己的喜悦差点儿让她做出出格的反应。她知道她不能像对闺蜜那样,站起来摇着他肩膀叫着:那我们一起看电影去吧!可是她真想对他说这句来着!忍不住伸手去拿上官的烟——就连他抽的烟,也如她的喜好——七星的 The One,白色过滤嘴。她喜欢他首先提到《走出非洲》,这部她真爱!

"可以吗?"

"当然。"

他拿起打火机。

她很怕别人,尤其是男人,尤其是这个男人,给她点烟。

但是,他手的动作,很得体。

握着打火机,平直地伸过来,稳稳当当的,如果不是拿着打火机,那递过来的双手传递过来的亲切感,宛若它要替你擦掉脸上的泪。

这双握刀的手可以如此温暖。

烟火起,她略低头,吐出一口烟,发现他也点了一根。

"医生也抽烟?"

"很累呀,但是尽量少抽吧,你看,递烟的人也多。"

"你也喜欢这个烟?"

"淡一些么。"

"我只抽这个牌子这个 One。"

"哦,是吗?"说着他把香烟横在眼前,仔细端详这支烟,好像重新发现了熟悉的事物,"之前没见过你抽烟啊!"

"我的烟放在家里厨房,出门不带烟,在外面几乎不抽,今天例外了。"牧心低头,生怕被发现这个"例外"里藏着的心事。

"就一个人的时候抽吗?"他点掉烟灰,拿着烟,在烟灰缸旁逗留,不看牧心。

"海伦说过一句话,烟是寂寞的恋人,是私事。"

"哦? 这个说法有趣。"

"你在哪里看电影?"

"家里有 HBO,有时候会有好电影,多数是买碟片。碟片就是收起来比较烦,十几箱子了,舍不得扔掉,我还做了目录呢。你呢?"

"网上下载看,喜欢的好片子,会买碟片,顶喜欢的片子,买两张留着。"

"哈哈。"上官很少大笑,虽然他总面带笑容。牧心只想着跟他一起看电影,多好的影伴啊。一定跟她一样,直到影院灯亮还不想起身离开,反而在座位里面陷得更深,继续听影片尾声旋律,直到银幕灯亮。

"我尽量不在电脑上看片,怕伤眼睛,眼睛对我们太重要了。有些比较优秀的外科医生,老了,就是眼睛坏掉了,手法再好,上不了手术台,也可惜了。"

"不是可以戴眼镜吗?"

"近了,看不清就是看不清。"

"所以你不去电影院或者剧院?"

"没时间。自己放放片子自在,除了医学类书籍,我很多年没看过闲书了,定不下心,有时候,一个电影,要分两天才能看完。"

"定不下心?"

"复杂的病例,病人,有些医患关系需要面对,心烦的时候,要吃安眠药才能睡着觉。"

牧心说不出什么滋味,看着他,听他淡淡地说这些。

"也试过喝两杯红酒,看片子的时候,然后睡着了,片子要重新看。"他又笑了。摇摇头,笑。

牧心觉得他的生活听上去有点儿寂寞……可是为什么会有这个感觉呢?

"听年轻医生讲,你总是收那些别人不愿意做的手术做,你们组好比'疑难手术收容所'。"

"能开就开喽,生病很辛苦,真的,牧心,病人很辛苦的!反正能开就开喽。"

"你总是有把握了……"牧心想说的是,你不会冒险去开刀吧。

"这个,可怎么说呢!"

"哎呀,我的意思,我想说,你一旦决定你来开刀就是那个病人就会有救了吧,你是有把握的是吧?"

"每一台手术都不一样,同样的摘脾手术,不同的患者,不同的做法,不能说把握吧,是,还是相信自己可以做,每一台都认真做准备……不好意思,我不知道该怎么讲。"

"海伦说,下周四你给她做手术。"

"嗯。"

"你终于下决心还是做手术。"

"嗯。"

"你觉得她,我妹妹,海伦会不会在手术台上……"

"牧心,话不要说得这么难听吧。"

"现在,除了上帝,我只相信你了。"

上官慢慢地点头,又拿起烟盒,倒出一支烟,看着牧心,没有讲话。然后,他一只手拿着烟,许久,才点上。

牧心不敢抬头,很久。

她看着自己眼前红玫瑰茶杯里的咖啡,因为她的眼泪又要掉下来了。

哭,尤其悲伤的哭,也应该是私密的。

世人多爱看喜极而泣。

现在,她在上官面前,把她认为的私密事都做了。

其实,她在他面前悲伤地流泪,不止一次。

她还在他面前抽烟,还抽他烟盒里的烟。

43

如果我把我的生命给你,你会扔掉的,对不对?
——电影《英国病人》女主角凯瑟琳的一句台词

一阵阵绝望的情绪,在海伦的心里蔓延。她的身体——早已背叛了她的心的她的身体,现在也没了主意,随着她的心缓慢滑向绝望的深渊。

放弃我吧。

她想跟全世界讲这句话。

她想跟女儿讲,对不起你,妈妈太痛苦了,来世再给你当妈妈好好陪你。

她想到妈妈那一头白发以及躲开别人时无比愁苦的面容……想不下去,想下去是比死还痛苦的事。

唯有 Rene,曾经不敢碰触的记忆,这扇记忆的闸门仿佛只有"更痛苦"这把钥匙才能打开。

那份钻心的思念黏着一轮轮的回忆再次涌上海伦的脑海,仿佛扎入海底太久的锚,靠岸太久,再次起航,被拽出海底,挂满黏糊糊的岁月印记,黏连不断,仿佛成了她身上的切口疝,又鼓出来了。最悲痛的是那些依附于铁锚的生物,顿然发现它们曾赖以生存的不是富饶的海床而是一只冰冷的铁锚。

她终于知道上官为啥迟迟没下决心给她动手术,因为她有可能下不来手术台。

她其实不必费心是否需要在肚皮上写上"不去 ICU"的。幸运的话,她会在全麻的状态下人不知鬼知晓地离开人世。

去手术室前,或许就是她辞世的最后道别?

那就是说——这个周末要妈妈带女儿来病房吧。

她开始疯狂地想见到九九。

Rene 对她,可不是一见钟情。

海伦拖着大行李去巴黎采访时装周。因为经费有限,她只身前往,需要在当地找一位当地摄影师合作。海伦打听过几位自由摄影师,Rene 是其中一位。听说是华人,曾经是国内派出去的驻外摄影师,她更加想找到这位 Rene,到处打听他的电话。后来听人说,这位摄影师不住在巴黎,常驻里昂,但头两天有人在巴黎见到他了。据介绍人说,Rene 独来独往,业内同行很少知道他的行踪。他是个疯狂的摄影师,会骑马会开直升机,总之,是那种为了拍照不惜一切代价的家伙。海伦好生怀疑,说的这人真是中国男人吗?

她不但想用他的摄影技术,更想搭他的车。欧洲的火车和火车站,都让人很难琢磨。一不留神就坐过站,或者找错火车站,搭错线路。尤其那些令人迷惑的火车站名更搞不清。她可不想一个人提心吊胆坐火车。租车来开?擦,她麦海伦也就靠喝酒壮胆儿,酒精和驾驶,她只好选其一,不然,不是她横在路边就是被抓进法国警察局……不可想象!她得找一个会开车的伙伴儿。

给 Rene 打电话,居然接听了! 对于搭车这件事,有些不置可否,只是说第二天一早十点将开车离开巴黎去南法。

让海伦至今耿耿于怀的是,她八点半就到了 Rene 所在的酒店,正好撞见这位传说中的 Rene 先生往车上装装备。他的不靠谱倒很像中国男人,至少像一部中国烂片,从开篇一直烂到结尾。

他居然要提前离开。

海伦可不管,一把抓住他:"喂,逃走可不是绅士!"

Rene 没有见过海伦,此时也知道是谁了。

他忽然像被缴了械,笑了。

"我去尼姆。"

"我知道,有几组大片都在 Pont du Gard①。"

四个小时的路程,Rene 开车。问一句说一句。

麦海伦想抽烟,看他沉默的表情,不敢提。

"这一路有橄榄树吗?"

"有。"

"薰衣草呢?"

"这个季节薰衣草不开花。"

"哦,原来南法也并非总是紫色的天堂。"

听齐豫的《橄榄树》听了多年,倒是还没有见过成片的橄

---

① 嘉德水道桥,位于法国嘉德省靠近雷穆兰的地方,是古罗马所建造的输水系统。

榄树。

海伦坐在副驾驶上,因为后座位上堆满了他们的行李和器材,这是一部奔驰箱式小车。

海伦上车后,心中窃喜:小子蛮会选车么。

"我想去洗手间,有休息站吗?"

"大约 10 分钟后吧,行吗?"Rene 眼睛第一次离开前方转头看她一眼。

搞得海伦异常难为情,连声说"好的好的"。然后扭头看向自己这边的窗外。其实她只想抽根烟,不是想上厕所……欧洲公路两边十分有看头。

到了休息站,海伦冲去洗手间,她犯了烟瘾。

Rene 在外面等,海伦出来,有些难为情。"要喝咖啡吗?"Rene 问。

"要! 天呢,想死一杯热咖啡了!"

Rene 转身,海伦跟着他,她发现 Rene 比她还矮一点儿,厚厚的肩膀,一高一低,走路很快,膝关节不打直的那种走路。

点单柜台,他回过头,用询问的眼神看着海伦。

"你买? 哦,那来一个大杯的热美式,再给买一块……蛋糕,可以吗?"

"什么蛋糕? 巧克力?"

"香蕉的,永远不要巧克力蛋糕"。

Rene 看着她,这一瞬,他眼里有点儿好奇的意思,仿佛在荒芜路边忽然发现一朵小小的盛开的花。

稍纵即逝。"找个座位等我吧。"

"嗯。"

Rene 过来时,她发现,托盘上,一碟蛋糕,一杯咖啡,另外一杯袋泡茶。他喝茶,袋泡红茶。

"开车累吧?"

"习惯了。"

"你在法国生活多久了?"

"十来年了,"他看了一眼海伦,"我们坐到外面去吧。"说着站起来端着海伦的咖啡和他自己的红茶。

海伦纳闷。一边跟着他,一边咬了一大口香蕉口味的蛋糕。

靠着落地玻璃,面对停车场,Rene 坐下,把茶几上的烟灰缸推给海伦。"你吸烟是吧。"

这是肯定句。

海伦戴上大大的太阳眼镜,哈哈笑着:"喂,摄影师真火眼金睛啊!"

"听说你为《国家地理》拍摄?你好像更喜欢黑白片,你的照片为啥色调都灰灰的⋯⋯对了,你做过阿尔勒摄影节的评委?"抽上烟,两口咖啡喝下去,人来了精神,噼里啪啦地一堆问题扔出来,她想跟他聊天,只顾自己说得起劲儿,发觉 Rene 看着她,一声不响地看着她。

"哦,你看,我给你打电话之前,上网,搜索了一下,大摄影师啊,你,和你的作品,和你的照片。"

Rene 看着这个还陌生的女孩子,问自己一堆问题,这就是他讨厌媒体圈里女孩子的原因。话多,废话多而且自以为是。

难怪在酒店门口她会叫住他,那时候他保证自己从来没有见过这个女孩子。

"你为哪家杂志?"

"《HER》"

"为哪个栏目写?"

"不会写文章,我就是一个时装编辑,你了解时装编辑干什么的对吧?"

"好像听上去是厉害的角色。"

"哈哈,听上去吗? 就是为拍大片的模特配衣服。哈哈,甚至要给她们穿袜子,袜子的高度……都是我的活儿。当然,还不止这些……我是造型师? 哈,差不多差不多!"

"那你来教那些模特配衣服穿袜子啊?"

"哈哈,没事! 来取经! 看人家怎么搭配! 趋势啥的,哎,什么流行趋势,我才不信呢!"

"总有些趋势是造势。"

"绝对正确,最后都是商人的主意。"

"看不出你还挺愤世嫉俗。"

海伦有点儿小得意,继续抽烟:"我当你赞美我了……杂志社让我出来采访,算是给个休假机会。毕竟我们这个位置不像记者,总有机会出国采访。不过,我自己申请了旅游签证。"

"打算待多久?"

"能待多久就多久。待到不得不离境吧。"

"这话,怎么理解?"

"我想在外面……散散心,混一阵子呗。"

"想法挺好,法国很值得混一阵子。"他望向别处。说完,双手搓脸,"你怎么有我的电话号码?"

"不告诉你。"呵呵,他也有好奇的时候。

Rene居然就不问了。他眼睛再次望向别处,手慢慢把茶包在杯子里上下提着,然后,取出,放到另外一个一次性杯子里,他居然多拿一个杯子就是为了放茶包。

海伦继续两手护着吃蛋糕,挺贴心,还给稍微加热过,面粉发酵过的香味儿直扑鼻子。没忍住,一大口咬下去,鼻子差点儿埋进去。

Rene侧头漫不经心地看着她。

他不喜欢这种野在外面的女孩子,他见多了这样的,胆子大,走天涯,跟人自来熟,他不喜欢女孩子闹腾。尤其漂亮女孩,仗着自己好看,事事都靠脸搞定,哎。

说实话,这姑娘蛮好看的。

"你叫什么名字?"

"真名字假名字?"

"有区别吗?"

"因为大家都说我的真名像假名。"

"那你随便给我一个名字吧,还有朋友一起过来吗?"

"原本有,有两位其他杂志社同行,她们喜欢购物,我不想去。我想彻底离开时装,几天,几天也好,看点儿别的。"

"你想看什么?"

"听说几位名模在阿尔勒拍大片,你也去是不是?带我进去看看吧,我想看看人家大片是怎么拍的,搭配什么的。"

"呵呵,还是离不开时装。"

"看人家怎么工作。"

Rene 又补了一杯水,继续提着茶包泡,然后再搁置一边。

俩人再次回到车里,海伦问 Rene,是否可以放音乐听。

"这是我租来的车,没有准备 CD。"

"我电脑里有下载好的。"

海伦打开电脑,开始放歌曲……开出去不到一个小时,Rene 忽然靠边停车。

"啊,为啥停车啊?车有问题了?"

"没有。下去看看吧,这四周路两边,成片的,都是你想看的橄榄树。"

公路两侧,低矮的,树叶几乎是银色,望不到林边,原来这就是橄榄树,居然像老人们银灰的发色。齐豫没有唱出来的风情。

Rene 坐在车里,没有出来。

他听到海伦嚷"你下来吗?",他扶着方向盘的手,抬起来,对着窗外摇了摇。

海伦穿着一条橙色长裤,宽宽的裤脚,盖住了脚。上身一件卡其色背心,柔软的棉质碎花围巾,橙绿色印花,颇具墨西哥风情,就差一顶大草帽。

Rene 隔着车子前挡风玻璃窗,看着这姑娘,她站在橄榄树前面。"亚洲女孩儿有这样身材的不多,她居然没有去当模特。"

她的花围巾飘来飘去,她像坐着飞毯降落到橄榄树林的仙女。海伦抱着胳膊站在树林旁边,背对着他和车,走过去摸那些树叶,然后闻闻自己的手,回头望望他——这幅照片的底片,他自己心房里冲印。

44

人与人之间若不能一见如故,就不能相交一生。

——日剧台词

那些琳琅满目的时尚杂志,争先恐后夺人眼球的封面照片,以及每一期杂志绞尽脑汁的时尚大片,每一帧照片的出炉都充斥着不同层次的交易、一早商定的谈判,以及所谓"投身于美的行业的人"日夜辛劳和凌乱不堪的幕后。Rene 这次来尼姆拍大片,是替自己朋友来拍,这位法国小伙儿忽然得了急性阑尾炎,签过合约的摄影无论如何都不好推掉。据说参加过维多利亚秘密秀的模特儿,倒是异常敬业又谦虚。Rene 从不拍摄影棚,这次拍摄在 Pont du Gard,虽说是世界知名的旅游胜地,然而,Rene 最想体验的是从哪里可以拍出飞翔穿过桥孔的感觉,就像那穿行自如的苍鹰。

起先,海伦一直跟着,默默跟着观察人家的外景工作流程。然后,当他们转入 Rene 指定的高地去取景,海伦没有跟上去。她坐在桥附近一棵千年橄榄树下面,不想走了。

Rene 同她急匆匆互相给了一个 Okay 的手势,转身就消失在工作人群中。

摄影师可真是体力活,难怪 Rene 的肩膀一高一低。即便背着双肩包,一侧肩膀上也务必挂着两架相机。

这时候,她的行李还放在 Rene 车的后备箱。他们甚至都没有约什么时候再见,海伦没有提前订酒店,她觉得,找个小旅馆应该没有问题。她也不知道 Rene 住在哪里。

既来之则安之。

走得远了,发觉小时候不及格的地理成绩让她原形毕露。老爸让她出门前找本地理书籍看看,她还狡辩"我是先行万里路再读万卷书可以吧?"现在海伦知道应该倒过来,先读万卷书再行万里路。

拿着地图,沿着城市小巷的石阶一路走,靠近海边,一个高地,远处下方就是海。这高处呈半圆状,一个小小的街心花园,回头望见半山腰房子错落有致。

转角处居然有间小小的博物馆,玻璃博物馆。

海伦起先还以为是一家小酒店呢。

空无一人,无需买票,拿着护照就可以进去。

博物馆里有股陈腐的味道。

这里展示了欧洲人吹玻璃的历史,许多照片,还有不少粗糙的玻璃制品。不过海伦一直怀疑,玻璃哪里可以保存得了几百年呢?跟爱情一样,该碎的早都碎了。怕不是现代人仿造出来的复制品吧。

然而,她被一枝晶莹剔透的兰花头饰吸引住了。图说是某位宫廷贵妇的头饰,完全由玻璃吹出来。那枝兰花,远看,像一只振翅起飞的蜻蜓,活灵活现,那蓝色呈现出渐变色,仿佛阳光从一侧照耀过来。她相信,这朵玻璃兰花一定是古董,因为放置它的柜子搞得很严密。

海伦不爱逛博物馆,她只想熟悉这座城,用脚步丈量。也顺便找找旅店,不想现在正是旅游旺季,小城的旅馆竟然满客。

找到一个石凳子,坐上去,掏出香烟,发现打火机没有。

另外一条石凳上,一个男人在抽烟,居然半躺在石凳上。海伦走过去,借火。

然后,她也学着那个男人,躺在石凳上,透过树叶,看着蓝天。一撮烟灰落到了太阳镜上。万籁寂静,天空蓝得没有一片云。为了不再去借火,她自己为自己点烟——连续抽了三根。

住到哪里去呢? 找不到酒店,海伦有点儿发愁了。

找 Rene 去吧。

海伦慢悠悠,走到停车场,她知道这回 Rene 不会丢下她走,因为她的行李在他车上。

她靠在他车边,买了一杯咖啡,放在车顶上。天快黑了,马路对面酒吧里逐渐人声鼎沸,到处都是人,地中海边的小城,越夜越热闹。她有点儿饿,可是不敢离开车去买东西,因为手机没电了,联系不到 Rene,唯有等在车旁,最保险。

传完最后一张图,Rene 长舒一口气,他习惯当天的图片尽量当天处理好。

他张开双手,握拳,再张开,手指节咯嘣咯嘣地响。然后,他两手按住眼睛,并拢手指深深地按住眼窝,慢慢地揉着。他觉得自己要变成那块坚硬的岩石了,眼珠是两条不幸蹦到岩石上的小鱼,挣扎着寻找续命的海洋。

他转头望着摄影棚,棚里的拍摄工作不由他负责。其他人还在继续,补妆,吃宵夜,成批的衣服推来推去,模特跟摄影师一起比手画脚找感觉,音乐很响,仿佛T台大秀永不停止。

他不属于这个圈子。

难得合作一次,他觉得很疲倦。他喜欢跟大自然打交道,他被森林、海洋和沙漠里巨大的孤独感吸引着。

在摄影棚里拍照?不就是照相馆么……

明天他要去另外一个外景。Rene起身整理器材,顺手抬起手腕看了下时间,哎呀,十一点半,大半夜了!他想起:那个姑娘在哪儿啊?马上找手机,从马甲内侧口袋掏出手机查看,没有来电,没有短信。

心头一紧,向四周张望,棚里也没有那姑娘的身影。他又顿然想起来,是呀,她怎么会知道自己又回到摄影棚了呢。走得急没告诉她,来摄影棚等他就行。"哎呀,这事儿办的!大意了大意了。"

Rene加快速度收好器材包,顺便到自助餐台抓了一瓶饮料,几包坚果。然后朝停车场奔过去,他想,她最有可能在停车场等他,她或许就在他的车旁。

一个修长的影子在空旷停车场上晃来晃去。

Rene远远看到那个影子,心底里,不知怎么的,生出一阵暖意。他自己笑出来了,站在原地,看着几十米开外的海伦。她好像在跳格子,低着头,蹦来蹦去。夜空缀满星辰,凉气裹身,远处的酒吧灯火通明,带来某种安全感。

Rene 看着海伦那熟悉又孤单的身影,倦意再次袭来,在这异国他乡的,大家有缘遇见,至少要做到互相照顾。

"我就说在这儿准能等来你。"

"等多久了?"

"天亮开始等到天黑。"

"为什么不给我电话?"

"不知道你是不是在忙活着呀!"

"冷吗?"

"有点儿冷。"

"赶紧上车,要不要去吃点儿东西? 我这有两包坚果,你先吃点儿。"

"那个,Rene,我没找到住处,你打算住哪里啊?"

"我早就预定了酒店啊……那,先跟我走吧。"

"嗯。"

Rene 取出车钥匙,从摄影包一侧挖出一罐饮料扔给海伦。

"啤酒?"

"果汁。"

"啧啧,要是啤酒多棒。"

"你烟酒挺全啊?"

"我对酒是真爱,烟跟我是友爱,你眼里的坏女人吧?"

Rene 不理她。拉安全带,打开引擎,倒车,转弯,开出停车场。

"你想吃点儿什么?"

"有罐啤酒倒是不反对。"

Rene 看了她一眼："太晚了，对胃不好。"

车子到酒店，Rene 说他先进去看看是否还有空房间。

当 Rene 再次走出大堂，海伦坐在副驾驶，摇下窗户，望着Rene。

Rene 直接走到副驾驶车门外，两手撑在车门上，隔着门，看着她，抿嘴笑着，一点儿故意的不怀好意，一点儿善意的幸灾乐祸……两人就这样隔着车窗对望着。

彼此在对方脸上都读到一份戏谑。

"跟我一起将就一晚?"

"同床共枕?"

"你睡床上。我睡地上。"

"成交，我分担你一半房费!"

"这话可谈不上。"海伦听他轻描淡写，又想到两人目前为止也就是萍水相逢，听说法国男人都很花心，虽说这位摄影师是咱中国人，可是毕竟在法国也生活了十来年。不行，我是不是胆子太大了，或者，他会不会觉得我在成心找一夜情? 天呢! 如何是好?! 心里隐隐焦急起来。

"喂，大摄影师，真的没有房间了吗?"

"嗯? 我的房间一直有，是你想要的房间没有了，或者你再去前台问问，酒店服务员还是可以说点英文的。"

说着，Rene 停下脚步，站住，回头很认真地看着海伦。轮到海伦不知如何是好，如果现在去前台，哎，是在面对面不信任人家了。不去问，也没有其他选择，她总不能在这个小酒店大堂沙发上窝一个晚上。或者,去他的车里? 南法的四月还真是冷啊! 一两分钟的犹豫好像回了一趟国。

"Rene,我好想家!"海伦不知如何是好,眼泪要流下来了。

"大美女忽然害怕了是不是? 怎能不邀你共度今宵呢?"

海伦破涕为笑。

她喜欢 Rene 的这份从容不造作。

深更半夜,两人拖着行李在寂静的宾馆走廊里无声地往房间走,谁会知道这一对年轻男女并非是情侣呢?

世间的事就是这般琢磨不透,看似合情合理顺理成章的爱情故事,结局往往不会随人心愿。

每走一步,海伦都在内心问自己:你确定要这样做吗? 可是问了也是白问,因为确定与否,她也没有其他选择,她只怪自己这趟出来太草率。

她麦海伦向来都我行我素啊! 身体开始感觉很冷,夜风真是不好惹,亏得她的长围巾围住了头。好想洗个热水澡啊!

"居然是两张床!"门一开,海伦叫了起来。

Rene 微笑着看了她一眼。这是家庭房,小床一般是为孩子准备的。

"你看,咱俩今晚没法同床共枕了。"

海伦被他看出了心思,赶紧自我解嘲。

放好行李,Rene 让她先洗澡,说要下楼去办点事儿。

"啊,这么晚你去哪里?"

"你先弄好你自己,不要管我了。"

海伦一个人打开行李,放着电脑里的音乐,心里琢磨着自己今晚可怎么过啊?这男人倒是蛮体贴的,知道海伦要洗漱换衣服他先出去避一避。这样看来,应该不是坏人吧。可是,当海伦进去浴室洗澡之前,还是跑出来反锁住了房门。

初来乍到异乡,先洗一把热水澡,一直是海伦的习惯,也成为她的仪式了。她以此来让自己与当地的水土互相熟悉顺服。水是有仙气的,所谓一方水土养一方人。对于陌生的旅人,要先与当地的水亲近起来,才会旅途顺利吧。

Rene 先敲门,然后用房卡开门进来,推开门的瞬间,他说:我进来了。然后,他看到小床上的海伦吓了一跳。

这姑娘换了一套运动服,怎么戴着面具啊?

Rene 蹑手蹑脚,发觉海伦已经睡着了。脸上敷着面膜,还是黑色的。

"嚯!"Rene 赶紧拍拍自己胸口,冷静一下。想,难道还有睡觉戴面具的怪癖吗?

他把夹克里揣着的两罐啤酒轻轻放在台子上,自己拿着洗漱包进了浴室。

浴室好干净,仿佛没有人用过。

浴垫铺好,一块干净的浴巾挂在门上,用过的那块已经拿出去搭在房间椅子上。

哪里都被擦得干干净净,欧洲的旅店多数不提供洗漱用具,但通常有香皂。那块香皂已经拆去包装,放在浴缸一侧,下面垫着一块小方巾。要不是隐隐闻到一股好闻的香味,他真以为海伦没有用过这浴室。

Rene 把鞋子脱到门口,赤脚站在浴室里,呆呆地出神,他心底又滑过那一阵熟悉的暖意。

镜子里的自己在笑。有多久了?他感受到这份家的温暖虽然陌生,可是很想陷进去。

其实,差不多快天亮,海伦才睡着。她像一只猫一样警觉。

她背对着隔壁床,那个陌生男人睡在那里,没有鼾声,没有动静……"天呢,我真是疯了!这个男人才见面一天啊!"

然而整夜,她还是觉得自己更像一只可怜的流浪猫。

45

如果有人问我,"怎么了?"

我会说:让我静一静,没什么。

——法国旧教派诗人　弗朗西斯·雅姆

"妈妈!妈妈!"

是做梦吗?九九在叫我!

海伦背对着病房门躺着。她像一张被揉皱了的纸团,又被硬生生胡乱地抚平,即便细细熨几遍,终究布满折痕,同样皱巴巴的心就这样瘫软在这张咯吱咯吱的铁架子床上。

每天,身体里流淌的都是别人的血,她对闵一说:如果我性情变了,别怪我,就怪你们每天给我换一次血。

她甚至羡慕流浪猫,至少它们还有去奔跑着躲避危险的生命力。

便血,胃管里出血频率也开始多起来。

不断地出血,让海伦的思维变得迟钝,她常常昏睡。分不清梦境与现实。分不清记忆还是记性,甚至分不清身边谁才是梦中人。

这是一些太过令人心碎的记忆,在她昏睡的时候翩然而至,又被她用昏睡麻痹。

"19床！19床！醒醒！"

她顿然被摇醒,翻个身,到处看。

女儿就站在她床边,细长的眯眯眼有些惊恐。

"哎哟,我的九九！真是你来了！"

"妈妈,你鼻子里是什么呀？"

"九九啊,谁带你来的？"

"是爸爸带我来的啊,妈妈！"

迪贤这时候正走进来,手里拿着九九的碎花小背包。他哪里像个爸爸,身上衣服永远一丝不苟。

"妈妈,你为什么把吸管放在鼻子里啊？你用鼻子喝果汁吗？"

21床的老公扑哧笑了……海伦也笑了。九九开始围着床转悠,这是她第一次来病房,看什么都新鲜,甚至比看到许久没见的妈妈还起劲儿。摸来摸去,看到床头柜上有个插着吸管的杯子,就想去喝,海伦伸手慢慢移开了杯子。

"九九,这是妈妈的药,苦,不喝。"

"妈妈,你这里怎么都是吸管啊？像我们幼儿园一样！"

"嗯,因为妈妈要靠这些吸管吃喝啊。"

"妈妈,我想到床上来陪你躺着。"

海伦犹豫了一下,她太渴望抱抱这个小身体了。

"迪贤,你帮我把床摇起来些好吧？"

这回,迪贤熟练地抓住摇把,尽量转得慢一点儿,他怕起来太快,海伦会头晕。

"我也来,我来转,我来转,爸爸！"

九九发现了爸爸在做的事情,顿时兴趣转移过去。

"不要了,九九,这个小朋友摇不动的。"九九哪里肯听,立刻发现了另外一根,开始摇起来,因为这根摇把负责床的尾部,很轻,九九倒是摇得动。眼看海伦的病床,被爷俩摇成一个摇篮了。

"哎呀呀哎呀呀,你们这是在干嘛呀!"大李进来及时制止了海伦被窝成婴儿,迪贤赶紧抱开了九九,九九还要挣扎,迪贤赶紧打开碎花包包取出她的"猫头鹰"。

"九九,还记得你要送给妈妈的礼物吗?"九九这回打算爬上床,她要亲手放到妈妈怀里去。"妈妈,我带猫头鹰医生来,他是最好的医生了,他一定能给妈妈看病,妈妈就可以回家呀。"大李借机给海伦弄了一个舒服的坐姿。

"大李,要不你去把那个高一点儿的凳子搬过来,让九九坐?"大李一拍手,也想起什么,跑出病房。一会儿,拿来一个估计是肌肉注射时候用的带阶梯的凳子,塞到两个病床中间。迪贤抱九九上去,这下可以与床差不多一样高了。

"九九不要到妈妈床上去,妈妈身上的针会痛。"

"妈妈,你这里有针啊?"她扒拉着妈妈的病号服,看到了海伦锁骨下面的深静脉。

"妈妈,你疼吗?"

"看到你不疼了。"

"妈妈,你什么时候可以回家啊?"海伦强忍住眼泪,因为忍眼泪,她微笑着,牙齿咬住里面的嘴唇。她半天没法讲话。

迪贤赶紧说:"妈妈很快就可以回家了。九九,你不是在幼儿园学会一首歌吗?"

九九不依不饶问妈妈:"妈妈,今天就接你回家好不好?"

"好啊,你想接妈妈回家做什么?"

"嗯,一起睡觉,一起画画呀!"

"画什么给妈妈看啊?"

"嗯,我想画妈妈呀,画天空呀。"

"九九画了很多画吗?"

"嗯,爸爸、九九一起画啊画啊,妈妈,爸爸和我画了很多很多本子的纸啊!"

"哇,妈妈真想看啊! 爸爸和九九都画了什么啊?"

"画妈妈,好漂亮的妈妈啊!"

女儿朝气蓬勃的模样,稚嫩的声音,妈妈,妈妈,一口一句的妈妈,海伦发觉自己还是变得迟钝了,她分不清自己是悲伤还是什么,但是,她十分确信自己连见到女儿兴奋的精神劲儿都提不起来。

她就不断地捏着九九的小胳膊,抚摸她的头发,她的脸。九九被打理得很好,衣服穿得也对,她知道保姆和外婆尽心尽力,她知道姐姐牧心会像她妈妈一样,迪贤也会。她忽然觉得九九可以没有她,九九不缺爱……她甚至没有心力去想半秒钟,没有她这个亲生妈妈,孩子的未来是什么样。

迪贤又开始翻九九的碎花小背包,掏出画笔,还有一个素描本子。

"囡囡,我们画画给妈妈看,好不好?"

大李一直靠着病床对面的墙壁站着,她总是那副样子,双手就像被铐在身后，不断推着墙，使自己的身体一弹一弹的，半张着嘴，干瘦的身上挂着护工浅蓝色制服。

她就那样看着海伦一家围坐在病床边上。

看到"海伦老公"在孩子包里掏出笔和本子，她赶紧过来，把病床上吃饭的移动小餐桌，从床尾部支起来。九九看着这个神奇的变化，起劲得要命，不再想去扯海伦的胃管了，赶紧坐在爸爸的腿上，趴到小桌板上画画。

"画囡囡心目中的妈妈好不好？"

"好……啊！妈妈喜欢穿裙子，妈妈喜欢头发长长的，妈妈不生病，妈妈在跳舞！"

九九拿起一支银灰色彩笔，银灰色而不是红色黄色，她要画云，她说，要画云，让妈妈坐在一朵云上回家。

大李又靠回墙壁上，一会儿，她又走到病床一侧，帮海伦再把一个枕头拉低到腰椎下边，抵住。因为床摇得偏高，会往下滑，她知道海伦已经没有力气自己坐着了。三个多礼拜，滴水粒米未进，就靠着那一天一大袋子的营养剂。海伦放在女儿头发上的手瘦成枯枝一般。大李探过身子，去看海伦女儿画什么，半张着的嘴看得差点儿闭上，那小姑娘画得真好啊。她从这一家三口身边悄悄离开，低着头走出病房。

病房门口，几个小护士克制着没有进来看。她们好奇海伦的女儿，她们想进来逗逗她，可是又不忍心打扰他们三口。三三两两的，她们斜着身子望着海伦一家。

46

人们由于身体行为的错误,来世转生为草木,由于语言的错误,转生为鸟兽,由于心灵的错误,转生为下等的阶级。

——《摩奴法典》

Rene 帮她拍的照片,海伦一直藏得好好的,不敢看。

现在,她好想看看那些照片,不是为了照片上的自己,她想在照片上寻找 Rene 注视的目光。

哎呀,好像好久没有照过镜子了,当个病人,几乎无性征的,尤其是所谓的"性感"。在病房里,一切都与性感无关,这里连性别都被忽略了,只有床号,和病名。

既然当了病人,还不如画家眼前的裸体模特,没有人对你有感,你只是"一具人体",尽量不要变成"一具尸体"。

头两天终于洗了个头,折腾得差点儿晕过去。大李说,她就剩下一身骨头了,她现在很嫌弃自己这身长脚长手,在这张单人病床上,横竖都摆不顺。她对闵一说,你们给我做手术不要打麻药,用力推一下,脑门上巴掌呼一下,就晕了,现在我是弱不禁风的林黛玉啊。

"那要当中醒了呢?"

"你用戴着口罩露出的大眼睛狠命盯着我看。"

"举着手术刀?"

"不用,你这张脸戴上口罩、手术帽,"海伦在自己脸上比划了一个面罩的手势,继续说,"剩下的部分就是男神,你看我一眼,我就被你帅晕。"

闵一双手上下抚摸自己的脸颊,鼻子……"你的意思这其余部分有必要动动刀?"

"切掉就行。你也可以,在我耳边轻轻地叫,'海伦海伦海伦'……那样一来,哇哦,你如果可以看到我裸露的小心脏,记得手捧着它直接做心肺复苏。"

闵一挑下眉毛,歪嘴笑:"我看你可以从腹外科转到精神科去看妄想症怎么样?"

Rene 曾经说她是林黛玉。

她举起啤酒瓶子一口喝干,问他,你看的是紫式部的红楼吧? 我分明是不戒酒的妙玉。

在里昂老城区,Rene 的公寓就在发明电影的那俩兄弟的博物馆隔壁。

他们一起度过了 5 个月零 17 天。

那白纱窗帘背后,海伦跟 Rene 在一起的日子,分分秒秒散发着百香果的香味儿。

Passion Fruit。

海伦开始信任 Rene,一种莫名其妙,绿苔对岩石的信任。

尼姆和阿尔勒,就像上海与朱家角。

Rene 依旧沉默。这一趟,Rene 是为了海伦才去的。海伦接到杂志社老板电话,希望她去一趟阿尔勒,几名法国当地的新锐设计师在阿尔勒有几场特别的"浸入式时装秀"。

"浸入式时装秀?"

"嗯,就是在街道上或者大桥底下,不搭建特别舞台,模特扮作路人走秀。好像有两场在夜酒吧走。编辑希望我做一组'现场读秀'。"

原本,Rene还要继续拍时装片几个外场图,海伦拜托他帮忙去拍照,因为杂志还有43小时要截稿,她的现场读秀必须有图!

好在只有大约40分钟的路程。

中午出发,橄榄树闪过窗外,成片的薰衣草草根,看不到半点儿紫色。海伦一直在笔记本电脑里看各位设计师的资料,作品,她不断地在颠簸的路上分类,查阅他们此次作品目录,与往年作品之间的传承轨迹,与某某大师作品之间细枝末节的相似或差异之处。

她最擅长记住服装的细节,看一眼,就知道是谁的风格,甚至是谁可以穿这件衣服。

"如果来得及,我们有三个设计师的秀要赶,咱俩必须在一起,我关注某套设计,你一定要帮我拍到,我会指给你哦。然后,你在每一个秀上都要帮我捕捉到现场几个最特别的头排观众,跟那场秀最贴合的某些观众,好吗?虽然在街道上,但是人群里一定有些特别的观众,比如,某位著名设计师……你认得出的是不是?拜托了!"

海伦说得快,又"命令式",Rene开车,看着前方,微笑地听,偶尔微微点头。等到海伦停下,问了句:"布置完了?"

"嗯,先这些吧。"

"那别看电脑了,车上一直看屏幕,对眼睛不好。"

"烦透了,隐形眼镜不舒服!真想重新戴一下!希望没有戴反了!"

"想喝咖啡吗?"

"想死了,不过来得及吗?"

"当然,时差你算错了。其实你还有45个小时。"

"哇,酷呆了!喝咖啡去!你都听明白了吧?第一场秀我们只有半小时时间拍哦。路会开吧?"

"阿尔勒角角落落都在我脑子里。"

"啊?你不是住在里昂吗?"

"我在阿尔勒国立摄影学院读了三年书,而且,阿尔勒很小,三天绕三圈。"

"我向有为青年致敬!"海伦真心转身给Rene敬礼了。

Rene还是没有看她,看着前方,眯缝着眼睛,似笑非笑的表情,有些心不在焉。

海伦忽然觉得自己的口气有点儿不礼貌,毕竟人家是大摄影师啊。

"不好意思,我着急就口气不好,你看,把你当成我们实习生使唤了。"

"怎么?忽然道歉?我做错什么?"

"哦哦,不,我错了。我说,请你不要介意,我好像在命令你干这活儿干那活儿,其实,我很讨厌这种赶时间的活,解读一个设计师的作品要看很多资料,何况又是几个新的法国本地设计师,我真的不了解,心里很急。"

"嗯,我会帮你,不要慌,我们现在就停下来喝杯咖啡。我知道这附近有一对老夫妇开的咖啡馆儿,椅子摇摇晃晃的,可能你进去不想走。"

"不想走?你分明在削弱我的战斗力啊!我现在被逼上梁山必须填满杂志的六个整页!"

"海伦小姐何罪要被逼上梁山?"

"宿醉可算罪?"

Rene 的嗓音重低音,不做作,清晰。当他说法语时,她觉得他分明可以靠声音吃饭。她查阅他的资料好像他父母都是话剧演员,可是他为何要一直漂在海外呢?

海伦忽然好想了解 Rene,他有家吗?有女朋友吗?

她悄悄端详 Rene 的侧面,发觉他身上什么符号都读不出。他握着方向盘的手,好像生来就是在路上的,好奇怪的气场,一个生来就为了诠释"孤寂"的男人。

47

Daja Vu. ①

越来越频繁的出血,早上五点胃管冒血的日子已经过去了,现在一天要数次便血。随着一阵阵眩晕恶心,胃管瞬间涌出深红色的鲜血,海伦现在的感受比化疗时候还糟糕。

原本充满绝望的心,现在连绝望都没有了。

不间断地输血,输止血药,胃管冒出红色血,静脉输液进去黄的,白的,海伦身上这些五颜六色进进出出的塑料管,就像沙漠城市里,那些绑着喂水管的摇摇晃晃的小树。

许多许多时候,她躺着一动不动,身体不觉得不舒服,这让她觉得挺舒服,因为至少没有被疼痛袭击。她甚至赖在这种虚弱无力当中不肯自拔。

病房的蓝色窗帘,呵,那些廉价的蓝色布帘子。

面料既不垂也不飘,遮得住美丽的云,遮不住刺眼的阳光。总被一些心情不好的病人和家属扯得高低不一,窗帘布的料子就跟她身上的病号服一样,粗糙、耐洗。

有窗帘就不错了,这可是闻名全国的上海三甲医院前

_____

① 法语,似曾相识。

三名。

病急了,为争得这里一张病床,砸锅卖铁的有,玩特权走关系的有,谁还会在乎病房里窗帘的颜色和面料呢?

像海伦这样,静悄悄地躺着,被照料着,要感谢老天爷呢!至少海伦她妈妈是这个意思。

如果想从一扇病房的窗户看到春色,那恐怕要等到春城何处不飞花的时节了。

白纱窗帘错落两层,罗马帘。

Rene外出。海伦独自在他的公寓里。窗外,看得到富维耶山①的侧壁,躺在地板上,可以仰望到山顶教堂顶端,富维耶圣母院。

散步走上去,需要42分钟。路过里昂高等音乐学院,走出来的男生都像《钢琴教师》的男主。在天主教堂旁边,俯瞰里昂老城区,比佛罗伦萨还陈旧,也会让她想起上海某个高处看下去的石库门老房子,分明两回事儿……记忆会乱窜。

夏日将至,强烈的阳光如激光枪扫射,不放过房间的任何一个角角落落。过于强烈的光会吃掉颜色细节上的美妙,海伦来自一个灌输灰色审美的城市。

起初,她躲着这无处不在的阳光。

太阳在这里变成了一个鲁莽的"男人",甩着发达的膀子到处招摇。尤其在南法,阳光,散发着雄性荷尔蒙,像吃多了蛋白粉的男人。

---

① Fourvière,法国里昂的一座小山和一个区。

太阳在她家乡的城里分明就是一个有着三分惰性两分傲慢五分柔弱的英国绅士。法国的法国梧桐树高大笔直,完全一副凯撒大帝的气魄,上海的法国梧桐树,哈哈,是拿破仑的身材。

Rene 不在身边的日子,她躲在房间里,隔着白纱窗帘,听钟声。城市仿佛盖在钟楼里,每隔 15 分钟敲三下,钟声不曾停止过,每到整点,敲钟十六下,这样算下来,一天要多少钟声呢?

总不由地让人想起海明威的《丧钟为谁而鸣?》。

傍晚去古街散步,她一个人去逛小店。蜡烛店、水果店、冰淇淋屋,从手工缝制荷包的生活小店,到走进去至今不知有多深的书店,去吃吃不够的鱼饼子。电影博物馆不时被学生和游客围着,有些人眼里有虔诚,举着相机横竖拍,多数年轻女孩坐在台阶上抽烟。

房子有一个顶层阁楼。

她和 Rene 经常在阁楼里冲照片。

Rene 为《国家地理》供图,他总是一个人在路上。

被派去新墨西哥腹地,拍查科文化遗址,那是一个古印第安遗迹保护区,连绵的戈壁滩,他独自开一辆皮卡进了……然后,他给海伦传回一张照片,坐在皮卡后座上,笃定地查看镜头里的照片。这分明就是一张"身边人随手拍"的工作照,可是 Rene 没有同伴去,海伦知道,这是他的自拍。

在海伦眼里,那辆皮卡和她的 Rene 在天际线下的身影,寂寞得像她手里的一根希腊手卷烟。

Rene 说,对于他来讲,寂寞是一种力量。

为 Rene 心动,却是那永世难忘的拥抱。

那晚他们赶到阿尔勒,马不停蹄赶场,海伦觉得自己蓬头垢面,心情巨差,她来不及化妆。要知道,她不化妆不出门。

待到要找酒店入住,赶着挑图做事,才发觉他们要面临同样的问题:来不及兜来兜去找酒店,开回尼姆来不及赶截稿,聪明的选择是立刻找个地方开始工作。

"一间房,两张床?"

这回两人相识一笑,仿佛一切都不会发生。

"继续同居?"Rene 直直地望着海伦,问得毫不迟疑。

"好。你看,我今晚不会睡,明早八点前,我需要多打几针肾上腺素。所以,两间房是浪费。而且,我们……前面的工作,需要我们俩一起弄,是吧?"

海伦跟着 Rene 走向前台,叨叨着,Rene 不回应她。

进了房间,Rene 开始整理照片,导图,海伦理出记录的时间和场次。Rene 挑配图,帮海伦将法国设计师的名字翻成中文,并且找出与配图相关的法语资料,用中文写在每一张图片旁边。两人甚至都没来得及煮一壶热水喝。

凌晨三点,Rene 的工作全部做完,海伦开始"读秀"。

"把桌子让给我吧!"海伦开始进入疯狂状态。

"好。"海伦早已戴上耳机"听秀"。

仍然只剩下只有一张床的小房间,想不到尚未开春的阿尔勒也如此热闹。一张单人床,软得一塌糊涂。如果一个人躺上去,另一个人便无法坐在床边,温柔的小床会倾斜,除非两人紧紧地抱在一起。欧洲小酒店都很有趣,单人房单人床。

"薰衣草还是干枯枝干,为啥就这么多旅游的?"

"因为马上就要阿尔勒摄影节了。"

"啊,真的吗? 太期待了! 我要留下来看! 哎呀,慢点说,来不及了来不及了……"

说着,海伦开始找热水壶,她要来一杯咖啡。

Rene 说:"我来帮你弄,我可以先洗澡吗?"

"当然!"

"谢谢。"

"我不会进去的,放心洗。"

Rene 靠在浴室门,"你的意思,我可以不关门?"

轮到海伦脸红,她只有假装没听见。

"图,赞啊!"海伦将 Rene 依照她的要求挑出来的图从头看到尾,计划连续 6 页的特别报道,至少需要用图 30 张,给到国内编辑至少 50 张以上。

海伦忽然在一张人群照里发现了自己!

Rene 居然拍了她! 好多侧面!

啊? 我居然表情有这么严肃吗?

啊,我在找谁呢?

Rene 在哪里拍到我呢? 海伦不知不觉沉浸在 Rene 的图片世界里,她戴着耳塞,图片,将她带回今天混乱的现场。她把自己投回到秀场。她戴着耳塞,听不到房间里的任何动静。

设计师,细节,搭配,色系,对比,再搭配,裤装……她发现这几位新设计师的共同之处:裤装。

嗖。分成几个压缩文件,全部飞回国内。

当她站起来,发觉自己一身都僵。

拿掉耳塞。房间里好安静啊!

她坐着伸懒腰,Rene居然要了吸烟房。哎,海伦心想,这么窄小的房间,你睡觉,我怎么可能吸烟呢?太遭人唾弃了,不过,要是有酒就好了……

"啊!我的脸,天呢!"她在洗手间镜子里看到了一个憔悴的中老年妇女!想坐到马桶上,打开抽风机,抽根烟,烟拿在手里,哎,算了算了,即便招人嫌弃,也要为了人家的健康着想啊,算了!这一蹲一站,两个膝关节咯咯直响,这腿,啊呀,这是要废掉了吗?

必须站起来!无论如何,要来一杯热咖啡!

窗外,天还黑,好像在下雨,滴滴答答,夜尤其寂静。

遥远有钟声,黎明硬邦邦的凉气透过沉甸甸的潮气渗透在房间里。

她看到床上的陌生男人,心里一惊。

这是一份巨大的惊讶!

惊讶她自己竟然如此自然地接受这样的夜晚。

异乡萍水相逢的异性,近在咫尺。

她惊讶自己竟然一点儿不觉得无所适从。

小小的房间里有一股男性荷尔蒙在流转。她手捧着一杯热乎乎的黑咖啡,站在房间里,看着这个陌生男人。

Rene睡得异常安静。他枕着自己的右手臂,一侧脸埋在小手臂上,嘴唇微微撅起,下巴上的窝很深很深,眼角有细细的鱼尾纹,闭着的双眼,眼线弯弯的。海伦盯着这个熟睡的男子,出神,他的脸距离她不到一米的距离……他到底是谁?

麦海伦啊!你忘记自己逃来法国的初衷了吗?

想到这些,她转过脸,贴着靠近街道的窗,从缝隙里看到空荡荡的街。地面上的石头在月光下泛着冷光。

她之所以想来法国待一阵子,因为她实在搞不定自己的感情生活了,乱七八糟,一点儿都不快乐。初恋男友的眼泪和愤怒——因为她无法再回去。有妇之夫男友出尔反尔的承诺以及可怕的偷情诱惑——她怕,她很怕自己要惹出丢人的大麻烦。被求婚!对,还有一位多年的同事忽然向她求婚,他们甚至还没有建立起同事之外的友情,被如此唐突地求婚,好大的负担!

天呢,她是不是在自己的几生几世里来回穿越呢?

他怎么睡得这么深啊,我也是一个陌生人,居然不把陌生的我放在眼里么。那晚,不曾见过他的睡相啊。

雪白的被子横在身上,他穿着一件灰色圆领长袖汗衫,看上去质地真好,但是很旧了,双脚套着白色袜子,牛仔裤换成一条宽松运动裤。

这家伙穿着袜子睡觉。

他躺在那儿,像是打盹儿,海伦屏息看着,万分确定这个男人在熟睡。

身体开始发冷,可是想想还是不洗澡,怕弄出动静惊醒他。她将两把椅子拉到一起,两张座椅面对面,稍微分开双膝的距离,她靠在一把椅子上,另外一把用来放脚。就这样吧,她想,就这样吧,热咖啡没给她暖身也没有让她更清醒,反而加深了这黎明的苦涩。

困乏不断地袭击海伦,觉得很冷,睡没睡着呢?是睡着过吗?身子蜷缩着,她分不清梦里梦外,直到被抱起来。

起初,她还以为自己从凳子上掉下去了,吓一跳,然后,她发觉 Rene 正在将她从凳子上抱起来,但是她睁不开眼睛,太困了。

他的脸在她的胸口处,他看不到海伦蜷缩着歪着的脑袋。海伦心里一惊,一时不知如何是好,不想让他知道她醒了,也不想挣扎着拒绝他,她舍不得,舍不得挣脱这个怀抱,她装睡。

没想到他好有力气,她长手长脚,他一下子就抱在怀里,三步并作两步放到了床上。海伦不知道会发生什么,她仍然闭着眼睛,双手抱在胸前,仍然是蜷缩着身体。Rene 给她盖上被子,四周掖好,然后,他自己躺到被子外面,从后面紧紧地拥抱住海伦,海伦闭着眼睛,身体在发抖。怎么办好?Rene 搂着她的手在被子外面的肚子部位,微微用力,就像生怕被子里的暖气跑掉。怎么办?如果这时候转身,回过头……海伦闭着眼睛,心里翻江倒海。

那拥抱,在厚厚的棉被外面,抱得坚定、深沉、真挚而宁静。

黎明还很暗。

海伦睡着了。

在这个陌生男人的怀抱里。

48

突如其来的爱情,若非需要更长久的时间来治愈,就是转化成不治之症了。

——法国作家　拉布吕耶尔

"为什么他们不是一对恋人？不过要是恋人也太悲伤了……"

"不,他们不是一对恋人,不用为他们悲伤了。"

"或者是设计师的隐喻。"

"这两位设计师不会在他们的设计里隐喻爱情。"

麦海伦斜靠在 Rene 肩头,她喜欢靠在他肩头,结实的肌肉很有弹性,像上好的席梦思。两人坐在雕像对面的台阶上,晒太阳晒月亮,看特种兵训练,看成群结队的学生去电影博物馆。

《The Weight of Oneself》。① 美丽的男人抱着一个美丽的男人,站在索恩河边,背对河流,旁边是石桥。

但石桥很温柔,有人在桥上跑着经过,桥身会颤一颤,仿

---

① 里昂的一处雕塑景点,名为"一个人的重量",作者为下文提到的 Elmgreen Dragset(艾墨格林和德拉格塞特)这个艺术家团体。

佛不甘寂寞的流浪汉给懒洋洋演奏的街头艺人鼓掌。

"是 Elmgreen&Dragset 的作品。你可以有很多理解。"

Rene 抚摸着海伦的头发,眼睛看着桥对岸,他们身后是车水马龙的马路。桥对岸在周末的早上有市场。卖菜卖水果卖花。

"你怎么想?"Rene 转头看着海伦,"你这个小脑瓜里想法很多,你怎么想?"

"我想,要是抱不动了,摔下来可怎么办?"

"哈哈……"笑声像话剧舞台上带了扬声器的男主角。

Rene 有一幅照片,是他们的朋友,Ted 的眼睛。

眼睫毛,很卷很长,记得那个下午她跟 Ted,他们的朋友坐在喷泉边聊天,Rene 居然能拍到她朋友眼睛里的她。

Ted 是一位非常帅气的黑人,海伦喜欢跟他在一起,他的皮肤像丝绸一样光滑。当他们对望着聊天,Ted 的瞳孔里藏着她小小的身影,她穿着白色吊带裙,就像 Ted 的眼白一样。

他们住的旧式样公寓,天花板很高,窗户也很高,但很窄。一楼临街,是家小理发店的门面,理发师是个快乐的法国姑娘。

他给那姑娘拍了很多照片,他说他喜欢那姑娘剪头发时的手指,利落地穿行在各种颜色的头发里。

"你知道,黑人的头发很难剪,可是她会。"

Rene 觉得她的手指很性感。

Rene 喜欢看她歪着脑袋仔细为人修理鬓角时的神态,他在镜子里痴痴地看着那表情的时候,海伦偶尔有些嫉妒。

理发师怀孕了，可是 Rene 的平头发型，美丽的孕妇用一把剪子，一把剃刀，努力帮他修剪。

他心疼那孕妇，不忍心为了给他理发站立太久，在发型上素来挑剔的他，谎称自己有急事让理发师 5 分钟了事。

回家，他站在浴室镜子前，要海伦站在浴缸里为他用剪刀重新修整，剪掉几根参差不齐的长发，他就差拿着放大镜一根根地比长短。

海伦迷恋他那双常常躲在镜头后面的眼睛，甚而也同样迷恋被他那双眼睛捕捉到的一切影像。

海伦怀念里昂古城里的一切。

石头块儿，不直也不平坦的路，走路要专心不然会硌脚，穿厚底凉鞋，甚至要球鞋，这样可以不用总是看着脚下的石头，担心哪一脚踩到克劳迪一世或是他的骑士。

她喜欢抚摩他下巴上的胡须。只要够得着他的胡须，握着他的胡须，她就踏实。

他们总是开车出去，开车去拍片子，Rene 总会带着海伦。

在路上，最是亲密无间。

深夜的高速公路上，当他们激情肆意，停车靠边……直到车窗被雾气朦胧。

偶尔，车速 150 码时，他们仍然接吻，那是他唯一会睁眼接吻的时候。那吻如此的绵长，可以吻到时光的尽头。

Rene 终于跟着海伦一起抽烟。

这也是她多年无法放弃香烟的理由，因为有些彻骨的伤感永远刻在了她的心壁上，仿佛一幅久经岁月的壁画，阴郁的色彩斑驳模糊却情深款款,看得人想落泪。

壁画的作者,是她心里唯一一位永久的居民,她把心房给了他,让他主宰。他用六个多月的时间,悄悄画了一幅壁画,然后封上大门,带走钥匙,离开了。

"那晚,你是不是爱上我了?"

"哪晚?"

"你把我从椅子上抱到床上……那晚。"

"很心疼你。"

"那就是心动。"

"是心疼。你抱着自己蜷在椅子上,像只小猫……我抱着大被子呼呼大睡,特别内疚。"

"然后就去抱我?"

"嗯。"

"我重吗?"

"嗯,差点儿栽倒啊!"

"是不是也想着帮我脱衣服啊?"

"不敢。"

"不敢,就是说,还是想过哦!"

"你都没醒。"

"你怎么知道,我假寐,想要是万一……情况不对。"

海伦笑得很诡异,斜着眼瞄着他看。

"什么?"

"等着你有什么出格的动作就使出天女散花流星大锤花猫脚踹猫头鹰……"说着她开始比划起来。

"你会吗?"

"那晚,你为什么不吻我?"

"你想吗?"

"我不知道我想不想……"她想吗?她想。"为什么又上床来抱住我?"

"我抱你的时候觉得你冷得发抖,我想让你快点暖和起来。其实被窝里蛮暖和的……我的意思是,被子被我睡暖和了,是吧?所以我把被子帮你裹好,想着再增加点儿热量,就没征求你意见,擅自抱着你了。"

"抱着我的时候,你在想什么吗?"

"想很多……其实在想,你有没有睡着。"

海伦每次这样追问他,Rene 就会深深地看着麦海伦的眼睛,然后一把将海伦搂到怀里,好像延续那晚的搂抱,亲吻她……比那晚搂得还紧。

Rene 的亲吻像海水,海伦喝得越疯狂,渴得越激烈。

那天黎明,他隔着厚厚的被子,抱着她,暖的是他自己,他久已冰冷漂泊的心。

麦海伦又哪里知道呢?

她只知道再没有人给的拥抱可以替代 Rene 的臂弯和胸膛。

念忘逝去的爱情,不是阅读第一封情书那炽热的表白,是触摸留在身上留在心上的,如同季节留给大地的温度和轻微的痛。

Rene 在里昂的家租在老城区,房东就是那个法国女孩,她是理发店的老板也是理发师,她继承了父亲这家店,专给男人理发刮胡子修面。

有一次,她说起她妈妈在她五岁的时候自杀了。理由不可置信,因为太爱她的爸爸,怕无法忍受年老,无法面对如果先失去丈夫怎么办,甚至无法忍受爱情在某一天失去,她在最美的年岁在一个飓风来临的傍晚跳海自杀了。

从此她的父亲一直听那首她妈妈最爱的乐曲跳舞,一个人闭着眼睛跳舞,她爸爸说,当他让身体在他们曾经共舞的旋律里旋转,他心里的悲伤也在跳舞。

谁心里没有悲伤呢?

没有悲伤的心灵一定苍白而暗淡。每个人都有自己的方式,跟自己内心的悲伤对话。如果有一天,你发现了可以对话自己心深处悲伤的途径,世上的快乐与悲伤在人心里就是一回事了。

大雨滂沱,在温暖的屋子里听上去,有点儿像壶里即将烧开的水,都是沸腾的音调。

大雨在深夜里在天地间沸腾。

海伦独自在房间里坐着,白色窗纱飞扬着,窗外遮光百叶窗的缝隙溜进来的风,扯开时大时小的缝隙,沸腾的雨不时跳入海伦的眼帘。

麦海伦内心的情景已经迈过狂风暴雨。

沉寂。

过后是一片狼藉。

49

亲爱的弟兄啊,有一件事你们不可忘记,就是主看一日如
千年,千年如一日。

——《圣经·彼得后书》

一早,闵一疾步走进病房,手里端着托盘,手套口罩,径直
来到19床,拉上帘子。

"来,现在来拔胃管。"

"啊,不是等全麻之后再给我拔吗?"海伦吓得抱着双臂
护在脸和脖子前面。

"很快,不要怕,很快就好。"

还没等麦海伦做好充足准备,闵一一手扶住她额头,稳定
住她的头,另外一只手,上下两下。海伦还要喊等等,"啊"的
一声还拖着尾音,他已经将拔出的胃管,迅速卷在带着手术手
套的手上,放到床边的白瓷托盘里。

"哇哦!太恶心了。"海伦一边捂着鼻子,一边叫了出来。

闵一戴着口罩,淡蓝色手术用的一次性帽子,眼神瞄了一
眼海伦。

"恶心? 不过是一些黏液啊。"

"我身体里真是恶心啊!"那根胃管,已经不是透明的塑

料管,而像一条刚刚蜕皮的细细的毒蛇,鼻腔里面出来的那一头还有血粘着,就像毒蛇鲜红的信子。

闵一卷好那条蜕皮的蛇,托盘里有一个黄色医疗垃圾袋。同时,从手腕处翻着褪下手套,扯下口罩,一并卷着扔进医疗废物垃圾袋。

"等下会有手术室的护工来推你去手术室,别紧张哦!"

"紧张?"海伦仍然捂着自己的鼻子,有点儿酸胀,好像被什么撞到了鼻子,喉咙里的异物感还在。

"你不紧张吗?"闵一低声问她。

"我终于解脱了! 一点儿不紧张啊。"

"解脱?"闵一忽然耷拉下肩膀,追问。

"对呀,终于可以上手术台了。"麦海伦说的是真心话,她受不了被囚在这张病床上,刑期如何判? 给判下来吧。

"哦,啊,这样啊……对了,我会记得跟上官提,不送你去 ICU。"

"没所谓了,反正你们爱送哪儿就送哪儿吧。"闵一听海伦的口气不对……他低下头,拍着海伦手臂说:"海伦,不管以往成功率是多少,我们决定做的这台手术必须成功的!"此时,海伦看着闵一,忽然鼻子酸酸的,这次的酸同眼泪有关,与告别胃管儿没关系。她看着这个年轻男人,这个年轻的外科医生,被他的朝气蓬勃"闪"了一下。

闵一沉默了一会,继续说:"麦克阿瑟说:只有不怕死的人,才配活着。我想面对敌人的军人,和面对疾病的医生,我们是一样的,我们就是拯救你的特种兵部队。"

这下子,海伦扑哧一声笑了。

闵一一本正经,宣誓一样,就差握拳上举。她忽然觉得有点儿好笑:"喂,你们把我这肚子当战场扫荡你们的敌人是吧?"

闵一头一歪,想了想说:"嗯,你和你的肚子应该是我们这边的,跟我们一起战胜疾病大敌。以后,手术的发展是手术越大,伤口越小,我们的战斗武器会越来越先进强大,知道吗?我们马上也会拥有达·芬奇啦!"

"达·芬奇?医生的名字吗?"

"机器人,叫达·芬奇,我都迫不及待想见识一下啦。武器强大啦,就不信无法战胜病魔!"

"我都被麻翻了,如何参加你们的病魔大扫荡啊?"

"意志力!求生的意志力!"

"麻翻了的时候,也管用吗?"

"当然,人是有灵的动物。"

"擦,我记得人是灵长类吧。"

闵一依然很严肃,再次,慢慢低下眼神,他说重要话的时候,都会低下眼神,再抬起来,双手背到身后,接着说:"从现在,这一刻,此时此刻开始,你的意志力就开始起效了!"

"等我醒了,你给我唱首歌?"

"行!"

"想听什么?"

"你拿手哪首?"

"《Hero》!"

海伦捂着肚子又笑了!

"好了,My hero,麻翻见!"

手术室负责推病人的护工,麦海伦和姐姐们喊他们"紫衣天使"。或许巧合,抑或手术室护工人手不多,曾经在一年前推麦海伦进手术室的这位瘦小男人,这天早上,仍然是他。

手术室护工,最大的本领是力气大,他们必须将手术室里出来的仍然昏迷着的病人抱到床上。

他推车过来,喊"19 床准备好了?"然后懒洋洋地倚靠在推床一头的架子上。"有没有输液啊?"

"没有没有!"护工大李一边给海伦穿上袜子,一边大声地喊回去。

"紫衣天使"顺着话音收起推床上竖起来的输液悬挂架。

"拍过的所有片子啊,病历都准备好了吗,准备好就请拿给我啦……""紫衣天使"继续懒洋洋地喊话。

特别像绿皮火车车厢里推着零食车叫卖的中年人:

"喂,让开脚啊,方便面火腿肠烧鸡啊,要的乘客准备好钱啦!"

或者像早前公交车上的售票员:

"上车的乘客请主动出示月票,没有月票的同志请准备好零钱买票啦!"

这些声音,听上去,口气里夹杂着莫名其妙的几分权威,几分不情愿,几分倦怠,还有几分冷漠。

麦海伦想起在法国同 Rene 一起坐火车,火车扬声器里通知乘客到站,不是电子录音,不是哆溜溜如空姐的声音,是一位年纪不小的老男人。

第一次听到，在开往阿维尼翁的火车上。扩音器里传出说话，几分钟后，海伦以为是扩音器不小心被哪位工作人员按错了传声筒，因为这个法国男人分明在同谁聊天，轻松的聊天，伴有随意的停顿……当然，她听不懂法语，但是列车里的人都无动于衷，织毛衣的法国阿吉妈手里活儿不停。

她悄悄问 Rene："这是，怎么回事？在说什么？还是广播？"

Rene 摸着她的头说："报站名，说天气、温度、大雨小雨……一些零散的，闲话。"

"播报这个还可以说闲话？"

"嗯，是啊，说这趟列车人不多，都有座位，很舒服……"麦海伦当时真羡慕这个国家的老百姓，拿着正经工资可以说不正经儿的话也是正经活儿。

护工大李把袜子使劲儿往海伦的小腿上拽，尽量多遮盖些，顺便摸摸海伦的小腿，嘴巴里叨叨：腿都细成麻秆儿了。海伦有气无力，恹恹的。

"没看见粗脚踝还像骆驼一样啊！"大李摇着头，弯腰从床垫下面，抽出一叠片子，转身拎出去，走到护士台。百灵鸟已经把一沓病历拿在手里，递给大李，熟练的交接手法，仿佛即将上战场的特种兵在穿戴战服，配发武器。"紫衣天使"在手里拢好，压在推床的枕头下面。

"病人自己能走吗？"他说着，就打算将推床竖着推进病房，一边朝里面张望，看到 19 床在靠近门数过去第三张……

大李看着躺在床上的海伦,苍白的小脸儿,瘦得额骨都看得到。她在摆弄深静脉的管子,争取放到病号服胸口两粒扣子中间,避免被扯到。

"海伦,你能站起来吗?"大李的口气与其在询问不如说在肯定地告诉她不要起来。"还是让勤务工过来抱你吧。"

"啊?"

海伦怔怔地看着大李,忽然看到"紫衣天使"推床进来,几乎横满病床脚下过道。家属们纷纷站起来,让路,凳子在水泥地板上拉得滋啦滋啦地响。

"抱我?谁呀?"

"我呀,不记得我啦,一年前也是我来送你去手术室的吧。"

麦海伦用没有深静脉那边的手拉住床沿,一点点儿坐起来。她瞄了一眼矮小马脸的勤务工,马上说,"不要,不要过来啦,我走出来。"怎么能随便让男人在众目睽睽下横着抱呢?何况,这个男人那么瘦小,估计比她要矮一个头了。

大李赶紧挤过来,继续把床摇高,然后慢慢地扶着海伦,坐成90度后,海伦觉得自己的腰变成橡皮泥捏的了。

她闭上眼睛,对大李说:"让我坐两分钟。"

大李慢慢松开扶着她后背的手,过来调整一下深静脉管子,把搅和在一起的长发撸到海伦肩膀一侧,然后转到前面,从小床头小柜子里拿出一双酒店用的蓝色一次性毛巾拖鞋,给海伦套在脚上。

她真是有心。

她记得海伦在小柜子里藏着这双鞋一直没用,因为这三个多礼拜,海伦没有下过床。

厚厚的运动袜,套进簇新薄毛巾拖鞋里,大李扶着海伦的脚,好好地费了一点儿劲儿。

"紫衣天使"看了一会儿,问:"那我推到门口去等你,这里窄,你也移不开身体,你能走到门口吧?"

麦海伦挥挥手,扶着大李肩膀先放下一只脚,然后把半个屁股挪下床沿,另外一只脚也站到地上,另外半边屁股有千斤重,就是蹭不起来。这时候,大姐麦牧心正好奔着到病房门口。

"我来了我来了。"麦牧心灵巧地窜到海伦床边儿,换下大李,姐妹俩都是高个子,好搀扶。麦牧心架着海伦的腋窝,扛妹妹起来。

大李跟着海伦背后,整理好病号裤子的后腰,以及里面的大号尿不湿——担心去手术室的途中便血——麦海伦让大李给套上了尿不湿。

走到推床上的那几步,海伦觉得自己狼狈极了,像台风季节的上海街头暴风骤雨中撑伞的行人。

一直卧床,不觉得自己没有戴文胸,站起来,大号宽敞的病号服里,她觉得自己的两个乳房在没有文胸文明地托扶下,随着她东倒西歪的身体不协调地摇晃着,像两个面粉口袋。她下意识地用另外一只手臂护着胸口,生怕这"姐妹俩"甩到病号服外面,这病号服纽扣到底也不怎么靠得住。

"紫衣天使"推床到拥挤的电梯间等,等可以推进去的机会,等有人可以让他们先进去。等。

麦牧心不断地把海伦身上的被子掖掖好,为避开那些"众神的眼神",牧心差点就给海伦把被子拉到脸上。可是刚要拉上来,她和海伦对视了一眼,互相将彼此脑海里"想象"的画面交换了一下意见。

"你把我脸遮上,估计给让路的人就多了,上电梯就快了。"

"要不,试试?"

"你让师傅直接给我推到地下室去吧……"

"紫衣天使"听着这姐妹俩的对话,嘴巴合不拢,不知道怎么接口。

牧心顺手把自己头上的太阳眼镜架到妹妹脸上。

"哈哈……你们姐妹搞笑的。"这回轮到"紫衣天使"笑了。

"怎么样,我是最时髦的病人吧?"

海伦对着姐姐竖起大拇指,麦牧心翻看短信,转头对海伦说:"柯怡和迪贤到了,不上来了,直接到六号楼手术室门口送——等你。"哎,动词不能随便用,用得准确不如用得贴心。

"天使,你觉得我们这样等下去赶得及我的手术吗?我可是第一台啊!"麦海伦慢悠悠地说。

"这个你放心,他们等你。"

"不会换别人第一台做吧?"

"呵呵,放心放心,第一台就是第一台,不是什么病人随便就是上官第一台手术病人的……"

"那我是 VIP 喽!"

"哈哈,嗯。小姐,你这是什么病啊,去年刚做完手术啊。"

"嗯,我是 VIP 病人么,医生想念我。"

"哎,生病辛苦啊。"这个男人说完,定定地看着麦海伦,叹口气。

好不容易挤进了电梯。

紧挨着推床的路人甲乙丙丁们毫不客气地盯着戴着墨镜的平躺在手术室推车上的长脚病人,大家都以为这大概是一个眼科手术。

"紫衣天使"慢慢移动身体到推床一侧,用自己的身体挡住大部分人的眼神……

50

> 罂粟花、曼陀罗，
> 甚至世界上种种令人昏昏欲睡的浆液，
> 都不能将你带入甜蜜的梦境。
>
> ——《奥赛罗》第三幕第三景

好像经过了许久，才到达手术室的楼层，迪贤和柯怡等在楼梯口。

"牧心呢？不是跟你从病房一起过来的吗？"柯怡奇怪，怎么只有护工推着妹妹出电梯。

"她……她有急事去了。"海伦还戴着大黑超，支支吾吾地说。迪贤摘下海伦的太阳眼镜，

"扮酷？"

"躲人。"

"为啥躲？"

"太美了，都看，觉得死了可惜吧。"

"海伦！"迪贤嘴里嗔怪，拍着海伦腿上的被子。

"怎么？舍不得呀？"

"要有信心，不要说这些丧气的话。"迪贤说着，还手在海伦的眼前挥一挥。

"要是我出不来手术室，你知道自己该做什么，不多说喽。"

迪贤不肯跟她对话了，摇着头，拍拍海伦的胳膊……低着头，仿佛跟自己说一样："顺利顺利！"

柯怡东张西望，只顾纳闷，这个大姐怎么还不过来，马上就进手术啦，还有什么时候，能比这个时候……她瞬间想到不好的结果，立刻就想哭，还有比现在更紧急的事儿让她去分身吗？

不过这个大姐有时候就会莫名其妙掉链子！

海伦伸手拽拽柯怡的裤兜，使个眼神，柯怡趴过到海伦嘴边，海伦说："她忽然肚子疼找厕所去了。"

啊！晕！

手术室一个人影都不见。

起初，海伦老老实实地躺着，等着一群人马上进来围着她，等着有人来给她麻醉，她就幸福了。

上次手术什么样她怎么都不记得了？

她一个人静静地躺着，觉得自己像一具被冷落的尸体。

电影里那些死亡天使都是站在手术床旁边的，她会被哪位接走啊？尼古拉斯·凯奇来接我就好了。

喂，你在哪儿站着？

怎么看不见你？

麦海伦四处找了找，心里悄悄地叫了一句。若是接我去天堂的天使们来了，她的心声他们也是听得见的。

至少电影里都是这样的。

偶尔听见门外面有细细碎碎的擦擦声,应该是橡皮鞋底在光滑地板上走路的声音吧,对了,闵一总是穿着手术服和洞洞鞋来她床边,一双深蓝色的 Crocs。

那些急促的脚步路过她这间手术室,没有谁推门进来……她想到如果自己就在麻药中死去,那该有多幸福啊。

她想起麻药过去后那该死的疼痛,忍不住就全身发抖。

上次手术留下的记忆全部在 ICU 里,她不要进 ICU！

不知道闵一是否记得跟上官讲吗?

哦,她要自己写在肚皮上！哎,写什么呀,很可能我就一直麻到来生去了,以后孟婆汤里多了一味药——麻药。海伦开始觉得无聊,她索性坐了起来,一阵晕乎乎,慢慢地她环顾这间手术室,还蛮大的,她心里莫须有的一阵轻松和宁静。

这冰冷的手术室真安静啊。

一股说不出的味道,很像小时候父亲带她们姐仁去过的生物实验室的味道,这股味道仿佛从墙壁从地面从各种看不到的角落发散出来。

她坐在被固定的推床上,觉得冷,手脚冰凉,但是她喜欢这样冷冷的感觉,让她异常清醒。

她想下床走走,那双酒店毛巾拖鞋正好在推床下面。她慢慢地穿上,扶着床下来,没有那么头晕了。转头靠墙壁的不锈钢架子,各种厚实的不锈钢材质的柜子——是冰柜还是消毒柜呢? 看不出啊,反射出她乱七八糟的头发,消瘦的脸型,哦,我终于瘦出我的酒窝了。

难怪路上行人都看我,看来真的因为我美吧……她想着这些为自己可笑。

赶紧自己对着那面不锈钢大门好好地整理头发,她慢悠悠地给自己织辫子。手腕上还好有橡皮筋,亏得头两天洗头了,现在头发真顺溜。等会儿自己被麻翻了,脸要露出来的,要好看些。

织好辫子,甩到脑后。海伦想了想,不对,手术是要平躺着的,她的辫子应该织在一侧,这样才好看,也免得自己的脑袋被辫子搁着晃来晃去的。

于是,她拆掉,重新织辫子。这回,她织到了右侧,织完,靠在床边,看了看不锈钢镜面里的自己,还不错。不再蓬头垢面了,有口红就更完美了……

顶上的无影灯关着,好像被无数保鲜膜包裹得严严实实,这样要用多少包保鲜膜啊?估计是最大尺码那种,她妈妈用来包裹脱排油烟机的时候,也差不多这样严实了。

忽然,隔壁传来一个男人的鬼哭狼嚎。

啊?这么惨叫,难道没有麻醉就动刀啦?

她侧起耳朵听:"来人啊,护士?医生?有人吗?"

嗯?这是谁在喊呢,难道手术醒了没人管?她慢慢走到门口,隔着大门上的两扇玻璃,看到斜对面的手术室里,一个男人坐在手术推车上嚷嚷。

她记得那个中年男人。

刚刚跟她一起被推到六楼手术室的大门口,两辆推车的"紫衣天使"还互相聊天来着。

她记得那个男人在推车上跷着二郎腿,好不自在神情啊,就像要去春游。

当时迪贤还悄悄让柯怡看，说那车上是不是推错了人，不像病人啊，莫不是把家属推进来了。

"来人啊！没人管啊，册那，人呢？还给治病吗？"

海伦隔着玻璃窗看着那个人，坐在推床上，他倒是不敢动，没有从推床上下来。那骂声里分明有恐惧，应该是第一次进手术室，不知道如何是好了，隐约听到推他的"紫衣天使"说好像男性科割掉什么的……哎，还有精力这样鬼哭狼嚎的，想来也不会是什么要死没活的病。

男病人还在叫，一名护士推门进去：

"你哪里不舒服吗？"

"不是啦。"

"那你喊啥啦？"

"没人来照顾我啊，我是来手术的。"

"这里是手术室啊，医生在准备呢，请你安静些好吗？"

"我进来很长时间，你们这是不负责任啊。"

"手术前需要很多准备工作。"

"叫病人上来前头，不是就该准备好了伐？"

"请你安静些。你是来治病的。不是来叫床的。"

说完，那位护士看都没有看他一眼就用身体撞开手术室的双开大门离开了。

"叫床的……哈哈哈哈！"海伦一个人在自己的手术室里笑起来。她真爱这里，这神秘而冰冷的不锈钢魔窟还真是藏龙卧虎。

当麻醉师进来的时候,海伦已经坐回推床上,麻醉师长得真福相,丰满的脸盘,皮肤很好,又白又清爽。一身素素的碎花手术服,可爱极了。海伦心想,从来没觉得碎花的服装在手术室会给人如此的温暖和亲和力。

"你是麦海伦吧?"

"嗯。"

"你的辫子好漂亮,谁给你织的?"

"刚才我自己织的。"

"啧啧,手巧。"她让海伦躺下来,看着海伦长长的手脚,又笑着问:"长手长脚的,身材真好,你原来是模特吗?"

"哈哈,不是,我是给模特搭配衣服的。"

"还有这样的职业啊? 服装设计师吗?"

"时装编辑,设计师可轮不上。"

"好时髦的工作啊! 疼吗?"嘴巴里温柔地说着,原来已经下手扎她了。

"嗯,有点儿。"

"很快就好……你是不是穿过很多好看的衣服呀!"说着,甜蜜的花衣仙姑已经扎好麻醉针。

手术时候的麻醉针比一般的针头都要粗,扎进皮肤,挑进血管,疼得彻骨,一股冰凉的液体瞬间碾过疼点窜进血管,凉得透心。

陆陆续续地手术室里人多起来,五六个人进进出出,没有人讲话,只看到大家移过来推过去。侧着头,海伦看着全副武装的护士们从各种柜子里掏出大大小小的布包,有些蓝色有些白色,解开,摊开,不锈钢器械叮叮当当地脆响。她想起她的理发师也总是动手之前先掏出一个包包,摊开,那些家什细细碎碎……海伦迷迷糊糊的,又想起在里昂老城转角的西餐厅里,摆放餐具时候叮叮当当的刀叉声……那股凉意,那身温暖的碎花衣服,会是我今生的最后记忆吗?

"麻药什么时候给我啊?"

"你想快点上麻药啊……"

"嗯,我太爱麻药了,多幸福啊!"

51

生是佛在生,老是佛在老,病是佛在病,死是佛在死,我生老病死就是佛在生老病死,何不与佛一起飨食一番? 有什么不可以?

——禅师　前角博雄

老麦坐在自己床上,双脚垂到床下,往常他喜欢盘着腿,一手摸着脚丫子,嘴里边吹口哨《莫斯科郊外的晚上》边摇晃着脑袋,脑袋里面过一遍午餐晚餐的菜谱。小中风前,他还会拉拉手风琴,哄哄老伴儿。

现在,他坐立不安,眼神也无处安放。

寻常这样的上午,他要出去骑脚踏车的,转悠转悠望望野眼,也锻炼下腿脚。自从脑梗后,走路的样子不灵光了,老麦不喜欢那样的自己在路上走,难看,他讨厌邻居们同情的眼神,骑脚踏车好,让他看起来像正常人一样。

还好幼儿园里的这帮小人儿今天没出来闹,不然更加闹心。孩子们在教室里关着,阴天的缘故吧。

他从枕头底下掏出一块电子表,手指头按了一下,传出语音报时:上午九点四十七分。

然后他又拿出手机,查看是否有短信进来。这款诺基亚

6682是小女儿给他的。海伦了解他，"爸爸，不要用什么老人手机，戆大一样，电话来了，又报名字又报数，全世界都听到谁给你打电话。阿爸勿要用，你又会英文，拼音也会用，五笔也会弄，就用这款诺基亚。"

这还是两三年前呢，老麦不喜欢现在开始流行的什么触屏手机，因为他的右手不灵光，按键是可以单手操作的。

亏得老麦是左撇子，脑梗后，重新把左手写字也捡起来了，他不服输。"你们信吗？现在让我用粉笔写板书，左手也不输给那些年轻教师，现在年轻人字都不会写了，就知道用视频啊投影啊……教师的板书对学生注意力本来就是一种很好的引导嘛。"

没有短信。

哎，这帮孩子们，不懂事。要多汇报情况嘛。老麦有种战地总指挥却收不到任何前方战场消息的委屈、恼怒和不安。

想了想，他发了一条消息给老二。

三个女儿里，任何时候柯怡回短信最快。老三向来看心情，老大呢，说不清。老麦有时候觉得老大不肯跟父母说心里话儿。

"没消息，还在等。"二女儿立刻回复他。

"不是七点半就进去了吗？"他再次看时间，已经进去两个多小时了。

"嗯，据说手术要八点多才开始，准备吧。"柯怡给老爸回短信很谨慎，不好让他有"节外生枝"的假想。老二知道老爸一向多愁善感天马行空的思想并没有像手脚一样被梗住，反而由于手脚的不便而更加驰骋不羁。

"医生说啥了?"老麦想,看来柯怡现在有空,可以多聊几句。

"没见到医生。"

"你表哥没去问问里面的情况?"柯怡把手机这条短信给身边的姐姐牧心看。牧心摇摇头,说:"看吧,估计要开始发短信给阿福了。"

"阿福没见到他,估计也在忙着自己的手术。"柯怡想掐断爸爸给表哥发短信的想法。

"你们三个都在?"

"嗯,我和迪贤在手术室的一楼等。牧心现在去病房,怕错过手术室给病房护士台打电话。"

老麦同二女儿柯怡来来回回几个短信,再看时间,十点多了。心里稍微踏实点了,把手机揣进小坎肩儿的口袋,冲着卧室外面喊:"老伴儿,老伴儿? 你忙什么呢?"

半天没有声音,老麦听听动静,好像厨房里叮叮当当。

冰箱大门敞开着,里面所有的瓶瓶罐罐都被拿出来,摊在厨房地上,冷冻室的冻水饺冻粽子香肠肉糜……餐桌上也被硬邦邦的冷冻食品摆满了。

老伴儿端着一桶热水,擦冰箱,地板上有些冰渣子,盖着一块干毛巾在吸湿。老麦看着老伴儿,她一言不发,投入地忙碌着。

哎。

麦思无靠在墙上,看着蹲在厨房里的这个女人,一头白发蓬蓬着像蒲公英,让她的脑袋看上去很大,个子更小了。他想起当年第一次去她家里找她姐姐,这位家中最小的妹妹卢六小姐正在梳头发,及腰的长辫子,乌黑乌黑的,衬得她雪白的后脖颈,修长。漂亮啊。

想到这儿,他叹口气。

"跟柯怡联系了,没信儿呢,还在手术室里。"

"现在哪儿会有信儿,你也是。问啥啦,太欢喜问,问了人家烦。"

"她们那里不是前方阵地么,不问咋了解情况。"老麦心里有些不痛快了,这时候,还要责怪他,真是的! 老麦觉得老伴儿作为他的参谋长竟然跟他不在一个战壕,真是岂有此理。只有女儿们惹她生气了,她才跑到他这里诉苦,抱怨,让他出面去"修理"女儿们,待他火气上来,火力过猛,她立刻就把大炮调转头对准他,说他总是引起家庭战火。

想到这里,老麦心里苦,不想讲话。

"你了解情况有啥用。"老伴儿继续卸下冰箱里的各个抽屉,插板,竖到厨房的大理石案台上。看也不看他一眼。

"牧心说过大概需要几个小时吗?"

"上次就做了快 4 个小时,这次……哎,"卢女士摇摇头:"哪儿敢说呀。"

"这次手术脾脏肯定要切除了。"

"反正牧心说,上官是这么讲的,说不切除太危险,走路碰得不巧都可能会破裂。两年前我就让她去看脾脏,哎,现在的中医真是信不得,前呼后拥地跟着一群外国留学生,挂号费还那么贵,吃了一年他的中药,还说可以把脾脏吃小……江湖郎中一样。哎,到头来还是要拿掉,我们海伦这个命苦。"

卢小姐把厨房弄得哐当哐当像战场,很配合她嘴里这番抱怨。老麦不敢火上浇油,其实他想说吃中药还不是你建议孩子吃的? 但是这个时候不好讲了……

"哎呀,这孩子看着好好的,身体里的器官怎么会坏成这样。"

"怪谁呢? 还不是她喝酒,讲不听,吃大亏! 哎,能保住命就烧高香了! 肝脏不好也会引起脾脏肥大。"

"乙肝病毒携带者都是你给孩子遗传。"老麦忍不住说了这句,他觉得自己点火了。点火也好过拧开老伴儿的眼泪水龙头。

"你看你这话,那我怎么没生肝病? 就是她爱喝酒,再说,酒量不是你遗传的吗?"

"……要是手术不顺利,不好的话,肯定会时间短吧。"

"你别瞎猜了!"老伴儿从他身边过,一副撒气的口吻:"你快躲开些吧,碍手碍脚的!"

老麦自知话不合适,也自动息声了。

他盯着餐桌上那些冷冻室里掏出来的食材,然后挨着用手扒拉着看。东西一旦冻成石头一样,看上去都差不多。

"这只鸭子柯怡刚带回来,你就冻上了啊?"北京烤鸭还没拆封,很好认。

"你有心情吃吗?"

"饿了总要吃饭,没心情也得吃呀。"老伴儿没吭声。不停地洗刷,不停地做活,就不说话。这老伴儿一遇到大事儿,就这样,干活儿,这是她排遣时间的方式。老麦呆呆地看着老伴儿忙乎,心里也火烧火燎的。他真希望她不要这样撇开他自己瞎忙,两人一起坐着聊聊时间也好过些么。

"要不,我也去医院吧,不就是坐在病房里等么。"

"你少添乱吧。"老伴儿口气听上去坚决得很,甚至有了怒气。

老麦叹口气。

继续扒拉着桌子上的冷冻食品,他想鸭子还是早点儿吃了好。可是他不敢再提吃鸭子的事儿了。

默默地坐了会儿,他扶着餐桌,承受着重力的桌子和椅子伙同地板一起发出吱嘎一声。老麦摇晃着站了起来,拖着步子径直走到客厅,坐在靠近阳台的沙发上,看着阳台上一盆盆绿色植物。

"你还记得海伦生下来 100 天那次大病吗?"

"怎么不记得。"这话题好像老伴儿有点儿兴趣。

"我以为那孩子不行了……"

"眼看着不行,脸都紫了,亏得那一百根金针……命大。"

"那位老医生后来再没见过。"

"哎,我们总是搬家。"

"现在估计也走了……"老麦后悔后来怎么没再多去看看,是啊,搬家,养家糊口的,都忽略了。

"一百多根金针啊,孩子给扎得像刺猬一样。谁知醒针的时候,就开始出汗,水一样,包裹片都湿透了,拔了针,喝了一大杯白开水,100 天大的孩子没见过那么喝水的。"

"嗯,亏得帮咱们开车去的那个司机,大半夜大冷天,海伦是命大。"

"她可不是命大!"

夫妇俩一再确认着,他们俩这个小女儿虽然处处惹他们生气,令他们俩觉得生活不尽如人意,但是这小囡命大……老麦觉得自己派不上用场了。病房不让他去,女儿手术前医生谈话,他想去听听,他认为自己毕竟是生物学的教授,也算是距离医学科学比较近的学科。他叫老伴儿一起去听听,毕竟老伴儿做了一辈子护士,老伴儿硬说,交给牧心算了,偏是不去。令他失去重大决策的权力,还算什么总指挥啊,唉……

可是这个牧心也不是什么都跟他们细细讲的。

父母也是救过孩子命的,再说,孩子病了,还有谁比父母更揪心啊?

怎么就越来越隔离我们了呢? 就是因为我们老了? 就可以被排除在外? 变成被隐瞒被关照的人群吗? 只有等待被通知的份儿吗?

老麦想着这些,不免又有些生气。我们还没老到那个份儿上么! 真是气人!

他又掏出手机,拨打牧心的电话。

"情况怎么样? 还没消息啊! 有人能问问吗? 你表哥呢? 好,随时跟我和你妈妈汇报情况吧,我和你妈妈急坏了……你这话,怎么能不急啊! 哎……好,及时给我们信儿啊!"

"进了手术室,都没有办法的,你别问了,我想我们海伦没那么容易就……"海伦妈妈开始哭泣。

"你别哭了,孩子们也都不听话。还记得海伦喝醉在酒吧里瞎闹,被警察带到公安局,我大半夜去公安局带她回家……哎,看着她那脸妆化得鬼一样,坐在地板上。你说,小时候我的那个心尖尖最胆小的海伦,怎么胆子就这么大? 还有她现在的个人生活,这个私生女,我这老脸都没处放,同学聚会都不愿意去……你别哭了,孩子们就是不听话,才弄成这副样子。"他说着这些,心里居然就放下了,觉得既然帮不上她们,就让她们自己帮自己吧。

"你弄好了吗? 我来帮你!"老麦从沙发上咯吱一下,晃悠着站起来,走到餐桌边,一手扶着餐凳,看着桌子上的一堆食物。

"你看,咱俩午饭就把那鸭子啃了吧,也不要做别的了……"

海伦妈妈听到他这最后一句,横了他一眼,哭笑不得。

52

如果你想失去一群男人的倾慕而独获得一个人的批评，那么就去结婚吧！

——演员　凯瑟琳·赫本

手术室大楼底楼大堂，异常安静。有几排冰冷的不锈钢座位。

一早，麦柯怡与姜迪贤从六楼手术室下来，大堂这几排座位上几乎坐满人，但是没人说话，大多面无表情地看着大屏幕上游走的红色通知或者低头看自己的手机。

渐渐地，人们开始三三两两离开，带走了他们的担心、悲伤或者喜悦。过了午饭时间，座位上四五个人。大姐牧心上个厕所至今影踪全无，又不知道神游去了哪里。

"海伦一直想带着九九去看海。"姜迪贤忽然说话，声音还蛮响的，好像在回答谁的问话，可是他并没有看柯怡。

"嗯？哦。"柯怡看看他，心想海伦找的男人，路数还真摸不清，神叨叨的跟小妹一个德行，真是不是一家人不入一家门。柯怡这样想时浑然忘记自己和海伦才是真正的一家人。

"海伦说她好喜欢大海，第一次看到海，还以为是支在远处的蓝色大帐篷呢。"

"小时候,爸爸带我们去码头玩儿,她都害怕,不肯上船。"

"看不出,她还那么胆小过?"

"小时候,她是躲在妈妈围裙旁边只露出半边脸的小跟屁虫。"

"你这样说,其实也蛮像她,对人冷冷的,也有可能只是羞怯的外壳。"

"她在父母身边时间最长,见证我父母三天一大吵两天一小吵的婚姻。"

"怪不得她说她痛恨婚姻。"

"你呢?"然后,柯怡紧紧盯着迪贤看。

"我?我……谈不上痛恨,"停顿了就一分钟,迪贤接着说,说得挺真诚,"怕婚姻的承诺太沉重吧。"

"你不像太不靠谱的人。"麦柯怡发现,这个开酒吧弹吉他的家伙还有深思过的事情。自从他付清海伦上次的手术费,柯怡对他的厌恶感已然减少很多。

"我让自己减少承诺,为了把已经许诺的承诺全力做做好。"

"男人是不是都怕婚姻?"

"怕?你指怕婚姻的什么?"

"嗯,我的意思,男人都会怕婚姻的约束、专一什么的吧。"柯怡说得心里颤巍巍地阵痛,隐隐的恨意。

"这,很难讲,是否有约束感是每个人的自我感受。"

"男人是不是很难忠于婚姻?"柯怡很想知道其他男人的

感受。

"忠于婚姻,"迪贤忽然转过头正视柯怡的眼睛,继续说,"还是忠于某个女人?"

"这难道不是一个概念吗?"恨意冒到喉咙口了。

"我想,这不是一回事。"迪贤十指交叉,向前伸直上臂,放在大腿上,大拇指互相摩擦着。

"忠于不代表身心一体的专一吗?"

"在男人,忠于某个心爱的人,忠于——其实我不喜欢忠于这个词,这让我想到主仆关系。你的意思是婚姻当中两人的关系就是忠于与被忠于吗?"

柯怡被他问住,转过头,看着他,眼神茫然。

她下意识地转动着左手无名指上的婚戒。

咦,松了,是不是瘦了,难道已经瘦到手指头了?

她继续看着自己的左手,伸开五指,掌心扣下,她看着自己皮肤干燥的手背,细长但见得着骨节指的手。

你的手怎么这么硬,人家女孩子的手不是都很柔软么。这是一个男人对她说的。在她结婚前。

她当然不会嫁给说这句话的男人,当她听到这句话的时候,他已经在名单上消失了。

她嫁给一位不屑写情书,却永远记得她最爱吃的食物的男人。这个男人为她剥瓜子仁儿,存在口中,含着一并吻喂给她。

当时,她听了觉得很刺耳,不是觉得人家说她手不柔软,而是她觉得这男人摸过多少女人的手啊。她没想过握手其实也能感觉手是否柔软，不一定非要摸一下的。

现在想来，这算什么啊。

"我想说的是彼此忠诚吧，婚姻的基础难道不是忠诚吗？"

"我看忠于——哦，忠诚——还意味着更多吧，有承担，不仅仅是性。"

"啊？你的意思是男人可以跟某个女人发生亲密关系，但是……"

"但是他未必会忠于这个女人的全部生活和她的未来。"

"那，他的心在哪里？"

"他的心，在他自己身上。"

"你的意思是说，男人最终都是最爱自己吗？"

"男人的心必须在自己身上，才能保持自己的强大，才能去承诺，去给予……至少我是这么认为的。"然后姜迪贤微笑着望着麦柯怡，"其实，你不觉得，说夫妇彼此要忠诚，做到忠诚，女人一样很难，不是吗？"

他再一次问住了柯怡。

彼此忠诚，是啊，如果她再次遇见了说她手不柔软的那个男人，如果……"是啊，谁说不是呢？忠诚于彼此，的确很难。尤其说要一辈子忠诚于一个人，身心……哎，说到底，爱情还是不能被考验的。"

"所以，我不喜欢谈论婚姻。人们谈到婚姻，就会谈到忠诚，一生，一世，永永，远远……这都是我最怕提到的，特别又要关联到人的品格。"

"那看来,你,你这个人是因为这些不接受婚姻的吗?"

"我没把婚姻当作一件事情来思考。或者说,婚姻只是一件事,不是许多事的总和,你明白我的意思吗?"说着,迪贤把两个胳膊肘压在两腿膝盖上,继续交叉双手,骨节捏出响声。

"你觉得,婚姻是可有可无的吗?"柯怡看到他宽宽的肩膀,倒不像矮个子男人。

"在我尚未走进婚姻的时候,它对我的人生来讲确实是可有可无的。"

"这话,听上去还真深奥啊!"

"我的意思,或许你可以理解为我对婚姻很认真,你也可以觉得,婚姻对我的人生不是必需品。"他又露出似笑非笑的表情,"说到底,我觉得婚姻的基础不是爱情,是物质。"

"……小时候,我们姐妹三个一起玩儿过家家。海伦有个穿着裙子的娃娃,她喜欢当妈妈,总是给那个布娃娃弄很多衣服,用各种手绢儿去包她,打扮那个布娃娃。那个布娃娃是她5岁生日时,爸爸花了14块钱给她买的。那时候,大光明冰砖才一毛五分一块。"

迪贤看着墙壁上的电子显示屏,上面游走着各个手术室进展的说明。他的表情耐人寻味。

柯怡没有看他,她只是感觉到身边的这个男人在想什么别的事情。

两人陷入沉默。

又一批等待的家属跑着到电梯口,跑回病房去。

好一阵沉默。

麦柯怡低头看手机,距离海伦推进病房快四个小时了。

沉默在继续。

"大概中学的时候,有个暑假,很热,父母出去旅游了,就我们三个人在家。楼下有人结婚,那天我们约好,以后不管谁结婚,都要穿一件大红旗袍。我们仨那时候约定,然后把那件大红旗袍挂在家里,留给自己的女儿。"

柯怡絮絮叨叨地继续回忆从前。

迪贤依然看着,或许只是眼睛停留在那块显示屏上。但柯怡知道他在听,而且,她觉得海伦一定从未讲给他听过。

"我第一个结婚,我穿了大红旗袍,海伦帮我找的好裁缝,手工定制的。然后,她们俩再不提自己那件什么时候做……"

迪贤继续沉默。

柯怡低头看短信,是姐姐牧心发来短信:喝咖啡吗?原来这个大姐又神游去了咖啡馆。

她转头问迪贤:"你要什么咖啡?"

"我要一杯热巧克力。"说着,他站起来,并拢两根手指在嘴唇上比划了一下,那个动作很像一个含蓄点儿的飞吻。

他的意思他想去门外抽根烟。

柯怡心里有些堵得慌,因为她发现,迪贤似乎若有所思。

麦牧心原本在病房等,料想手术室消息不会那么早,就去了咖啡馆。

抽完烟,姜迪贤拿着一瓶矿泉水走回来。

"你当时,为什么同意海伦生下九九?"柯怡确实有些不依不饶,继续这个话题。

迪贤抬抬眉毛,好像被柯怡这句话不大情愿地拽回到现实。

"由不得我同意还是不同意,海伦是通知我,并非跟我商量,只是我也没说反对。"

"你们甚至都没有谈到结婚吗?"这是柯怡最想问的话。

"抚养孩子和结不结婚,可以是两件事。"

"那以后呢?"柯怡皱起了眉头。

"继续一起抚养孩子啊。"

"你,从来,难道就从来没想过要跟海伦结婚吗?"柯怡说着又低下头,好像她自己在替海伦求婚一样。她知道海伦是不会问这句话的,也许会恨死二姐自作主张自说自话地替她问这句她永远不会说的话,尤其是对这个男人。

迪贤靠在不锈钢椅子上,抱着胳膊,端在胸前,眯缝着眼睛,不知道是疲倦还是在深深地思考着柯怡的问题。他顺着视线继续盯着对面墙壁上的电子屏幕,上面开始滚动卫生常识手术病人的护理常识……

但是柯怡确定,他没有看那内容,他只是把眼神随意放在那个区域。柯怡微微侧头,看着身边的这个男人,他坐在这里,与这个环境格格不入,他紧闭的双唇,线条俊朗,神色暗淡。

再次陷入沉默。

良久。

姜迪贤就这样默不作声地保持一个姿势,没有回答柯怡的问题。

麦柯怡歪着头,靠在自己的一侧肩膀上心里琢磨:还能再追问吗?

她没有精力也没有勇气问了,仿佛身边这个男人是她丈夫,她没有勇气继续追问。

"她不爱我。"

"嗯?"柯怡吓了一跳。被突如其来的,姜迪贤肯定的回答。过了多久,迪贤才冒出这一句? 她甚至都快忘记自己是否在等他的回答了。

"海伦不爱我。"

"可是,你爱海伦,不是吗?"

"海伦不要我的爱情。"

"是你感受到的,还是她告诉你了? 她多喜欢爱情啊。"

"她不用告诉我,我知道,她不再需要爱情了。"

"你觉得她还爱着那位摄影师吗?"

"她把他埋在心里,立了一块神圣的爱情墓碑。"

"可是他……他到底发生了什么呀?"

"不清楚。"

"她是不肯说,我们只是知道她留在那里因为一个男人,后来分手了,她一个人回来了……"

"好像不是这样。"

"也听说那男的失踪了。"

"我想过去弄明白。"

"你？你果真想吗?"麦柯怡都快站起来了。至少她忽然坐直了,侧身看着姜迪贤。

"现在,很想。"迪贤继续抱着双臂,靠在椅子上。

"海伦好像从来不愿意谈论这件事。"

"嗯,我想,找个结果出来。"

"你不怕,你会失去海伦吗?"

"我拥有过她吗?"

姜迪贤的笑,是从紧闭着的双唇两侧挤出来的一丝微笑,紧接着一个蹙眉,那可不算苦笑,有些像他惯有的表情,带着一丝傲慢的自嘲。

麦牧心端着咖啡走过来。

"我们去手术室那层楼等吧。"她没停下,继续朝电梯走过去,意思是两人可以跟着她。

"啊,不是说在病房等消息快吗?"麦柯怡站起来跟上去。

"问过阿福,手术室医生在那里进出,可以尽快得到一些消息。"

"阿福也在手术室吗?"

"他今天门诊,脱不开身去手术室。"

柯怡赶紧拿出手机给父亲发短信,免得老爸心急火燎要发脾气……

"爸回短信,问他可以给阿福发短信问情况吗?"

"这老头子！你告诉他,阿福在门诊,估计不会有时间回复他。"

"可是,阿福为啥不能去手术室里看看情况呢?"

"规矩吧……上官比他级别高呀。"

麦牧心没有说,她才刚送了一杯热巧克力去阿福门诊,他说起海伦今天的手术时间时,神色让人紧张兮兮的。

可是,莫名其妙的,牧心就是不担心。

现在男人都开始喝热巧克力了吗?

53

王子朝姑娘走去,向她行礼,问道:

小姐,你好吗?

四季如一。

您叫什么名字?

我叫我的名字。

您住在哪里?

我住在有大门的房子里。

在哪条街上?

尘土巷

小姐,我快想死您了!

随您的便吧。

————意大利童话 《格拉都拉－贝达都拉》

麦牧心把两人带到楼梯间,然后自己一个人噔噔噔直接走上六楼。到了六楼楼梯间,没有推开楼梯间大门出去,将咖啡和巧克力纸托盘放在台阶上,然后自己坐到再高三个台阶的楼梯上。

"还是这里舒服些,在这儿等吧。"牧心心说。

手术室大门口相当逼仄,有电梯专供医生和手术病人进出。一张手术推床长度,一扇手术室大门,厚厚的不锈钢大门,透过上面的小玻璃窗可以看见里面还有一扇同样厚的大门,里面那扇自动门没有玻璃窗,很少开合,显得异常神秘。

两扇门当中,一面墙壁上有个可以作登记的窗口。

楼梯间异常宽敞,也很明亮。

麦牧心坐在涂着工业油漆的水泥楼梯上,一侧身体靠着扶手栏杆,这个位置正好可以看见手术室大门,看得见是否有人进出。

她掏出一打 A4 纸打印的稿件,用绿色大夹子卡着,文件夹上写着醒目的:URGENT(紧急)。

"你怎么还在弄《等待戈多》啊?"柯怡瞄了一眼,问她:"一年前你好像就在看这个,那时候不就说弄这个采访吗?搞了一年多啊? 你们这是没选题了?"

"柏林德意志剧院要来演德语版了。"

"上次你们杂志要写报道时,那次来演出的是哪个剧团呢?"

"爱尔兰,英文版,法国女导演。迪迪扮演者的夫人。"

"这次还是你去采访? 这次写啥呢?"

"嗯。"麦牧心把一次性咖啡杯的盖子小心翼翼地打开,从口袋里掏出一包黄糖,倒进咖啡杯,又从口袋里掏出一个纸巾,包着一个搅拌棒,慢慢地搅动加了糖的咖啡。

"你居然开始喝加糖的咖啡了,稀罕。"麦柯怡看着姐姐,有点不解,"这次你想写什么呢?"

"舞台。据说布景师很特别,舞台上除了一个锥形的下沉式坑,演员没有任何道具。"麦牧心开始小口喝咖啡,翻开膝头上厚厚的打印剧本稿件,"我最近发现,咖啡加了糖,不影响它的苦,但是不涩了,蛮好的。"

"……那你可以喝巧克力呀。"麦柯怡说着瞄了一眼坐在六楼半楼梯台阶上的姜迪贤。

"我这可是当能量来补充,当饭吃的,好伐。"姜迪贤貌似听出六楼楼梯上姐妹对话里的弦外之音。

爱斯特拉贡:瞧这个。(他拎着叶子根部,把吃剩的胡萝卜举起,在眼前旋转)奇怪,越吃越没滋味。

佛拉狄米尔:对我来说正好相反。

埃斯特拉贡:换句话说?

佛拉狄米尔:我会慢慢地习惯。

埃斯特拉贡:(沉思了半晌)这是相反?

……

柯怡一边看这几句台词,一边读出来,问:

"演员真得会掏出胡萝卜吃吗?"柯怡心想,这演员大概属兔子。

"会的。"

"那这次没有胡萝卜要假装吃胡萝卜喽。"咸吃萝卜淡操心,柯怡又想。

"据说是任何道具都没有。"

麦柯怡转身仰头隔着栏杆问姜迪贤,"你喜欢看话剧吗?"

"不看。"

"那你爱看电影?"麦柯怡貌似很想了解妹妹孩子的爸爸。

"想纯粹娱乐自己的时候。"

"那该是喜欢看喜剧咯。"

"倒未必……伍迪·艾伦和周星驰都挺娱乐我的。"

麦牧心隔着柯怡的肩头回过头,特意伸长脖子去看一眼姜迪贤,笑,然后用腿碰一下妹妹,好像心领神会一样,说:"你口味深浅不一么。你知道海伦最不爱进电影院吗?"

"嗯,知道。第一次约她出来就表明了她的约会准则,不吃西餐不进电影院,没酒免谈。"

哈哈……姐妹俩忽然一起笑了。然后赶紧捂着嘴巴,因为楼梯间有回音,究竟是病房大楼啊,她们俩这样笑觉得有点内疚了。

"那么你们去哪儿了?"麦柯怡压低声音继续"审问"姜迪贤。

麦牧心插嘴,抢答:"先吃火锅再去啤酒屋呗。"

哈哈……这回轮到迪贤笑了。他没有拦住嘴巴,声音好响。柯怡赶紧手指竖在唇边,对他做嘘声状。

见迪贤笑成这样,柯怡追问:"是不是啊,我姐说对了吧?"

麦牧心低着头嘀咕了一句:"在你家喝啤酒的吧。"

姜迪贤侧头,说:"她都跟你说过啊?"

哈哈。姐妹俩张大嘴巴,做成狂笑的状态,就像哑剧演员那样,双脚在台阶上乱踩。

Bingo,她们俩都猜对了。

姜迪贤自知被算计,走下几步楼梯,绕过她们俩,下到五楼半的空地上,原地转了几圈,摸着自己的头发。

这时候,麦柯怡推牧心,看:"好像有医生出来!"

牧心赶紧站起来,把一堆 urgent 扔台阶上,趴在门上窗口看,面孔眼熟——啊,是上官组里的见习医生!

牧心立刻冲进去。

"小吴医生!"

"啊,你们枕(怎)么寨(在)这里!"小吴来自台湾,已经拿到艺术系学位,偏偏父母不认可,非要逼他学医。口音很有特点,前后鼻音不分,四声随便乱摆。

"你也在海伦的手术上吗?"

"有债(在)啊!"

"我妹妹怎么样? 现在?"

"我们都在旁边看着,还没开始呢!"

"啊?! 什么意思啊?"牧心傻眼了。三四个小时都过去了啊!

"桑(上)官一个人债(在)醋(处)理粘连呢,他都不要我们擦(插)手,从来没有见过他仄(这)个样子呢。大家都坐着,看他一个人忙。"小吴一边很快说一边露出不可思议的表情。

"粘连? 肠子还是……"其实牧心也说不上什么部位,仅会在病房里道听途说来的几个术语。

"怎么会没有? 上次手术到现在才一年吧,粘连就很腻害(厉害)啦!"

"那手术什么时候能结束……"

"其实等于手术还没开始啦……不过你们不要急啦,她人现在都还好。我要赶去病房,护士台有说我们组的一个病人有问题啦……"小吴从楼梯跑下去,他拉开楼梯安全门,忽见还有两个人在楼梯间,愣了一下,嘴里嘟囔了一句:"啊,哲(这)么热闹。"风一样旋下楼去,像《西游记》里的黄袍怪。

跟不上"黄袍怪"的牧心回到楼梯间,坐下来。

迪贤和柯怡看着她。

"好像才开始,在处理粘连……"从海伦推进去算起,已经近四个多小时过去了,竟然只是在整理肚肠,这效率也太低了。

姜迪贤听说"目前蛮顺利",就转身朝楼下走。柯怡替他,把手指并拢在嘴唇上粘一下,说:"去,飞一个……烟圈!"

姜迪贤摇着头一路走下去。

"我还从来不知道迪贤也这么感性呢!"麦柯怡站起来从缝隙看着往下走的这个"塑料"妹夫。

"不感性的人会喜欢海伦吗?"

牧心继续翻看《等待戈多》的剧本。

这一叠厚厚的打印剧本,几乎跟了她一年多。在网上找这个剧本的中文版本时,是在海伦家的大阳台上,阳光很暖,安德鲁抱着九九玩耍。听说她要做这个采访,还大声说:你一定要看德文版的话剧。

那时候只是听说爱尔兰剧团要来演出而已。

现在,德文版的《等待戈多》真要来了,安德鲁可以做他的同声翻译了吧。不过哪里还需要,这一年,断断续续的,她自己都快可以去演了。在每一个艰难的等待时刻,《等待戈多》几乎都在她手边。

"你想过跟安德鲁去德国生活吗?"

柯怡在她身后冷不丁冒出一句。最近这个二妹像媒婆一样好奇姐妹们的私生活。

好像安德鲁都没想过什么时候回德国去生活。牧心心里想,我会跟安德鲁一直生活下去吗?为什么我和安德鲁没谈过这个问题……

"没想过。"

说完,牧心低头看手中那页写着——

弗拉季米尔:别人受痛苦的时候,我是不是在睡觉?我现在是不是在睡觉?明天,当我醒来的时候,或者当我自以为已经醒来的时候,我对今天怎么说好呢?

……

或许,海伦其实现在是醒着,我们在睡梦中吧?

54

学道的比丘要带三分病,才知道要发道心。

——佛陀

"迪贤在病房大楼里发现一个咖啡吧,就在医院里,要我们下去那里坐着等。"柯怡读发自姜迪贤的短信,对牧心说。

"你下去吧,我在这里等,那里可以抽烟。"

少了上官的咖吧,她没有兴趣。

"你还要咖啡吗?"听上去,海伦的手术还有得等,柯怡确实想去外面走走。

"不用了,那咖吧的咖啡一般般。建议你喝茶,那里的拿铁没有鲜牛奶,是速溶奶浆。"

"啊?"

"最好点一杯绿茶,高高的玻璃杯看得见绿色茶叶,蛮好看,还可以续热水呢。"

"啊?"

"还有,咖啡吧烟雾缭绕。"因为柯怡不吸烟,牧心特地提醒她,她知道这个妹妹追求健康完美的生活环境,对二手烟憎恶之极。

"啊?"

"嗯……还有一股子霉味混和着远方赶来看病的家属们带来的旅途味道。"牧心继续描述咖吧,她和上官的咖吧。

"啊?"

"替我问候门口红色大脚盆里的大乌龟。"

"啊?"

"啊什么呀,快去吧,至少座位比水泥楼梯舒服。"

"那你别说了呀,真是的,你这人做事也是让人'啊'不停的,你说今早海伦进手术室时候你去哪里了?"

"我肚子疼……闹肚子!"

"啊?"

"啊什么呀,起得太早,安德鲁咖啡煮得太浓,你懂了吧?"

"姐,你担心么?"麦柯怡忽然这样来了一句。

"不担心。"牧心说得很笃定,"快去吧。"

她想起上官倒咖啡时双手的动作,利索,准确,稳当,性感……不是他的手品相性感,老实说,那双手更像干木匠活的手——手指偏短,手掌厚厚的。他说他每天都要剪指甲——他的手,很少伸展开来,不是握着半拳,弯着手指,大拇指和食指习惯性地搓来搓去。双手摩擦的时候发出嚓嚓的声响,那是皮肤干燥的声音。

"处理器官之间的粘连,就好像,要剥开两个黏在一起的水饺,不管哪一个饺子的皮,无论如何都要破的。就看你选择哪一个破得大一些,哪一个创面好处理些。"

手术前,她和上官在咖吧谈到海伦手术可能要面对的难度在哪儿时，上官曾这样给她解释"粘连"。

现在，他一个人，低着头，用他的结实而灵活的手指在海伦的腹腔里"剥饺子皮"……牧心仿佛自己也在手术室里。

"做手术很闷吧？"她很想多了解一些手术室里的情况。

他说："还好，我们会聊天儿。"

牧心蛮惊讶的，因为她想起曾经看过一部美剧，病人的麻醉出了问题，不能动，但是清醒着，清楚地听着医生们说着对她那些不得体的评价。所以她继续问上官："难道你们也会聊病人吗？躺在那里的病人吗？"

他没多想就回答她："也会，不过，多数是相对轻松的话题……"然后，上官问她："在病房里听海伦说你喜欢养花？我看到她床前的万年青了。"他还没等她回答，接着说："我最近买了八盆君子兰。"

"为什么买那么多啊？"牧心差点儿以为是君子兰清仓大甩卖……

他居然笑着说："没养过君子兰，听说蛮难养的，我就买来八盆，分别放在不同的位置，看看情况。"

牧心心里想这是什么路数啊？还挺有科学精神的。说给老爸听，估计要被麦老头嗤之以鼻了。

还有人这样养花啊？

她不好意思质疑他的热情，就告诉他，她自己那盆君子兰的来历。

"8年前，我买了一盆，就在公司楼下，一个骑自行车的男人叫卖，18块钱一盆儿，养到现在。"

听说就买一盆,养了八年,他很惊讶,"就一盆儿?"

"嗯,你那种八盆一起养的,还没听说过。"一下子买八盆君子兰,还真舍得花钱。

现在,坐在楼梯上,牧心独自想着这些,还是觉得这个人不可思议。倒是忘记问他把八盆君子兰都放在什么位置了。难道按照八卦方位摆放?

不过,这家伙真是仔细,他居然用毛笔给君子兰叶子刷灰。

当手术室的门再次响动的时候,已经又过去两个小时。

这次她看见的人是闵一,她确定他在这台手术上,作为海伦的床位医生,他当然"有在"。

一身手术室装束走出来,鞋上套着鞋套。他站在两扇手术门间隔的空处,在张望,手里提着一个不锈钢量杯一样的容器。

牧心赶紧冲过去。

刚好柯怡和姜迪贤也上来了。

闵一看到麦牧心,用肩膀推开门,露出半个身子,把手里容器探出来给她们看。

"脾脏下来了。"

三个人低头看到血肉模糊的一堆,在他手里端着的敞口锥状不锈钢容器里,一起"啊"了一声。

"大伐,一般人正常的脾脏就是你们看到的这个脾脏的三分之二吧。"

带把手的不锈钢容器,像厨房里用的大量杯,一大块紫红色的物体塞在里面,只见血色,倒没有血淋淋的模样,简直跟人体无法联系到一起。

"怎么是这个黑紫……颜色?"柯怡对颜色相当敏感。

"下来一会儿了,失去氧气,会变成紫黑色。刚下来不是这颜色的。"

"她人怎么样?"

"还好,手术目前蛮顺利,在控制中……"

"能说说,还要多久啊?"

"这个不好说了。"

"我们还是等在这里,结束了,反正你们会从这里离开手术室推去病房对吧?哪儿可以最快看到她?"牧心像机关枪一般地问。

"好,等在这里……应该可以,"闵一有点心不在焉了,"应该从苏醒病房直接推去病房,19床。"

"不会去ICU吧?"柯怡赶紧插嘴问他。

"哦,不会不会,上官安排好了,回病房。给你们家属看看,我进去了。"端着那团紫黑色边沿像扇子一样的脏器。

麦柯怡看着麦牧心,呆呆的。然后问:"海伦没脾了,是不是脾气也会小一点儿?"

55

我们的生命在一天二十四小时内,总共生死起落六十四亿九万九千九百八十次。所以,我们的生命每一秒钟大约生死七万次。

——佛陀

"咱们能做的就是一种泛泛的乞求。"

"一种祈祷。"

"可是他怎么回答呢?"

"他要瞧着办,他说他不会事先答应,他要考虑一下,他要跟他的家里人,他的代理人,他的朋友们,他的通讯员们,他的书和他的银行存折……一一商量斟酌后,才能打定主意。"

贝克特在奚落上帝吗? 他认为上帝处理人们的祈祷,仿佛法官处理一桩案宗,"他要瞧着办"。

戈多什么时候收到麦海伦的案宗呢?

麦牧心看着贝克特的一张黑白照片,他骨相清奇,头发像一团灰白色的火焰,以至于看到类似的西方男人,麦牧心就给他们起名叫 Samuel。

戈多收到过麦牧心不泛泛的乞求吗?

戈多跟谁商量过麦海伦的案宗?

有一件事,即便她没有收到过谁的暗示,但是她很确定,戈多一定同上官诺兰以某种方式商量斟酌后,在海伦卷宗这件事上,达成了一致。

深夜里,病房的走廊相当寂寥。

19床的帘子敞开着,护士不时进去低头查看。

床上的病人悄无声息,呻吟声都没有。

12小时平躺不能动,反穿着病号服,下身盖着无菌被单。长发散乱在两侧,因为不能睡枕头,面孔有些浮肿。海伦眼睛半开半闭,嗓音沙哑。

"哎,怎么又醒了,没有死在麻翻的时候呀……"

牧心用手,轻轻地缕着妹妹的头发,忍着泪水,说不出来话。

她握着妹妹的手,很凉。她双手握住她一只手,暖在手心。其实她自己的手也不热乎。

病床一圈儿,架着两个输液支架,挂满各种颜色的药液。新鲜血浆的袋子特别刺眼,鼓鼓囊囊的,像一颗怒气冲冲的心脏。

运送药液的透明塑料管细细的,像爬藤植物的触角,钻进海伦的身体,消失在遮盖住的身体各个部位,以拯救的名义肆意刺痛着这个身体。

监护仪发着哔哔剥剥的声响,屏幕上亮光一闪一闪,各种数字在不定时地跳跃。

78/80/70……这是心率。

92/90/91,这是血氧……

心电图的曲线优雅滑行,无限消失到尽头——外星球。

病体必须纹丝不动,其实海伦也失去了任何动弹的能力。

早上 7 点被推走。

下午 3 点被推回病房。

病房外,他们等待的八个小时,在麦海伦不亚于八个轮回。游戏人生的戈多,在她经历了八个轮回之后,将她的彼岸选在她离去的此岸。

开始熬第一个危险的 48 小时。

她并没有涅槃,她知道,涅槃的过程才开始。

首先要熬过术后大出血。

鼻饲软管,再次回到海伦鼻孔里。

牧心盯着那根管子,不能出现红色。血氧不能低于 80。还有脉搏……以及床头那根负责自动定时推送药的针管,像根甘蔗一样粗细。

"嗡……嗡……嗡……嗡——"

牧心看着被戈多点了穴的海伦,想起她看到妹妹刚出生时的第一眼。

爸爸领着她和大妹妹来到医院,刚出生的小妹妹躺在妈妈旁边。她永远记得那张婴儿脸,满是白色的小斑点儿,那个婴儿就是现在的妹妹吗?

有人说,人的成长就是不断消逝的过程。

那一眼之后,家里老大麦牧心的蒙昧之心被打开了。

那个婴儿梦到过自己长大后这样躺在病床上吗?

生不如死的气氛,自海伦的眉头黑压压静悄悄地蔓延开来。

麦牧心陪夜。

大李已经替她租好躺椅,就杵在床头,她连打开的想法都没有。木凳子放在床脚,牧心也很少坐一下。她恨不得变成一只蜻蜓,张开一对儿翅膀,悬浮停留在病床上空,用一对复眼盯着所有的管子是否在正常运作。

马上就半夜 11 点了,见海伦呼吸略平稳些,她挪出床边,坐在走廊的地板上,背靠着墙壁。她顾不得脏不脏,她需要伸直一下双腿。头上一侧是病房门口的干洗洗手液,一股刺鼻的酒精味道。

她从裤子口袋掏出手机,父亲连续发来五六条短信……

"目前都平安。"她统一回复。这样的怠慢肯定令麦老爸很不爽,但实在也顾不得了。

病房走廊上方挂着一块电子显示牌,如果上面跳出"37床",随着电子屏幕的闪烁,《哦,苏珊娜》叮叮咚咚地响起来。

"他们为什么选儿歌电子琴版?为什么不选她的班卓琴版?口琴版也好过这段生硬的电子琴啊!"麦牧心就在显示牌下面。

"Oh, don't cry for me I've come from Albama, with my banjo on my knee……"①

吧嗒,支离破碎的音乐戛然而止,铃声被护士按掉了。

---

① 《哦,苏珊娜》的歌词,意为:不要为我哭泣,我从阿拉巴马而来,膝上放着我的班卓琴。

然而,护士仍然没到达 37 床。

不耐烦的病人继续按铃。

"——Oh, don't cry for me, I've come from Albama, with my banjo on my knee。I am going to ……"

"吧嗒"。又被按掉了。

还是没能听完整。

牧心双手捧着头,胳膊肘埋在盘坐在地板上的双膝上。

"怎么了?"

牧心吓一跳,立刻抬起头来寻声找。这声音不响,但这个声音是可以敲击到麦牧心心头的特殊声音。

上官正站在她前面,低头看着她,双手取下眼镜,用一块眼镜布擦拭着。

"啊,上官医生,你怎么来了? 这么晚还在医院?"牧心抬头望着他,想着用什么方式站起来。

"我肯定要过来看看。"

"以为你不过来……会明早查房来……"她反手拉着走廊上的扶手栏杆站起来。看他挤压洗手液,一边上下里外地搓手,走进病房。

值班护士从护士台快步跟进来,迈着快捷的猫步。

上官诺兰先盯着监护仪看,然后低头看床一侧的负压血球。这时候,闵一也神不知鬼不觉地冒出来,站在上官的身后。

他的白大褂口袋里,揣着一瓶可乐。手挡着嘴巴,掩盖正在咀嚼的动作,难道去吃宵夜了么?

闵一轻轻地报告几项数据。

"疼!"

海伦哼出一个字。

"熬过今晚会好过些。"上官轻轻地说。

然后他查看伤口,四十厘米长的纱布从海伦的胸口一直延伸到下腹部……上官没有穿白大褂,穿着一件藏青色卡其布夹克衫,拉链规整地拉到一半,露出早上那件暗红色条纹衬衫。

一早,他就是穿着这件衬衫站在晨光里。

那时候海伦在病房口上推车去手术室,牧心看见上官诺兰了。他也来了,来到了病房。

他穿着这件衬衫,就站在电梯口的位置,没有走过来,远远地看着这边的她们……牧心看到了。

他双手抱在胸前,左手垫在右手手腕处,右手摸着下巴上短短硬硬的胡茬。那时候,他也没有穿白大褂,看上去像是刚刚从车库走过来,左手里还握着车钥匙。

他站在 20 步开外的地方,牧心清晰地看得见他衬衫上有暗红色的条纹,下摆扎在大地色卡其布裤子里。

他站在走廊的亮光处,护士站的窗户在他一侧,透进明亮的晨光,牧心觉得自己分明闻到了他须后水的清香。

他应该知道牧心看到他了。因为当牧心发现他,开始注视他的时候,她看到他换了手的姿势,将两只手插到口袋里,呈现一个大字形站姿,头略微歪向晨光,嘴角微微收紧,一个不易察觉的微笑展现在晨光里。

"放心送她去手术室吧。"

"我准备好了。"

差不多 10 秒钟的注视。

不到 20 步的距离。

此后经年,牧心无法忘怀那个清晨,站在晨曦下的上官诺兰。

56

永远不要说永远,总有东西要去尝试,你我都不会预测未来,不要把永远说得那么轻松。

——《放牛班的春天》里的台词

教堂门前,一位老妇人拄着四脚拐棍,另外一只手拎着马甲袋,应该很重,勾挂在手腕上,勒得手变了形。

她一路嘟囔着请帮忙开门,她没有转头,可是唯有牧心正站在教堂门口等安德鲁。

她赶紧上前一步,去帮老妇人按墙边上的门铃。然后,去推那扇玻璃门。老妇人呼哧呼哧喘着气说谢谢。牧心没多想,跟着她也走进去。她原本想或许她需要进一步的帮助。

老妇人不曾抬头看过她。

她径自走到写有"马文龙牧师"的门前,放下拐棍,用她的手指轻轻地,温柔地敲门,敲门的声音比她喘气的声音要温柔。

牧心被一阵琴声吸引,慢慢走进虚掩着的堂厅。

周四下午,教堂里空荡荡,东面高高的窗下,一个瘦小的人在弹琴。他应该在练习弹奏,不断重复着几段旋律。

牧心走进去,想起大约十多年前,她大学刚毕业,也在这样一个周四的午后,被琴声带进一座沐恩堂。

同样阴沉沉的冬日午后,十多年前,她曾站在教堂里泪流满面,把这教堂的肃穆当成上帝最庄严的承诺。

"大人阁下想要知道有什么特权?"

"难道咱们什么权利也没有了?"

"你真叫我忍不住笑,要是笑不算违法的话。"

"咱们已经失去了咱们的权利?"

"咱们已经放弃啦。"

她放下包,坐下来,最后一排,这些长凳用长长的窄木条无缝拼接,木质陈旧,长凳边缘的木头已然磨损,像露出线头的棉布衣服。

琴声,在空荡荡的教堂里乱撞,旋律不连贯,有几段不断地重复,低音部总是出错,问题在左手。乐曲听着真耳熟,牧心想不起是什么曲目,教堂里常选的曲目,拖着长长的尾音……

听上去倒也不像一般的唱诗曲。教堂与寺庙最不同的是:教堂都有凳子,如果不愿意跪,你可以妥帖地坐下来。寺庙里的蒲团固然舒适,可那是僧侣的位子,香客要跪。

教堂的重彩厚玻璃窗下,那位琴师是一位书卷气的中年男人吧?

戴眼镜。

他有些无精打采,停顿,重复,节奏又错,再重复。他的弹奏中,远远的,牧心能听出他的疲倦在熟练的中高音曲调里,他让自己尽量打起精神,可是显然他的技法跟不上他企图高昂的情绪。

教堂四周墙壁棱角处,积满灰尘,三张高背木椅子,整齐地置放在最前面,那些兰花该是真的吧?

琴师穿一件黑色运动款风衣。

黑色的头发有点儿凌乱,他忽然停下,双手并拢上下摩挲脸。他的疲倦在琴键间传递出一份生活的不易。

圣洁的音乐,宁静的教堂,并没有让他享受这个下午。

十多年前,沐恩堂里牧心也遇到过一位琴师,那是一位老人,背着手离开钢琴时,自言自语:很久没有白相 piano(钢琴)了!

即将离去的冬日,总会在傍晚回头甩一把冷风。

空荡荡的教堂更加冷清,好在木制家具撑起了一份无法抗拒的家的温馨感。

琴师胡乱翻着琴谱,他有些焦躁,重复的旋律越来越多。然后,他选了一首激昂的旋律,可是弹出来的感觉更像是不满的呐喊。

牧心好想走上前去,坐到他身边。

能为他做些什么。安抚或者鼓励。

她没有走过去。

在这清冷的傍晚,这个焦躁的男人在古老教堂里一个人不合时宜地练琴。

十多年前,牧心陶醉在教堂呈现的氛围里。

现在,牧心会为一个弹不好琴的孤单男人心疼。

她恨自己这些无来由的"伤感"。

她心疼骑着自行车在写字楼间穿行的卖花男人,单车后面绑着大小花盆。蹲在路边,在写字楼下面,躲藏着,向写字楼里的小姐们兜售他的花。牧心曾经买下他自行车上所有的花。

她心疼那些在公交车上打瞌睡的大叔。

她心疼骑着三轮车帮人拉货的妇人。

她心疼雨天冻成红鼻子的推销员,心疼菜场里用粗糙的手捏着瓶盖儿削芋艿皮的妇人……看得发呆眼泪掉下来。

那时候她觉得自己就是一个傻子。小时候,爸爸带着三个女儿一起在家里看电视,她们姐仨坐在前面,爸爸坐在后面,姐仨经常被哭得稀里哗啦的爸爸弄得看不下去。惹得妈妈出来关掉电视还要呵斥爸爸"不像个男人"。

爱哭就不像男人吗?

这就是为什么她会喜欢一个德国人。

安德鲁感情从不外露。安德鲁哭是什么样?她想象不出。有时候,当安德鲁不在身边的时候,她觉得安德鲁是她自己为自己想象出来的一个"情人",她不愿意跟任何人谈论她的感情生活。她觉得爱情是少男少女的事情。

牧心觉得,成熟的男女之间,互相去问:你爱我吗?是一件很傻的事情。

这不是降低智商么?乐此不疲地玩"以爱情为名的游戏"。

海伦说,对于没有丰富想象力的成人,爱情就是用来亵渎的。

反正，麦牧心讨厌泪点过低的人。

比如她自己。

眼泪时常令她狼狈不堪。

麦海伦冗长的手术，无声无息得像洪荒时代。

上官诺兰推开手术室那扇厚厚的大门出来的时候，已经午后两点多了。

牧心第一次看到他穿手术服的样子。

蓝色的一次性口罩和手术帽，眼镜上雾蒙蒙，海伦曾说手术室冰冰冷的。他穿着一双大大的深蓝色 Crocs 凉鞋，这已经成了外科医生们的专用鞋了，这应该是 Crocs 品牌没有预料到的产品成果。蓝色手术服前胸后背被汗水浸得湿透，领口处的汗水浸湿成三角形。他一只手里抓着一套折叠得很整齐的换洗手术服，向电梯走去。

"手术蛮吃力的。"

这句话他仿佛说给自己听一样，没有停下脚步，摇了摇头。

牧心低头看到了他的脚踝，手术服裤脚好短，脚上圆头圆脑的大鞋子像荷兰木屐。

奇怪，身着手术服的上官，让牧心联想到他的少年模样。

姜迪贤跟上去，居然殷勤地为上官去按电梯按钮，嘴里一连串："谢谢谢谢……"迅速插播一句"侬上去下去……"

口气真诚到语无伦次的程度，这是姜迪贤吗？他多拽的一个人啊！

"推去复苏室了，大概一个钟头吧，会推回病房了。"

"好哦好哦,辛苦谢谢辛苦谢谢……"姜迪贤就差给电梯里的上官诺兰鞠躬了,双手抱拳对着已经走进电梯的上官继续叨叨……直到电梯门哐当一声合上。

"我们海伦撑下来了,哎呀,不容易不容易!"姜迪贤原地打转。

麦牧心傻站在迪贤和柯怡的身后。

她靠在楼梯口安全门上。

不知所措。

"要是有勇气像电视剧里那样抱抱他该多好!"麦柯怡嘟囔了一句。

57

如果我的父亲知道
你是他儿子的儿子,
你就会被用金带包着,
你就会在金摇篮里睡觉,
日日夜夜我会把你陪伴,
睡吧,睡吧,国王的宝宝。

——《鸡舍里的王子》

"海伦熬过7天了。"

老麦出来进去转悠,嘴里叨叨了好几遍,像动画片《老狼请客》里面的老狼似的,就差手里拎着一只鸡。

"医生说现在安全了吧?"

"只是过了术后大出血的危险期。"麦柯怡一边回府嘉禹的短信,一边回答父亲的问话。

府嘉禹在问她何时可以回北京,可是她的心情有点儿复杂,想女儿,又蛮享受一个人的日子。

一个人在病房陪夜,妹妹的痛苦让她不知所措。

她不知道说什么来安慰妹妹,她觉得安慰没有任何意义,又不止痛。

她宁愿帮着捏捏妹妹躺麻了的双脚,给双腿活活血。

看着痛苦异常的海伦,她的思想有时候会游离出去,这是她的妹妹吗?

她如果少喝酒,如果更爱惜自己的身体,就不会有这样的人生?

她试图找出妹妹痛苦的原因,明知道为时已晚,但是她希望以此来警示自己。

长久以来,她练就了一个本领:伤心的事不去想。

不去想。

就不存在。

不去想府嘉禹的背叛。

背叛就不存在。

府嘉禹不是还在她身边一起生活么?

好,就这样吧。

于是,她打算留有余地。给府嘉禹回信:订好机票给你信,等海伦再平稳两天。

"为啥我就不能去病房看看女儿呢? 你们真是让我不可理解。"麦思无的拐杖把地板敲得咚咚响。

柯怡继续翻箱倒柜整理父母房间的衣橱,抽屉。

"哎,没有一个人支持我。"

柯怡停下手,歪着头看着父亲,老麦正扶着卧室的门框,语重心长唉声叹气,一副世风不古的神态。

他右手已经伸不直,好在是左撇子,使筷子不成问题——这是人生大事。写字也开始用左手,写得很不赖。

卧室白色墙壁上,房间走廊白墙上,一条暗色痕迹,那是父亲自脑梗后,走路不稳,手扶着墙走留下来的。

妈妈有时候会叨叨说太难看了,谴责父亲经常不用拐杖。牧心去世界各地喜欢给父亲买各种拐杖,父亲的腿脚从年轻时候患过一场严重风湿性关节炎后,就不再能大步流星地走步了。

老麦还是小麦的时候,有一次大学实习,下乡向农民伯伯学习植物嫁接技术。小麦根正苗红,阶级感情深厚,大干特干反复干,最后实在疲劳,和衣在霜重露浓的树下睡了一夜。醒过来的时候发现已经全身麻痹无法动弹,像武侠书里被点了重穴。经年治疗以后才有所好转,但已经成了慢动作的生活。卢小姐却在这当口,力排家里众议,毅然嫁给了小麦。这是让小麦一直到老麦都感念不已,吵架时候常落下风的主要原因。

家里的拐杖可设立拐棍博物馆:可折叠式,老树根雕刻的,透明硬塑质地的,四爪的,可以支撑胳膊肘的伤兵用的,最好看的一根是从英国带回来的,被父亲闹脾气敲断了。

老麦最不喜欢拐杖,他说拐杖让他觉得自己像残疾人。卢女士此时必定冷冷插一句:难道你不是残疾人?这话让老麦哑口无言到了痛彻心扉。这个老伴从卢小姐一直到卢女士,说话嚷嚷,无论是数落女儿还是抱怨她自己的姐姐,一个人就能挑起群架。老麦经常说,老伴屈才了,因为她一个人能挑起世界大战。

老麦最喜欢骑着脚踏车出去,即便走几步,也可以推着脚踏车,像寻常人那样左顾右盼踌躇满志。迫不得已,他才会带着那根可折叠的拐杖出门，似乎可折叠的拐杖就不是拐杖似的。

麦海伦学父亲走路最像，脚高脚低，眼睛望着脚下，过分自然下垂的右手臂，像人猿泰山，假装不是小心翼翼的模样，总是惹来全家爆笑。

父亲从不生气，还会自己起来走一遍，指正小女儿动作不够到位之处。

父亲是乐观的悲观主义者。

妈妈是悲观的乐观主义者。

婚姻到老就是这样互相嫌弃和数落吗？她其实很羡慕父母之间互相大声指责的勇气，她和府嘉禹，可没有这份勇敢，跟他痛快地吵一架，甚至打一架，她有时候会想这样。

"爸，留着羽绒背心，长袖羽绒服收起来，怎么样？"

"问你妈妈吧。"

"厚毛衣也穿不上了。"

"那件豆沙色的开衫羊毛衫给我留在外头，不要收起来。我还想穿穿。"

"啊呀，那件袖口都脏了，我想送去干洗呢。"

"不脏不脏，我不喜欢套头衫，穿脱不方便。"

可不是！要多给爸爸弄几件好穿脱的衣服。她想着想着，眼圈忽然酸酸的，海伦小时候总给爸爸系毛衣肩头的扣子。

已经五月中旬，天气的温度还真让人左右为难，冬衣不敢收起来，哪天忽然落雨气温陡降，冬衣还要穿的。春衣穿不上却要拿出来备着,晒晒晾晾去除一年尘封的霉味。

"妈,大衣现在穿不上了,是吧?"

没动静。

柯怡仰着脸,整理衣橱里面挂着的大衣,她发现妈妈有几件衣服料子真是好,怎么都不见她穿呢? 一件宝石蓝短款羊绒大衣,领子有毛毛绒,这件老妈穿最好看了,却许久不见她穿了。

她取下来,去除防尘罩,仔细查看有没有生虫。

"不要你来弄。"妈妈忽然走了进来。

"这件衣服今年都不见你穿!"

"哪有心情穿!"

"穿了好看的衣服就有好心情了。"

"我没那好心情,出门不忘穿衣服就蛮好了。"

"总不穿也要坏掉的。"柯怡见妈妈手里拿着一张单子,在床头柜上乱翻。

"我的老花镜呢?"

"不是在你脖子上挂着么?"老太太低头一看,可不是,只是被围裙遮住了。随着年纪的增大,卢女士骑马找马的时候越来越多。

"你手里是什么?"

"九九幼儿园带回来的,好像是六一春游通知。"

"我来看。"柯怡接过来。

"哦,六一幼儿园要去科技馆春游,希望孩子的父母有一人陪同参加,其他就是准备零食什么,再缴费 200 块每人,说下周请放到孩子的书包里……写上班级和孩子的姓名。"柯怡看完把 A4 纸叠好递给妈妈,去翻自己包。

"我现在就给你弄好,这是 200 块。信封有吧?"她探头到卧室外面问爸爸。

"多大的信封?"

"寄信的小信封就行啦。"

"这种事情当然要问老爸,你妈妈可找不到。"

柯怡把 200 块钱装进信封,递给老爸。"爸,你现在写上九九的名字和幼儿园班级,六一春游费用,然后记得塞进九九的书包里。"

"这事儿你嘱咐爸爸就找对人了,你妈妈到时候去邮局把信塞进邮筒倒有可能……"

"不要老说我好不好? 你这老头子真是讨厌的。"

"家务事各有分工,我也有做不来的事么。"老麦用无产阶级老革命家虚怀若谷的口吻说道。这句话,老太太还是爱听些。虽然还是撇了撇嘴。

"六一家长要去这事儿,我可是去不了,孩子们满地乱窜,跟不上,太累了……"

"嗯,你可不要去,累坏的。我去问问迪贤"。

"他能去就最好了! 毕竟是亲爸爸么,也让别人看看……"

"应该没问题,还有半个月,海伦那时候应该不用陪夜了。"

"姜迪贤这人不错,现在海伦一身病,人家……海伦当时不知道怎么想的? 就是胆子太大,不听话。"柯怡知道妈妈又要开始数落,现在看海伦恢复得还可以,就像雨季来临的三峡大坝开始开闸泄洪似的,又有心情数落海伦的诸多不是了。

"你们什么时候批准我去医院看看海伦?"麦思无看着两人都在,重提自己的话题。言下有老干部不再受重视的怨气。

老太太又瞥了一眼老麦,不响。

柯怡把整理出来的厚冬衣叠好,收进一个大袋子,对妈妈说:

"这些我送去干洗店。到时间,牧心会取回来。你不用操心。"

"干洗太贵了。"

"牧心说了,送去她常用的那家,会员价,东西打理得很好,安全,会员价差不多就对折了。"

"你们太爱花钱,其实太阳晒晒就行。"

"那些羊毛衫不洗好要生虫。"

"我自己买了羊毛洗涤剂。"

"妈,你操心九九不容易了。"提到九九,老太太眼睛红了。

"这周末回来又要找妈妈,我们九九好可怜。"

"妈,你往好处想,海伦现在恢复不错。这么多人都爱着九九,她不缺爱啊,有你这位天下最好的外婆在身边,南苼还没有她这好福气呢。"

"哎,你也该回去了。女儿不能总跟着爸爸呀。"

"跟着爸爸她开心来不及呢。"

"另外,这次海伦的医药费一定不得了……"

"妈,她有大病保险,人能救回来,钱算啥呀。"

"是呀,我们海伦福不大命大,我和你爸爸商量好了,医药费我们出。"

"……啊?再说吧。"每天在病房里看着海伦九死一生,柯怡完全忘了钱这回事。

"她爸爸没有对南芏发脾气吧?"柯怡知道,妈妈最怕她的外孙女受委屈,总觉得孩子跟着妈才是最幸福的。卢女士自己6岁没了妈妈,12岁时爸爸卢半城续了弦。从那以后,妈妈就不再有快乐,虽然那个小脚后妈对她很不错,可算后妈里面的亲妈了。有句话总挂在卢女士嘴边:宁愿跟着要饭的亲妈,不要跟着当官的亲爹。言下之意,后妈根本不在考虑范围之内。

在她的潜意识里,所有的爸爸对孩子都不如妈妈。孩子跟着爸爸要受委屈的……

"妈,你不知道,其实父亲和女儿是最合拍的关系。"柯怡瞄一眼外面,老麦腿脚不灵,眼睛老花,除了味觉嗅觉一级棒得像国宴大厨,就剩下耳朵灵得像顺风耳。

"就是就是,"老麦在外边附和着,顺杆子又爬上一层,"你们要理解我想我小女儿吧,什么时候我可以去看她?"

老太太在卧室里用手指点着外面,无声地指责:他好烦。此时老太太若有黄药师的弹指神通,老麦已然倒地了。

柯怡走出去。"爸,你去医院,我们都没意见。是海伦不同意你去。"

"不可能。我短信问她,她可以看手机了是吧?"

"是的。你问她她也不会说出她心里的真实原因的。"

"真实原因?"

"就是,她不想让自己一头白发走路靠拐杖的老父亲看到女儿那么衰弱……她受不了啊!"

听二女儿这样一说,老麦的眼圈红了,像通了电的电磁炉。

58

七姐妹对因陀罗说,感谢你的奖赏,我们要三样东西:一棵无根树。一个无阴阳的国度。一个没有回音的山谷。

——道元禅师 《水平广录》之"七姐妹公案"

早晨六点,"魔咒"准时响。

"你好吗?"

"没出血。挺好的。"

"你好吗?"

"没出血,挺好的。"

"你还好吗?"

"挺好的。"

"牧心今天来吗?"

"大概要下午过来。"

"你好吗?"

"挺好的……"

病房的早晨从五点开始,叮叮当当比集市还闹猛。

陪夜的——有家人也有朋友——互相大声讨论着早饭要吃啥,伸着懒腰,哐当哐当地收起折椅,把一夜未睡好的情绪发泄在任何可以出动静的东西上。

床上的病人,躺着,忍受着,像被关押的犯人,没人反驳,也没力气反驳,因为他们心里明白:要不是你生病,人家怎么会过这样的日子?

病人不敢抱怨家人的怠慢。但有些夫妻会借着其他由头争吵,城市里的病人都脾气大,敢对陪伴的家人发火。那些边远郊区的病人,或者大老远外地赶来的病人,不知怎的,都像温顺的病猫,难对付的却是他们的家属。

谁想生病啊!

你要多喝水少喝酒早睡觉少生气常吃蔬菜少吃肉戒掉香烟少打麻将去健身……难道就不会生病了?

如果那样,人就能活到200岁吗?

18床对她老公特别不满意。

只要在病房待上一个小时,那位老公在家里的地位就昭告天下了,明白地挂在眼角嘴角和双手站立的姿势上。在全体病人和亲友面前,他努力跟老婆争两句,用无比安慰的口气表达"责备":

"生病了就要安心养病,生气最伤神了……"

"就你让我不安心。"18床扔出一块石头。

"哎呀,你说说,我还有哪里没做好——"灵巧地伸手,接住小石头,熟练地揣在口袋里。

"你立在那里我就搓气,我勿要侬来陪,护工比你好。"继续扔玻璃渣子。

"那我坐下来。"这位老公给自己戴上面罩抵挡碎玻璃的攻击。

"勿要！嘎小地方,你还让人家走路伐!"他的病老婆被罩子揭开来,不依不饶步步紧逼,不要说面子和里子,大家仿佛看到棉絮被扯出来在病房中漫天飞舞,让人窒息。

那位老公沉默了。

慢慢地走到病房外面,在门口踱来踱去,后来踱到护士台,满脸堆笑去跟小护士们搭讪。

18 床老说,她不抽烟不喝酒,吃喝有度还早起早睡生活悠闲,女儿自己喂奶,家族没有乳腺癌病史,为啥还得了乳腺癌?

"我初一十五都要烧香拜佛,吃素十几年了。"言下之意,全世界和尚都不会得癌症。

手术前一天,她那活色生香的女儿带来两位更加活色生香的和尚说给妈妈做法事,保佑她手术顺利。

两位红光满面和颜悦色的和尚拉着施主的手叽叽咕咕地念经。海伦没有力气,否则会捧腹大笑。当然,即便有力气她也不敢笑,怕笑猛了崩了线,肚肠喷出来。

其中一个和尚说,他去年刚刚在这个医院做了一个结肠手术。言下之意,手术成功的功劳主要在他自己,跟主刀医生没啥关系。

两位和尚合掌眯着眼睛,有节奏地摇晃着上身,挂在双手拇指上的佛珠转得噼里啪啦地响,他们的法事一心一意倾注在 18 床身上,像美帝国主义的爱国者导弹那般精准。对其他病人眼角都不扫一下,佛力浪费不得,佛眼相看要给香火钱的。

　　麦海伦用眼光和嘴角使唤大李,去把18床帘子拉上,不然佛力散了,白白花了香火铜钿。护工大李张着嘴看得起劲儿,毕竟手术前请大和尚来做法事的病人还真少有。

　　睡得好的家属,多半是男人,没心没肺,鼾声大作,四仰八叉,区区一个躺椅不够承载他翻天覆地的大梦。把躺椅折磨得吱嘎吱嘎整夜呻吟。一早,精力充沛,直接奔下楼直扑那些散发着无比诱人香味的油条、葱油饼、豆腐花、肉馒头、生煎、馒头、糍饭糕……买回来在病人旁边大快朵颐。

　　难道人家好胃口也是错吗?

　　健康就是用来炫耀的。

　　不吃好怎么来陪夜,怎么照顾你?

　　生病是被人嫌弃的。

　　海伦心里这样想着,生病就是被人嫌弃,我怎么就没修来死在麻醉里手术台上的福分? 现在这样活过来,她并没有觉得死里逃生,却一心觉得"怎么还活着!"

　　她觉得她分明就看出迪贤的表情,她活过来了,她在他脸上读出了"不耐烦"。

　　轮到他陪夜,出去抽烟的次数越来越多,时间越来越长。难道不是厌烦吗?

　　不嫁给他就对了。

　　要不是他是孩子的爸,真想跟他没有半毛钱关系。

　　九九……只要一想到女儿,海伦的眼泪就止不住。

　　她宁愿术后的剧痛折磨她。

　　至少那时候她连女儿也想不起来。

在危险期,半夜里迪贤拉着她的手,放在嘴边亲。她能感受到泪水流到她的手上,他自言自语:"海伦你好起来,我也带你再去看海,我们三个一起去,我要多花时间陪你和九九,我想搬过来跟你一起住……"

他以为海伦睡着了,听不到。

他说"一起住"这是什么意思呢?

什么叫睡着? 是困晕过去了,期待晕死过去,可是一转眼再睁开眼可能就过了 5 分钟。迪贤那些话,现在想起来,海伦怀疑自己在做梦,她没有力气也没有勇气去问他。

没有勇气? 我怎么会没有勇气了呢?

无限地清醒着。

"就让我醒到地老天荒吧。"

"你说什么?"闵一一大早就过来看她的伤口,靠近胸口有一个近 8 厘米的伤口总是无法愈合。

"就让我睁眼看地老天荒吧。"

"睡不着?"

"大概能睡上 25 分钟就算是奇迹了。"

闵一继续低头看伤口,然后看看手表,盖好纱布……海伦赶紧说:"你负责宽衣解带,我来收拾战场。"她赶紧双手扣好当中那粒扣子。闵一露出雪白的牙齿,笑出声。

外科病人住院期间多半时间要禁食,等到可以进食了,没几天也就可以出院了。

年轻的麦海伦得的是老人病,病友们不是中年妇女就是老太太,即便这个年龄了,来陪夜的子女也不多。

18 床刚做了乳房切除手术。女儿来得很勤,每天花枝招展,海伦一眼就知道那是精心打扮过的,她把病房当成了自己的 T 台和秀场。她妈妈骂起老公来伶牙俐齿的,数落女儿也不含糊:"你又新买裙子?"

18 床的女儿嗔怒撒娇的语调:"哪里啊,早就买了没穿过。"

"瞎讲,头几天你还在网上看这条裙子,对比价格,说打算等打折就去买……"所以啊,就是不能把老妈当闺蜜! 尤其她这位老妈偏偏等闵一在病房的时候说! 18 床的女儿赶紧插科打诨:"妈,你气色好多啦,亲亲妈咪哟!"

海伦默默地看着她的窘态,再次想大笑,但依旧没力气。

她的伤口就像纵贯线列车,从小腹部直达两胸当中,那个终点站目前有个窟窿,一直无法愈合。尴尬的是,每次给这个窟窿消毒处理非要主治医生来弄,睁眼喘气儿的时候,谁愿意这些年轻的男医生在你耷拉着的两个大胸之间挤压?

别瞎想!

他们会给你盖上一大块无菌布,长得像开裆裤一样的无菌布,正好露出伤口。两边分头耷拉的大胸脯很不像话,老是想从无菌布两侧探头探脑……

头几天,麦柯怡旁观闵一给妹妹处理伤口,硬说新伤口与旧伤口是列车铁轨,两条平行,海伦气坏了! 稍微有点儿力气,她第一个就质问闵一。

"你们这种开刀的处理方法是诚心不想我活命啊!"

闵一哭笑不得,问:"谁跟你说的?"

"我二姐,她不会骗我的,说有两条长长的伤口,像火车两根轨道。"

"你二姐眼力真厉害!"

"什么意思?"

闵一喊大李过来。

"你帮忙把海伦的上半身抬起来一点儿,我正好换药,让她自己看看自己刀口有几条。"

大李抱着海伦的肩膀,卷起枕头塞到背后,又拿一套干净的病号服垫在脑后。海伦头晕,但是她可以瞄到手术的刀口了。

天呢! 那不是一排订书钉嘛!

难怪二姐说是轨道,她把订书钉当作枕木。

"好了,看清楚了,我放你躺好,你看你,直冒虚汗。"大李慢慢扳着肩膀放下海伦。

"哎呀! 抱着轻了……"大李感叹。

"等这位帅哥医生走了咱再讨论这个话题好不好啊我亲爱的大李小姐姐?"

大李个子矮,海伦刚住进来,抱起她肩膀擦身,还挺困难。现在给她擦身,一把就搂起来,大个子像只小猫一样轻。

59

　　山羊先生说冬天很美,雪花从空中片片飘落,森林里的一切都是会变成白色的。

　　一到冬天,松鼠先生就会呼呼大睡……这一次,他不想再睡觉了。他要等待第一场雪,等待冬天的到来!

　　　　　　　　　——德国童话　《松鼠先生的第一场雪》

　　护工大李每晚就睡在病房门口,顺着门打开的方向,紧靠墙壁,支起一张窄窄的简易钢丝床。

　　春夏秋冬,每到晚上九点钟左右,大李会端着一个花面盆把自己关到女病房的浴室里梳洗。

　　她很识相,不会用很长时间,最多半小时。因为担心病人要用。

　　浴后出来的大李,女人味儿十足,仰脸儿,梳着稀少却乌黑的长发,头发上的水,滴湿后背。推门出来,一股蜂花护发素的味道,也从浴室里排阀而出,带着水蒸汽,让医院瞬间有了寻常人家的气氛。

　　她会给自己换上长衣长袖的睡衣睡裤,有时一套嫩粉加荷叶边儿的,有时则一套紫色小碎花的。她站在病房浴室的门口,拧开百雀羚的扁盒儿,擦面霜,因为厚,她要用力搓到脸上,脸颊被推得变形了。

大李还有一个盒儿,装着尿酸膏护手霜。这种医院"特产"护手霜大李也经常揣在护工制服口袋里,洗手后就掏出来擦手,那种略有点儿刺鼻的味道,也是海伦对病房的深刻记忆之一。

海伦有点儿精神了,就侧着脸看着大李忙乎这些,说明一天又来到了傍晚,病房里白天的记忆就跟夏天的蝉鸣一样无聊而单一。

她记得百雀羚,那蓝色盒子的百雀羚,这么多年味道都不变。大李识相也识货。

晚上九点以后,病房就变成大李的"家"。虽说这里是女病房,但是不少陪护的家属是男性。然而过了晚上九点,大李就"下班了",就是这里的女主人,她旁若无人地"梳洗打扮",穿着好看的睡衣裤在病房之间走来走去。似乎在提醒大家懂事儿点,不要再喊她来倒尿盆儿⋯⋯其实,在雇佣护工的时候,家属都被告知,大李是24小时护工,因此她的护工收费也是按照24小时收取的。但是,往往"不成文的规矩"是执行得最完美的规则,规则经常会败给"约定俗成"的规矩——除非有些病人家属另外再多付给她一些陪护费用,她才会在半夜起来关照病人的负压球尿袋。

有时候,她也会跟家属聊聊天,更多时候端着满是茶垢的大茶杯,靠在门边儿,跟隔壁的护工搭讪,就像她在故乡饭后打谷场上的光景。

事实上,外科病房的重症都会先去ICU,送回病房的,多数已经缓过来,大李的护理工作并不繁重,只是繁琐而已。

麦海伦比较特殊。也就这次比较特殊。

直接从手术室送回病房,那一周,大李的护理紧张繁琐且繁重,可以说是她职业生涯的一次挑战。

铺好钢丝床,大李从储藏室里拽出一个大蛇皮袋,那里面塞着垫被和薄被子。她熟练地铺好床,大被子一半当作褥子,像侧开口的睡袋,也防止被子掉下床。然后大李就可以像模像样地在她的"三明治"里就寝了。

"三明治"里面的道场赛过螺蛳壳,是大李的甜梦温柔乡,没有"大事儿",谁都"叫不醒"她。只有老病人才知道,除非有紧急情况,只有夜班护士能"叫得醒"她。

新来的病人和他们的家属不懂"规矩",会在半夜也去推醒她。大李满脸不高兴,但还是会从"三明治"里爬出来做事。琐碎的事情不过是尿袋满了,刀口尚未愈合的病人要起身上厕所,血球满了要计量……医院就是她的家。

她在这里生活7年多了。

头三年她在八病区做事,8楼是内科病房,她专门受雇照顾一位卧床老人。老人去世后,她下来十病区,给外科病人做护工。

这个病区拖地师傅老张,收医疗垃圾的老冯,都是大李一个村里出来的同乡。她说自己来十病区也全靠老冯帮忙。

最近,海伦才得知一个大新闻,原来大李有丈夫,同样在医院里做事。她看着大李床铺的时候就思量:她们夫妻俩啥时候在一起呢? 居然这么深藏不露。她想起那个高高瘦瘦的拖地男人老张,有时候会在傍晚出现在病房门口……好比顾医生在 12 楼工作的护士老婆,也会在饭前饭后露脸一小会儿。

果然,大李的丈夫就是拖地的老张。海伦为此还小小得意了一会,差点给自己起了个绰号"爱情福尔摩斯"。

自此,每天一早老张师傅来拖地,海伦就看着他笑。老张瘦高,沉默不语,被海伦看得不好意思起来,会很卖力拖海伦病床四周,顺带着把床底下拖鞋都拿起来,整理干净……住成老病号的海伦开他玩笑:

"周末带大李去看电影下馆子去吧。"

老张师傅有点儿语无伦次:"要更(干)活儿,么滴空。"

吃饭的时候,互相想得起来的,都是亲人。

手术过去两周了。

这 14 天,每一天她过得不是 24 小时,是 1440 分钟,甚至是 86400 秒……

大李今天特别忙,把她床头那盆"幸福树"盆栽移到了病房门口,床下压着的各种片子也抽出来整理好,挂在床尾。

每张病床上的被子都叠得有棱有角,像马桥豆腐干,推门进去乍一看,有点儿星级招待所的味道了。

今天是周一,主任查房。

海伦一点儿力气都没有。

昨天开始医嘱可以喝点儿果汁,她太想念西瓜汁了。看着床头的一块黑巧克力,也很馋,遵照医嘱:舔一口可以的。

九九爸爸发来短信:路过医院,可以陪你 42 分钟,要带什么上来?

　　海伦手指秒回:西瓜汁。

　　那边闪回:"得令,17分钟送到,今天索要奖金! 希望是个吻。"

　　海伦看着手机,笑了。

　　好像西瓜汁已经满溢在嘴里。

　　好像第一次赤脚站在海水里的透心凉。

　　好像……九九爸爸比早前开朗了些,还"42分钟",我看留他43分钟又怎么样呢?

　　海伦慢慢地梳理自己的头发,继续织辫子,然后在床边抽屉里掏出眼镜盒,用病号服衣角擦镜片儿……

60

我们一直忘记要搭一座桥,到对方心底瞧一瞧,体会彼此什么才最需要,别再寂寞地拥抱……

——莫文蔚 《电台情歌》

护士长在护士台叽里哇啦,双手挥来挥去,如果把护士帽换成警察的大盖帽,她就是交警了。

"昨晚是谁值班啊?"

不时尖声叫:

"大李? 大李呀!"

"老张!"

百灵鸟进来给海伦测体温,暗暗地撇嘴。

"护士长发火了?"海伦悄悄问她。

"她哪天不发火?"百灵鸟的声音像猫头鹰了。

"就是为了主任查房吗?"

"主要是还有下周一个什么卫生组织也要来检查,搞什么病房评级。"百灵鸟一口气不停顿地说,"体温计你含着还是夹在腋下?"

"我夹着吧,可以跟你讲话,现在病房也有星级,你们想评5星级的?"

"别瞎搞,跟你想的不一样的好伐?"

"啥时候病房配上电视?"

"老干部病房有啊!"

"那里不好,记得伐,我做化疗那阵,有时候没床位,去那里住过几次,没意思,太冷清了,人都没有,一个人自己死了都不知道。"

"瞎讲,人家可是一对一服务的好吧!"

"有长得帅气的男护士吗?"

"哈哈,医生有帅的。"

"不行,医生太忙,没时间搭理我们,还是男护士好。"

"喂喂,你是活过来了,又开始想歪点子了!"百灵鸟掐了海伦大腿一把。

"活过来的不是我。"

"怎么,附体了?"

"你想啊,我周身上下换了多少血了,我现在都忘记人吃的饭食啥滋味了,就知道血腥味道。我现在就是吸血鬼。"

"哎呀呀,吃东西要医生发话的。"

"你猜我想吃什么?"

"大排面?"

"那是你吧!哈哈"

"那倒是,午饭要是能订到红烧大排面就赞了……那你想吃啥?"

"蛋挞。"

"肯德基的那种蛋挞?"

"葡式蛋挞。焦糖多多的……"

"你老高级了,咱们有肯德基蛋挞吃吃蛮好了。"

"少来嘲笑我,我是死亡线上挣扎过来的,梦想要高级点,才有活下去的动力啊。"

海伦第一次吃到正宗的葡式蛋挞是跟 Rene 在一起。

那里的樱桃小小的酸酸的,要蘸着白糖一起吃。

"快,不说了,查房的到了……"说着百灵鸟收起盘子,体温计,血压计,血糖采血仪,以及新抽了的几管子血。

病房忽然安静下来。

所有家属陪护都被要求离开病房,楼廊也被清空,此时的病房异常安静,像大风暴即将来临似的。

梅雨季尚未到来,窗外,早晨的阳光有五月的味道了。

海伦享受此时此刻的宁静。

病床四周的帘子全部拉开,面料粗糙的蓝布窗帘扯开。

四张病床上的病人各自躺好,只有这个时候,病人之间才彼此大眼瞪小眼,呈现出真实的病人状态,沮丧,哀怨,了无生气。

海伦悄悄地整理了头发,大李刚给她擦过身体。两周来,她第一次有心情用了一点儿面油,女儿的 baby 霜……这个味道让她觉得女儿的小脸儿就在她枕头边上蹭。

想回家。

想女儿。

一群白大褂组成的队伍有序地开进病房,上官诺兰为首。

他们在 17 床停留的时间比较长,听上去,17 床还需要进行一次手术。上官诺兰沉着脸,闵一低着头,后面跟着 7、8 位医生,包括见习医生。有两位,被冗长的队伍甩在门外,正所谓虎头蛇尾,都没挤进来。

"19 床,目前半流质……"闵一 blabla 介绍着她的情况。清醒地被这样一群男人围着,海伦再次感到不自在,腹部伤口仍然丝丝缕缕地疼,只好直挺挺地躺着,要是可以戴上她的大黑超就好了。

上官诺兰倒背着手,笑眯眯地看着海伦。

"这红眼镜真好看,新的吗?"

"啊?"

上官冷不丁这样问一句,海伦下意识地摸自己脸上的近视镜,他说这副吗?

"啊? 这是近视镜,戴了 7、8 年了。"

"哈哈,近视镜也这么好看!"

YSL 么,确实很贵,他还蛮识货呢。虽然上官表扬她好看,海伦还是在内心默默地擦。她知道因为自己的脸饿小了,所以大家才看到她好看的眼镜,其实从治病开始她就一直戴着。可见大脸蛋是时尚的天敌,甚至让人忽视脸上好看的一切饰件,从眼镜一直到耳环。

闵一跟着附和:"恢复得不错,现在不知道肠胃功能恢复得怎么样,要等能进食了才知道啦。"

"慢慢来慢慢来……"上官诺兰拍拍海伦的床,温和地说。

"我什么时候能出院?"

"想出院啦？想家了？"

"嗯。"

"那块巧克力你吃的？"

"没,是我姐姐吃的。"

"我想呢,少吃几口,含在嘴里慢慢融化。你姐姐呢?"

"你问我哪一个姐姐啊?"

"哈哈,对呀,海伦有两个好姐姐啊! 你二姐还在吗?"

"她这两天计划回北京去了……"

"你大姐对你最好呀!"

"嗯,她总是在我旁边吃牛腩汤河粉,太影响病人的情绪了,只能闻又不能吃。"

"哈哈,那有点儿过分了。"很少听到上官诺兰这样爽朗地笑。很少。说着,上官伸手拍了拍海伦的小腿,转身朝外走。

"对了,上官医生,19床说睡不好觉,您看是不是……"

"是一直睡不着吗?"上官停住脚,回头问麦海伦。

"是的,大概也就半小时,就醒。"

"开点儿思诺思给她吧。"上官想了想,对闵一下了医嘱。

转身继续朝外走,他身后的大部队立刻悄悄地让出一条人行道,全部人贴靠墙壁,立壁角一样,大气不出,小气不进,眼神基本斜下方,有人用手握拳护着嘴,有人在摸眼镜框……海伦看到小吴,缩在最后,跟着队伍的尾巴扫过海伦床边的时候,挤了挤眼睛。

海伦问他:"你特想穿上隐身服吧?"

"嘘！别粗僧(出声)！"

"你啥时候值班?"

"就今晚开斯(始),要连续三天班！惨!"

麦海伦明白他说"惨",不是值班的累,而是值夜班,白天就没有机会进手术室参加手术。

61

夜阔梦难收。

——宋词人　周邦彦

真困。

眨眼工夫,居然闪过一个梦。

那些用整夜发酵酿造出的冗长的梦,那些在梦中反复确认这不是梦的无比真实的梦。一旦睁开眼,仍然很难记住,梦,或许是上苍为人类准备的模拟死亡后人生的最好舞台。活着,有一半的人生在梦里,为什么? 因为此生的梦,或许就是来生的预演。

反倒是闪过去的这种梦,清晰得很。

在刚刚闪过去的梦里,上官诺兰穿着白大褂,系着淡蓝色领带,扑在她腿上哭泣……哭得像个孩子。

"在想什么呢?"上官走进咖啡馆,看到牧心双眼盯着地板,怔怔地出神。

"啊!"

"Wow!"

"哦!"

"没,没什么,有点儿困,你什么时候来的?"

"刚到,看到你好像在想心事。"

"心事……哦,呵呵,没,心事? 你怎么知道我有心事?"

牧心完全乱了方寸。

"嗯? 你有心事吗?"

有心事吗? 当然啊! 满满的心事啊! 这年头,谁要没几件心事放在心里压压阵脚,怎么能脚踏实地地活着呀。

心事是人生的压舱石呢。

"心里面那么多事呢,哪件算你说的'心事'呢?"

"哈哈,问得有意思。"

麦牧心好不容易让自己平静下来。

天呢,刚才那梦,我没说梦话吧? 是梦吗? 她瞄一眼上官,人家没戴领带。哎呀,还好意思这样想,她更不敢正眼看上官诺兰。双手摸着自己的脸,因为搁在支起的手掌上,好像压得有点儿热乎乎发烫……两边都发烫咋回事啊?

哎哟,没流口水吧?

肯定张嘴了!

完蛋了! 坐着睡着什么糗的姿态都可能出现。

上官诺兰说刚到,看到他的时候分明已经坐下来了。

嗯? 应该是先听到他说话,是一边说一边坐下来的? 还是坐下来许久再说话的?

哎呀,不想了,反正都是一副隔夜面孔,亏得坐下来之前先给自己暗黄晨昏的脸上扑过一点儿粉,她双手慢慢地按在脸上,不敢使劲儿搓,心想应该掏出粉饼盒来看看,算了……好做作,又不是约会!

嗯？约会？啥意思啊？

这是病人家属要跟主治医生谈病情。

不是约会。

然后，她轻轻握拳，在眼睛处使劲按按。

把那个闪烁着跳来跳去的梦按回心事堆里去。

咖啡馆烟雾缭绕，眼睛发涩，闻着有点儿犯恶心。

虽然自己吸烟，然而牧心也深刻认识到二手烟的可怕，悬浮在咖啡馆空气中，混着绿皮火车车厢味道的尼古丁颗粒，堪比毒气。所以她在家里吸烟时，会尽量坚持去院子里吸烟，如果在厨房吸烟，会打开脱排油烟机，如果在书房吸烟，要点上很多蜡烛……"海伦现在不需要陪夜了吧……"上官刚说完这句，一群人走进来，直接走到他身后，一个中年男医生带领着，拍拍他肩膀。

上官随即回头，站了起来。看来这位男同事也是"地位不俗"的老医生。

"哎哟，不好意思，上官医生，麻烦你给看看这个病例，伊拉老远赶过来，我想侬今朝么门诊，肯定在这里，哝，帮忙看看！"

"没事没事，嘎客气做撒……"

他转头对牧心，口气像对老朋友一样，对好兄弟一样，说："等等我。"

"等等我……"

麦牧心无声地重复了一下，挑了一下眉毛。

不等难道跟着坐过去一起听听，真是。

牧心反复在想这句,"等等我!"

之前,遇到类似他们的谈话被打断,他都会说:不好意思了,牧心我要过去下。这次直接就说:等等我,看来把我当作他比较亲近的女朋友……不,比较亲近的朋友了。真是多心烂肺,人家就是没空多跟你客气呀。

反正在这个咖吧,她一直在等他。

等他从手术室过来。

等他查房过来。

等他在咖吧其他桌子上"坐台",等着最后一个轮到她的台子——把上官诺兰这繁忙的见客称为"坐台"是麦海伦的发明创造。有时牧心在咖吧会发信息给海伦,"还没轮到我!"

海伦就说:"人家头牌,坐台忙。"

渐渐地,上官诺兰最后接待的客人总是牧心,只要牧心来找他。一圈"坐台"下来,他端着空空的咖啡杯,手里抓着七八根长短和滤嘴颜色各异的香烟,回到他和牧心的咖啡桌边。一声"抱歉啊牧心等这么久……"

这回不能再坐着瞌睡啦。

昨晚,她几乎在病房门口的走廊里坐了一夜,海伦终于可以连续睡上一个多小时了,虽然她胸口处尚未愈合的"洞"依旧疼得厉害。这个敞开的"洞"是否直通海伦那颗破碎的心呢?也许已经没有心了,就是从这敞开的洞口出去的,所以这个洞才那么难愈合。

麦牧心了解了,这种读片子,没有二十分钟不会结束。于是她悄悄站起来,走出咖吧,打算去洗手间清醒一下。咖吧走出去距离最近的是急诊室盥洗室。每次,她要穿过急诊室弯曲的走廊,走廊里常年横七竖八支着各种简易钢丝床。走过去,穿行在病人和家属的脚边,甚至他们的脸边,就像穿行在泥泞的生活泥沼里,不会是一件开心的事。麦牧心知道,自己也是他们中的一员,无数个夜晚她靠在走廊上深深地感受着小妹妹一墙之隔却痛彻心扉的痛苦。现在躺在走廊上的病人,痛苦到了漠然的神情,跟小妹妹一样都印在她的脑海里。

上官诺兰把"坐台"时人家递过来的四根"客气牌"黄色滤嘴香烟,整齐地摆放在咖啡台上,滤嘴对对齐。然后伸手到白大衣里面的裤兜里,摸出一盒白色七星。再从另外一侧口袋里,掏出打火机。

打火机放在香烟盒上,欠身,然后把烟盒放在铺着玻璃板的藤条台面上,慢慢推到牧心的咖啡杯前面。

他记得麦牧心抽烟,但是出门身上不带烟。

在咖啡馆陪上官一起吸烟,是她自己也解释不了的事。

她几乎不会让别人知道她吸烟,因为本质上她厌恶自己吸烟。如果熬夜写稿赶工,吸烟过多,清晨,她恨不得用吸尘器把自己的肺翻开来吸干净,再用生理盐水里外翻洗。

"再叫一杯咖啡给你?"

"好。"

麦牧心同上官诺兰,聊天经常陷在停顿里。奇怪的停顿和沉默,在两人之间,并不尴尬,两人谁都不会刻意用闲话去填充这份静宜,吵闹的咖吧里,唯独流淌在他们俩之间的那份十分舒适的静宜。

急诊室楼道里的病人,经常躺在抢救用的推车上,这些病人看上去十分严重,家属坐在床边的走廊过道上,瘫坐在若干张报纸上,花花绿绿的包袱堆在病人身边。走廊上的那些家属的眼神里已经看不到焦急。无论病人还是医生,或者家属,很容易在拥挤不堪和等待中将彼此的善意消磨殆尽——善待此生和善待相遇的善意。牧心一直提醒着自己,无论如何都要保持这份善意,对自己对家人对朋友对任何人。

最让人不忍心看的是那些生病的少年,患的什么病?原本该是活蹦乱跳打架谈恋爱的年纪,却如此苍白无助地躺在医院走廊上。等病床还是等着救治,等有人给筹来医疗费还是等合适的时辰去投胎来生永远离开病床?"我会很快给她做手术的,因为她年轻。"这句话是她们姐妹俩第一次去看上官诺兰的门诊时,他说的。

……

"还是黑咖?"上官诺兰准备站起来,去门口的吧台上点单。

"哦,不,喝不动了。请给我拿铁,加牛奶,胃里不太舒服。"

"胃疼吗?"

"不是不是,一早空腹喝过一杯浓咖啡了。"

"我们查房前,你不是就离开病房了么? 没去吃早饭?"

"没胃口,吃了块巧克力。"

"我早饭吃很多的,要三个荷包蛋。"

"啊?"牧心脱口而出,声音蛮大的,没控制好。

"怎么啦?"

"呵呵,不好意思,不是说一天只能吃两个鸡蛋吗?"

"哪里呀,蛋白质的摄入对人体很重要。食物里最好的蛋白质除了海鲜,就是鸡蛋喽。"

上官从吧台走回来,他不喊服务生过来服务他,自己走过去点,咖吧里的几个服务员,都十分尊敬他,他稍微抬抬手就会过来。

"这里没有鲜奶,有奶浆,可以吧?"

"当然!没问题。"

"我帮你叫了一片吐司面包。"

"哦?嗯!"

"还是要吃点儿东西的。"

上官诺兰低头翻看手机。

她发现他换了一副眼镜。

同样是病人,麦海伦得到的待遇和走廊里的病人得到的关照完全不一样。

但麦牧心依旧被医院里感受到的一切,弄得心里闷闷的,就像此时此刻的咖吧上方,高高的玻璃顶棚上黏附着的颗粒。

麦海伦第一次手术后她曾去上官诺兰的门诊去感谢他,他扶着她的胳膊肘,说过一句:不要这样,乖,回去吧。

这时候,她抬头,夹着烟眯缝眼睛若有所思的这个男人正看着她。至少有三秒钟,没有眼神躲闪,没有言语打岔。

"海伦说,你每天一早给她发短信……她觉得好幸福。"麦牧心说这句的时候,继续迎着他的眼神。

"哦,是吗?我想第一时间了解她前一晚的情况,病人自己的感觉比医生问诊重要得多。有些老年病人说不清,没办法了。"

咖啡上来。

"医生,是不是……还是偏向治疗年轻病人啊?我不知道这样说是不是我的偏见。"

"哎,怎么说呢?如果病人是一位上了年纪的老人,我们更多会考虑他对治疗过程的承受程度,这个程度的深浅对于老人来讲是否值得。治病终究是为了好好生活。所以,我们作为医生在为病人治病的时候,首先应该思考的是,手术会给他的生活带来什么样的影响?如果治病只是为了保住生命,代价却是摧残病人有限的生活质量,那是要深思的……"

麦牧心对递咖啡给她的长头发男生说:

"你不弹琴给我们听?"他笑,腼腆地摇摇头。

"太吵了,这里的人也没心情听吧。"然后他低声补充:"我们这里没有鲜奶,上官医生嘱咐多给你几个这种奶浆,你看三个够不够?不够我再给你拿。"

那架钢琴横在这个长条形咖吧的当中。有些傍晚,牧心路过这里,听到有琴声飘出,就站在玻璃门外听,小伙子弹得有模有样。在医院的黄昏,听到钢琴的旋律,就像忙碌疲倦的一天结束后,坐下来那一声悠长的舒适的叹息。

"不是有存活率吗?"麦牧心一直想了解,癌症术后的存活率,在妹妹麦海伦身上是百分之几。

"存活率在单个病人的身上没有价值。"上官诺兰头也没

抬。他对有些医生和人们过度关心存活率这个概念,不太
认同。

　　"牧心啊,你说说看,什么是活着?"

62

围棋纵横有垂直交叉的 19 道平行线,361 个点,这被说成是模仿一年的天时。盘面上标有几个圆点,那是所谓的"星位",中间那个星位,叫"天元",这是模仿星象。

——许多人都知道的围棋知识

这个咖吧的老板娘据说是医院里某位医生的朋友。

原本这里卖卖面包点心什么的,后来这位从未曾露过面的老板娘来看医院的医生朋友,说:你们这帮大医生,接待个朋友都在门诊走廊站着,外出喝茶的工夫都没有,应该有个咖吧呀。

于是,将点心房改成了如今这番模样,但招牌依旧。

烤面包和奶浆冲兑的奶咖,都是温的。

麦牧心没有说谢谢。

为什么没说? 她不知道。

她只是低头认真地吃那两片装在小竹篮子里微微烤过的切片面包。

果酱有,她没抹。实在不能浪费"头牌"在她这里"坐台"的时间。

什么是活着?

"你是外科医生,你的人生就是不断体验人类的生死,什么是活着,你给我答案吧。"

上官诺兰为了让她吃得自在些,沉默着,低头翻阅手机。此时,他放下手机,笑。他的嘴角居然有两个隐隐约约的酒窝。

"我一般不想三天后的事情,哪怕再大的手术,我不会提前考虑,活着,就是眼里只有当下。"

"海伦的手术算大吗?"

"嗯。手术前一晚,我熬夜到两点。研究如何做……"然后,上官诺兰继续读一条短信。

"不用摘眼镜看手机了?"

"你发现了?啧啧,我刚换了一副眼镜。"然后他摘下眼镜用有点儿得意的口气接着说。

她发现了。

"这副眼镜上半部分是近视镜,下半部分是老花镜。做手术时很方便。"

"你已经老……老花眼了吗?"

"早就花喽。外科医生眼睛太重要了。"

"哦?难道不是手更重要吗?"

"当然是眼睛!不少出色的外科医生,就毁在眼睛上,看不清,就不敢上手术台了。"

"那怎么办?没其他法子看得清吗?"

"手术到最后,还是要靠眼睛分辨……很重要啊!我现在很少长时间阅读,看电脑手机的时间控制到最少。"

"海伦的手术,他们说。我听你们组的小吴医生说,都是你一个人处理的粘连……"

"小吴说? 他还是蛮喜欢聊天的嘛。嗯,主要是她的粘连比术前预估更严重……花了三个多小时处理。"

"你要保证100分的手术吗?"

"100分的手术其实还是可以实现的。但是人生80分就够了。我跟女儿说,每一门功课80分就够了,要想都得100分,太辛苦,没必要啊。牧心你同意伐? 人生这事儿,还是要看得宽一点,80分的人生,我觉得就刚刚好。"

胃里有两块面包垫底,忽然就更困了,可是麦牧心舍不得回去补觉。

她宁愿呆呆地坐在这里,跟他慢悠悠地聊天。

雨滴答在三米高的斜玻璃屋顶上,声音通过一面空心墙壁,传导下来,宛如空谷足音,好听得像音乐剧里的背景音乐。

究竟是五月份,烟雾缭绕的室内也有份春的暖意,雨天也有乌云遮盖不住的明亮。

她没有碰那盒推过来的烟,她疲倦至极。香烟和黑咖啡,需要体力才能消化啊。

靠在对面这个男人的身上,大哭一场,再睡一觉,应该是她目前最大的需要。

谁说梦是反的,梦是愿望的实现。

恍惚中,上官再次欠身拿起烟盒,自己点燃一支七星,慢慢地抽着。他的手指短短的,五指齐整,很结实。她想象不了细如发丝的手术线在这样的手指间穿行。

"医生自己也抽烟?"

"没法子,要戒的,尽量少抽吧,抽淡一点儿。"

"80分的人生,想想好难啊!"

"有效时间要尽量多。"

"你指做有意义事情的时间吗?"

"有意义……相对而言吧。是对自己有意义的时间。比如就是纯粹的发发呆,听音乐。而不是一边回短信一边听音乐,对我来讲,三心二意心神不定……就是无效时间。"

"手术的时候呢?"

"是我最快乐的时候,单纯。"

"不是因为在救死扶伤吗?"

"哈哈,牧心,我们不讲那种大道理的。"

"那你买八盆君子兰,这又是什么道理呢"

"哈哈,没养过呀,我想试试看,同一时期,同一品种,我放在家里不同的环境,室内一盆,那盆背阳,室内的阳台上,阳光房里各放一盆,还有一盆放在花园里,养下来看看怎么样。"

"你这是要牺牲某一盆的代价啊。"

"牧心,不好这样讲的,毕竟是植物,不能样样都上心,牧心啊,心上不好太多牵挂的,那样过日子多累。"

她顿然无话可说,这不就是她吗?

她枕头下塞着圣经,时不时还要去寺庙磕头下跪点香求保佑。路上讨钱的老人孩子残疾人,她给钱,给东西吃。年年的普利策摄影奖照片,都有让她流一车泪水的分量。她不敢承诺也不信承诺,更没有勇气抚养一个孩子,对一切不可以反悔的事情,她充满了恐惧……她深深地不信任眼前的世界,哪里最安全? 如何选择才不负如来不负卿?

"病人之间也有主次之分,在我这里,没有远近朋友之分,只有病症的轻重缓急,不过,我蛮看重病人的年纪的……"

"你这是年龄歧视啊?"

"身体绕不开年纪,这是尊重生理规律。开刀不是唯一的最好的治疗,开刀就像……"

"黑咖啡和香烟。"

"什么?"

"我觉得吧,就我的理解,不妨把手术治疗比作黑咖啡和香烟来提神这件事,身体不好的时候,我抽不动烟喝不下黑咖啡。"

"哈哈,很有道理啊。是否接受手术治疗需要全身身体状况的综合评估来决定的。"

"海伦这次是撑过来了,是吧。"

"嗯! 手术都好了,就剩下肠蠕动了。"

"哈哈,就这么简单?"

"对啊,不要想太多。她年轻,身体机能不错,接下去就是恢复正常代谢功能,要很谨慎很小心,她以后面对的最大问题也会因为年轻……"

上官的手机响,很响,响彻咖吧。

他瞄了一眼号码,对牧心说:"是手术室,叫我了。"

"打开了? 好,我马上过来!"把电话揣进白大褂口袋,慢慢收拢起桌子上摊着的"客气牌"香烟,平摊在手掌上,小心地握着。

"对了,我新配的这个眼镜,老花镜和近视镜一半一半,怎么样,方便吧?"上官似乎对牧心没有赞美这副眼镜有点失望。

"应该80%近视镜,20%老花镜,正正好。"牧心呵呵地笑。

63

　　两人无声地纠缠在一场战斗中,结果还不清楚。孩子也许出于尊重让母亲赢,母亲则出于害怕孩子的十记小拳头让孩子赢。实际上孩子强得多,因为年轻,再说母亲在与她丈夫的斗争中已经筋疲力尽了。

——《钢琴教师》

　　不舍得在雨天补觉。

　　要是艳阳天,她会拉上双层窗帘补睡。

　　怎么办呢,她就是偏爱雨天。

　　听不够雨声。

　　在雨天穿雨披走路。如果是在回家的路上,尽可能地让雨把自己浇透。

　　沙拉拉的雨像小鼓点儿,细碎地敲打在二楼卧室窗外的雨棚上。

　　牧心坐在梳妆镜前,觉得自己该去冲个热水澡。

　　从医院出来,她在雨里走了很久。

　　独独喜欢被淋湿的不适感。

　　现在,她看着镜子里的自己,异常孤独。

　　父母家她不想去。

这里是安德鲁和她的家,很安静,安德鲁时常不在,一年中有半年时间飞世界各地出差。

低下头查看"世界时钟"。好吧,安德鲁那儿现在是深夜,他睡觉的时候一切都要"静音",他的生活里没有天大的事,因为睡觉就是天大的事。她就不行,她宁愿被一个垃圾电话吵醒,也不想错过家人半夜要帮忙的紧急电话。

"人不能样样都上心。"上官诺兰这句话又在她脑子里回旋。

或许这就是男人?

早前,她喜欢自己和安德鲁这样的生活,因为小别之后他们俩异常有话题。久而久之,当相聚的日子与需要他在身边的日子无法完全合拍的时候,思念里多少含了些怨气。

从病房出来,一个现实掉进另一个现实,每一个兔子洞都一样。

咖吧和上官,也是一个兔子洞。

想起安德鲁的妈妈。

她一头灰白的齐耳短发,这位德国老太太喜欢在后脑勺扣上一支宝蓝色蝴蝶形发夹,那只蓝色的蝴蝶静悄悄地停在银发上,仿佛那银发不是老去的象征,只不过为了衬托那只蓝色的蝴蝶。

一切都还好,还好。

有一部分冬天还在身体里。有几分寒冷渗透到心里面了。

偶尔,从心里溜出来的寒流在四肢乱窜。

"你问过医院海伦的医药费大概会是多少,保险能报多少,我们好有个准备……"妈妈的短信。

哎哟!大事不好。居然忘记问上官医生,海伦何时可以出院,太负重托了!天呢,不能给老妈知道这事儿。太不靠谱,还乱做梦……哦,安德鲁要是在家多好。

"牧心你在哪里呀?"

"医生怎么说呀,还存在危险吗?"这是老爸的。

必须去一趟父母家了。

麦牧心高中和大学连着住读,或许这样的一段分开,让她对父母从未依赖过。她是大女儿,在她还没有学会如何跟父母撒娇的时候,她就要学着如何做姐姐。

"你是姐姐,你要带着你妹妹玩儿。"

当邻居来找她玩儿的时候,当同学家有聚会的时候,当学校有夏令营的时候,妈妈都要她带着妹妹们一起去,因为,她是姐姐,在妈妈眼里,她不能一个人玩儿。

于是,所有的同学聚会,所有的学校夏令营,她都选择不去。

小学候,家里有多少钱,父母都告诉她,显然把她当成了大人备份。她记得他们忧心忡忡的表情,她记得妈妈深夜的哭泣,她记得他们在厨房里那些激烈的争吵。她甚至知道父亲大学系里哪位老师跟他关系不好,哪位学生是他的得意门生……久而久之,麦牧心喜欢偷听父母的对话,学会看脸色。

那时候,她刚刚读小学,她唯一记得的宠爱,是第一天去上学,父亲骑单车送她。她背着父亲买的新书包,她记得父亲当时低头看着她的笑脸,她记得那么清楚,她第一次觉得自己也是父亲的"小女儿",那笑独独属于她。

她曾经羡慕小学里几个要好的女同学,她羡慕她们因为她们从不需要为家里的事"担心",她们甚至不用知道家里这个月是不是有点儿拮据……她们聊的话题不是仙女故事就是什么歌儿好听。

没有人了解,不到十岁的她内心的那些忧虑。

因为,她们的妈妈无论如何都会把三个女儿打扮得美美的,虽然她们的新裙子有时候只是妈妈翻新了表姐给的旧裙子。妈妈总是把三个女儿的头发梳理得清清爽爽。爸爸上课的中山装烫得笔挺,她自己出门上班见客的衣服回家都伺候得好好的……

所以,牧心习惯了忧虑。

"九九今天在家?"

"下雨天,我没送她去,让孩子跟我们多待待吧。"

推开门,妈妈的口气不对,她又开始了,开始她"可怜的孩子""要是没妈"的无穷悲观的设想,可以迅速形成电影《妈妈再爱我一次》类型的剧本……但她的悲苦是不示人的,连房门都不出,左邻右舍但见她随和笑眯眯的一个人。

九九跟着外公在识字,五岁不到,认识 500 个汉字,还会说 100 多个俄文单词,大学教授外公幼教能力照样出众。

"你声音轻点儿,就在孩子耳朵边儿嚷,你以为讲大课啊? 真是,口水都喷孩子脸上了。"

妈妈过去数落爸爸。

九九听到口水,一边要去洗脸,咯咯笑,然后用小手去堵外公的嘴。

"看看,你这是破坏课堂气氛,我们俩学得正好。"

"外公口臭,九九脸上都是外公口水。"

妈妈跟着说:"是的,我们九九认识好多字了,不学了。"

爸爸的脸沉下来:"这样怎么教育得好孩子?"麦牧心眼见课堂气氛被彻底破坏,教授要发火,就跑过去抱住九九说一起到阳台上去看鱼。

"外公的鱼都穿了隐身衣啦!"

"啊,怎么? 看不见了?"

"嗯,外公的鱼缸里什么也看不见了。"

她们一起走到阳台的鱼缸前。"哇,这么混浊,爸,鱼缸不换水啊?"

妈妈嚷着:"你爸爸说用虹吸方法,到处都是水,外头落雨,屋里也到处是水,烦死了。"如果妈妈再继续抱怨下去,估计爸爸要发火到砸缸了。

牧心贴近鱼缸看,应该是鱼食太多导致水质混浊。

"爸,你一天喂几次啊?"说着,她看到九九又要去拿鱼食,赶紧制止她。

"你爸爸说,小鱼都认识他,他走过去,小鱼就游过来张着嘴要吃的。"妈妈继续说。

老麦脚高脚低地从书房蹭过来,说:"我吃饭小鱼就吃饭,一天三顿吧。"

麦牧心哭笑不得。

这个生物学教授老爸,只懂植物不懂动物。

"爸爸,你这喂一次的鱼食,够这三条小鱼一周的食量,再喂下去,小鱼都要撑死了。"

"啊,不会不会,我看它们便便也很多。吃得下拉得出健康啊。"老麦振振有词。

"金鱼不是这样养的!"

"我养得挺好,它们都认识我,我一吹口哨,就游过来。"

"可是这水这么混浊,鱼也无法呼吸啊!"

"我手不好搬,你妈妈不肯帮我,我就设计了虹吸原理,你妈又嫌水滴滴答答……哎,这老太太比鱼难弄。"

"爸,上次给你的 iPad 呢?"

老麦指着九九:"去拿过来,在你小床上吧。"九九拿电脑最乐呵。

牧心直接下载了养金鱼的 app,翻给老爸看。

老麦掏出眼镜:"啊!一周喂两次?怎么可能么,有时候我半夜起来还要给小鱼加一顿呢!"老麦记得马无夜草不肥的谚语,把鱼当作马来饲养了。

牧心快哭了。

在父亲眼里,吃是最幸福的。患了糖尿病后,每顿饭量要控制,不能吃的东西也越来越多,时常听他在饭桌前唉声叹气:吃饭都不能吃饱,活着么啥意思。

老麦的胃是幸福的量杯。

"柯怡跟你说了?海伦的住院费,我和你爸爸出。"

"不用吧,有大病保险。"

"你问过比例是多少吗?"

"嗯,这几天去问问,反正按政策来的事,大家都一样。"

"那也要自己知道,心里有数啊,那天在病房里听 18 床说,那个白色的营养剂是不在报销单子里的药。"

"妈,还操心这些,她能活下来就是万幸。"

"这还用你说……真是!"卢女士的嘴角又变成 7 点 25 分。"你有空还是要去问问你表哥,医院里有没有给瞎开药什么的,人家说,现在医院就靠这些糊弄人,没用过的药也给写上……"说着,卢女士的嘴角指针到了 10 点 10 分,跟着,12 点方向就被双手抹除了眼泪。

"妈,你真是的! 都是救命的药,你怎么什么都怀疑。"这眼泪在大女儿眼里,没构成感情的共鸣,倒把她的怒气勾起来了。

"你们就是天真,海伦最是天真,自己生下孩子,现在又得这个病……你说以后孩子怎么办!"卢女士顿然又成了天底下最老谋深算的人,别人个个天真。

"以后,以后有我们三姐妹在! 怎么着都会好好的!"

"孩子没亲妈行吗? 我六岁亲妈就没了,苦日子你们是不知道。"卢小姐的哭,开始了,情节已经预设成只剩两个女儿的状况了。

麦牧心心里已经烦透了。

"妈,海伦现在恢复得不错,你这是什么意思? 病在不同人身上是不一样的,再说,迪贤也不是不管孩子的父亲。"

"那他们这算什么关系？人家是不知道,我想起来就心堵。"卢女士点了几下胸脯开起了哭腔,嚷起来。

麦牧心的心情像一块被洗衣机狠命翻转搅洗过的床单,皱巴巴卷在一起,水分已经被甩干,但依旧潮乎乎沉甸甸,她没有丝毫力气去扯开展平它。

妈妈靠着厨房,用围裙擦眼泪。她想起小时候妈妈也这样跟她说家里烦扰的事。那时候说的主要是自己后妈和她小时候受到的委屈,五个姐姐从不主动给她打电话因为怕花电话费……以及父亲家那边亲戚们的"恶劣"行为,进而回到父亲如何偏心自家兄弟等等……月底,父母工资用到拮据,爸爸妈妈都会跟她唠叨,然后就动用她保管的班费。牧心小学时候是班长,班主任很信任她,把班费托她保管。父母入不敷出的时候,就去班费盒子里"借",牧心总是催着他们尽早还到盒子里。那时候,十三岁的她好担心哪一天班主任问她拿班费,盒子里却是空的。后来牧心看到空盒子就会焦虑症发作,严重时候连火车的空车厢都不敢进。

爸妈真是不把她当"女儿",有时候着急了,妈妈居然也跟着妹妹一起喊自己"姐姐"。

"你说,姜迪贤现在还会跟海伦结婚吗？我们海伦怎么想的呀。"旧事重提引起的哭,一般是阵雨,持续时间不长。

"妈,迪贤是懂道理有情有义的男人。结婚不结婚的事,也是他们俩自己的事,不要再去问了。再讲,上次医药费还是迪贤出的呢。"

"他付的？海伦都没跟我们讲么,海伦不懂事。"这次虽说是数落小女儿,但是口气不同。

"海伦自己当妈了,自己处理自己的事情不是挺好的么。妈,你和爸身体要好,这事先别讨论,等海伦好好过了这一关再说。再讲,海伦也没跟你和爸要钱呀。"

老太太没接口。

"她的肝硬化医生说还有办法治好吗?"

"她能熬过7个小时的手术以及术后48小时危险期,上官还是蛮乐观的。他还说,他有个女病人也是这样重度肝硬化,活到八十多岁呢。"

"那人家没有癌症啊!"

"妈,咱们现在要互相分享好消息,不要负能量,这样一家人才能一起撑过去。"

"我实事求是讲,怎么叫坏消息了,怎么负能量了,还不许说真话? 你们就是不懂还瞎乐观。"此时的卢女士不是共产党员胜似共产党员,绝对坚持真理捍卫真理。

这就是妈妈,把无尽的担忧和悲伤都化成无数句不中听的话,在家里人身上发泄。

"海伦这次,不用你和爸爸的钱,我和柯怡准备。"

"反正我们的钱早晚也是分给你们仨,现在用,以后用,一样用。用在哪里看你们各自的福气吧……哎。"卢女士这声长长的叹息,能让天地失色,日月无光。

"你不是一直说老人手里攒着钱最踏实么?"

"反正,你有空还是去查查药费单子,找你表哥找他们财务……医院乱收费的,别以为病人都是傻子,我在医院当护士那阵,就是知道的,有时候止血纱布多一块少一块,价钱差很多……"老太太说得自己似乎以前是个医院蛀虫,贪污门道煞清。

牧心仅有的耐心瞬间归零。

她转身离开厨房,叫九九,提议带她出去买糖。九九立刻就去穿鞋,还记得拿上自己的小伞。

"下雨天,外头很脏的,不要瞎走了。"

"我就要出去,出去买糖!"九九嚷着。

"跟你妈妈一样,野在外边最开心。"

麦牧心拉着九九出门前,看到老爸又在处理鱼缸里的水,打算继续虹吸换水。

妈妈的唠叨调枪头了……

"女儿还在医院呢,你就知道想着你的鱼!"

64

春天是破晓的时候最好。渐渐发白的山顶,有点儿亮了起来,紫色的云彩微细的横在那里,这是很有意思的。

——《枕草子 四时的情趣》

这该死的黄昏!

麦海伦蜷缩在病床上,心情比糟糕还差劲。

"唯有黄昏华美而无上。"

是吗?

诗人内心真实的想法是下面那句:

"相反的是这个黄昏无限的痛苦无限漫长,令人痛不欲生。"

住院整整45天了。

19床几乎送走了至少三批住院病人,十病区的护士们给海伦起了个绰号叫"病房公主"。

实习护士来扎针,她不再怒斥人家了,跟护士们混熟后,不知不觉心里会体谅小姑娘们。19床现在的口头禅:"尽管扎,姐是疼过来的!"

现在,她比护士长还清楚十病区的护士轮班情况。新来的见习医生值夜班,居然给不能进水进食的术后病人开口服安眠药,她提醒陪夜家属"这是不对的"。

病房宽阔的走廊,就是她的后花园,每天溜达几圈,已经有了"我的地盘我做主"的主人翁精神。就连隔壁病房的病人家属,她都能聊上几句。

最近,她觉得自己被一个男病人的女儿"盯上了"。

女孩子父亲是2床,隔壁的隔壁病房。

女孩子来病房陪伴父亲。总喜欢坐在走廊里,一头乌黑的头发,乱蓬蓬的,低头看书的时候,脸深深地埋在头发下面。小姑娘有点儿胖乎乎,常常穿一条黑白相间的裙子,坐在病房门口的凳子上,弯着腰低着头,像一只可爱的熊猫。

几乎不见她说话。戴着一副黑框眼镜,有时候海伦会叫她一声,她总是猛然抬起头,皱起鼻头扛着镜框,然后用手指去推镜框,跟着就,上牙齿咬着下嘴唇笑。

有时,她痴痴地盯着麦海伦,偶尔也会跟着她一起在走廊里散步。

有些黄昏,她轻轻地晃进病房来看她,依旧很少讲话,就靠在床边儿。麦海伦了解到的仅仅是,她在自学会计,家住青浦靠西边儿,来照顾父亲,没有请护工。

有一次,麦海伦在男病房门口,看到小姑娘给父亲伺候便盆,耷拉下来的头发盖住了她的脸还有尴尬害羞的表情。

麦海伦从大李那里得知,小姑娘的父亲也是恶毛病,蛮遭罪的。她妈妈平日里要上班,到周末才会过来病房,过来的时候,会勾着女儿的胳膊一起下楼,十分亲密。

一天上午,小姑娘进来,递给麦海伦一个大信封,A4 大小的白色信封,信封底部红字写着青浦一个机械学院的地址。

她低声说:"我爸爸今天出院了……姐姐,祝你也早点儿出院。"

"这是你给我的?"

"嗯呢,等下你再打开看。"

"好。"海伦再不知该说什么,给她电话吗? 要她的电话吗? 哎……

"祝你考试成功。"想来想去,海伦就说了这句。

这该死的黄昏,海伦无所适从。

现在想起那个信封还没看,因为后来去做复查 B 超,信封放在抽屉里。

赶紧去拆开,这是一张素描。

在走廊的尽头,一个纤细女人的背影,穿着条纹病号服,趴在窗口看外面,织成一根辫子的头发,斜斜地搭在一侧肩膀上。

最令海伦动容的,是图上女人的双脚,穿着一双彩色条纹袜子,整张画面,唯独袜子,用彩色铅笔涂抹。

有一次,女孩儿陪着麦海伦在走廊里溜达,说:姐姐的袜子都是彩色条纹。海伦告诉她,自己是条纹控,在病房里,只有彩色的袜子让她找回窗外的现实生活。其实,粗糙的条纹病号服已经帮海伦治好了大半的条纹控,同时也抹去了她对未来现实生活一大半的渴望。

这该死的黄昏,非要来一场大雨吗?

病房是如此的公开,她不想把自己的心事展开在众目睽睽之下。在这身空荡荡的病号服下,她的身体被打开过,她的血液被换过几轮,她的这身皮囊,对这些医生来讲,已经没有任何秘密。有一次查房,上官笑着说:"海伦以后胆囊要摘,只有我来做,我知道她的胆囊在哪儿……"

"啊!老天,我的'胆'难道吓跑了吗?"

"哈哈,不是,是偏后。"眼见海伦在恢复,上官带团队查房,停留在她的床边时间倒是越来越长。

每当十几号人围在她病床四周,她想象着病床就是竖起来的 T 台,设计师带着大家对模特身上一件件的衣服评头论足,很少人会去评价一个模特的长相,行家只会盯着模特身上的服装,好比她床四周的医生,她,就是作品本身。

终于可以喝粥,或者吃小半碗烂糊面。海伦的体重回到了她在地中海游荡时候的重量,那时候,Rene 扛起她在海水里悠闲漫步。

现在,扛她的人除了大李,没别人了。

"这么晚,你还不睡,站在这里干什么?"闵一像从地底下冒出来的,把海伦吓了一跳。

"你怎么来了?"

"我值班。"

"怎么穿着手术服?"

"急诊有台紧急手术,刚做完。"

"什么病要半夜手术?"

"一个小伙子,被卡车撞了,抢救,几个科室的人联合上。"

"救回来了?"

"当然,我参加的手术怎么会救不回来!"闵一洋洋得意,一脸的妙手回春。

"啧啧,牛。"

"是自信。上战场的战士怎能不怀着必胜的信念。"说着,闵一走回值班室,从冰箱拎出一瓶冰可乐,大口喝起来。在日常饮食健康方面,医生其实跟普通人一样,甚至更加糟糕一些。

"你在看什么书?"海伦把书的封面给闵一看,闵一坐下来,转头过去捂嘴打了一个可乐嗝。

"《追风筝的人》。"然后他把半瓶可乐放在地上,顺手拿过海伦的书,翻了一会儿。

"住院还看这么灰色调调的故事,你这是什么疗法。"

"以毒攻毒。"

"在别人的故事里流自己的眼泪。"闵一这句话,让海伦无言以对,内心翻腾着。她站起来,转过身看着窗外的夜色,病房走廊这扇窗对着楼下的街道,日夜川流不息着这座城市的繁华和喜怒哀乐。

可以看到医院的正门,看到正门对面的一排小饭店,24小时便利店的灯亮堂堂的,甚至可以看得见收银台旁边关东煮的热气腾腾。

看得见大玻璃窗里,一对年轻人在吃包子,玻璃窗里还看得到他们两人的腿在下面亲昵地踹来踹去。

偶尔,呼啸过去一辆电瓶车,喇叭滴滴得赛过救护车,同病房里那永不停歇的监护仪一样,闹心!

　　白天极力隐藏的心情,到了夜深人静就原形毕露。

　　"还是睡不着? 你需要睡眠来恢复得快些。"

　　"恢复到什么地步,可以出院?"

　　"上官来决定。"

　　"闵一,我这病,还能活多久啊?"

　　"你会活得好好的,估计比我活得长。"闵一嬉皮笑脸的。"手术目前看蛮成功的,接下来就看你自己怎么改变生活方式了。"

　　"我要像个老人一样生活是吗?"

　　"某种意义上,在物理层面,是的。食物尽量软,好消化。作息正常,定期复查,在精神层面,要积极,乐观……"

　　"你怎么不去当牧师啊?"

　　"哦,你以为医生的角色里没有牧师的影子吗? 病人需要医生无条件的爱。治疗技术,只是基本条件。"

　　"嗯,早知道你是无条件地爱我的。"海伦一脸坏笑。

　　闵一低下头,他知道海伦捉弄他。"让病人信任是医生的义务。"他继续对海伦说:"我从不怪病人不信任医生,这是医生要努力的事情,治疗的过程就是建立信任的过程。好比你现在,需要学会信任你自己能够抗得过这场病的。"

　　"信任自己? 我都不知道我自己是谁。"

　　"你要做那个勇敢的追风筝的人。"

　　"我连看风筝的心情都没有。"

　　"所以说,这一切都需要恢复,你的胃动力,你的情绪,你的信心,你的恢复是一个大工程。"闵一的声音有点激昂。

"我现在一点儿都没有饿的感觉,是不是你们把我的胃给切了一半儿。"

"喂,你的胃很好,为什么要切啊?你的手术是胃底静脉截流。所谓胃出血不是胃的问题,问题还是出在肝脏,肝硬化导致的胃底静脉曲张,出血。"

"我真是一副坏肚肠啊。"

"哈哈,行,真有你的,想得出的。"

他们俩坐在病房走廊尽头,这里靠近电梯间。

丁零一声,电梯门打开,见习医生小吴像只刚跟猫碰过头的小耗子一样窜出来,白大褂两侧口袋里塞得满满的,拽得他像个土行孙一样矮小。猛然见到他们俩坐在那里,张大嘴巴作惊讶状。

"居然!在宅(这)里约会!"

麦海伦也张大嘴巴同样做惊讶状,双手捂住脸装腔作势道:"怎么办闵一,被发现啦!"

小吴摇头晃脑得像踹开王婆家门的武大郎,然后双手捂着口袋里的东西,指着闵一说:"让病人睡觉啦,我们再打一关。"说着又指指口袋里的东西,各色垃圾食品,芬达,薯片,方便面,手上还拎着一袋茶叶蛋。

麦海伦站起来说:"自己是医生,还吃这些东西,我去吃我的思诺思啦!"

闵一站起来,举着可乐瓶,轻声却盎然地哼唱了一句:"My words are a matter of pride……"

海伦慢慢走回病房,路过正在打鼾的大李,花被子一大半掉在地上了。海伦缓慢蹲下来,帮大李弄好被子,轻轻盖上。躺回病床上,她拿起手机看了时间,快凌晨一点了。

下午,迪贤发来他陪着九九幼儿园六一去春游的视频,她到现在都不敢点开看。

不敢看。

思诺思从不食言,温柔又坚定地带她进入梦乡,药力缓缓发作,差不多就要迷糊的时候她脑子里绕来绕去都是闵一哼唱的调子。

"《Be Prepared》!"

第二天,她分明觉得自己梦到了那首歌名。

65

近而远的东西是，极乐净土。船的路程。男女之间。

——清少纳言

"19床，你老公最近挺忙吧，都不见来看你呀。"

当然，她跟迪贤在外人看来是夫妻。

大李口口声声"你老公"地叫，有时候麦海伦妈妈在，大李也一口一个"海伦老公人真好"。麦海伦偷偷瞄妈妈，老太太从来不搭话，那笑容似是而非，像租粮没有收足的地主婆。她不用看，就知道妈妈脸上的表情，那是她的面子，不是她的表情。

趁人不注意，老太太就看一眼海伦，哎呀，那眼神，海伦从来不接，让老太太眼神扑空，打到对面墙上再反弹回去。

她才不想跟她生气，也不想让自己生气。

好像真的觉得自己是活过来了，想珍惜这不拉血不吐血的日子了，最要紧的是，她瘦了。对女孩子来说，一瘦遮百丑，何况她是个美女。

麦海伦确信上官诺兰在缝合她肚皮上那火车轨道的时候，一定会多折进去一点儿皮肉。就是说，帮她做了一个瘦腰手术。生下九九之后，她好久没有这么曼妙的腰身了。

好不容易又美回过去的体重,她躺在病床上甚至开始计算自己的衣橱里,哪些衣服又可以拿出来穿上,哪些裙子可以拿出来再上身。她想着什么时候出院了,要赶紧去 Benson 那里做个头发换个颜色,必须挑染。当伤口的疼痛渐渐消退,这些实实在在的计划是让她活下去的"动力"。

18 床明天出院,这会儿,她正跟妈妈聊得起劲儿。

麦海伦一边给迪贤发短信,耳边听着两个老女人的对话。她其实想听 18 床女儿的那些事儿,每次来病房,她隆重的穿着和装扮,实在是惊人。

"病啊,得上了就得上了,等习惯了,都忘记自己有病。"海伦妈妈以过来人的身份,安慰 18 床。

"一只已经没了,听说我们这病最好也就 7 年……"说着说着,18 床摇摇头自己先唏嘘起来,似乎七年就是明天。

"别听这些,你看不出吧,我 5 年前就是肾癌,现在就一个肾。那时候,还说我们这病也就三年五年的,不要管那些。"

"哎呀,看不出哦,你气色这么好。"看着神清气爽气质优雅的海伦妈妈,18 床确实惊讶,她眼神里跳跃出小火花,仿佛看到自己更加乐观的未来。

"我得病以后,想通了,早前围着海伦爸爸转。现在,我自己也跟着姐妹出去旅游,想穿好看衣服就买。"

"男人都一样!我们家那个没事人一样,就晓得讲风凉话,看到就搓气,跟他过一起,想多活两年都难。"眼神里的杀气怨气又回来了,不过这回还有昂扬斗志。

"不要这样讲,还是要靠自己,开心要自己找。"

"你有三个女儿啊,那两个姐妹真是好看又懂事。你哪能教育的啦?我这一个女儿还不省心。"这句未必是真心话。海伦瞥眼看她,心里想,这女人把我撂在"好看又懂事"的门外了。

"啊呀,三个女儿的操心事多过你几倍呢。"说到这里,老太太低着头,掖了掖海伦腿边的被子。这会儿,轮到 18 床安慰她了。

"你家海伦恢复得老好的,真不容易,不要多担心的,现在医疗条件好,总有办法的。"

"反正,出院了也要看她自己,如果什么都听父母的话,哪会遭这份罪啊。"

"听话的孩子我是没见过。我那女儿也气掉我半条命,"来了,麦海伦竖起耳朵,她爱听的内容出场了。

"现在她这个男朋友跟人家谈朋友谈了 7 年多,人家男小孩是老实人,她就不肯跟人家结婚,讲啥再等等。人家小伙子真是老实头啊,对她那么好,人家家里人是好人家,分手她又不肯……你说,她想什么呀。"18 床是个典型丈母娘,对女婿越看越喜欢,尤其是毛脚女婿。

麦海伦听着突然想起来,有几次,一个很高的男孩子跟着 18 床的女儿一起来,就站在病房墙壁边上,一声不响。哇啊,那是她男朋友啊,看上去像跟着拎包的实习生。

她妈妈是绝对不会跟人家说她们姐仨恋爱婚姻话题的,聊到这个话题,她通常会话锋陡转,像高速飞驰的赛车碰到了 U 形弯。

果然。

"这些事跟健康比较起来,都是小事了。随她们吧,我现在就想,只要都身体健康,我懒得操心那些事了。"这是全天下妈妈最大的谎言。卢女士也不例外。

她最好每个女儿的丈夫都由她来选定。她的理想模式是"医生,医生,还是医生":一个女儿嫁给外科医生,一个女儿嫁给内科医生,再一个女儿嫁给中医。

跟买房子的三大黄金准则一样:地段,地段,还是地段。她们姐妹仨私下说,这是"护士妈妈的梦想"。

"你这个小女婿人真是好,脾气也好。"18床啧啧道。

"啊?啊!哦……"麦海伦妈妈一时没有反应过来,支支吾吾半天。她脑子里那根线压根没有把小女婿和姜迪贤连上,如果突然连上,也只是短路的效果。所以18床这一句点到她的梗上。

麦海伦继续佯装看书,心里偷笑,小女婿,听着蛮嗲么。她倒是想知道妈妈怎么想的。

老早?她可是万般嫌弃过迪贤。

"是呀是呀,摊上这样糟心事儿,能这样尽心尽力的,也是我们海伦福气了……"

哦?老妈这是真心话吗?

"哎,想想养女儿没意思,嫁人啊生孩子啊样样要操心。我现在还担心我这个病是不是也会有遗传什么的……"18床说着,赶紧从枕头下面掏出一串佛珠,在手里逐个拨拉着,似乎能把这个"搓气"的念头扒拉掉。

"多想自己找烦恼,过一天好,就是好一天。何况,今后的日子还真不是想得出来的。"海伦妈妈站了起来,望着病房门口,问海伦:"大李呢,让她去给你热热我给你炖的鸽子汤。哎呀,现在护工做几个病人啊,找不见人呢。"

显然,讲到"小女婿"的话题,老太太自己心虚当即没了兴致。她端着汤,走出去找护工大李。

麦海伦对 18 床说:"你女儿很好看,又能干,可以嫁得很好呢!"18 床笑了,撇撇嘴:"她是很要工作的,心气儿高。"麦海伦接着说:"那么年轻,是不要急着嫁人么,自己做得好,嫁不嫁人又怎么样呢。"

18 床倒头靠在床上,说:"你们年轻人都是这个口气,可是女孩子终究还是要嫁人养小孩儿啊,搞不懂。"

要不是自己现在躺在病床上,九死一生地抢回这条命,麦海伦一定会说:我就是自己养了个小孩儿,不想结婚呀! 现在自己这副德行,还有什么说服力呢? 泄气了。唉,开了两刀,身上漏气的地方太多了。海伦有点沮丧。

麦海伦心里胡乱地计算了一下自己银行卡里可怜的余额,盘算了一下今后的日子,不知道什么时候才能去上班。听上官诺兰的口气,要长时间静养,哎……忽然就对自己出院后的生活悲观起来。

曾经的那份勇气和自信,那份傲娇和任性,如今在她心里,像抽掉了钢托的 bra,已经撑不起她 F cup 的雄心壮志。

"这软趴趴的意志力是不是麻药后遗症呢?"麻药和思诺思,让她的回忆也逐渐模糊。

许多事,想不起来了。

曾经的悲伤和快乐,都变得像别人的事情。手术前,好像还想搞明白的事,现在,都想不起来了,什么答案啊,结果啊,都懒得去追了。

那些事情,好像还在,只是不再那么入心,像隔壁病房的病人,跟自己穿着一样的病号服,都有床号,似乎熟识,每天走廊上碰到相互点头哈腰眯眯笑的,其实并不认识啊。

她还会记得一些不清晰其实确确实实存在的事情。

比如,在 Rene 的钱包夹层里,有一张混血小女孩儿的照片,大约六七岁。

笑着,嘴形很像 Rene。

那时候,Rene 不曾解释。

她不想问。

现在,她开始有点责怪思诺思,怎么光留下应该擦掉的部分。

66

"生活，是唯一值得坐在第一排欣赏的演出。"

——法国电影《邂逅幸福》 美国大亨的一句台词

迪贤矮了点。

一起坐着喝酒，挺好。

相拥而卧，也挺好。

荡马路时候牵着手……就算了吧。

像电影里那样，女孩子踮起脚跟儿勾着男友的脖子亲吻，想想要是跟姜迪贤一起做这件事，麦海伦自己都要笑，这幅画面蹩脚喜剧里倒是经常出现。

反倒是海伦经常双手压着迪贤的肩膀，踮起脚尖，就轻松越过他的头顶去张望出租车来了没有……如果不小心海伦穿了高跟鞋，碰巧要一起走出去，她十分担心自己要是栽倒，应该倒向哪一边，是让迪贤撑住她还是让迪贤拽住她呢？

起初，她在姜迪贤家里过夜。清晨睁开眼，视线里豁然看见迪贤的睡袍搭在躺椅背上，那个尺码，那袖子，太像一个孩子的睡衣了。

这不是她要的男人的尺码。

不行，不能嫁给这个尺码的男人。

九九纯粹是个意外。

麦海伦曾经被诊断怀孕概率相当小,这让她很颓废,她觉得此生或许无法有个自己的"真娃娃"了。当得知自己有了身孕,第一次去孕检听到胎心,"砰""砰""砰"……她深深地被体内一个蚕豆大的黑影震动了。

难道这是真的?

躺在超声波床上,她拉着自己高中同学的手,一再让她看仔细点儿,是胎儿还是什么别的东西。对于自己即将有一个自己的"娃娃",这件事带给她的惊讶,真是不亚于一个笑话,那个笑话怎么说来着,说"人这辈子最大的惊讶莫过于对于自己的出生,因为惊讶,一年都说不出话来"。

怀孕前期有整整四个月,她谁都没有告诉。

她甚至很少跟姜迪贤碰面,并没有什么不适,也没有常人说的孕吐,唯一的变化就是嗜睡。

麦海伦独自一人,享受着这独一无二的陪伴,这种来自内心的喜悦,她谁都不想讲,生怕讲出来就要飞走。生怕是个梦,即便是梦,她也想多睡会儿。那根验孕棒,她藏得好好的,每当大睡醒来,分不清真实与梦境的时候,她就拿出那根验孕棒,再仔细看看。然后摸摸还平坦的肚皮,再按按日渐隆起的胃,忍不住笑自己。

她悄悄地戒酒,戒烟。收起高跟鞋,露脐装。她约了自己最好的朋友,妇产科医生琳一起喝咖啡,她必须得到琳的帮助。琳是个产科医学博士,但是你看她曼妙的身材,绝对以为她是某单位的花瓶人事经理。

"你多久没来大姨妈了?"

"快50天了,反正我买了验孕棒测过,是两道。"

琳笑眯眯的,看着她。

低头飞速地写单子,忽然停下笔,问她:

"喂,你想要还是不想要?"

"不结婚可以生孩子吗?"

"当然可以啊。那你是想要了?"

"你记得吧,你跟我说我很难怀孕,所以,你不觉得这是天意吗? 我想要。"

琳推了推眼镜,说:"对,你只有一个输卵管,有一边天生狭窄,就是我们说的畸形。"然后,她从抽屉里换了一张单子,继续写,递给海伦。"所以,你现在能怀孕是奇迹,先去验血,然后拿这个 B 超单去交钱,好了过来找我。"

"啊?"

"去啊,我后面还有病人,等会儿说。"琳站起来,把麦海伦推出诊室。

她不是在手术室,就是在妇科门诊,她说,宁愿一台接着一台手术,也不愿意在门诊,太烦了。

当琳让她听胎音的时候,说:"哎哟,小家伙还蛮活跃的啊! 胎不错啊海伦,不要倒是可惜了。"

"这是孩子的呼吸声吗?"

"你笨啊,是心跳!"

"啊! 现在就有心跳了?"海伦看着显示屏上一个蚕豆大小的阴影。

"当然,这已经是一条生命了!"琳自己还没有小孩儿,她一直抱怨自己太忙没有时间要自己的孩子。她对海伦说:"我还真是羡慕你啊,当妈妈多好啊!"

这句话对于海伦好重要。

"你说,不结婚孩子可以上户口吗?"

"单身妈妈可以上户口,已经有政策啦。"琳微笑着看着海伦。"不急,你再好好想想。"她不问任何关于那个男人是谁,为啥不结婚,不问任何问题。

麦海伦喜欢琳,就是喜欢她的涵养和性格。

琳是她们班级里学习最好的那个高个女孩子,海伦也是高个子,但不爱学习,爱打扮,可是,她们俩是最要好的朋友,不仅仅因为她们俩都是高妹子。海伦特立独行习惯了,琳是海伦最忠实的观众和听众。从不点评她,听她说,然后,推推眼镜说:我看书去了。

可是买什么衣服,怎么化妆,如何搭配,这些事,琳一早就全部拜托给海伦,她想都不想,海伦说什么好,她就穿什么。她把海伦当做自己最真实的会说话的镜子。

她穿着高筒皮靴看门诊,美丽得像个超模。

那天午后,海伦在医院门口的咖啡馆等琳。她从医院出来,在商场里转悠,居然转悠到了童装店铺。

"我要的。"

"想好了?"

"嗯,我要这个孩子。"

"那我先不帮你建卡,现在看上去都蛮好,过两个月再来我这里,不过,我会叫你的。你有什么不适马上跟我讲。"

那个午后,天空有点儿多云,但是海伦觉得阳光分外明媚。

她开始嗜睡,上班开会的时候也会突然睡着,这种迷迷糊糊的状态给她带来一种从来不曾感受到的暖意。

夜晚,她独自待在自己租来的房子里,摸着肚皮,尚未隆起但是摸上去很奇怪的肚皮,一分一秒,一分一秒,心情从未有过如此的愉悦,她不觉得寂寞更不觉得孤独。那砰砰砰的心跳声,一直在她耳边回响,像非洲部落远远传来的鼓声,悠远强劲充满原始的生命力。

她还不想告诉任何人,从听到胎心的那一刻,她就决定生下这个孩子。

她要为自己织一件足够坚固的盔甲穿好,再去面对所有人的质疑和劝阻。

尤其来自她父母。

这四个多月,她就回去看过一次父母,妈妈已经气急败坏地电话她 N 次,问她是不是又闯祸了,问她到底是不是又跑到国外去了。

妈妈的担心也不是没来由的,在妈妈眼里,她这个小女儿就是"那个小混混"。她想等待合适的时机再通知父母,另外一个"小小混混"已经在她肚子里面生根发芽,她会是一个合格的妈妈,她的孩子可以稳稳当当地长大,可以不被伤害。

这是她对付自己妈妈的一个小阴谋,很早她就从退休老护士卢女士那里知道,四个半月以上的孩子就不能做人流手术了……

67

如果没有了盐,糖也失去了滋味。

——犹太人的谚语

麦海伦回家告诉妈妈,她已经怀孕四个多月了,她的父母甚至都不知道她身边有姜迪贤这个人。

当然,这是一枚炸弹。

不过,老三往这个看似平静的家里扔炸弹,老麦夫妇并不意外。只是没料到这次是一颗原子弹。老麦半天没有回过神来,卢女士则像吞了大口芥末,轰得一下天灵盖全飞了。

这些日子,海伦一直没有回家,他们俩惶惶不安,日子过得太平静。卢小姐的口头禅"没这事就有那事,人过的日子怎么会有省心的时候?"她的这个"不省心"可以直接和"老三"划等号。

麦海伦扔好炸弹,就回到自己的小屋里躲着。她要撤得快,不能被自己炸弹的弹片误伤,尤其不能被劝降。

之前,她先通知了姜迪贤。

其实他们俩从相遇到现在,一起不到半年。

扔好炸弹的第二天傍晚,大姐牧心给她电话。没等姐姐开口,她先说。

"你知道了。"

"妈昨晚就把我叫回家了。"

"哦……他们俩还好吧?"

"怎么会好呀。"

"病倒了?"麦海伦最怕这个结果,她宁愿听到他们也预备好了机关枪手榴弹什么的。

"爸昨晚一个人在哭呢。"麦牧心压抑着内心的怒气和怨气。她最大的怨气不是因为妹妹的这件事,而是,她们的父母居然让她来解决和面对这件事,仿佛海伦是她女儿似的。她烦透了,从小时候一直烦到现在,而且看来会一直烦下去。

"爸……哭了?"

"嗯,也不跟人讲话。"

……姐妹俩在电话里沉默了几分钟,不知道哪一头传来一声长长的叹息。跟着,又沉默……

"妈呢?"海伦打破了沉默。

"你说呢?"这句,麦牧心终于露出了怒气和怨气,像受了震荡的啤酒瓶被突然揭了盖头。

"他们让你打电话给我劝我是吧?"麦海伦接话很快,她想尽快逼出牧心给她打电话的真实意图。

……没人说话。

"妈让我告诉你,让你回家住。她照顾你。"麦牧心在电话这边,使劲儿掐住手指头,这么大的事儿,她知道,说什么都是徒劳。正如她昨晚跟父母讲过的一样:咬牙接受吧,这是减少这个炸弹威力的唯一方法。

麦海伦眼睛一酸。

这通电话再次陷入沉默。

……

"你怎么也不告诉我,这么大的事儿,就这么自己决定了。海伦,你胆子真大啊!"

"告诉了,你会同意吗,我其实最怕你知道。"

"怕我知道?应该是最怕爸妈知道吧!"

"怕你知道,因为你要是劝我,不要生,我会被你说服的。"

这话让牧心心里很不是滋味。

她怎么就没有发现妹妹这些日子来的变化呢?这些日子她在干嘛?确实很久没有和妹妹碰面了,有时候深夜互相发发信息,聊正在追的日剧韩剧美剧,起劲儿聊剧情。想起来,难怪海伦最近一直看《黄手帕》,她还奚落妹妹最近怎么那么多愁善感啊,看这么冗长拖沓的韩剧,貌似不是她的风格……常常大半夜,发来一张截屏,配上一堆哭脸儿。

哎……

"你还是回家住吧,对你,和——孩子——都好,回家反正你要想好,告诉父母你孩子的父亲的事,以及结不结婚什么的,这些问题是他们俩目前最想了解的吧。"

麦海伦心里一清二楚。

她和迪贤,几乎就是一夜情——开始的恋情。这又是一颗小型原子弹。

麦海伦自己都还不了解姜迪贤的情况。哎,其实真不想回家住。

"你的那个,孩子的父亲,是我认识的吗?"

"你不认识。"

"啊!新认识的?我以为是你国外的那个男友来了。"

"不是。"麦海伦立刻否认。坚决否认的口气好像迅速扭头避免看到路过的车祸现场。

"他,他叫什么啊?他知道了吗?"

"告诉他了。"

"他,他怎么说啊?"

"相信孩子是他的?"牧心追了一句中国劣质电视剧里的台词。

"亏你问得出的!麦牧心。"海伦回答得似乎天良一息尚存。

"咱们一起见个面吧。"谈话结束得平淡无奇。

电话后,牧心把她和海伦的对话转告了父母。然后父母又交代给她更多任务:身高长相,最好拍照来,男人是已婚还是单身,什么时候结婚,是已婚的话,有离婚的打算么……问问工作收入情况,对孩子怎么打算……

天下父母为子女的操心无非是怕自己孩子吃亏。那句吃亏就是占便宜,父母纯粹是用来安慰自己的无奈之语。现实生活中,自己儿女吃哪怕一丁点儿亏,都是要了他们老命的。

只要父母这关过了,麦海伦从来不担心未来。似乎父母是龙门,她这条鲤鱼跃过去就成龙了。她从来不相信非要结婚才可以生孩子,她相信自己这种说一不二的性格,一个人带孩子再合适不过了。她看够了父母一辈子为了她们姐妹仨，为了生活的琐事争吵不休。

她独独没有料到自己会生这样一场大病。

她带着牧心和迪贤一起碰面的时候，身孕还完全看不出来，原本她的风格就不喜线条。有身材曲线的女人，有品位的装扮恰恰在于巧妙地藏起自己的曲线，让男人浮想联翩。

麦海伦深谙此道。

碰面的地方就选在 CROSS。

Ben 在吧台，一直用奇怪的眼神看着她们三人。

那时候，麦海伦同 Ben 还不熟，只是随着姐姐过来相识的"两点之交"——点单加点头。

姜迪贤早早就到了。

看到她们姐妹走进来，他站起来："我选的这个位子可以吗?"

麦海伦没有告诉姐姐，有关姜迪贤的一切，只说了句："名校毕业，好像是自己轻松考上去的。至少智商还靠谱。"

麦海伦向来不知道如何谈话。她习惯性沉默，或者躲开。

后来，姐姐说她那天无耻的沉默不语，让她很想给她一巴掌。海伦后来索性借口去点点心，躲到吧台上去找 Ben 聊天。

这是谈判啊? 这算什么啊!

麦牧心喝了一口咖啡，又喝一口，看着杯子里那朵咖啡花，她慢慢地啜一口，绝对不破坏那朵咖啡花，她喜欢直到咖啡见底，仍见咖啡花软软而完整地铺在杯底。

姜迪贤的咖啡杯边上有一包烟，牧心的眼神无处安放就忍不住盯着看。

她不在外面吸烟,尤其不愿意跟陌生人一起抽烟——姜迪贤怎么说也是初次见面,是陌生人。

可是,现在这气氛还真是有点儿小尴尬,由于父母赋予了任务,搞得她觉得自己好像就是海伦家长。跟这个在自己妹妹肚子里面埋了一颗定时炸弹的男人谈判,牧心像巴黎和会上的顾维钧,深深地感受到弱国无外交的尴尬。

真想来一根烟,做回自己。

姜迪贤遥遥地看着吧台上的海伦,他帮海伦点了一杯热巧克力。这男人挺爱护海伦,或许知道她怀孕的缘故。

那包烟是白色万宝路。

打火机是防风船员款的,看不出牌子。

她瞄了一眼这个男人,干净利落,皮肤黝黑,倒也蛮男人样子。可是这类长相的男人并不是海伦的菜啊。

海伦喜欢眼睛细长或者是小眼睛帅哥,这个男人明显眼睛太大,个头却太小。

不过,沉默时候的气质,略微靠近海伦菜单里男人的列表……还是有些气质。

"去外面坐?"

他收回黏在海伦身上的眼神,举着烟盒和打火机对牧心说。

麦牧心回头看吧台上的海伦,对着海伦的方向笑,那边已经聊得一片火热风生水起,情节百转千回赛过一部韩剧。这个海伦,心里在想什么呢。麦牧心的初恋男友,跟她们姐妹一起长大,在海伦 15 岁的时候,他对牧心总结道:海伦是花痴,4 岁到 80 岁的男人她都能爱上。当时牧心听了还很不开心,现在看来初恋男友一语中的。

姜迪贤了解这样的海伦吗?牧心的思路又回到了小妹妹身上。

哎呀呀,这个男人有点儿矮。

她想起她们姐妹俩在 Polo 店里,到处挂着 XXL 男式 T 恤,海伦拎起一件相拼色 down – button 衬衫,高高举到身体一侧,歪着脑袋靠在衬衫肩膀处:"真想找个这样号码的男人来依偎啊!"

这位姜迪贤的尺码……如果生个男孩儿像妈妈身高也没所谓,生个女孩儿像爸爸身高……也更没所谓了。

"这也未必不是一件好事。"

"啊?"

姜迪贤又重复了一遍:"我说,海伦把孩子生下来,未必不是一件好事。"

"你想要这个孩子吗?"

"重要的是她想要。"

"你呢?"

"之前确实没考虑过,挺突然的。但是,海伦的决定我都会支持。"

"你说未必不是件好事?"

"麦海伦生活太不稳定,孩子或许能让她步入正轨。"

"你跟海伦认识多久了?"

"……我们在一起还有 7 天满 5 个月,不过老早我们一起喝酒聊天有些日子了。"

"啊?都没听海伦说起……"

"她不在乎我。"

"不是,我不是那个意思。"

"她……"

"其实以前,其实以前吧,我妹妹她挺深情的。"

"我懂。"姜迪贤抽烟,把燃着的烟头在烟灰缸边缘慢慢地滚动,红色的小火苗若隐若现。

"她不是看上去的那么玩世不恭。她喜欢把自己扮成很风尘很性感的样子,其实她不是。"

这家伙,一针见血啊!

"她内心很保守死要面子,嘴上不服软,她唯一的表达就是喝酒,依靠酒精壮胆儿,啤酒杯倒满,话就来了……"说到这里,姜迪贤掐灭烟头,笑了。

"你知道吗?有一天半夜,她在吧台上坐着,喝 B52,要了 5 杯,排成一排,自己趴桌子上,看着那一排酒,我就坐在一排酒杯那一头。她好像是对我说,也好像是自言自语,说了一句话,打动了我。"

万宝路好呛,喉咙撕啦啦的,好像堵着一小块棉球。麦牧心抽不惯,看着手里的烟,白烟丝丝地笔直上升,今天好天气。

姜迪贤说到这儿,停住了,拿起烟盒,抖出一支烟,在手里把玩了几秒钟,灵巧地把玩着那根香烟。

脸上的表情似笑非笑。

麦牧心发现这个男人长着一双非常俊美的手,手指骨节线条优美,皮肉包裹刚刚好。指甲修剪得很卫生,有几根手指有老茧,然而那茧,在那样美好的手指上,丝毫没有瑕疵感,反倒很性感。

手指丝毫没有香烟熏黄的痕迹,这是一双玩吉他的手吗?他挽起的衬衫,露出小手臂,居然并不像一个矮个子男人的手臂。姜迪贤虽然个子不高,却拥有很好的身材比例,黄金骨骼比例。

麦牧心没有追问,她知道此时的迪贤若骨鲠在喉,他一定会说的。

"她说:'土豆,你知道吗? 有一种悲伤是不知道啥是悲伤,就是难过。'"

这像海伦的腔调。

然后,姜迪贤换了一副神态,有种释然,有种觉醒,好像即将开始准备生孩子的是他,就差撸着自己的肚皮安抚肚皮里的孩子:"等你来改变世界啦"。

"听说你大学里学政治?"麦牧心问他。

"国际政治。"

"你一直在 Hardrock 吗?"

"大学里几个兄弟一起弹吉他的梦想就是有一家自己唱歌玩音乐的地儿,开始是驻唱,玩音乐,后来,就入伙了,闹腾到现在。"

"看来是打算自己做音乐。"

"打算? 打算现在开始想想以后。"他笑得很自嘲,嘲笑自己即将考虑"打算"。

"我妈妈让海伦回家住。"

"嗯,我也会劝劝她。海伦会是个好妈妈的。"

"你真这样想?"

"嗯,老实讲,我觉得生个孩子对她是件好事儿。她不适合扮演风尘女子。"

"哎,我们全家都不确定她会成为什么样。"

"放心,她不是那种把孩子带到酒吧里去的妈妈。"

姜迪贤望着吧台上谈笑风生的海伦,口气漫不经心的。

土豆?牧心心想她叫这男人"土豆"。一颗优雅的土豆。

海伦真是促狭。

68

婚姻是一件好事,一件很好的事,它允许两个人在一起,分担他们至今还没有遇到过的麻烦。

——法国人的谚语

一幅超大尺寸的放大镜压在《密雪图》上面,柯怡像个老奶奶,趴在图册上,举着放大镜,还原"大雪绵绵的远山"。

跋山涉水,举步维艰,在连绵的群山里徘徊,小心翼翼穿行在云雾中,不放过薄云背后的山脊,山头上的矮松,行走在气势磅礴的山水间,心情又绝非心平气和。

府嘉禹问她为何不临《渔父图》,麦柯怡没想为什么临哪幅,《密雪图》小,她的心,静如止水的面积,也就是最小的《密雪图》。遗憾的是,她没有机会看到原作,据说在美国内尔逊博物馆。

手机响。响了许久了。

"手机在哪儿呢?"

她举着放大镜,站在画室里听,手机铃声锲而不舍地响。

鞋柜方向……

这年头,听到电话铃声,她都怕。不是快递就是垃圾电话。

是大师兄。

"就你老土还打电话!"

"干嘛呀,听声音多好!"

"留言么。"

"我对着手机自言自语,我傻啊?"

"说你老土么!"

"老土想听听你的声音。"师兄的声音二十年没有变过。

这么多年,大师兄有事没事就给她电话。给她电话的时候,一定是他刚从一个远方回来。

"这次是从哪儿回来了?"

"埃及。"

"遇到艳后了?"

"吃了一嘴沙子,你还在临摹?"

"嗯。"

"对临?"

"我倒是想背临呢!"

"哪一幅?许道宁《关山密雪图》?"

"咦,心有灵犀么。"

"尺寸小,好操作,老许是你的心头肉么……临完怎么着啊。想卖钱?"

"卖给你啊?"

"成!成交。"

"没看就成交……"

"给你点儿小目标么,你看过原作吗?"

"手里只有画册,图太小,看不清,哎,蛮难临的。"

"我带你去看原作。"

"空头支票有啥好讲的。"

"太简单了,明天去?"

"去哪儿看?"

"在哪儿展就去哪儿看啊。"

"这种画都不展出的。"

"我给你打听去。"

"啧啧,晓得你来塞的。"

"打听来你会去吗?"

"去打听来先。"

"瞧,又原地打转了。"

"我还有什么自由呢?"

"枷锁都是自己给自己套上去的。"麦柯怡听得出师兄已经满脸笑纹像《密雪图》上的山皱,虽然并未有笑声传来。

"瞎讲。"

"那,你能跟我来一趟说走就走的旅行吗?"

麦柯怡忽然拿着听筒的手震动了一下。

为什么不呢?

我为什么有那么多的顾虑呢?师兄这句话,仿佛交给她一把钥匙,其实钥匙一直在她自己身上,在精美的钥匙包里,那把没有锯齿的彩色钥匙就是吗?

"喂!瞎琢磨什么呢?"

"去哪儿?"

"什么?"

"你说我们说走就走,去哪儿?"

"你想去哪儿?"

麦柯怡望着眼前的画册,那虚无缥缈的雪山,飘出一阵冷风,她想去哪儿呢?

她想去可以忘记心中那些画面的地方。

"寒冷的地方。"

"成。"

"哪里呢?"

"最寒不过人心,哈哈……"

"少来。"

师兄活得最潇洒,不结婚,谈恋爱,不画画,自称艺术商人。家里客厅正中央,放着一张高级漂亮的斯诺克球台。

走世界,吃天下,谁也不知道他到底为啥不结婚。身边的女孩儿华丽丽地换,个个轻灵靓丽,安安静静,不食人间烟火模样,也貌似都不适合娶回他那个放着台球桌的家。

人生好奇妙。

麦柯怡想出去走走。

"玉龙雪山吧。"

"啊!"柯怡吓一跳。

"不想去吗?"

"想。"

好一个未了的玉龙雪山之行。

"好。"

挂掉电话,麦柯怡自己愣着,好吧,这次真走。

嘻嘻哈哈的师兄,竟然记得未成行的玉龙雪山。

麦柯怡走到窗前,大首都北京城,仅适合隔窗相望。夏天快来了,窗外开始有绿色,越是古老的城市,灰色越浓重,这些灰色的石头和灰秃秃的城墙自有它的一份灿烂。

路边的新绿显得轻佻,红红粉粉的花儿显得俗丽,倒是独倚在城墙缝儿里,那些不起眼的小野花,淡淡的黄,浅浅的粉,具有一股笃定的优雅。

装点一座城市的,从来都不是街心花园。

尼采说婚姻不幸福,不是因为缺乏爱,而是缺乏友谊。可是,再深厚的友谊也无法成就一桩简单的婚姻。

师兄家客厅当中,那张台球桌,也不是他用来装点门面的。他说他一个人,没有姑娘抱的时候,就抱着球杆,围着这张桌子,跟那几个亮晶晶的彩色小球耳鬓厮磨。

他身边的那些女孩儿们,没有一个适合这张台球桌,他说,球友是球友,女友是女友。

"说说,和我之间,你有什么幻想? 不是理想,是幻想。"这是在同学聚会上,麦柯怡借着酒劲儿问出口的。

"不停地旅行,只有你,我。"

麦柯怡和师兄,聊彼此的生活,彼此的生活里却没有彼此。

这许多年,他们见面也好,发信息也好,就这样。

师兄是可以让她人生透口气的那个人。

许多事分明还记忆犹新,可是画面渐渐失去感染力,回放太多了,分不清是谁的故事。男人同女人不一样,他们并不需要跟自己一样的女人在身边陪着。

"我是不是把自己变得跟府一样了? 所以他去寻找不同的女人?"

自己任意想象的黑翅膀在幽闭的心房内扑扇扑扇乱撞,翅膀太重,撞得心生生地疼。好像那些"画面"曾经是她亲眼所见,在黑幕中回放。她猜想府和她的感情,他们的第一次是谁主动呢? 他的表现会同当年我们第一次的时候一样吗? 他们一定也浪漫缱绻,彼此也会沉浸在深情款款的情意绵绵中,在他们两人彼此倾心到缠绵的那一刻……

"他剪断了我和他的爱情。"

麦柯怡举着画笔的手掉下来,就像抱着孩子抱久了的那只胳膊的感觉。她想起一句流行歌词中的常用词:横刀夺爱,所谓的横刀夺爱。

可是在他们的故事里,谁的刀夺了谁的爱呢。

隐隐作痛的愤怒化成叹息,她听见自己的叹息声,会吓一跳,以为妈妈在房间里。

这是无疑的。

不过他自己不会承认,他不承认或许也是诚实的态度。

他当然认为他都爱,或者"那是不一样的爱"。或者,在内心里,他也会对自己说她们两个人那么爱我。他爱的是"她们都那么爱我"的爱情。

麦柯怡在内心大声地冷笑。

"所有男人都是狮子座。"

她时常盯着府嘉禹沉静而孤傲的神情,心里继续脑补他跟他情人在一起的情景,他说他不会跟不爱的女人亲密。

那么,他爱她。

他说:她比你更温和。

那么,那个女人是宠爱他的。

为什么不呢?

府嘉禹是那么引人注目。当时,她为自己能嫁给他不知道喜悦多久,她自豪,觉得自己是多么的出色。府嘉禹娶她,宠爱她,他是她最想嫁的男人。她尊他为自己的师长,她钦佩他的用功和才气,在建筑设计领域,无人及他有定力。他的作品不慕虚荣、平实、简单,富有禅意。她看到他第一眼就想为他生个孩子,她甚至一眼万年地想象出了他们的孩子是什么模样……她觉得自己在他的鼓励下定能成就自己的梦想。

丈夫是她的挚友。

“是啊,对待人生当中唯一的挚友就应当宽容。”

一条信息飞进手机。是师兄。

“同学朋友5人,男女不一,玉龙雪山之行,不许变卦!”像邀请更像战书。

这就是师兄,他知道如何跟她相处。

20多年前,他们曾约好去玉龙雪山旅行,那时候麦柯怡还不曾生活在北方这座城市,没见过厚厚的雪。她看完电影《情书》,也想到雪山顶上去喊一句:你好吗?

师兄说,他会扮演那个回声,回答她:“……我不好。”

就在上火车的瞬间,她接到府嘉禹的电话,邀请她去他的家乡……一起看水乡的月亮。

府嘉禹可以不动声色,让她跟着他走。

喜欢就是调情,不喜欢就是调戏。

这是府嘉禹在第一次跟她说"我爱上你了"之后,她回他的话。你这是在调戏我吧。他回了这句,冷静到狠。

他鼓励她画画,哪怕是画小画。他说喜欢她的乐观,她的傻气,甚至她在菜场里的斤斤计较——至少她觉得他是喜欢的——因为他总是笑着说她多么可爱……他们几乎无话不谈,他们有许多共同的爱好,她在府面前,无比的真实快乐。什么举案齐眉什么神仙眷侣,说的不就是他们这样的伴侣吗?

"哇哦,我还真是活在自己的写意山水画中啊。"

麦柯怡耸耸肩,她特别奇怪,他们夫妇俩是如此的亲密,他哪里会有时间开展那一段新的恋情呢?

"所有男人都是双子座。"

她甚至嫉妒府嘉禹,嫉妒他有新的恋情,那份嫉妒,好比一个老人嫉妒青年人的爱恋。分明清楚自己也曾经沉浸其中,而今却只能在追忆和向往中悄悄地嫉妒。

嫉妒他尚有的激情和对世界的好奇心。好比妹妹嫉妒兄长的爱情。好比女儿嫉妒父亲的情人。

妹妹的病,让她不得不在娘家住了许久。

这些日子,或许拯救了她。

她沉浸在对妹妹疾病的担忧中,忽然间小妹妹的生命期限……近在咫尺!这份冲击,震碎了她的婚姻带给她的伤害。

一切痛,都变得不再具体,散落在身体密密麻麻的毛细血管里,悄无声息地流淌着,四肢常常软弱无力。

然后,当悲伤和某种伤害混合在一起,麦柯怡忽然想放弃创造了。她呆呆地,盯着一幅作品,看一天,一直看,她的眼睛仿佛要变成昆虫的复眼,渴望看出秋毫之别。

临摹吧。

巨大的悲伤过后,心里空无一物。

她心中的一切自信和欣欣向荣的创造力,消失了。

还能剩下什么呢,一副天注定的躯壳?

"如果你觉得幸福像假的一样,那就是假的。"

她在临摹中,不断地跟大师对话。这是最近她着迷的事。

孙悟空是水瓶座,唐僧是射手座,猪八戒是金牛座,沙僧是摩羯座。柯怡心里猛然蹦出这个念头,自己想想要笑。

内心里那个刻薄的自己,忽然没了心气儿,还能刻薄谁呢?

"你不是独一无二洞悉一切的。"

早前家里的那个浙江保姆说,她们村里有句话,把稻草睡成金子,都不知道男人的心。

"临画吧。"

她终于可以坐下来,临摹。

心无杂念。好比家庭主妇送走上学的孩子上班的先生后,独自一人面对一片狼藉的厨房,内心异常宁静,享受一杯咖啡。

"她比你温和。"

这句话在柯怡心里回旋,成了那之后她生活的旁白。

“她比你温和。”

他想说的是“她比你……温柔”。

一定是的。

69

我不认为我是个悲观主义者,悲观主义者会等待下雨,我
觉得我浑身都湿透了。

——莱昂纳德·科恩

跟其他病人相比,麦海伦的病床旁边,算得门庭冷落车马
稀。因为几乎没有任何朋友知道她生病的消息。

"哎哟,她得过癌症,你看呀,她还活着呢!"

这句难道不是人们常常在背后议论癌症病人的口头
禅么。

"又没活掉你的余生,干你什么事。"

麦海伦才不想人们在背后悄悄嘀咕她。

姜迪贤在下班后来陪她,坐着,握着她的手,有时候打哈
欠,有时候趴在病床栏杆上睡着了……有时候,要陪她在走廊
里散散步,海伦不愿意,说,你让我胳膊肘压在你肩膀上,还是
你下次来换双高跟鞋? 姜迪贤只是笑,他习惯了海伦的奚落。
偶尔,他趴在海伦耳边说:要不我躺上来抱抱你。

麦海伦甩给他一个三两重的四白眼。

的确有些病人的丈夫,趁着晚上,会挤到病床上。有那么
恩爱吗? 有那么累吗? 确实有那么点不得体。

她活过来了。亲人们大喘一口气,悄悄回到自己的生活轨道上,至少在情绪上如此。

她真该出院了。

上官诺兰说,等到完全可以自己进食,等胃的消化完全正常,再讲出院的事。

闵一说,做过胃截流的病人,最怕就是掌握不好进食,因此胃痛或者不断呕吐,反复住院的都有。

对出院,海伦怎么会有向往呢?快两个月了,没有吃过任何食物,她完全没了胃口。姐姐吃牛腩饭,她闻着气味,一阵阵恶心。除了西瓜汁,她不馋任何食物。

麦海伦心里头并不急着出院。她只是不想讲出来,她开始害怕面对病房外面的世界。

外面的日子什么样?怎么过的,好像是上辈子的事。病房里的日子逐渐变得真实,心中自有一份踏实,尤其那份来自四周医生护士看你的眼神,说话的口气,你的身体有人帮你管着,照看着,她作为病人"撒娇卖萌"蛮幸福的。

现在伤口的痛渐渐止住,也不出血了,胃管拔掉。这两天开始喝米汤,身上留着的深静脉针头还埋在锁骨下。这已经不是问题了,连血球都拔下来了,她几乎能看到管子上她的肉连着被拽出来了。不过,这种痛对她来讲,不算痛。

这么多医生照看着她,住在病房里真省心,不用琢磨怎么吃,不用琢磨穿什么衣服,打针吃药,有人喊……出去怎么过?

去年那一年,自己跟疾病一起过得很辛苦,完全无法互相理解的关系。抑制不住要吃口辣的,想喝两口冰啤酒,"克制"这两个字对她麦海伦来讲,稀释成四个字就是:生不如死。

她心里谁都没想,甚至女儿,那丫头也好像习惯了妈妈不在身边,跟着爸爸跟着外婆也乐呵呵。没心没肺的样子倒有海伦的真传。

麦海伦的乐趣还是翻看手机里女儿的照片,手术前不敢打开的那些小视频,现在也有勇气打开来看看,偷着乐,偷着哭,居然偷偷地喜欢上了病房里的生活。

病房成了她的世外桃源。

现在,护士台墙壁上那块医生值班白板,她不但看得明明白白,而且看得像脂砚斋批注《石头记》:

晨杰经常整周值夜班,看来还没找到女朋友。

小吴的父母从台湾来探他——是监督他——小吴说是投资方来市场看产品情况。他白天陪父母,半夜经常跑回值班室,同晨杰混在一起,因为他最佩服晨杰,解剖图画得堪称大师。

甚至,可以看出谁缺席,谁帮谁顶班,大家轮班的次序,哪位白天门诊,哪位夜班急诊,谁在手术室,新来的见习医生,实习护士,谁最怕跟谁上手术台……以及哪位主治医生的手其实很笨,啧啧,她都知道。

上官医嘱:一天要走一个小时,帮助做过截流的胃消化,海伦自封"影子护士长"。

这会儿,她看着手机里的一个陌生来电发呆,4 个未接电话,她在输液,手机静音,乱七八糟的电话会连续拨打四次吗?

不过,这个号码好像蛮整齐,像某个总机的座机电话。不过她懒得打回去,随它去吧。这世上,知道她得病的人,算上女儿,不超过 8 个人。

咦,闵一怎么鬼鬼祟祟的?

麦海伦靠在病床上,看《追风筝的人》,不免悲从中来。这个牧心,人家住院,她还推荐这种悲情小说给她解闷。

闵一周五不是应该在手术室么。怎么还在病房门口晃悠,白大褂里穿着深蓝色手术服,脚上的 Crocs 像大木屐。外科医生什么时候爱上 Crocs 洞眼凉鞋,配上 7 分长度的手术服裤子,搞得像荷兰渔夫。

闵一在护士台翻电脑,然后,小碎步挪进病房。

"你不是应该在手术室吗?"

"对,一台手术病人的病历没带上去,我下来找。"

"已经开膛破肚了?"

"没,准备呢!"

"在肚皮上画画呢?"

"你懂太多了……问你个事,上官医生还在给你开思诺思吗?"

"对啊!"

"每天有几粒?"

"就给一粒。"

"你每天都需要吗?"

"毋庸置疑。绝对需要。没它不行。"

"……嗯。"

闵一低着头,长长的睫毛盖住了眼睛里的想法,麦海伦插科打诨。

"你啥意思？想我想得睡不着?"

"我吧,熬夜班倒来倒去睡不好倒是真的。这样,你看好不好,下午上官再来看你的时候——对,今天周五——他一定会来的。你能说,你就说,你姐姐,对,就说你姐姐最近倒时差,你姐不是刚从国外回来么?"

"她还没回来呢。"

"不管,他也搞不清么,就说你姐姐也想吃思诺思,你跟他说,多开一盒给你姐姐,怎么样?"

"瞧,穷得要倒卖药品了。另外,上官真知道我姐姐什么时候回来。"麦海伦故意说得煞有介事。

"喂,喂,不要污蔑人格！我可是宣过誓的希波克拉底信徒!"

"你不是医生吗,给自己开一盒不就得了。"

"不行呀,这个药,医生和病人的级别都要够,才可以开。"

"病人要到精神病级别吧?"

"自我定义很准确！你是我们上官的巨星。"

"你为啥睡不着觉?"

"也睡得着,就是想睡得美一点儿……"

"你好过分！能自然睡着不就是美觉吗。"

"听说,思诺思加两口酒,那就是杜冷丁。感觉绝对奇妙啊!"闵一一手抵在她的病床上,略微压低声音说这句。那声

音里带着小小的期待和兴奋,让麦海伦顿时觉得很值得尝试,也跟着他的调调说:

"那不就是毒品嘛!"

"嘘!记得跟上官讲哦!"

"条件!"

"讲!"

"晨杰是不是喜欢那个老好看的小护士?"

"你好八卦!"闵一立刻捂住嘴巴。

"18床的女儿是不是在追求你们当中的哪个医生啊?"

"你真的好八卦啊!"闵一这回双手捂住嘴巴。

"说,最近晨杰到底跟谁在恋爱?"

"绝对没!我哥们啊,我保证!"

"有一次半夜,我看他们俩一起值班,悄悄话说很久……"

闵一侧头瞄了一眼门口,说:"小护士要嫁脑外的,公开的秘密!"

"18床女儿呢?"麦海伦紧追不放。

"不要吓我,我们躲她还来不及!"

"为啥呀?"

"开始跟大家聊得蛮好,越来越黏糊,自说自话的,居然随时就跑到病房值班室来找我们开药啊看片子啊……吃不消了。"

原本,海伦不太喜欢那个小美护,觉得自己长得美,有些小傲娇。不过真心长得不错,有一点点儿像高圆圆,不过脸型欠饱满。

一天半夜,海伦睡不着,打算到走廊里去透透气。

思诺思如果吃得太早也不行,会在后半夜醒过来,尤其在嘈杂的病房里。那晚恰巧小美护值班,她托着下巴低头看着手机发呆,心事重重,简直是愁容满面,还真是很少看到她这神态。

海伦靠在墙上盯着她,小美护忽然抬起头看到海伦,吓一跳。

"哎哟喂,19床你怎么还没睡,出来干嘛呢? 不要吓我!"

"吓到你啦? 对不起! 不过,难得看到你值夜班。"

"你睡不着,哪里不舒服吗?"

"还好,比手术完那阵子是活过来了。"

"恢复得不错的,19床,你是我们十病区的奇迹。"

"太辛苦了,倒真是想死了算数,不知道怎么熬过来的。"

"别这样说,想想你女儿,多可爱啊。"

女儿! 麦海伦眼睛酸胀酸胀的。小美护很机灵,赶紧换话题。

"19床,你现在看上去跟进来的时候像两个人呀,哪能这么好看了。"

"还不是生孩子生的,乱吃,胖了很难下去,肉来如山倒,肉去如抽丝啊。这不动了手术,直接切了一半,干脆!"

"哈哈,你蛮好笑的,你的身体还是不能乱吃的。"

"没有可以吃的了,上官说,以后最好都捣成糊糊吃,没劲! 都要返老还童了。"

"可以保持身材了!"

"上官估计帮我多缝进去一些肉肉了。"

"会吗？缩身术啊！"

"我问过他的,不是有切口疝吗,他说确实为了防止伤口长不好,多掖了点儿肥肉进去……"

"哈哈,他讲笑话吧？不过,上官不喜欢女孩子胖的,他总说我们吃太多,总说我们胖。"

他有吗？麦海伦听小美护如此说上官诺兰,比较新鲜。

总觉得他眼里从来看不到女人的,小美护的话还真是让海伦意外。平心而论,她很不了解上官,她甚至没见过他在医院外面的样子。

"上官医生很挑剔的呢。"小美护又跟了一句。

"哇,我还真不清楚。反正我是许久没有腰线了,现在自己掐腰站着,手都要滑下来的,太瘦了,没处托手呢。"

"哈哈,19 床你好搞笑呀！"小美护捂着嘴巴尽量不笑出声音。

"看你现在挺好了,上官说了什么时候可以出院吗？"

"不问,不急不急,都习惯了。你看,我可以找个工作在这儿。"

"哎呀,19 床你说笑话了,在医院里工作很辛苦的。"

"除了手术太痛苦,医院的饭好吃难吃跟我也没关系……能多给点儿杜冷丁就更好了。"

"为什么要杜冷丁？还痛吗?"

"舒服啊！"

"哎,杜冷丁要是可以止心痛,我早给自己打两针。"

说得这么忧伤!

那一刻,小美护忽然呈现的愁容,让她显得格外真诚,或许,傲娇只是她隐藏真实自己的一张面具吧。

走廊上的牌子闪现"45",一阵杂乱的曲调,宁静被打破。小美护立刻抬起头,整理了一下帽子,急步走出护士台,一边对海伦说:"快去床上躺着吧,别累着。"

闵一说她要嫁脑外科医生,或许有她不可言说的隐情。

病房里的病人,已经换了两轮,海伦就像二房东,看着自己的租客一批批离开,临走说着祝福,"联系啊",唯独不说再见。

这是病友之间的默契。

肿瘤病房出院后的病友,久而久之,互相之间,甚至不敢拨打彼此的电话。万一,没人接……或者号码销号了。

"喂,你还活着啊?"

活着活着……

70

羡慕别人的幸福,嗟叹自身的不遇,喜欢讲人家的事,对于一点事情喜欢打听,不告诉他便心生怨谤,又听到了一丁点儿,便觉得是自己所熟知的样子,很有条理地说与他人听去,这都是可憎的事。

——《枕草子　可憎的事》

手机在枕头下面嗡嗡作响。

麦海伦迷迷糊糊地,伸手摸到手机,花了老半天,看清楚来电是上午那个整齐而陌生的号码。

她看着屏幕,心生犹豫。是不敢接还是不想接,她也搞不清楚,那可是"外面世界"的来电。

一定不是家里人的电话。

她看着这号码,手机在手里,继续嗡嗡作响。

这个声音,她很熟,不久前那台自动推针的仪器就这样嗡——嗡——嗡,每间隔半小时,嗡一阵。

嗡——嗡——

然后,手机屏幕上跳出来几个字"未接来电3"。

麦海伦长舒一口气。把手机再次塞回枕头下面。盖在手机上的手还没来得及抽回来,嗡——嗡——嗡!

又打来了!

"嗡"到第五次,麦海伦坐起来,一手按住腹部,轻轻地清了几下嗓子。这么执著地打过来,还是接一下吧。

哎呀! 手指居然没划到接听键,手机在手里继续震动。

再划……划开了,手机还没送到耳边,听到里面传出大嗓:

"啊哟啊哟,有人接电话了!"

"喂,喂!"听出是一个中年妇女的声音。

"请问,"海伦又不得不清喉咙,"是,哪位?"这会儿,她开始后悔接电话了! 什么阿姨啊,难道是以前用过的保姆? 口音倒是正宗上海人,不像乡下人。

"啊你是麦海伦小姐伐?"那阿姨因为激动,喉咙格外响。

"嗯,是我。"麦海伦尽量让声音打起精神,这样一努力,语气就很不像话,哪里像正常人啊! 在病房里,不管同谁讲话,都是"病人口气",那种,那种,像紧握方向盘,车速 20 码,却因为旁边车子太快而心跳加速,新手刚上路的感觉。

"哎吆喂,麦小姐啊,总算寻到你了,我是荣阿姨啊,记得伐,前台的荣阿姨啊!"

"啊,请问,哪一位?"

"荣阿姨啊,杂志社前台,荣阿姨啊!"

花了 20 秒钟,麦海伦的脑子,咔哒,咔哒,咔哒咔哒,总算运转并连接畅通了。

荣阿姨? 杂志社的前台,啊,是 Rose 啊! 她终于想起来了! 差点儿脱口而出喊她 Rose。

"啊,是R——荣阿姨,我,我刚睡醒,有点儿糊涂。"

她居然说自己刚睡醒!

自从怀孕四个月趁人家都还看不出肚子慢慢变大辞职离开至今——可真是一场大梦。

谁说的,噩梦醒来最怕还是噩梦。

她岂不就是应了这句话吗?

这位喉咙超级响亮的Rose继续呱呱:"你在国内吗?他们都说你嫁到国外去了……"

杂志社前台有三位阿姨,轮流上班,三位阿姨都眼尖嘴厉,在时尚杂志社这种地方,她们就像堆在仓库角落里陈旧的模具,是否披上某件衣服,怎么站着,表情如何,不被关心。她们的价值就是当有人要展示一件新衣服的时候,会被抬出来,套上新衣,然后被众人围着,碰触,抚摸。

有时候,大家也好奇如此光鲜亮丽的杂志社,前台为何是三位每天自己带盒饭如弄堂般存在感的阿姨。

然而,"阿姨们"刷存在感的方式却让杂志社供职的时尚男女们不敢忽视。

"她嫁到国外去了"。还有这等传说!麦海伦捂着肚皮上的刀口,差点儿笑出来。

"我在国内啊。"

"啊哟,小姑娘你好伐?阿姨还蛮想你呢,在上海也不来看看阿姨啊?"

麦海伦心里怪怪的,其实她从来不曾换过手机号码。

说想我……哈,真会讲话,真关心我,咋不看你打电话来问问呢。哼,背后跟着八卦估计最起劲儿的就是 Rose,"阿姨想你"不如直接说"阿姨想知道你的新鲜事儿呀……"

她从来没有换过手机号,等来的却都是不想等的电话。

"谢谢你,荣阿姨,找我有事?"

天呢,该死的杂志社,麦海伦不想听到那边的任何消息。

三位轮流上班的阿姨,因为被忽视,所以可以听到看到同事间彼此的小秘密,谁收到的花是谁送的,这个地址也给谁谁送过花。谁在很晚带了男朋友来办公室……某某躲在储藏室打长途电话一直哭……某某某收到的匿名信大概是谁谁谁写的……

三位阿姨估计在背后有电话来往,消息一合计,拼凑出一个完整的故事,十分诱人。在以前这是《故事会》的中坚力量,在以后就是微信公众号大 V 的先驱。Rose 算是喜欢海伦的,因为海伦每次国外出差回来,会给她带小礼物。麦海伦心里有数,她经常出差,快递来往,主要靠 Rose 接,有时候,还可以把比较有价值的快递转送到她家去。

Rose 很会烧饭,她带来的午饭,打开饭盒,香味四溢总是引来俊男靓女咂吧嘴,但是只有海伦会从楼下餐厅带些零食给她。Rose 最拎得清,一些八卦,也是她悄悄有一句没一句地说给她听的。

"你出差的时候不晓得吧,Sarah 结婚不到两个月又离婚了。小姑娘好厉害,三个月后马上又结婚了。有一天老晚的时候,她带来办公室,不是前面你们收到请帖照片上的新郎啊,她喊那个男的老公,我吓了一跳,反应不过来呢……哎呀,不得了调了嘎快!"

后来,大家私底下一合计,原来大家都有自己相好的某一位阿姨,这多数不同的上班时间来决定某位同事跟阿姨的缘分。于是,为了女孩子们私底下拼凑不同前台阿姨收集的信息,就有了荣阿姨叫 Rose,苏阿姨叫 Sophie 和李阿姨叫 Lisa。

前台阿姨的英文名唯有她们五个女孩子知道,这也是为了她们几个在会议室八卦的时候,防止某位阿姨偷听。

女孩子都是天生的间谍,或者都怀有做间谍的梦想。

想着几位前台的模样,麦海伦忍不住笑出声。

"哦,是啊是啊。晓得伐,有你一个邮包,在仓库里。这几天办公室在搬家,清理仓库时候,我看到的,写着你的名字,一个纸头箱子,不大,像小朋友穿的鞋盒那么大吧。我看看寄件地址是外文呢,看不懂……"

"什么? 是快递吗?"

"不是快递,是邮局的包裹,我看看包装老讲究的,实在不想给你扔掉。"

"啊,什么时候的事啊?"

"我看看下面的日期,哎呀,好像是 3、4 年前头了……看不清楚啊!"

麦海伦的脑子忽然断了线,今年是哪一年啊? 她下意识地张望四周,似乎想找到可以提醒自己的年份信息。她瞧见大李正半张着嘴站在病床脚那头,双手握着床栏杆,正盯着她看。她也好奇,19 床几乎不接电话的,她这是跟谁在讲话。

"怎么? 需要啥?"

"今年是哪一年啊?"

"两零壹零年。"

"哦,谢谢大李……"

大李迅速说了年份,那焦急的口气,现在已经半个屁股坐在海伦身边,她比海伦还着急知道电话那头是咋回事。

啊,居然是怀孕那年啊……麦海伦心里想。

"海伦啊,这个包裹我帮你快递过来好伐?"

"哦,哦!"

快递? 不行,不想让人家知道我的地址,难道快递到病房?

"荣阿姨,我给你我父母家的地址吧。"

"好哦好哦,那个快递费……"

"就写对方付费,荣阿姨你费心了。"

"有空转回来看看大家哦,都蛮想你呢!"

"荣阿姨,很感谢你,费心了!"

海外……国外的朋友,谁呢,谁给她寄来的盒子?

麦海伦放下电话,一时间心里七上八下的。她握着手机,看着屏幕保护上的照片,一位穿着红色袈裟的和尚,坐在独木舟的船头,背对着人们的视线,一望无际的湖水静静地围绕着独木舟。

病房在六楼,窗外,还是灰色的楼房,那不是病房了,是所谓的高档住宅区,陈旧或簇新的住宅楼,以及老楼上方方正正的水箱,里面真的有能喝的水吗?

蓝布窗帘沉沉地靠在窗户前面,顶端有些钩子掉了,像缺牙老人的嘴,这窗帘,像从未有人拉过,粗糙厚重的面料,或许以为会遮光?这蓝色,这是蓝色吗?灰蓝色吧?

窗帘,难道不应是风轻轻地吹就静静地飘起一角吗?

"有事吗?"

"啊!"大李就那么坐在她身边,痴痴地看着她。

"啊,没事。"她懒得再重复一遍。

大李有点儿悻悻然。

不想了。

或许是在外面认识的老外同行寄给她的样品吧……

不想了。

麦海伦握着手机,斜靠在病床上,病房里的日子,慢慢地流淌着。医生来查房,病床上的人们,像幼儿园里等着分糖果的小朋友,即便是痛得六神无主的,刚从手术室推回来的,也会尽量睁开眼睛,瞄着医生,渴望得到几句专属于他或她的体己话。如果家属恰巧在床边,那健康的家属的眼神,恨不得粘在医生的脸上。他们察言观色,医生的表情,神态,来猜测他们家的病人的真实病情。猜测医生的话,哪一句是安慰,哪一句是"想推卸责任",哪一句又是"病治不好了……"

麦海伦逐渐康复,她成了病房里最清醒的病人。每次表情凝重的上官带着一群悄无声息的小医生来到她病床边儿,就开始有了笑声。

"肠蠕动频繁不?海伦啊!"

"等出院再买衣服可以穿10号了吧。哎呀,进来的时候至少19号吧,19床小姐!"

"外行了吧,女人衣服尺码没有单数。"

"我们拿手术刀不是裁剪刀哦,"说着他转头对着悄无声息的一群小医生,"你们说对伐,你们都知道这个吗?"

没人回应他,都尴尬地低头。

"你姐呢? 去游泳啦? 狗刨式吧!"

哈哈……跟着大声笑的,也就一两个,其他人躲在后面捏着白大衣衣角忍笑。

只要不疼,住院挺好。

好比在公共浴室洗澡,穿着内裤进去,你就是异类。

在病房,"病号服"也是一种特权,有些长久陪病人的老伴儿,会偷偷给自己弄一件套上。因为是老人,护士们也就眼开眼闭。

病房门外又开始热闹,那对胖胖的三胞胎姐妹,来送饭了。也是三姐妹,居然是三胞胎,居然都在医院的食堂里做饭。

看到这三姐妹,麦海伦总想到肉糜三吃法:可以做狮子头,可以蒸肉饼,也可以包云吞。

上海人的说法,做人家。

71

我知道我送你的是什么,但是我不知道你收到的是什么。
——法国导演岗撒

一上午,老麦坐在阳台上研究手机。

一张 A4 纸下面又粘着一张,这张超长的 A8 纸上,按照数字编号,快写满了。

"1,手机充电的时候,开机还是关机? 白天充电好还是晚上充电好?"

"2,收到短信的人,可以看到字体变化吗?"

"3,短信表情符号如何用文字解释?"

"4,别人发过来的照片如何转发给另外一个人?"

"5,发出去的短信,还可以删除吗?"

"6,打电话如何不让对方看到自己的号码?"

"7,别人打电话过来不想接除了摁断还有什么好方法?"

……一共 38 个问题。

老麦严谨的态度像三星科研中心主任。

现在,老麦一边把玩着手机,一边探索设置里的各项功能。当然有些功能他是碰都不碰,比如那个叫游戏选项的,这是女儿帮他设置好的,密码和账号他甚至都不过问。反正那些乱七八糟的游戏,他也不感兴趣。

他对手机本身存在的功能更感兴趣,甚至那个"查找"功能。看到这里,他在 A8 纸上再追加一项"39,为啥老伴儿的手机查找不到?"

女儿终于出院了。

那天他试探着问她几个手机的问题,海伦建议老爸:"不要一会儿问一个,手机和短信的许多功能是相互关联的,你把所有的问题都写下来,我们一条条解决,搞定一条勾掉一条,我有服务成就感,你也做到心里有数。"

"哎,海伦再不出院,我这手机就要废掉了。"老麦自言自语。三个女儿唯有海伦有耐心给他解释有关手机的一切问题。当然,还包括家里的电视机遥控器空调遥控器机顶盒遥控器以及那个发射信号的"牡丹盒"……

上午,老麦一直跟海伦短信聊天,几个简单的问题,海伦已经帮他解决了。老麦心里琢磨,看来女儿是活过来了,回短信的速度都快了。不过这写短信的事儿最好还是不要让老伴儿知道,要不然就要唠叨说他"影响海伦休息"。

他把"手机问题说明"纸条上最后一个问题,发给女儿,说"如果一切问题都没有解决,怎么办?"

海伦回复:"扔了。"

那怎么能扔了呢? 真是的,这手机可贵了。

说也奇怪,老麦不喜欢那种老年手机,来个电话,全世界都知道了。他喜欢复杂的智能手机,他喜欢研究这小机器,即便是整理出诸多不了解的问题,也是一件趣事。

另外,有了这个手机,天南海北的朋友都能联络上,真是奇妙,要不是身体不灵光了,他肯定带着老伴儿去旅游。现在人动不了,可是这手机可以帮助通达天南海北。手机短信设计也真是人性化,比如用短信聊天吧,你可以不用马上回复,有空了,坐下来,仔细琢磨彼此的信息,慢慢地回复,聊天的质量提高不少。觉得不妥,一分钟之内还可以撤销,对于炮筒子脾气老麦来说真是再好不过。以前打电话总是一句话出口都追不回来,真是驷马难追,不知道得罪了多少朋友。

尤其是,遇到好文章,互相分享一下,有空时候慢慢看,绝对胜似见面时,大家都疲惫不堪,不愿再谈读书。

"老麦,快来,这两个字怎么打?"海伦妈妈在卧室里喊他。

"你去我房间,去墙壁上找找,"

"少来,你快过来吧,我就在你房间呢。"

"是不是让海伦住到家里来? 咱们可以照顾她,这刚出院,她一个人照顾孩子有力气吗……"老麦生怕老伴儿嫌弃他起身慢,养成了一边动作一边跟她聊的习惯。

"那也要她愿意啊,你这老三,你不了解她吗?"

"让牧心去说。"老麦撂挑子功夫一流。

"反正她姐姐的话比我们的话管用。"老太太没好气地同意。

"她跟九九她爸,你知道他们有啥计划不?"

"不知道,也不敢问,看不起海伦那脸色。"老太太显然有点儿气。

"那姜迪贤能结婚吗？他是不是有家室啊……是不是他们都瞒着我们什么，不然我就想不通，非要把孩子弄成私生子，为什么不能一起过呢？"老麦一副百年不倒翁的样子。

"不要瞎讲！什么原因？就是海伦有毛病，学那些老外，觉得当单身妈妈很时兴。"老太太有点勃然作色，恨老头子的念头。

"哎，你说孩子们怎么都这么不听话？对了，海伦那个送到家里的盒子，她也不来拿走啊，要不我们帮她拆了看看。"老麦一贯的好奇心作祟，想着会是啥好吃的。

"别动她的东西，至少你发短信问问她。你看，怎么按键都打不出这个字。"

"你用的是拼音吗？"

"拼音和五笔画都找不到这两个字……"

"什么字啊，只要是中国字，这手机里还没有拼不出找不到的呢！"老麦教授笃信科学。

"第40个问题：手机里有没有俄文？"这是个最近出现的重要问题，老麦补充写上，折好纸条。

这个问题很关键，老麦看着纸条，庆幸自己想起了这个关键的问题！上一辈的老知识分子，评职称考俄语，这些老教授很用功，俄语基本功都相当不错。最近通过手机跟老同学们联络上，大家建了一个大学群，其中有两位居然在圣彼得堡当过访问学者，时不时发些俄语文献链接，他很感兴趣啊……

"老麦！你磨蹭什么啊？"卢老太不耐烦了。

"来啦来啦，你这个学生不好，太依赖老师了，要学会自学，师傅领进门了，修行在个人啊……"说着，老麦走进卧室，看到老伴儿戴着花镜，搬来一个择菜的小板凳，正对着墙上那一排拼音字母的贴条。

"什么字啊，让我瞧瞧。"

"你看，我想打'吝啬'这两个字，倒是什么笔画呢，这到底是文字头，还是口字底呢？奇怪了，拼音也打不出。"

"拼音很方便啊，你打出'吝'字，'啬'就出来，这是一个固定词组。"

"你看，是读'l－i－n－g'吧？哪有啊？"

"老伴儿啊，这个字读 lin，没有这个后鼻音'g'啊，我看你还是主攻五笔画吧，这个方法适合你。你这个发音太差了，我们还要继续学拼音。"

"啊，没有 g 啊，L——I——N，哎呀，出来了出来了，两个都出来了……好啦好啦，我会了，你走吧。"

"还有什么字不会打？"

"都会了，对了，那个惊叹号怎么打？"

"来，按一下这个键，符号就都出来了，然后你再按箭头上下左右地选，选中你要的符号，再按一下这个最大的键，或者这个确认键，就行了。"

"知道了知道了，你走开吧。"

"我再教教你这个后鼻音、前鼻音的拼音吧，你坐后面点儿，上课要有个上课的样子。"老麦举着自己的拐棍儿，在墙壁上的贴纸上点来点去。一碰到上课的光景,老麦就来劲道了,兴致勃勃。

"躲开,我现在不学,当老师还没当够啊。"卢老太已经离开小板凳,移到床上靠着。

床对面的墙壁上,贴满白纸条,像大字报。麦牧心给他们俩一打 N 次贴,方便粘贴,可是他们俩不喜欢,因为太小,字母写不大,看不清。还是老麦自己裁剪的这些白纸条好,可以写很大,用透明胶可以贴一排。

不过,阳台门打开,风一吹,白纸条飘来飘去,稀里哗啦地响。老太太不让用太多透明胶,说对墙壁不好,等学会了尽快撕下来。哎,确实像"文革"时的大字报。

老夫妻俩,在自制的"白墙黑板课堂上",一个教,一个学,为了能够让老伴儿学会打信息,学会用手机,老麦绞尽脑汁,但也有酣畅淋漓的快感。

"你看,你去买菜,带着手机,我忽然想吃点啥,给你发个短信,多方便!"

九九从幼儿园回来,跟着一起学,然后笑外婆的发音,外婆有个字母"Q"的发音完全发不出,读成"扣儿",这个"扣儿"让九九笑得前仰后合……

"外婆,你说,'阿 Q'!"

"阿扣儿!"

九九笑得趴在地板上,滚来滚去。老太太看着心酸,孩子就是孩子,她哪里晓得她的妈妈刚跟老天爷打了一架,暂时被老天爷放过了。哎……不想了,老太太学会发短信,开始给海伦发短信。老麦那些有关手机短信的问题,她还没遇到呢,只要不会打字,就叫一声"老麦你过来!"

这会儿,显然她想把手头的短信写完,没心思继续学前鼻音后鼻音……老两口读起来,真是拼音夹着英文发音一起来的,a读"阿"还是读"诶",b读"波"还是读"碧"。

海伦妈妈打出"吝啬"两个字,继续低头琢磨自己在写的信息。老麦问,你这是给谁发信啊,忙乎老半天了,要不我帮你写吧?

"躲开,我自己写。"说着,海伦妈妈站起来,走到自己卧房,还关上了门。

老麦摇摇头,心想,准是又给她的哪一个姐姐发短信。其实也只有她五姐会写短信,老伴儿的五姐是他大学同学。卢老五是活跃分子,在大学群里话最多,最爱发自己年轻时候的照片。不过,老五确实有气质,就是太爱传话,班级里大事小事儿都有她的份儿,女人不好这样么……闲话太多的女人不会贤惠。

这个大学群,海伦妈妈总想看,说看看她五姐都发啥了,然后就跟着指摘。有一次,老五好像在群里说老麦和她的姻缘,她是红娘。这话海伦妈妈可不爱听。

看着看着,老麦拿出A8纸,又加上一条:

"41,手机屏幕这个亮度怎么样最合适?"

"42,手机通讯录里可以按照男同志女同志分类储存号码吗?"

正想着,手机来了一条短信,咦,怎么是老伴儿发来的,刚才还坐在这呢。

　　"老麦,我说你就是个吝啬鬼,你说你得(的)公资(工资)怎么不取出来给九九教(交)学费!"

72

陌上花开,可缓缓归矣。

——钱武肃王

该死!

来这么早还停不进去!

"本停车场已满"那该死的手写白纸牌子,字还写得那么难看!肯定出自某安保之手。那个"满"字,还用红笔描了,加了一个圈。

尤其该死的是,大半个人高的白纸板牌子旁边,站着晃来晃去几个安保,不断伸手拦着急扯白咧想往里闯的车,尤其是外地牌照的小车。估计大老远开过来带人看病,距离医院最近的这个大停车场如果不让停进去,他们无所适从。

医院大院内那个停车场,麦海伦当病号这么久,麦牧心只有在晚上来看她,才停得进。

有一次,牧心傍晚开车过来,真心是找不到停车场。她转了一大圈,回到医院大门口,停在三个红白锥形拦车栅栏旁边,摇下车窗,对小保安招手。小保安瘦了吧唧,安保帽子在尖脑袋上自动旋转,像指南针上永远寻找北的小指针。小保安安若泰山,用他的地盘他作主的口气嚷:

"么有厕位(车位)啦,走吧!"

"你过来一下,跟你说句话。"

"么厕位了,说什么啦话啦!"

"麻烦小哥你过来下,有事请教。"

他手里拎着一条假警棍,倒背着手,很不情愿,左右看看,帽子不听脖子的话,帽檐儿还歪在一点一刻方向。傍晚轮岗,此时就他独个儿,但是看到牧心的气势以及牧心那辆好车……他扶了扶帽檐,犹豫地迈出一步,生怕走急了帽子还留在原地。

距离车门还有一步远,他停下来,上半身探到车窗这边。

"缩(说)什么话,快缩啊?"

"我来接你们宋副院长的,我是他的家人,他说好,让我进去等,你让我把车停到里面车位上等,好不好?"

"什么? 宋院长? 你是他家人?"小安保忽然站直身体。

"对,家人……要不我打电话给宋院长让他跟你解释一下?"

"啊? 哎呀,我到底要不要信你啊!"

"你看我像骗子吗?"

"哎呀,我信你一次啦,不要偏(骗)我哦!"

麦牧心知道,地库里的大车位总有几个保留位子给领导。那天傍晚,她过来给陪夜的姜迪贤送一张折叠床,太重了。能停到院内的车库就方便多了。

必须停进去!

坦率说,那天她上去后,在病房走廊瞄着那个小安保下班……然后才敢灰溜溜地开出车库。此后她再也没有将车开进医院车库过,或许也是听说了医院太平间就在车库上面一层。

距离医院最近的停车库,至少一公里外,一个高大上的办公楼地下车库,那里比较保证能有位子。该死的是,这么热的天,走到医院,一身失败者的气质,一身汗,黏糊糊。

梧桐树的大手掌,遮住了软弱的阳光,也搪住了有气无力原本就懒洋洋的风。

闷热,来一场大汗淋漓才叫痛快。

她想念德国的夏天,在房间里要盖着羊毛毯子看书。冷天让人体面,穿暖和点儿容易多了。

走进医院大楼,刹那间清凉世界。

咖吧好安静,玻璃门里,居然,居然就一个人坐在里面,那不是上官的背影吗?是他!啊,今天难道就她一张台子……

自己走得红彤彤的脸!

玻璃门推到一半儿,牧心转身离开,疾步走去急诊卫生间,她要整理掉在停车上惹来的一些怨气,一如她不想以悲伤示人。

他坐在对面,似笑非笑,皮肤很干净,眼神透过眯缝着的眼皮柔和地看出来,好像在听音乐,也像在走神。

咖啡馆异常安静,背景音乐是《瓶中信》的主题曲……

其他人呢?难道今天咖吧被上官包下来了,这个无厘头的想法让她不自觉将眼睛扫向玻璃门那边的吧台。忽然,麦牧心看到玻璃门上贴着大大的禁烟标志。原来如此。

上官静静地坐在她对面,依旧眯缝着眼。

她打了一个响指,略微伸到他的眼神区域内,然后又打了个响指,他似乎都没看见。但是,仿佛被催眠了的人,至少她把他叫回到咖啡桌上。

"嗨,走神?"

"嗯,我现在很放松啊。"

他在想什么?她没问。今天是他的生日。她知道。

"我从小到大从来不过生日的,我们兄弟五个……"他没有说下去,因为忽然手机来了个电话,他把眼睛移下一点,看着手机屏幕。

等搁下电话,刚才的话题他似乎就忘记了,麦牧心也不愿意再提起。在心里,她接着想下去,他家五个兄弟,他排行老三,母亲在他读高中的时候就过世了……她不想帮他继续这个话题。于是就帮着他一起打岔。

"头发长了。"

"哦,是该剪头发了。"

"红玫瑰现在还需要预约吗?"

"不用,去了就理。"

"你没有盯着一位师傅理发吧?"

"不会,我不挑师傅,碰到谁,就是谁,也是缘分。"

"有天我路过,看到重新装修过,涨价了没?"

"50块一个头,差不多吧,老字号还是蛮讲信用的。都是些老师傅,光顾的都是老上海。老早是18块一个头,随后是28块,再后来是35,剪加简单的洗发。"

"哎呀,你至少在红玫瑰理发 10 年以上了吧。"

"老早在南京理发店,后来南京人多起来,停车也不方便。"

"你不知道啊,现在南京也开始时髦了,据说一帮子阿姨妈妈喜欢那里,把头发造型做得老高的,八级台风吹不倒。"

"哈哈,我最喜欢的两件事,剪指甲,剪头发。"

她再次看他的手,厚手掌,短粗手指,如果不是皮肤细致,说那是一双木匠的手也有人信吧。

"你们外科的手术结很酷的……"她想起麦海伦脚上那双豹纹船鞋的蹩脚蝴蝶结,被她弄乱了之后,再没有结好过,他应当会打蝴蝶结吧?

"很简单的呀,就那么两个,刚学医的时候就要学的。"他微微蹙眉说着,不屑一顾的表情。

突然就转了话题:"我也开始吃思诺思了,睡不着,好辛苦。"

他喜欢给病人开这个药,治疗抑郁症,主要是解决失眠。早前,他睡不着吃泰诺。睡眠不足,头痛,他给自己诊断是慢性感冒,他喜欢吃了泰诺后的感觉,牧心记得他说"很开心的,可以睡得暖洋洋的"。

"有那么糟心吗?"

"怎么办呢,无聊的会议太多了,又不能推,身不由己啊牧心。还要去法庭听那些永远没有结论的医疗纠纷,病人越来越难弄,现在,现在大家都说,要给'安全'的病人做'安全'手术,很艰难,有风险的手术,越来越没人敢开了。"

"你呢?"

她记得早前人家不愿收的疑难杂症,他上官诺兰收。

"没法子,医院也怕冒风险啊,你懂吧,牧心?"

"可怜了那些需要救治的老百姓……"

"是的,所以很累。"认识上官快三年了,第一次听到他这个口气。

"那天半夜,还打你电话吵醒你,对不起。"

"没事,刚吃了思诺思,好久才听到电话……这就是我最担心海伦出院后遇到的问题,所以,尽量让她住院久一点儿解决这个问题再出院。"

"还是控制不好,连着吃了三个蛋挞,还是新烤出来的,很软。"

"但是不好消化啊,她的消化力,只好是粥,烂糊面,蔬菜最好都煮烂,或者打成糊……这些都跟她讲过。"

"她吓坏了,乱哭,疼,也害怕,我们也吓坏了,就怕她再吐血……"

"在病房,是强制性帮助病人控制饮食,回家了就没那么容易,很容易失控,要吓一次,就好些,当病人很辛苦呀,牧心。"

"海伦出院后,倒不如在医院里开朗,跟孩子在一起也发呆,整天不出门,爱生气……"

上官诺兰习惯性地握拳撑住下巴,沉思了一会儿。拿出手机,翻找了一会儿,打电话。

"是我,上官,你现在专家门诊哪一天?哦……我有个病人叫……她来找你……三十来岁,对,麻烦你了!"

"我也想去看看心理医生。"麦牧心幽幽地说。

"我们还是看电影。"上官诺兰乐呵呵地回她。

"这是你开给我的处方?"

"嗯,比较适合我们俩这类人。"

"我们俩是哪一类啊?"

"比较不合群吧……你不觉得吗?"

"但是看上去很合群的……"麦牧心觉得至少自己看上去蛮随和的。她看着上官诺兰,心想,你看上去就不合群。

"有些人,看上去很好相处,但是未必合群。"上官诺兰说的是自己吗?

"当然,为什么要合群呢? 大多数人都是很无聊的,不如不相处,我说的不包括病人。"上官继续说,"医生之间,尤其难相处……"

"那,最近你看什么片子治愈自己呢?"

"老片子,《日瓦戈医生》。"

"哭了?"

"……落泪了。"他低头,仍然面带微笑。

"烟灰掉在身上了吧?"

"哈哈,你也有过?"他抬起头,忽然身体前倾……看着麦牧心,脸上的笑,荡漾全身。

"嗯,看电影,确实比较适合我们俩。"

73

自你离开以后,从此就丢了温柔。

—— 歌手　刀郎

"妈妈,这里面有人在演奏吗?"九九手里拿着一个八音盒,靠在麦海伦枕头边。

麦海伦把玩着女儿柔软到几乎无法用梳子梳理的头发,摸着她几乎没有鼻梁的小肉鼻子。

这天是海伦的生日,她就想跟女儿两人一起过。

妈妈喊她过去,给她煮长寿面,她谎称迪贤过来陪她们母女,仨人要一起过。

妈妈赶紧不响了。

她给迪贤电话,又借口要去自己父母家,过两天再碰面。

她只想跟九九腻歪在家里。

"妈妈,这个八音盒怎么从前没有见过啊。"

"嗯,是个礼物。"

"妈妈,这是送给我的礼物吧,小孩子才玩八音盒么。"

"是送给妈妈的礼物,妈妈像你这么大的时候,就喜欢八音盒,九九喜欢八音盒,真像妈妈啊。"

九九继续拧八音盒底座的旋钮。

八音盒模仿早年欧洲街头的公用电话亭,木质,格栅,漆成红色,黑色铆钉固定,一扇小门,可以拉开,那个小小的门把手仿佛特意量过九九的小手指而安装的。

开门,关门,亦是旋律的开关。

九九先把自己的大眼娃,塞进电话亭,关上门,旋钮旋到旋不动,再轻轻打开电话亭的门:

"Hello！你在等我吗？妈妈,我们给送你礼物的人打电话好不好？"

"好。"麦海伦已经满脸泪水。

"他在国外吗？"

"他在天堂。"

"啊,他从天堂给妈妈送来的礼物吗？"

"妈妈给你讲个故事吧,很久之前,妈妈认识了一个男人。那时候你还没有出生呢！"

"妈妈,那时候我在哪里呀？"

"你在一朵温暖的棉花里呼呼睡觉呢！妈妈认识的这个男人呀,他有好几个照相机,有的背在身上,有的藏在一个很大的包包里,他背着这些相机拍过地球上很多地方的山山水水,还有装满故事的古堡,他还拍过火山,拍过海浪,飞鱼,沙滩上小乌龟,还拍到过极光呢,就是地球最北面最靠近极点的地方……"

"妈妈,他拍过你吗？"

"拍过啊,他不爱说话,就喜欢举着照相机,看世界,看人。"

"妈妈,我能看他拍的那些照片吗?"

"好,等等妈妈找给你看……有一天,他说要去很远很远的地方去拍妈妈最喜欢的花……"海伦忽然不说话了。九九继续旋转音乐盒的旋钮。

"妈妈,说呀,然后呢?"女儿小小的眼睛,睁得很大,可还是很小。这张脸太像糯米团了。这世上,终于有个人开始让她敞开心扉,讲她和 Rene 的故事。居然是自己 6 岁的女儿。

"妈妈,继续讲啊,他拍到了那朵花没有?"

"嗯,他还在继续找呢,妈妈也不知道他找到没有……"

"你不是说他住在天堂吗? 爸爸说,人要是去了天堂,都不愿意回来,因为那里太美了。我猜,天堂一定都在外星球,太远了……"

"爸爸什么时候跟你说的啊?"

"就是妈妈住在医院里,爸爸给我讲了好多故事呢。妈妈,来,我们给他打个电话吧。"

"好。"

电话亭八音盒,是最后留在 Rene 身边护理他的一位法国护士寄过来的。她们在他的摄影包里,看到已经包装好的这个八音盒,写好了地址,还没有寄出来,他就出事了……

"妈妈,天堂里的花都是带翅膀的,飞来飞去,他拍得到吗?"

九九不断地旋转底座上的钮,然后打开电话亭的门,抱在耳边:"Hello! Hello! 你拍到了我妈妈喜欢的花吗?"

这个生日,麦海伦送给自己一个礼物。

她在左手无名指上纹了一枚戒指。

在锁骨下面,纹了一句话:

What a little thing. To remember for years. To remember with tears. ①

唯有疼痛,治疗心碎。

---

① 爱尔兰诗人威廉·阿林汉姆的诗,意为"久记当年经琐事,心怀旧日泪盈中"。

图书在版编目（CIP）数据

十八度灰／娜力著. —上海：上海三联书店，2019.7
ISBN 978 – 7 – 5426 – 6655 – 0

Ⅰ.①十… Ⅱ.①娜… Ⅲ.①长篇小说 – 中国 – 当代
Ⅳ.①I247.5

中国版本图书馆 CIP 数据核字（2019）第 059443 号

十八度灰

著　者	娜　力
责任编辑	职　烨
装帧设计	陆　菁
监　制	姚　军
责任校对	王凌霄

出版发行　上海三联书店
　　　　　（200030）中国上海市漕溪北路 331 号 A 座 6 楼
邮购电话　021 – 22895540
印　刷　上海盛通时代印刷有限公司

版　次　2019 年 7 月第 1 版
印　次　2019 年 7 月第 1 次印刷
开　本　787 × 1092　1/32
字　数　300 千字
印　张　15.5
书　号　ISBN 978 – 7 – 5426 – 6655 – 0/I · 1508
定　价　58.00 元

敬启读者，如本书有印装质量问题，请与印刷厂联系 021 – 37910000